일본국보 華嚴緣起研究

화엄연기연구

원효와 의상의 행적

일본국보 華嚴緣起研究

화엄연기연구
원효와 의상의 행적

김임중 지음

보고사

　원효대사와 의상대사는 한국불교사에 있어서 너무나 유명하고 잘
알려져 있으며, 이른바 신라시대를 대표하는 위대한 인물이라고 말할
수 있다. 필자가 원효와 의상의 전기와 설화를 소재로 한『華嚴緣起』
繪卷(두루마리 그림)을 알게 된 것은, 일본에서 대학원에 다닐 무렵이었
다. 일본고전문학을 연구하기 위해서 도서관에서 거의 매일 필요한 자
료들을 찾던 중에 우연히『華嚴緣起』繪卷이 눈에 띄어 처음으로 접했
을 때, 온몸에 느꼈던 흥분과 전율을 지금도 기억에서 잊혀지지 않는
다. 왜 원효와 의상이 일본 '華嚴宗의 祖師'로서 에마키(繪卷)의 주인공
으로 등장하고 있는 것일까? 그러한 단순한 의문이 항상 머릿속에서
지워지지 않았고, 그것이 바로 필자의 원효와 의상에 대한 연구의 출
발점이 되었다. 그때는 모든 것을 제쳐두고라도『華嚴緣起』의 연구에
전념해서 하루라도 빨리 국내에 알리고 싶은 욕망이 앞섰던 것 같다.

　그러나 그 당시에는 학위논문을 집필 중에 있었고, 지금 돌이켜 생
각해 보면 우리 국문학에 門外漢이었던 필자가 원효와 의상에 대해서
비교연구를 시도한다는 것 자체가 무리였다. 이윽고 대학원을 수료하
고 나서 본격적으로 원효와 의상의 연구에 전념하기 위해서, 먼저 두
사람의 생애에 대한 문헌학적 · 실증적인 연구 성과를 토대로 기초를
튼튼히 다질 필요성이 있었다.

원효와 의상의 불교사상은 우리나라를 비롯하여 동아시아에 끼친 영향이 지대하다고 보겠다. 지금까지도 오로지 원효와 의상을 존경하고 추모하며 탐구에 몰두하고 있는 연구자는 참으로 많다. 최근에는 원효와 의상에 대한 관심이 더욱 고조되어 여러 분야에 걸쳐서 방대한 분량의 연구업적이 축적되어 괄목할 만한 성과를 거두고 있다. 아니 한국뿐만 아니라 일본에 있어서도 원효와 의상에 대한 연구는 무척 오래되었다. 특히 원효의 많은 저서는 일본의 나라(奈良)시대부터 전래되어 일본불교 확립에 크게 공헌하였으며, 이를 섭렵하고 참고하여 큰 영향을 받은 학문승도 적지 않았다. 원효와 의상을 항상 추앙한 나머지 『華嚴緣起』라는 에마키까지 제작한 가마쿠라(鎌倉) 시대의 뛰어난 화엄승 明惠도 그 중에 한 사람이다.

교토의 高山寺 소장의 『華嚴緣起』(『화엄종조사회전(華嚴宗祖師繪傳)』이라고도 칭한다)는 明惠上人에 의해서 제작되어 약간의 補修가 이루어졌지만, 거의 본래의 형태를 갖추었다고 볼 수 있는 전6권의 에마키이다. 이야기의 줄거리는 '원효그림 3권'에서는 원효의 출생부터 입적까지 완전한 행장을 묘사하고 있는 것이 아니다. 즉 원효가 의상과 함께 구법을 위해 唐으로 가는 도중에 원효는 토굴(무덤)에서 귀신의 꿈을 꾸고 유심(唯心)의 도리를 깨달아 본국으로 돌아가는 이야기, 원효가 중생을 濟度하기 위해서 자유분방하게 행동한 이야기, 그리고 『金剛三昧經』의 論疏를 저술하여 왕비의 병을 치유한 이야기가 주된 중심설화로서 기술되어 있다.

한편 '의상그림 3권'은 唐에 도착한 의상에게 연정을 품은 미모의 여인 선묘낭자와의 만남부터 선묘가 이룰 수 없는 사랑을 종교적으로 승화하여, 몸을 던져서 큰 용으로 변하여 귀국하는 의상이 탄 배를 수호하며 신라까지 무사히 도착하게 한다. 또 귀국 후에는 의상이 화엄종을 넓히는 데 방해가 되는 소승의 무리를 이번에는 대반석이 되어서 모두 내쫓고, 의상을 옹호했다고 하는 종교적 기적에 관련되는 이야기이다. 의상그림의 冒頭 부분에 있는 긴 문장은 '判釋文'이라고 불려 파손이 가장 심하며 그림의 대부분이 소실되어 버렸다. 그 내용은 설화적인 흥미에 빠지기 쉬운 것을 경계해서인가, 선묘의 행위를 여러 가지 經典을 인용하면서 문답의 형식으로 의상의 高德과 선묘의 奇蹟의 의미를 상세하게 설명하고 있다.

이 에마키의 문장을 쓴 高山寺의 묘에(明惠)는 화엄종 부흥에 진력한 승려로 시간과 공간을 뛰어넘어서 7세기의 신라의 고승 원효와 의상을 '華嚴宗의 祖師'로서 항상 추앙하고 있었고, 두 사람의 전기와 설화를 뛰어난 필체로 문학적으로 묘사하고 있다. 그렇다면 문제는 '華嚴宗의 祖師'의 그림이라면 도대체 누구의 그림을 그리면 좋을 것인가, 라는 점이다. 중국의 화엄종의 조사의 그림이라고 한다면 智儼의 전기를 그린다든가, 혹은 法藏의 전기를 그려도 좋을 것이고, 아니면 일본 화엄종의 조사인 良弁이라든가, 도다이지(東大寺)에서 처음으로 『華嚴經』을 강의한 審祥을 그려도 될 것이다. 그런데 실제로 에마키에 그려진 것은 신라의 고승 원효와 의상의 전기와 행적을 주제로 한 것이다.

묘에는 왜 異國人인 신라의 원효와 의상을 華嚴宗의 祖師로서 제자인 成忍에게 그리게 한 것일까? 그래서 본서는 『華嚴緣起』에 묘사된 원효·의상의 전기와 설화를 『삼국유사』, 『宋高僧傳』 등과 비교·검토하여 일본에 있어서 불교설화의 수용과 전파, 상위점 등을 고찰하였다. 또한 묘에에 있어서 원효·의상의 사상적 영향관계를 한국자료와 비교분석하고 있다는 점에서 동아시아 문화교류와 서로 연관된다고 보겠다.

　　제1부 『華嚴緣起』의 성립과 祖師傳에서는 의상그림은 조큐(承久)의 난으로 인해서 묘에가 의상에 견주어서 여인구제를 목적으로 한 善妙寺의 창건과 관련이 있고, 원효그림은 묘에가 원효의 저서 『遊心安樂道』에 적혀있는 光明眞言土砂加持의 신앙을 근거로 하여 민간에 넓혔다는 점에서 사상이나 신앙적인 면에서 원효에의 경도(傾倒)가 에마키 제작의 배경이 되었다고 추정하고 있다. 그리고 '華嚴宗의 祖師'인 원효 · 의상전에서는 에마키의 出典이라고 일컬어지는 『宋高僧傳』과, 또 『宗鏡錄』 『林間錄』이 전하는 원효 · 의상전에 관계하는 기록과 한국자료와는 상위점이 존재하므로 비교분석을 통해서 검증한 것이다. 제2부 明惠가 추앙한 원효대사에서는 玄奘의 唯識學을 동경하여 입당을 시도한 원효와, 석가가 태어난 天竺을 동경하여 인도행을 계획한 묘에와의 공통점 · 수행관 · 사상적 영향에 주목하여 자세하게 고찰하고 있다. 또 원효의 『金剛三昧經論』 연기설화의 내용분석과 함께 일본에 있어서의 수용과 전파에 대해서 검토하였다. 게다가 묘에는 『光明眞言土沙勸進記』 안에서 원효의 高德을 찬탄하면서 『遊心安樂道』를 인용하여 광명진언의 效驗을 믿어야만 한다고 설명하고 있지만, 光明眞言土砂加持法의 신앙이 묘에에 있어서 어떻게 수용되고 신봉되고 있는가에 관해서 『遊心安樂道』와 『光明眞言土沙勸進記』와의 영향관계를 규명하였다.

　　제3부 明惠가 흠모한 의상대사에서는 의상은 화엄의 법문을 '圖印'으로 7言30句의 형태로 『華嚴一乘法界圖』라는 한 권의 책에 정리하고 있지만, 이 '圖印'은 실제로 묘에의 『三時三寶禮釋』 안에 나타나 묘에에 있어서 의상의 사상적인 영향을 엿볼 수 있다. 의상과 선묘에 관한 설화는 한국자료 『三國遺事』, 『圓宗文類』 등에 기술된 기록과 상위점이 보여 일본에 있어서의 수용과 전파 등에 관해서 면밀하게 검토하였다.

또한 중국의 法藏이 의상에게 보낸 書簡『賢首國師寄海東書』(天理圖書館藏)는 의상과 법장과의 교류를 엿볼 수 있는 매우 귀중한 자료이며 이 서간의 내용분석과 세간에 알려지기까지의 역사적 배경에 대해서 고찰하였다. 게다가『華嚴緣起』의 문장을 쓴 묘에가『圓宗文類』권22에서 이 서간을 書寫하고 있다는 사실은 묘에와 의상과의 관계를 알 수 있는데 중요한 단서가 된다고 보겠다. 제4부 기초자료 해설편에서는 원효와 의상에 관련되는 자료로 高山寺 소장의 두 사람의 眞影과 祖師傳, 일본문헌에 보이는 목록류 등을 소개하고 있다. 특히 法藏書簡은 天理圖書館所藏本·『圓宗文類』所收本·『三國遺事』에 실린 서간에 대해서 飜刻과 校合을 행하였다.

이와 같이 본서에 있어서 연구의 동기·목적·방법 등에 대해서 언급하였다. 원래라면 한국 국내에 체재하면서 풍부한 원효와 의상에 대한 연구업적을 충분히 섭렵하지 않으면 안 되지만, 본의 아니게 先學의 업적을 빠뜨렸다거나 불충분한 점 등에 관해서는, 비판을 겸허하게 받아들여 금후의 연구에 참고해 나가도록 하겠다. 아울러 이 책이 원효와 의상을 이해하는 데 조금이라도 도움이 된다면 다행이라고 생각한다.

끝으로 고국을 떠난 지 오래되어 국내사정에도 어두운 필자에게 여러모로 도움을 주신 연세대 국문학과 허경진 교수님께 감사드린다. 그리고 주로 일본에서 발표한 논고를 출판하게끔 해주신 보고사 대표님께 감사의 뜻을 표하며, 세심하게 교정을 해준 편집부의 노고에 감사드린다.

2015년 1월 3일

金任仲

차례

•제2부• 明惠가 추앙한 元曉大師

제1장. 元曉大師와 明惠上人

제2장. 元曉의 『金剛三昧經論』 緣起說話

제3장. 明惠에 있어서 光明眞言土砂加持의 수용

•제3부• 明惠가 흠모한 義湘大師

14

●제4부● 基礎資料 解説編

제1장. 元曉資料

제2장. 義湘資料

·제1부·

『華嚴緣起』의 成立과 祖師傳

제1장

『華嚴緣起』의 성립과 배경

1. 머리말

교토(京都)에 있는 고잔지(高山寺)에 전래한 『華嚴緣起』(일본국보 『화엄종조사회전(華嚴宗祖師繪傳)』이라고도 칭한다)는 7세기경의 신라의 고승 원효와 의상의 행적(行跡)에 관한 전기적(傳奇的) 설화를 주제로 한 것으로 전6권의 繪卷(두루마리 그림)이다. 이 에마키(繪卷)는 아마 13세기 전기 무렵에 도가노오(栂尾) 묘에쇼닌(明惠上人, 1173~1232)이 깊이 관여하여 제작되었을 것이라고 추정되고 있다. 묘에(明惠)로서는 그들이 신라라고 하는 이국의 승려들임에도 불구하고, 華嚴宗의 조사(祖師)로서 언제나 존경하고 추모하는 마음을 가지고 있었기 때문에 이 그림이 묘에의 주변에서 만들어졌다고 보아도 전혀 의심할 여지가 없다고 생각한다. 게다가 이 에마키(繪卷)는 『宋高僧傳』에 쓰여진 신라의 고승 원효와 의상에 관한 전기를 근거로 한 것으로, 그 문장의 원문은 묘에 자신에 의해 쓰여졌다고 추정되고 있다.

이 『華嚴緣起』의 성립에 관해서는, 일찍이 아카마쓰 도시히데(赤松俊秀)[1] 씨가 高山寺에 인도의 설산(雪山, 히말라야산)신이라고 일컫은 백

광신상(白光神像)과 신라의 神인 선묘신상(善妙神像)을 소개하는 논고에
서 선묘신상과 에마키(繪卷) 속의 선묘의 모습이 유사하다는 것과, 그
밖에 여러 가지 이유 등을 들어서 의상그림이 먼저 성립되고 난 후에
선묘신상이 만들어졌다고 생각하고, 의상그림의 제작시기를 조오(貞
應, 1222년) 연간에서 가로쿠(嘉祿, 1225년) 이전에 제작된 것이라고 제시
했다. 또한 우메쓰 지로(梅津次郎)2) 씨는 '묘에에 의한 젠묘지(善妙寺)의
창건이나 光明眞言의 신앙이' 각각 의상그림과 원효그림의 성립에 깊
이 관계하고 있다고 주장하여, 두 에마키(繪卷)의 제작시기를 貞應 2년
(1223)부터 安貞 2년(1228) 전후에 이루어졌다고 추정했다. 이것에 대
해서 고마쓰 시게미(小松茂美)3) 씨는 '의상그림'을 善妙寺의 비구니(比
丘尼)들의 기획으로 묘에의 입적(入寂) 직후인 조에이(貞永) 원년(1232)
부터 동 2년 사이에 제작되었고, '원효그림'을 『光明眞言土沙勸進記』
의 완성 이후, 간기(寬喜) 원년(1229)부터 묘에의 입적 이전인 寬喜 3년
(1231) 사이에 제작되었다고 추측한다.

　이와 같이 종래의 연구에서는 대체로 '의상그림'을 善妙寺의 건립이나
비구니들의 기획에 의한 것이라 하고, '원효그림'은 광명진언신앙과 깊
이 관계하고 있는 것을 두 에마키의 주된 제작배경으로 들고 있다. 그러
나 필자는 묘에가 善妙寺에 있어서 선묘신(善妙神)을 모신 배경에 대해서
『高山寺緣起』에 의하면, 히라오카(平岡) 善妙寺는 여인구제와 관련이

---

1) 아카마쓰 도시히데(赤松俊秀), 「高山寺의 善妙·兩白光神像에 관해서」, 『畫說』 54,
　1941, p.491.
2) 우메쓰 지로(梅津次郎), 「義湘·元曉繪의 성립」, 『美術硏究』 149, 1948. 나중에 『繪卷
　物叢考』, 中央公論社, 1971, pp.140~155에 수록되었다.
3) 고마쓰 시게미(小松茂美), 「『華嚴宗祖師繪傳』의 제작의 배경−明惠의 新羅僧 두 사람
　에의 추모」, 『續日本의 繪卷』 8, 中央公論社, 1990, pp.85~88 참조.

있고, 또한 善妙寺의 건립은 조큐(承久)의 난(1221)에 의한 미망인들을 구제하기 위한 목적으로 만들어진 것으로 생각한다. 즉 의상그림은 조큐의 난이라고 하는 비극적인 사건에 의해서 속세와 끊을 수 없는 번뇌를 짊어진 비구니들을, 에마키에 묘사된 선묘의 고사(故事)에 견주어서 의상과 연관 지어 여인구제를 목적으로 만들어진 것이라고 추정된다. 그리고 원효그림의 성립은 원효의 저서『유심안락도(遊心安樂道)』와의 관련에 주목할 필요가 있다. 묘에의『光明眞言土沙勸進記』는『遊心安樂道』의 해설서라고 간주할 수 있는 저술이고, 이것을 근거로 하여 묘에는 민간에 광명진언토사가지의 신앙을 넓혔다는 점에서, 묘에의 원효그림 제작의 동기와 깊은 관계가 있을 것이라고 생각하고 있다.

본장에서는 이러한 종래의 연구를 토대로,『華嚴緣起』에 있어서 의상그림 및 원효그림의 성립과 제작배경에 관한 몇 가지 의문점을 검토한 후, 에마키(繪卷)의 작가에 대해서 고찰하고자 한다.

2. 의상그림 제작의 배경

먼저『華嚴緣起』안에서 비교적 성립연대가 빠른 의상그림 제작의 배경부터 검토해 보겠다. 이 에마키의 '의상그림'에 있어서는 의상의 입당구법(入唐求法) 때에, 의상에게 사랑을 고백한 미모의 여인 선묘(善妙)가 의상에게 품었던 연모의 정을 보다 높은 보편적인 사랑이라는 형태로서 종교적으로 승화하고 있는 것을, 이 문장을 통해서 느낄 수가 있다.

이것은 바로 화엄종의 祖師인 의상의 고덕(高德)을 찬탄하여 설명하고 있는 내용을 근거로 하고 있으며, 자신의 몸을 던져서 큰 용으로 화신(化身)하여 선묘가 신라로 돌아가는 의상의 배를 등에 짊어지고, 거친 파도의 바다를 건너서 무사히 신라까지 도착하게 한다든가, 또 귀국 후에도 화엄교학을 널리 포교하는 데 방해가 되는 소승의 무리를 거석(巨石)4)이 되어서 쫓아내고, 의상을 수호한다는 종교적 기적이 아무런 위화감(違和感)이 없이 이 그림의 중심설화로서 묘사되어 있다. 이 의상그림의 성립과 관련해서 高山寺의 자료 속에서 처음으로 선묘라는 이름이 보이는 것은, 히라오카(平岡) 善妙寺 창건 이전의 조큐(承久) 2년(1220) 5월 20일, 묘에는 다음과 같은 꿈을 『明惠上人夢記』5)에 기록하고 있다.

一, 同 20일 저녁 꿈

주조보(十藏房)라는 승려가 묘에가 있는 곳으로 한 개의 향로(차 그릇)를 가지고 왔다. 마음속으로 생각하길, 사키야마사부로 사다시게(崎山三郞貞重)가 唐에서 가져와서 이것을 주조보(十藏房)에게 주었을 것이다. 그 안에는 칸막이가 있어 거기에는 여러 가지 唐의 물건들이 20개 정도 들어 있고, 거북이가 교미하고 있는 형태 등이 있어서 이것은 좋은 징조가 나타날 물건이라고 생각했다. 그 안에는 5寸(약 15센티) 정도의 唐의

---

4) 의상과 선묘에 관한 기술은, 義天撰, 『圓宗文類』 卷22, 「海東華嚴始祖浮石尊者讚并序」 속에, 「善妙有色, 受戀求欲, 見心匪石, 反誓行檀, 金鱗負艦, 利涉海瀾, 鉅石浮空, 蓋護寺山」(『日本續藏經』 58, p.556.)라고 보여, 이미 노무라 다쿠미(野村卓美) 씨에 의해 지적되었다. 노무라(野村) 씨는 『華嚴緣起』의 문장의 작가는 明惠라고 인정하고, 이 문장이 『宋高僧傳』을 주된 출전으로 하면서 『圓宗文類』 등의 다른 몇 개의 문헌을 참조하고 있다고 추측하였다(「明惠에 있어서 說話受容」, 『日本文學』 26·12, 1976, 나중에 『明惠上人의 硏究』 수록, 和泉書院, 2012, pp.3~22).

5) 『明惠上人夢記』(高山寺資料叢書, 『明惠上人資料第二』), 東京大學出版會, 1978, pp.145~146 참조.

여인 형태의 茶碗(차 그릇)이 있었다. 사람들이 이르길 "이 여인은 당에서 건너온 것을 슬퍼하고 있다"라고 한다. 내가 인형에게 "우리나라에 온 것을 슬퍼하고 있는가?"라고 물으니 고개를 끄덕였다. "슬퍼할 필요는 없다"고 말했지만, 고개를 흔들고 거부했다. 그 후 인형을 꺼내서 보니, 어깨를 들먹이며 눈물을 흘리며 울고 있었다. 묘에는 "자신은 평범한 승려가 아니고, 이 나라에서는 대성인(大聖人)이라고 사람들로부터 존경을 받고 있기 때문에 슬퍼할 필요는 없다"고 말하자, 인형은 그 말을 듣고 기뻐한 기색이 보이고, "그렇다면 귀여워해 주세요"라고 대답했다. 묘에가 그렇게 하겠다고 말하고, 손바닥 위에 올려놓으니 그 인형은 순식간에 살아있는 인간 형태의 여인이 되었다. 이튿날 다른 곳에서 불사(佛事)가 있기 때문에 부처와 인연을 맺어주기 위하여 데리고 간다고 말했다. 그 곳에 이르자 주조보(十藏房)가 있어서 "그 여자는 뱀과 정을 통했다"고 말했다. 묘에는 그렇지 않고 "이 여자 자신이 뱀이다"라고 말하자, 주조보는 "이 여인은 뱀과 사람을 겸하고 있다"고 말한다. 묘에는 꿈에서 깨어나 이 여인은 『華嚴宗祖師繪傳』에 등장하는 善妙라고 생각했다.

걱정하여 이르되 선묘는 용인(龍人)이고, 또 사신(蛇身)이다. 또 차 그릇이 되어 있는 것은 석신(石身)이다.

묘에는 일생 동안 계율을 엄격하게 지킨 승려로 알려져 있지만, 이 꿈은 매우 관능적이고 무척 섹슈얼한 꿈이다. 이 꿈의 내용에서 묘에와 같은 성인(聖人)도 성적인 꿈을 꾸는가, 역시 성욕은 억제할 수 없는 것이라고 생각할지도 모르겠다. 그러나 性의 의미는 매우 깊고 다양하다. 묘에의 경우에는 여성과 성적인 꿈의 체험을 화엄의 가르침에 부합하는 것으로 받아들이고 있다는 점이 중요하다고 생각한다.[6]

---

[6] 묘에가 여성과 긴밀한 관계를 가진 꿈은 다수 있지만, 예를 들면 『夢記』(京都國立圖書館 藏) 建曆 원년(1211) 12월 24일 기록에는 풍만한 육체를 가진 귀족의 여성과 관계를 가진

여기에서는 묘에로 생각되는 남자가, 이국에서 건너온 5寸(약 15센티)의 도자기로 만든 여자 인형에게 복종할 것을 종용하지만, 인형은 이것을 거절한다. 남자는 자신은 평범한 승려가 아니라 이 나라의 대성인(大聖人)으로 존경을 받고 있다고 말하며 설득하자, 인형은 납득하고 남자가 인형을 손바닥 위에 올려주자 인형은 순식간에 살아 있는 인간 형태의 여인이 되었다. 이것은 묘에 스스로 자신을 가르쳐서 "일본에서는 대성인(大聖人)이라고, 사람들은 나를 존경하고 있다."라고 말하는 부분은 묘에가 佛敎者로서의 긍지와 자부심을 무척 강하게 가지고 있었다는 것을 엿볼 수 있다.

그렇지만, 주조보(十藏房)는 이 여성은 뱀(용과 동일시 한다)과 정을 통했다고 비난한다. 꿈에서 깨어난 묘에는 해몽으로 "이 여성(선묘)은 용인(龍人)이고, 또 사신(蛇身)이고 석신(石身)이다."라고 자신의 해석을 첨가하고 있다. 이 꿈은 묘에에게 있어서 매우 중요한 의미를 갖는 꿈이라고 의식되었을 것이다. 그것은 꿈속에서 묘에 자신을 선묘에 대한 의상에 견주어서 선묘에게 직접적인 관계를 가지려고 한 점에서, 묘에의 의상에의 추모하는 마음은 잠재적이라고는 하지만 상당히 컸을 것으로 짐작된다.

묘에는 일찍이 선묘가 큰 용으로 화신(化身)한다든가, 혹은 거석으로 변하는 등, 화엄교학의 융성을 위하여 몸을 바친 그녀에게 관심을 가지고 있었던 것은 분명하고, 의상을 자신에게 비유하고 있었기 때문에 꿈 해몽을 통하여 선묘와의 만남을 확신하며 기쁜 체험으로 느끼고

꿈에서 '이 여자와 交接(성행위)하다. 모든 사람이 보리(菩提)의 인(因)이 될 것이라고 말한다.'라고 명기하고, 그 행위가 깨달음을 얻는 원인이 될 것이라는 의미로 받아들이고 있다(河合隼雄, 『明惠 꿈에 살아가다』, 京都松柏社, 1987, p.227).

있었을 것임에 틀림이 없다. 묘에가 꿈속에서 선묘와 조우(遭遇)한 것
에 대해서, 오쿠다 이사오(奧田勳)[7] 씨는 '이 꿈이 華嚴緣起의 제작과
善妙寺의 건립에 힘을 부여했을 것이다'라고 지적한 바와 같이, 확실
한 자료는 없지만 현실의 시간적 경과와 그 과정을 생각해 보면, 이
꿈이 의상그림 제작이나 善妙寺 창건이라는 실현을 향해서 연관성이
있다고 볼 수 있다.

　가마쿠라(鎌倉) 시대의 承久 3년(1221) 5월에 고토바조코(後鳥羽上皇)
가 가마쿠라 막부(幕府)로부터 정권을 탈환하기 위하여 막부토벌을 명
하여 조큐(承久)의 난이 일어나자, 그 해 가을에 묘에는 주거를 도가노
오(栂尾)에서 가모(賀茂)의 벳쇼붓코잔(別所佛光山)으로 옮기고, 善妙寺
가 창건된 조오(貞應) 2년(1223)에 다시 栂尾에 돌아오게 된다. 그렇다
고 한다면, 善妙寺의 건립은 조큐의 난 이후, 그 이듬해인 貞應 원년
(1222) 무렵 붓코잔(佛光山)에서 계획된 것이라고 생각된다. 高山寺의
별원(別院)이었던 善妙寺는, 조큐(承久)의 난에서 남편을 잃은 미망인
들을 위하여, 여인구제(女人救濟)를 목적으로서 세워졌다고 말해지고
있다. 물론 이 善妙寺라는 절은 에마키(繪卷)의 의상그림에 등장하여
용으로 화신(化身)하여 의상의 화엄종의 전파를 옹호했던 미녀 善妙의
이름에 연유하고 있다는 것은 말할 필요도 없다. 善妙寺의 창건과 관
련해서 『高山寺緣起』[8]에는 다음과 같이 전하고 있다.

---

7) 오쿠다 이사오(奧田勳), 「明惠와 여성 – 華嚴緣起 · 善妙 · 善妙寺 –」, 『聖心女子大學論
　叢』 89, 1997, pp.42~43.
8) 『高山寺緣起』(高山寺資料叢書, 『明惠上人資料第一』), 東京大學出版會, 1971, pp.656
　~657 참조.

一. 平岡의 善妙寺

右는, 비구니(丘尼寺)의 절이다. 본당(本堂)은 사이온지(西園寺) 뉴도(入道) 대상국(大相國, 태정대신)의 古堂을 옮겨서 이것을 조영(造營)하였다고 한다. 그래서 나카미카도 주나곤(中御門中納言) 무네유키(宗行)의 後室인 禪尼, 그 경(卿)의 명복(冥福)을 빌기 위하여 이 당(堂)을 인수받아 옮겨지었다.

貞應 2년, 계말(癸末) 7월 9일, 도가노오(栂尾)의 半丈六(2m 43)의 석가상 願主 도쿠노산미쓰보네(督三位局), 불사(佛師) 가이케이(快慶) 작품, 이 절의 本尊으로서 이것을 받들어 모시다. 동 20일 이 절에서 공양하였다.

동 3년 갑신(甲申) 4월 21일, 당본(唐本) 십육나한상(十六羅漢像) 및 아난존자(阿難尊者)는 조닌(成忍) 筆, 이 절의 本堂에 안치하다. 동일 개안공양(開眼供養)이 있었다.

一. 同寺(善妙寺) 진수(鎭守)의 사항

右의 젠묘묘진(善妙明神)은, 신라국(新羅國)의 여신(女神)이다. 여인의 몸으로 화엄옹호(華嚴擁護)의 맹세에 의해서 받들어 모셨다.

貞應 3년 4월 25일, 선묘상(善妙像)과 사자(師子) 고마이누(狛犬) 불사(佛師) 단케이(湛慶) 작품을 안치하다. 法量8寸, 師子 길이 9寸, 동 28일, 上人(明惠)이 배전(拜殿)에서 처음으로 불사(佛事)를 행하였다. 사십화엄경(四十華嚴經)의 경론을 독송하고, 이어서 강연(講莚)이 있었다.

善妙寺는 貞應2년 나카미카도 무네유키(中御門宗行)의 후처 젠니(禪尼)가 남편의 명복을 빌기 위하여 사이온지 긴쓰네(西園寺公經)가 기부한 古堂을 히라오카(平岡)에 이축하여 선묘사의 본당(本堂)으로 한 것이 시초라고 한다. 후지와라노 무네유키(藤原宗行)는 고토바인(後鳥羽院)의 총신이었지만, 조큐(承久)의 난 때 막부 측에 붙잡혀서 가마쿠라(鎌倉)

로 호송되는 도중, 承久3년 7월 14일 스루가노쿠
니(駿河國, 현재의 靜岡縣)에서 참수(斬首)되었다.
그 미망인은 묘에의 문하에서 출가하여 가이코
(戒光)라고 칭하였다.

그리고 貞應2년 7월 高山寺에서 가이케이(快
慶) 작품의 석가여래상이 옮겨져 선묘사의 본존
으로 안치되었지만, 오쿠다(奧田)[9] 씨에 의하면
이 절의 본격적인 시작은 선묘사에 선묘신상(善妙
神像)이 진수(神)로서 맞이한 貞應 3년(1224)부터
라고 보아도 좋다고 지적한다. 선묘사의 진수로
모셔진 단케이(湛慶) 작품의 선묘신상은 『高山寺
緣起』에 '법량(法量) 8寸'(약 24센티)으로 적혀 있
어, 아카마쓰 도시히데(赤松俊秀)[10] 씨는 현재 高
山寺에 소장하는 선묘신상(善妙神像)의 치수가 9寸

〈그림 1〉 선묘신상(善妙神像)
(京都 · 高山寺 소장)

(약 27센티)이어서 1寸(3센티)의 차이가 있어서 유감이라고 말했지만, 거
의 같은 시기에 별도로 만들어진 선묘신상의 작품으로 봐서 큰 착오는
없을 것이다.

또한 이 비구니 절을 건립하게 된 배경에는 묘에에게 귀의(歸依)한
여인들의 힘이 무척 크다고 보겠다. 高山寺에서 옮겨와 선묘사의 본존
으로 안치된 석가여래상의 원주(願主)는 도쿠노산미쓰보네(督三位局),[11]

---

9) 오쿠다 이사오(奧田勳), 『明惠−遍歷과 夢−』, 東京大學出版會, 1983, p.97.

10) 아카마쓰(赤松) 씨, 앞 논문 注1) p.486.

11) 카렌·부륵 씨는 에마키(繪卷)가 善妙寺 소장이 아니고, 高山寺에 전래한 것과, 善妙寺
의 비구니들에게는 경제적인 기반이 없기 때문에 의상그림이 高山寺 부흥에 많은 기부
를 하였던 도쿠노산미쓰보네(督三位局)라고 하는 단오쓰(檀越)에 의해서 만들어졌다고

진수의 선묘신(善妙神)에 대한 祭物·燈油·人供(從者)은 아스카이 마사쓰네(飛鳥井雅經)의 후처(大江廣元의 딸)가 후카쿠사(深草)의 전답을 기부하여 이것에 충당하고 있다. 오에노 히로모토(大江廣元)는 가마쿠라 막부의 중신으로 조큐(承久)의 난 때의 공로자이고, 飛鳥井雅經는 고토바인(後鳥羽院)의 측근이며 가진(歌人)으로 大江廣元의 딸을 처로 맞이하여 承久 3년(1221)에 사망하였다. 게다가 본당(本堂)이 되는 건물을 제공한 사이온지 긴쓰네(西園寺公經)는 다이조다이진(太政大臣)까지 오른 신막부파(新幕府派)의 대표적인 인물로 묘에의 열렬한 귀의자(歸依者)였다.

이렇게 보면, 善妙寺의 건립이 가능했던 것은 조큐(承久)의 난이 종료한 뒤, 책임을 지고 처형된 고토바인(後鳥羽院) 측근인 귀족들의 처첩(妻妾)들이 묘에를 의지하여 高山寺에 모인 것이 그 인연이었지만, 구체적으로는 적과 아군을 초월하여 모두 선묘사 건립을 위하여 진력한 것임을 알 수 있다. 또 묘에의 주변에는 여성 귀의자(歸依者)나 비구니 승들이 많았던 것은, 그의 전기나 행장(行狀) 등 주변자료에 의해서 분명하다.

그런데 善妙寺에 선묘신상이 모셔지고 나서 불과 1년 후에 해당하는 가로쿠(嘉祿) 원년(1225) 8월 선묘사 외에 高山寺에서도 善妙神의 권청(勸請 : 신불을 分祠하여 다른 곳에 옮김)을 행하였다는 것이, 다음과 같이 『高山寺緣起』[12]에서 볼 수 있다.

지적한다(「「義湘繪」에 있어서 善妙의 묘사—그 의의와 수용」, 『佛敎芸術』 176, 1989, pp.21~25). 그러나 明惠의 주변에는 상하귀천을 막론하고 귀의자(歸依者)가 많았던 것은 高山寺關連資料나 『明月記』(寬喜 원년 5월 15일 조) 등에 의해 분명하고, 明惠가 경제적인 이유로 그녀 한 사람을 위하여 의상그림을 만들었다고는 생각하기 어렵다. 오쿠다(奧田) 씨에 의하면, 督三位局라고 하는 여성은 시라카와(白川) 주변에 저택이 있었던 것과 야마토(大和)의 소가쇼(曾我庄)에 장원을 가지고 있었던 것 이외에는 모두 불분명하다고 지적한다. 앞 책 注7) pp.173~174 참조.

一. 진수신사단(鎭守神社壇)은 4간(間). 신전(神殿)은 3間1面이며, 정면
　에는 배전(拜殿).

一. 신사(神社), 중앙에, 대백광신(大白光神).
　인도의 설산(雪山, 히말라야산)의 大神이며, 선법(禪法) 옹호의 맹세
　가 있어서 이것을 권청(勸請)하다. 즉 12神 중에 제일이다.

一. 신사(神社), 오른편 남쪽에 가스가다이묘진(春日大明神).
　일본국의 神이다. 스스로 쇼닌(上人)이 탁태(託胎)할 때에 특히 옹호
　하여 결국은 탁선(託宣)에 이르고, 여러 가지 계약(契約)이 있었다. 그
　런 연유로 勸請하다.

一. 신사(神社), 왼편 북쪽에 선묘신(善妙神).
　신라국(新羅國)의 神이다. 화엄옹호의 맹세가 있는 연유로 이를 勸請하
　다. 오른편에 三國의 묘진(明神)을 勸請하다. 이 절을 옹호한다.
　세 신사의 보전 및 師子 고마이누(狛犬) 백광(白光), 선묘상의 법량(法
　量)은 정정원(靜定院)의 행관화상(行寬和尙)이 정하다.
　세 신사의 상하 순서는 쇼닌(上人)이 사유(思惟)하여 결국은 上人의 꿈에
　의해서 이것을 정하다. 백광신(白光神)은 위에 가스가묘진(春日明神)은
　중앙에 善妙神은 아래이다. 가로쿠(嘉祿) 원년 乙酉 8월 16일 甲辰寅時
　(3시에서 5시)에 白光, 선묘양신상(善妙兩神像)을 봉납(奉納)하다.

　묘에는 중앙에 인도의 神인 대백광신(大白光神), 왼쪽에 신라의 선묘
신(善妙神), 오른쪽에 일본의 가스가다이묘진(春日大明神)을 진수(鎭守)로
서 권청(勸請)하고, 8월 16일에는 기린보키카이(義林房喜海)를 代官으로
서 신상(神像)을 봉납한 것이다. 화엄종의 부흥에 진력한 묘에가 善妙神
을 화엄옹호의 진수로서 高山寺에 권청(勸請)한 것은 당연한 결과라고
말할 수 있지만, 이것은 원래 高山寺에 안치되어 있던 선묘상을 貞應

---

12)『高山寺緣起』, 앞 책, 注8) pp.642~643.

3년(1224) 4월에 善妙寺의 창건과 함께 高山寺에서 옮겨왔기 때문에 새롭게 권청(勸請)한 선묘신상일 가능성이 높다고 보아야 할 것이다.

우메쓰 지로(梅津次郞)[13] 씨는 의상그림의 성립을 善妙寺의 창건과 관련지어서 貞應 3년(1224)에 선묘상이 안치되고 난 후에, 에마키(繪卷)가 제작되었다고 지적하고 있다. 그러나 필자는『高山寺緣起』의 기록에 근거하여 善妙寺 이외에 高山寺에 있어서도, 그 이전부터 신라의 선묘신(善妙神)이 화엄옹호의 神으로서 신봉하고 있었다는 것을 의미하고, 의상그림은 貞應 2년의 善妙寺 건립 이전에 이미 완성된 후에, 선묘신상이 만들어져 봉납(奉納)되었다는 것을 시사하고 있다고 생각한다. 그렇다고 한다면 의상그림의 제작연대는 善妙寺 창건 이전까지 거슬러 올라갈 수가 있다.

당시의 고잔지(高山寺)는 조큐(承久)의 난에서 패한 朝廷 측의 사람들을 숨겨주는 절이라는 이미지가 강하고, 善妙寺는 조큐의 난에 의해서 남편을 잃은 미망인들을 구제하기 위하여 건립된 것이라고 볼 수 있다.『却廢忘記』[14]에 의하면 남편이나 자식이 朝廷 측에 가담했기 때문에 미망인이 된 여성들이 난 직후부터 귀족·무사의 출신을 가리지 않고 묘에가 있는 곳에 모여들었다고 하는 것에서 추측할 수 있다. 이와 같이 묘에의 문하에는 조큐의 난 때, 육친을 잃은 여성들이 귀의출가(歸依出家)하고 있었고, 그러한 견딜 수 없는 비극을 껴안은 여성들의 제도(濟度)는 묘에로서는 가장 절실한 문제였을 것이다.

그것은 善妙寺의 비구니들을 에마키(繪卷)에 묘사되어 있는 선묘의 고사(故事)에 비유하여 善妙神에게 귀의(歸依)시켜서 화엄옹호의 보살

---

13) 우메쓰 지로(梅津次郞) 씨, 앞 논문 注2), p.143.
14)『却廢忘記』(『鎌倉舊佛敎』, 日本思想大系), 岩波書店, 1971, pp.116~117.

도(菩薩道)에 향하게 함으로써, 의상과 연관 지어서 여인제도(女人濟度)를 행한다고 하는 것은, 묘에에 있어서도 최대의 관심사이자 절실한 바람이었을지도 모른다. 필자는 이러한 요인에 의상그림 제작의 근본적인 제작 동기가 있다고 보고, 에마키(繪卷)의 성립이 조큐(承久)의 난과 직접적으로 깊은 관계에 있다고 생각되어, 에마키의 제작시기를 조큐의 난(1221) 이후부터 善妙寺 창건 이전의 貞應 2년(1223)의 사이에 만들어졌을 것이라고 추정하고 있다.

한편 당시의 히라오카(平岡) 善妙寺의 규모를 추측할 수 있는 확실한 자료는 없지만, 貞應 원년(1222) 11월 8일의 『明惠上人夢記』에 '平岡尼寺三十人許見之'[15]라고 적혀 있어, 이것이 현실의 반영이라고 한다면 30여 명 정도의 비구니들이 모여서 수행을 하고 있었다는 것을 알 수 있다. 高山寺에는 『六十華嚴經』을 서사한 작은 책자 50첩(帖)이 보존되어 있지만, 이것들은 전부 비구니들에 의해서 서사된 것이기 때문에 『아마교(尼經)』라고 불려지고 있다. 이 『尼經』은 묘에가 입적한 후, 비구니들이 추선공양(追善供養)을 위해 서사한 것으로 예를 들면, 『大方廣佛華嚴經』권제1 안에는 '貞永元年九月三日酉時 書寫了. 比丘尼. 明達'이라고 있다. 또 권제60에는 다음과 같이 기재되어 있다.

　　貞永元年壬九月卄七日巳尅許 書寫了 奉爲此經書寫功 先師和尙悲知円
　　滿 生生世世受持不忘 在在所所隨逐仕事 一一念願必得成就 比丘尼禪惠

貞永 원년(1232) 6월 29일부터 11월 25일에 걸쳐서 '명달(明達)·진각(眞覺)·명행(明行)·성명(性明)·신계(信戒)·계광(戒光)·이증(理證)·선혜

---

15) 『明惠上人夢記』, 앞 책, 注5), p.155.

(禪惠)'라는 8명의 비구니 승들이 참가하고 있다. 그 중에 명달·계광·성명·선혜 등은 모두 조큐(承久)의 난에 의해서 피해를 입은 처첩(妻妾)이었다는 것을, 에도(江戶)시대 말기의 학자 구리하라 류안(栗原柳庵, 1794~1870)의『題跋備考』16)에서 상세하게 고증되어 있다. 게다가 묘에의 제자 조엔(長円)의『却廢忘記』에는 만년의 묘에가 '善妙寺에는 나의 문류(門流)가 많이 주거하고 있다. 내가 말한 것을 항상 소홀히 하지 않고, 진심으로 지키려고 노력하고 있다'17)라고 말했다고 전하며, 묘에는 善妙寺의 비구니 승들을 위하여 심혈을 기울이고, 비구니 승들도 그 기대에 부응하여 태만하지 않고 매일 수행에 힘썼다는 것을 엿볼 수가 있다.

3. 원효그림 제작의 배경

한편 '원효그림'은 신라왕의 왕비의 병에 관련되어 기적이나 원효의 고덕이 중심설화로서 묘사되어 있지만, 의상그림과 같이 명확한 제작 동기를 원효그림 그 자체에서 찾는 것은 매우 곤란하다. 그러나 원효에 관계되는 외적인 요인에서 조사해 보면, 겐초(建長) 2년(1250) 성립의『高山寺聖教目錄』에는 원효의 화엄교학에 관한 저서를 비롯하여 20부 35권이 수록되어 있어 묘에에 있어서 원효의 불교사상의 영향을 엿볼 수가 있다. 원래 원효는 의상과 함께 신라 화엄종의 祖師이고,

---

16)『題跋備考』의 저자는 구리하라 류안(栗原柳庵)이다. 이『題跋備考』안에 쓰여 있는 비구니들에 관한 기록은, 오쿠다 이사오(奧田勳),「善明寺資料集成(1)」,『聖心女子大學論叢』93, 1999, pp.50~53을 참조 바람.

17) 앞 책, 注14) p.116.

일본에 있어서도 예를 들면 헤이안(平安) 중기 천태종의 제5대 자스(座主) 엔친(円珍)의 『諸家敎相同異略集』[18]에서 다음과 같이 확인할 수가 있다.

> 常途所云我大日本摠有二宗。是八宗也。其八宗者何。答。南京有六宗。上都有二宗。是爲八宗也。南京六宗者。一華嚴。二律宗。三法相宗。四三論宗。五成實宗。六俱舍宗也。上都二宗者。一天台法華宗。二眞言秘密宗也。問。此之幷其高祖是爲誰耶。答。華嚴宗以元曉兩大德爲其高祖也。律宗有兩家。一疏家。二鈔家。今此間律宗恐以鈔家爲高祖耳。三論宗性家以羅什吉藏法師而爲高祖也。

일본에는 난토(南都, 奈良를 칭함)의 화엄종(華嚴宗)·율종(律宗)·법상종(法相宗)·삼론종(三論宗)·성실종(成實宗)·구사종(俱舍宗)이라는 6宗과, 교토의 천태종(天台宗)·진언종(眞言宗)의 2宗을 합하여 총 8종(八宗)이라 하고, 제종(諸宗)의 개조(開祖)를 들고 있지만, 그 중에서 원효를 '화엄종의 高祖'로서 내세우고 있다. 그것은 가마쿠라(鎌倉) 시대에 들어와서도 신란(親鸞)이 1256년부터 1257년 걸쳐서 기록한 호넨(法然, 1133~1212)의 언행록인 『西方指南抄』 안에도 '元曉의 『유심안락도』에 淨土宗意本爲凡夫. 兼爲聖人也. 元曉은 華嚴宗의 祖師이다'[19]라고 있어, 정토종(淨土宗)의 宗名의 근거와 함께 원효를 '화엄종의 祖師'로 적혀 있고, 물론 묘에의 『華嚴緣起』나 『光明眞言土沙勸進記』 등에도 똑같은 기술이 보여 원효를 화엄종의 祖師로 보는 인식은 法然이 사망하기 이전의 헤이안(平安) 시대에는 이미 정립되었다고 보아야 할 것이다.

---

18) 『諸家敎相同異略集』, 日本佛敎全集, p.583.
19) 『西方指南抄』(『大正藏』 권83), p.850.

특히 원효그림과 관련해서 주목하고 싶은 것은 묘에의 저서 『光明眞言士沙勸進記』이다. 이 원효그림의 문장에 관해서는 일찍이 후쿠이 리키치로(福井利吉郎)[20] 씨가 묘에가 저술한 『光明眞言士沙勸進記』 속의 원효전에 관한 기술이 유력한 증거가 된다고 말했다. 이것을 토대로 우메쓰(梅津) 씨는 한층 더 나아가 '원효그림은 광명진언토사의 신앙을 고취하기 위한 증거로서 제작되었다'[21]라고 하고, 이것을 고무한 것은 원효의 저서 『유심안락도』라고 지적하였다. 묘에의 저서 『光明眞言士沙勸進記』는 원효의 『유심안락도』의 해설서라고도 말할 수 있는 저술이고, 묘에의 광명진언신앙에 크게 영향을 끼쳤다는 것을 고려한다면, 원효그림의 문장에는 제작의도가 존재하지 않아도 에마키(繪卷) 제작의 배경으로서 충분히 상상할 수 있는 바이다. 광명진언토사가지에 대해서 『유심안락도』 '칠작의복제의문(七作疑復除疑門)'[22]에서 원효는 다음과 같이 설명하고 있다.

　　故不空羂索神變眞言經。第二十八卷。灌頂眞言成就品曰。爾時十万一切利土。三世一切如來毘盧遮那如來。(中略) 以是眞言加持土沙一百万遍。屍陀林中。散亡者屍骸上。或散墓土。遇皆散之彼所亡者。若地獄中。若餓鬼中。若修羅中。若傍生中。以一切不空毘盧遮那如來眞言本願。大灌頂光眞言加持土沙之力。應時卽得光明及身。除諸罪報。捨所苦身。往於西方極樂淨土。蓮華化生。

---

20) 후쿠이 리키치로(福井利吉郎), 「華嚴緣起繪と高山寺畵家」(『岩波講座日本文學』, 「繪卷物槪說下」) 第2編 第5章 참조, 1932.

21) 우메쓰 지로(梅津次郎), 「華嚴緣起-두 사람의 新羅僧의 사랑과 수행이야기-」, 『明惠上人과 高山寺』, 同朋舍出版, 1981, pp.337~338.

22) 『遊心安樂道』(大正藏卷47) p.119.

원효는 보리류지(菩提流志) 譯『不空羂索神變眞言經』을 인용하여, 죽은 사람에게 光明眞言으로 주문(呪文)한 土砂를 뿌려주면, 십악오역(十惡五逆)의 죄를 범하고 삼악도(三惡道 : 지옥, 아귀, 축생)에 떨어진 자도 그 죄업(罪業)이 소멸되어 극락정토에 왕생한다고 설법하고 있다. 겐신(源信)도『二十五三昧起請』[23)]에서 원효의 법문을 인용하면서 망자(亡者)에게 광명진언을 암송하여 土砂를 가지(加持)할 것을 권장하고 있다. 이와 같이 일본에 있어서 광명진언신앙은 헤이안(平安) 중기 이후부터 이윽고 퍼져나가게 된 것이라고 생각된다. 묘에에 있어서 광명진언토사가지의 신앙에 대해서는 이 책 제2부 제3장에서 자세하게 언급되어 있어 여기서는 중복을 피하기 위하여 생략하지만, 묘에가 광명진언의 토사가지법(土砂加持法)을 수행한 것은 安貞 2년(1228) 9월부터라고『明惠上人行狀』에는 적혀 있다. 그러나 시바사키 데루카즈(柴崎照和)[24)] 씨는 묘에가『유심안락도』에 관심을 가지고 광명진언신앙에 주목하기 시작한 것은 불광관(佛光觀)에 관한『佛光觀略次第』를 저술한 承久 2년(1220)부터라고 추정하고 있다. 묘에가 사용한 토사가지는 거처인 세키스이인(石水院)의 돌을 깨뜨려서 만들고, 산록에 흐르는 기요타키가와(淸滝川)의 토사는 사용하지 않는 등, 세심한 주의를 기울여서 토사가지법을 실시했다고 한다.

게다가 묘에는『光明眞言土沙勸進記』속에서 원효의 가르침을 설명하고, 타인에게도 光明眞言土砂加持의 공능(功能)을 믿을 것을 권장하며 원효의 전기를 다음과 같이 말하고 있다.

23)『二十五三昧起請』(日本佛教全書) pp.305~306 참조.
24) 시바사키 데루카즈(柴崎照和), 「明惠と佛光三昧觀(1)-實踐觀에서 본 그 수용의 이유 및 배경-」, 『南都佛教』 64, 1991, pp.44~70.

이 대사(원효)는 화엄종의 祖師로서 그 행덕(行德)은 헤아릴 수가 없다. 신라국왕의 왕비가 중병에 걸렸을 때 방약(方藥)을 써도 좀처럼 효과가 없고, 뛰어난 의사도 어찌할 수 없을 정도였다. 그래서 무당에게 명을 내려 왕비의 병을 점치게 했던 바, 이 나라의 힘으로는 이 병을 고칠 수가 없다고 한다. 타국에 방문하여 좋은 치료법이 있을지도 모른다고 진언했다. 대왕은 당으로 사신을 보냈다. 칙사는 배를 타고 해로로 가자, 이윽고 파도 위에서 용신(龍神)이 칙사를 불러서 용궁으로 데리고 갔다. 이 때 용왕의 이름은 검해(黔海)라는 사람이었지만, 금강삼매경이란 경전을 칙사의 정강이를 찢어서 그 경을 넣고, 누군가에게 이 경전을 강설하게 하여 일심(一心)으로 경청함이 좋다. 다만 이 경의 내용이 무척 어려워 강설할 수 있는 사람이 없을 것이다. 오로지 한 사람만이 그것이 가능한 지혜롭고 훌륭한 사람이 있다. 그 사람은 원효이고 불법의 동량(棟梁)이며, 세계의 일월(日月)로 비유될 정도 고승이다. (중략) 이 경전의 문구를 의심해서는 안 된다. 그것보다 한층 더 이와 같은 행덕을 갖춘 뛰어난 고승이 가지(加持), 주문(呪文)한 토사에 우연히 만난 것도 유연(有緣)이라고 말씀하신 것은, 참으로 의지할 수 있는 보람이 있어 더 없이 좋지 않은가.

이 『光明眞言土沙勸進記』는 安貞 2년(1228)에 저술한 것으로 원효의 저서 『유심안락도』를 해설한 책이다. 이 문장은 한자와 가타카나(片假名)가 섞여진 혼성문(混成文)으로 『宋高僧傳』 권4 '원효전'[25]에 근거하여 쓰여졌다고 생각되지만, 『宋高僧傳』보다도 오히려 원효그림의 문장과 그 유사점이 인정된다고 볼 수 있다. 예를 들면 『송고승전』에서 용왕

---

25) 오쿠다(奧田) 씨에 의하면, 『宋高僧傳』은 高山寺經藏目錄·記錄에도 나타나지 않고 가마쿠라(鎌倉) 시대의 사본인 『宋高僧傳抄』의 1첩(帖)이 高山寺에 전래되고 있으며, 華嚴緣起의 문장의 작자가 『宋高僧傳』을 본 것이 아니고, 『宋高僧傳抄』를 참조했을 가능성이 충분히 있다고 지적한다(「明惠와 義湘·元曉-마음속에 있는 이국인-」,『解釋과 鑑賞』 61·10, 1996, pp.75~82).

(龍王)의 이름을 '검해(鈐海)'라고 표현하고, 『금강삼매경』을 칙사의 천장(膻腸 : 장단지)을 찢어서 넣었다고 하지만, 문장에서는 용왕의 이름을 검해(黔海)로 하고, 『금강삼매경』을 칙사다리의 정강이(脛)를 찢어서 넣었다고 되어 있어, 『勸進記』와 원효그림 문장은 같은 표현이다.

이것에 대해서 가나자와 히로시(金澤弘) 씨는 『勸進記』와 에마키(繪卷)의 문장 중에 어느 쪽이 먼저 만들어졌는가 명확하지는 않지만 '적어도 『勸進記』의 구상이 있고 난 후에 문장이 완성되었다고 하는 것이 타당할 것이다'[26]라고 하는 견해는 지지할 수 있다. 이 『勸進記』는 安貞 2년(1228) 11월, 즉 묘에 56세 때의 저술이므로 원효그림의 제작은 그 이후, 2, 3년 사이에 만들어진 것이라고 추정해서 크게 틀리지는 않을 것이다. 그리고 이 광명진언토사가지의 공덕이 믿을 수 있는 것이라는 것을 원효의 행덕 그 자체에서 구하고, 그것을 묘에 자신도 진심으로 믿고 있다고 말하고 있다.

이와 같이 '원효그림'을 묘에의 광명진언신앙과 밀접한 관련이 있고, 그의 만년에 있어서 제작된 것이라고 추정했다. 그런데 묘에의 원효에의 추앙은 그의 젊은 시절에 화엄사상의 영향을 받은 것에서 비롯된 것 같다. 『宋高僧傳』 권4의 의상전에는 '마음이 산란함으로 인해 갖가지 것들이 생기고, 마음이 사라지며 토감(土龕)과 고분이 둘이 아니고 하나인 것을, 또한 삼계(三界)는 오직 마음이며 마음이 인식인 것을 알았다'[27]라고 있어, 원효는 무덤에서 '삼계유심(三界唯心), 만법유식(萬法唯識)'이라고 하는 화엄교학의 근본원리인 유심(唯心)의 원리를

---

26) 가나자와 히로시(金澤弘), 「華嚴宗祖師繪傳」 성립의 배경과 화풍, 『日本繪卷大成』, 中央公論社, 1978, pp.83~84.

27) 『宋高僧傳』(大正藏 卷50), p.729. '則知心故種種法生. 心滅故龕墳不二. 又三界唯心萬法唯識. 心外無法故用別求. 我不入唐'.

스스로 경험하고 깨달아 입당(入唐)을 단념했다고 하지만, 이 문장은 『六十華嚴經』의 '야마천궁품(夜摩天宮品)'28)을 근거로 하여 쓰여진 것으로 생각한다.

　　모든 인간 세상에는 형상이 없는 것은 만들어 놓지 않았다. 부처의 마음이 그대의 마음과 같고, 부처나 중생이나 태어남도 같다. 마음과 부처와 중생은 하나이고 이 셋은 같아서 차별이 없다. 모든 부처는 일체의 사물은 마음이 변하는 것에 의해서 생기는 것임을 알고 있다. 그러므로 이것을 잘 깨닫는다면 그 사람은 참으로 부처의 모습을 보게 될 것이다.

　이것은『華嚴經』의 '여심게(如心偈)'이며 흔히 세상에 유심게(唯心偈)라고도 불러지는 화엄교학에 있어서 가장 핵심이 되는 유심연기사상(唯心緣起思想)을 단적으로 보여주는 유명한 게문(偈文)이다. 유심사상(唯心思想)이란 매우 광범위하지만 마음은 모든 것의 근본이며 모든 것은 마음을 떠나서 존재할 수 없고, 마음에 의해서 현상이 창조되고 실현된다는 사상이다. 묘에도 원효의 일심사상(一心思想)의 영향을 받아서 29세 때에 기슈이토노(紀州絲野)에서 재가(在家)의 신자들을 위하여 알기 쉽게 『華嚴唯心義』2권을 저술하고 있다. 이 유심사상과 관련해서 원효그림 제1권 제1단의 문장에는 '마음 이외에는 불법(佛法)이 없다. 나는 이미 모든 佛法의 근본도리를 깨달았다. 마음 이외에는 스승을 원하지 않겠다'29)라고 말하고 당 유학을 포기했다고 묘사되어 있다. 이것은『宋高僧

---

28)『六十華嚴經』야마천궁품(夜摩天宮品)에는 '一切世界中。無法而不造。如心佛亦爾。如佛衆生然。心佛及衆生。是三無差別。諸佛悉了知。一切從心轉。若能如是觀'라고 있다(大正藏卷9, p.466). 이것은 여래림보살(如來林菩薩)이 부처의 신통력(神通力)을 받아서 사방을 둘러보고 시구(詩句)를 암송한 부분이다.

29) 고마쓰 시게미(小松茂美) 編,「華嚴宗祖師繪傳詞書釋文」,『華嚴宗祖師繪傳』수록, 續

傳』의 의상전 속에 '삼계(三界)는 오직 마음이며 마음이 인식인 것을 알
았다. 마음을 떠나서 법이 없으니 어찌 별도의 법이 따로 있겠는가'라고
말하고 신라로 돌아갔다는 내용과 서로 통하는 내용이다. 또한 '마음
이외에는 스승을 원하지 않겠다'라고 말한 것도, 원효가 한 곳에서 한
사람에게 지도를 받지 않았다고 전하는『삼국유사』의 원효불기에 전하
는 '生而穎異. 學不從師'라는 내용과 일치한다고 보겠다.

〈그림 2〉東白上峰에 있는 明惠遺跡   〈그림 3〉西白上峰에 있는 明惠遺跡

필자는 묘에에 있어서 원효의 사상적 영향은 젊은 시절부터 보여진
다고 지적했지만, 구체적으로는 겐큐(建久) 6년(1195) 그의 나이 23세
경부터 建久 8년의 3년에 걸쳐서 기슈유아사(紀州湯淺)에 있는 시로가
미미네(白上峰)에서 수행에 정진할 시기이다. 지금도 와카야마현(和歌

日本의 繪卷8, 中央公論社, 1990, pp.99~104 이하, 인용하는 '元曉繪', '義湘繪'의 문장
본문은 모두 이 책에 의한다.

山縣) 아리타군(有田郡)에는 묘에를 개산(開山)으로 하는 센무이지(施無畏寺)가 남아있고, 동서의 白上峰에는 작은 암자를 짓고 수련을 쌓은 묘에의 修行地의 흔적이 그대로 남아 있다. 묘에와 어느 정도 생활을 함께하고 있었다고 생각되는 제자 기카이(喜海)는 여기에서의 묘에의 수행생활에 대해서 『明惠上人行狀』30)에 자세하게 기록하고 있다.

上人(明惠) 기슈가루모(紀州苅藻)라고 하는 섬에 건너간 적이 있었다. '달을 벗 삼아 함께 배를 타고 나와서 바람에 의지하여 섬에 도착했다.' 둥근 달빛이 비추고 바위에 부딪치는 파도를 벗으로 삼고, 심한 바람소리 차갑게 봉우리에 불어온다. (중략) 그렇다면 '지금 섬도 법문(法門)에 들어가서 실상문의 道理를 느끼고 있다고 생각하니, 현밀(顯密 : 현교와 밀교)의 성교(聖敎 : 가르침)에 향하고 있는 것 같구나. 수연기망(隨緣起妄)의 덕에 유사하구나. 이 밖에 무슨 聖敎를 원하는가, 파도에는 달이 비추지만 출렁이는 파도에 빛이 넘실거린다. (중략) 또 海東의 元曉公은 亡人의 무덤에 묵으면서 매우 깊은 유식(唯識)의 도리의 깨달음을 열었고, 이것들은 시작에 불과하니 놀라운 것만은 아니다. 그렇다면 上人(明惠)은 섬에 임해서 법계법문(法界法門)의 깨달음을 열어 유심의 지혜를 수련한 것만은 아니다. 또 세간의 遊宴을 벗으로 하여 마음을 즐기는데 情趣를 더해준다.

묘에의 이 시로가미미네(白上峰)에 있어서의 수행은 우리들의 상상을 초월한 것이었다. 석가의 유적이 있는 천축(天竺)에 동경하여 부쓰겐여래상(佛眼如來像) 앞에서 칼을 들어 자신의 오른쪽 귀를 자른 것도 이 白上峰에서 일어난 사건이다. 그 이후 자신을 '무이법사(無耳法師)' 또는 '귀 없는 법사'라고 부르게 된다.

---

30) 『明惠上人行狀』, 앞 책, 注7) pp.35~36.

〈그림 4〉 紀州湯淺灣에 있는 가루모시마(苅藻島)·鷹島

　여기에서 기카이(喜海)는 建久 말 무렵에, 묘에와 도충(道忠, 18·9세) 세 사람이 가루모시마(苅藻島)에 건너간 것에 대해서 말하고 있다. 이 가루모시마는 시로가미(白上)의 바로 눈 아래에 있고, 조금 멀리 떨어진 곳에는 다카시마(鷹島)·구레시마(久禮島) 등이 있다. 묘에는 白上의 봉우리에서 전망했을 뿐 아니라, 이들 섬에 직접 건너가 천축(天竺)에 가까운 서해바다 건너편을 향하여 염송(念誦)한 것이다. 기카이(喜海)는 "上人(묘에)은 달을 벗 삼아 함께 배를 타고 나와서 바람에 의지하여 섬에 도착했다. 둥근 달빛이 비추고 바위에 부딪치는 파도를 벗으로 삼았다."라고 말하고 있지만, 이 문장은 마치 원효그림에 묘사되어 있는 그림에서 원효가 해변에 앉아서 달을 바라보며 '달을 읊고 있는 곳'이라는 한 장면을 떠오르게 한다. 그리고 해동의 원효公은, '亡人의 무덤에 묵으면서 매우 깊은 유식(唯識)의 도리'를 깨달았지만, 묘에는 '섬에 임해서 법계법문의 깨달음을 열어 유심의 지혜'[31]를 수련하였다

---

31) 明惠은 이 시로가미(白上)에 있어서의 수행체험을 토대로 실천적인 수행방법을 정한 『唯心觀行式』과, 재가(在家)의 신자들의 요구에 부응해서 『華嚴經』의 「如心偈」(유심게)를 쉽게 해석한 『華嚴唯心義』를 建仁 원년(1201)에 저술하고 있다.

〈그림 5〉 명혜상인수상좌선상(明惠上人樹上坐禪像) (국보·高山寺 소장)

고 하여, 원효에게 오버랩하고 있는 곳에 묘에의 젊은 수행기에 있어서 원효를 깊이 존경하는 마음이 엿보여, 이것은 원효그림을 제작하는 데 있어서 하나의 동기가 되었다고 말할 수 있겠다.

4. 『華嚴緣起』 繪卷의 작가

『華嚴緣起』의 작가에 관해서 기록한 가장 오래된 것은, 겐초(建長) 2년(1250)에 성립한 『高山寺聖敎目錄』에는 '義湘元曉繪幷能惠得業繪等納一合'[32]라고 있어, 그 주기(注記)에 '信實繪'라고 적혀 있어서 종래에는 후지와라노 노부자네(藤原信實)의 붓에 의한 작품이라고 전해왔지만, 注記는 나중에 적어 넣었을 가능성이 크고, 게다가 노부자네(信實)의 화풍과 『華嚴緣起』의 화풍은 매우 취향을 달리한다고 생각되어 왔다. 이러한 연유로 미나모토 도요무네(源豊宗) 씨는 '명혜상인수상좌선상(明惠上人樹上坐禪像)이 조닌(成忍)의 붓에 의한 것이 분명한 이상, 『華嚴緣起』도 조닌의 붓에 의한 작품이다'[33]라고 결정지었다. 이것에

---

32) 『高山寺聖敎目錄』(『高山寺古典籍纂集』, 高山寺資料叢書 第17冊), 東京大學出版會, 1988, p.48.

33) 미나모토 도요무네(源豊宗), 「明惠上人의 畵像과 그 필자에 관해서」, 『日本美術史論究』, 思文閣出版, 1982, pp.494~496 참조.

대해서 가메다 쓰토무(龜田孜) 씨는 "원효그림·의상그림은 닮고 있으면서도 그 화풍과 취향, 구성이 서로 다르다"[34]고 하여, 원효그림의 작가는 조닌인 것을 인정하고, 의상그림의 작가는 특히 당본(唐本)이나 宋의 풍속화에 뛰어난 묘에 주변의 專門繪師인 슌가홋교(俊賀法橋)라고 추정하고 있다.

먼저 高山寺의 관련 자료에서 조닌(成忍)이라는 이름이 가장 먼저 눈에 띄는 것은, 겐랴쿠(建曆) 원년(1211) 8월 高山寺 소장 『八十華嚴經』卷51·52와, 또 建曆 2年 『十地論義記』 卷3의 간기(刊記)에 다음과 같이 보인다.

· 又當來世 必五十五聖會花嚴海衆 入普賢願海度無邊群類 宇時建曆元年
　八月卅六日 花嚴海衆末學沙門成忍(『八十華嚴經』)
· 建曆二年五月十三日於梅尾御房書寫了 執筆僧成忍(『十地論義記』)

또한 불화(佛畵) 쪽을 보면, 『高山寺緣起』에 자재천(自在天)을 비롯하여 '上人繩床座禪眞影·비로자나오성만다라(毘盧遮那五聖曼茶羅)·당본십육나한상(唐本十六羅漢像)' 등 총 14개의 작품이 수록되어 있다. 이 중에서 唐本十六羅漢像는 송화(宋畵)의 영향으로 그려진 것이라고 한다. 특히 주목하고 싶은 것은 흔히 '명혜상인수상좌선상'(국보)라고 칭하는 작품은 成忍의 붓에 의한 작품으로 깊은 산 속에 두 갈래로 나누어진 소나무에 밧줄로 마루를 만들어 수행 장소로 하고, 그곳에서 좌선에 잠기고 있는 묘에의 모습이 생생하게 그려져 있다. 화폭 상부에 붙여진 화찬(畵贊)은 묘에의 자필이라고 한다. 묘에는 高山寺의 뒷산을 능

---

34) 가메다 쓰토무(龜田孜), 「華嚴緣起에 관해서」, 『日本繪卷全集』, 角川書店, 1959, p.11.
　이 논문은, 나중에 同 『佛敎說話繪의 연구』, 東京美術, 1968에 수록됨.

가산(楞伽山)이라고 이름 지어, 『高山寺緣起』에 의하면 겐포(建保) 말
무렵에 이 산에 작은 암자를 하나 지어서 좌선수행(坐禪修行)을 했다고
적혀 있다. 이것과 관련해서 『明惠上人歌集』에는 '建保四年四月에 楞
伽山의 암자에 있어서 좌선입관(坐禪入觀)'35)이라고 있어, 묘에가 建保
4년(1216) 4월에 능가산(楞伽山)의 암자에서 좌선입관했다고 하는 그 예
증(例證)을 나타내고 있다.

그리고 『高山寺緣起』 '서면지불당(西面持佛堂)'의 조에, '擬凡僧坐禪
眞影云云, 惠日房成忍筆'36)이라고 있어, 묘에의 화찬(畵贊)과 거의 일
치하고 있다. 또 조닌(成忍)은 묘에의 눈과 귀 등의 치수를 직접 재는
것이 허용되어 '上人多年同法'이라고 칭하는 등, 『高山寺緣起』의 기록
과 함께 대조해 볼 때, '명혜상인수상좌선상'은 成忍의 붓에 의한 것으
로 보아도 좋다고 생각한다. 게다가 『華嚴緣起』의 원효그림의 화풍과
취향이 '수상좌선상(樹上坐禪像)'의 화풍과 묘사형식이 유사하다는 것은
이미 여러 연구자에 의해 지적되고 있다.37) 예를 들면 에마키(繪卷)의
'원효그림'의 冒頭에는 원효가 의상과 함께 무덤 안에서 오른손을 뻗으
며 꿈을 꾸면서 누워 있는 원효의 조용한 얼굴이, '수상좌선상'의 묘에
의 모습과 동일인물인 것같이 흡사하게 그려져 있다. 이와 같이 검토한
바에 의해서 '원효그림'은 成忍에 의해 그려진 것이라고 생각해야 할
것이다.

---

35) 요시하라 시케코(吉原シケコ), 『明惠上人歌集의 硏究』, 桜楓社, 1976, p.83.

36) 『高山寺緣起』, 『明惠上人資料 第一』, 東京大學出版會, 1994, p.645.

37) 모리 도오루(森暢), 「明惠上人의 畵像에 관해서」, 『鎌倉時代의 肖像畵』 미스즈書房,
    1971, pp.49~83; 히라타 유타카(平田寛), 「明惠의 周邊-惠日房成忍와 俊賀의 경우」,
    『哲學年報』 34輯, 1975, pp.113~130; 가나자와 히로시(金澤弘), 「華嚴宗祖師繪傳』
    成立의 背景과 畵風」, 『華嚴宗祖師繪傳』(華嚴緣起), 中央公論社, 1979, pp.78~92 등.

그렇다면 '의상그림'의 작가는 누구인가가 문제가 된다. 高山寺의
繪師로서는 '슌가홋쿄(俊賀法橋)·궁전사(宮殿司)·가네야스(兼康)'라는 세
사람의 화가를 들 수 있다. 먼저 슌가홋쿄(俊賀法橋)는 묘에가 젊은 시절
부터 그림을 의뢰했던 인물이다. 슌가(俊賀)는 建仁3년(1203) 기슈호타
쇼(紀州保田庄)에서 묘에가 감득(感得)한 가스가묘진(春日明神)과 스미요
시묘진(住吉明神)의 형상(形像)을 그리고 있다. 『明惠上人神現傳記』[38]
에 의하면,

> 建仁 3년(1203) 4월 9일, 불사(佛師) 사쓰마호오쿄슌가(薩摩法橋俊賀)
> 와 서로 이야기하여 기슈(紀州)로 데리고 내려가서 호타쇼호시오(保田庄
> 星尾)라는 곳에서 탁선(託宣)의 의궤(儀軌)에 의해서 양쪽의 다이묘진(大
> 明神)의 형상(形像)을 그려서 받치다.
> 同 19일, 사키야마효에(崎山兵衛) 요시사다(良貞)의 집에서 개안공양
> (開眼供養)이 있었다. 上人(묘에) 스스로 開眼供養을 개최했다.

라고 보인다. 가스가묘진(春日明神)은 묘에의 꿈에 자주 나타나고 있지
만, 建仁 3년(묘에 31세) 이 그림을 그리기 전인 정월에, 노인의 모습으
로 요고(影向 : 신불의 모습으로 나타남)하여 묘에를 지혜로서는 제일이라
고 칭찬하고, 천축행(天竺行)을 단념하고 인간의 도사로서 궁궐 가까운
곳에 머물 것을 권장했다고 한다. 그 후 묘에는 인도순례를 포기하고,
그 형상을 종이에 그리게 한 것이다. 가게야마 하루키(景山春樹)[39] 씨
에 의하면 이 요고즈(影向圖)는 무로마치(室町)시대 말기의 모본(模本)이

---

38) 『明惠上人神現傳記』, 앞 책, 注36) p.248.

39) 가게야마 하루키(景山春樹), 「高山寺의 鎭守社와 그 遺寶」, 『明惠上人과 高山寺』, 同
　　朋舍出版, 1981, pp.209~211.

지금도 高山寺에 전래되어 보존하고 있다고 한다. 그러나 이 그림은 몇 종류나 되는 모본이 있어 원래 종이에 그린 슌가(俊賀)의 필적을 판별하기에는 무척 어렵다고 한다.

또한 『高山寺緣起』[40]에 의하면, 가로쿠(嘉祿) 원년(1225) 7월에 高山寺의 '나한당(羅漢堂)'에 8포(鋪)의 십육나한회상(十六羅漢繪像)을 슌가홋쿄(俊賀法橋)가 그려서 헌상(獻上)하여 안치하고 있다. 嘉祿3년에 상량(上棟)하고 寬喜 4년(1232) 8월에 高山寺 3층탑에 있어서는 후벽 정면에 오비밀만다라(五秘密曼茶羅), 후면에 화엄선재선지식도(華嚴善財善知識圖), 네 기둥에 화엄해회성중만다라(華嚴海會聖衆曼茶羅), 또 동·서·북 세 방향의 문에 육천상(六天像)을, 그 어느 것이나 俊賀法橋가 그리고 있다. 그 밖에 겐포(建保) 3년(1215) 5월에는 고토바인(後鳥羽院)의 역수(逆修)로 아미타상을 그리고 있고, 또 진고지(神護寺) 간조인(灌頂院)의 八大師影像 8폭은 슌가홋쿄(俊賀法橋)의 붓에 의한 것이다. 이러한 이유로 가메다(龜田)[41] 씨는 俊賀法橋는 묘에의 생애를 통해서 그의 의중을 잘 알아서 불화(佛畵)를 그리고 있고, 당본(唐本)·송화(宋畵) 등에 뛰어난 화가라고 생각할 때, 成忍과 함께 공동으로 제작하였다고 하는 지적은 충분히 납득할 수 있다.

묘에의 주변에서 조닌(成忍)과 슌가홋쿄(俊賀法橋) 이외의 화가로 알려지고 있는 가네야스(兼康)가 있다. 가네야스는 가메다(龜田)[42] 씨에 의하면 '承元·建保·寬喜 무렵에 장벽화(障壁畵)을 주로 그린 에도코로(繪所, 회화 제작기관)의 화가였다'고 하지만, 『本朝畵史』(1693년)에는

---

40) 『高山寺緣起』, 앞 책, 注8) pp.639~640.

41) 가메다(龜田) 씨, 앞 논문, 注34) p.12.

42) 가메다(龜田) 씨, 앞 논문, 注34) p.12.

생몰년 미상으로 묘에와 같은 시대의 인물로 그림 솜씨가 뛰어나고 능혜(能惠)·가네야스(兼康) 모두 도가노오(栂尾)의 書畵目錄에 보인다고 기록되어 있다. 『高山寺聖敎目錄』에는 '가네야스의 繪本一卷'이 젠도인(禪堂院)에 존재했다고 기록되어 있지만, 이것만으로는 의상그림의 작가라고 추정하기는 어렵다. 다만, 가네야스(兼康)[43]는 궁중의 에도코로(繪所)의 전문화가로서 자주 高山寺에 초대받아서 불화(佛畵) 등의 제작에 참가하고 있는 점은 주목할 사항이다.

5. 맺음말

본장에서는『華嚴緣起』에 있어서 '의상그림' 및 '원효그림'의 성립과 제작배경, 그리고 작가에 관해서 고찰하였다. 이것들을 요약해 보면, 의상그림의 성립은 조큐(承久)의 난으로 인해서 육친을 잃고 견딜 수 없는 비극을 품은 채 묘에의 문하에서 출가한 여인들을, 에마키에 그려져 있는 선묘의 고사(故事)에 비유하고, 묘에 자신을 의상에 견주어서 여인구제를 행할 목적으로서 高山寺에서 제작된 것이라고 생각한다. 또 원효그림의 성립은 묘에가 光明眞言信仰의 근거를 구한 원효의 저서『유심안락도』와 관련지어서 사상이나 신앙 면에서 묘에의 젊은 시절부터 원효에의 깊은 경도(傾倒)가 그의 만년에 있어서 원효그림 제작의 배경이 되었다고 추정했다.

---

43) 고마쓰 시게미(小松茂美) 씨는 원효그림의 작가로서 가메다(龜田) 씨의 조닌(成忍)이라고 하는 견해에는 전적으로 동의하지만, 의상그림의 작가로는 자주 高山寺에 초대되어 불화 등의 제작에 참여하고 있었다는 이유로 궁중의 에도코로(繪所)의 繪師 가네야스(兼康)라고 추정하고 있다. 앞 책 注3) pp.91~92 참조.

이와 같이 두 에마키(繪卷)의 성립배경에서 그 제작시기를 추정한다면, 의상그림은 조큐(承久)의 난(1221) 이후부터 善妙寺 창건 이전의 貞應 2년(1223) 사이에, 원효그림은 묘에의 『光明眞言土沙勸進記』가 완성된 安貞 2년(1228)부터 동 3년의 사이에 완성된 것이라고 생각하고 있다.

또한 『華嚴緣起』의 작가로는 원효그림과 '明惠上人樹上坐禪像'과 대조하여 인물묘사와 화풍·취향 등이 서로 흡사하다는 점에서 조닌 (成忍)의 손에 의한 작품인 것은 틀림이 없을 것이다. 또 의상그림의 작가에 대해서는 슌가홋쿄(俊賀法橋)와 가네야스(兼康)를 들 수 있다. 그 중에서 高山寺의 관련 자료의 분석을 통해서 묘에 주변의 전문 화가이며 특히 당본(唐本)·송화(宋畵)에 뛰어난 俊賀法橋가 유력시되고 있지만, 에도코로(繪所)의 화가라고 전해지는 가네야스(兼康)도 高山寺의 불화(佛畵) 제작에 참가하는 등, 금후 더 상세하게 검토할 필요성이 있다고 생각한다.

제 2 장

華嚴宗의 祖師 元曉傳과 義湘傳

1. 머리말

원효와 의상은 한국불교사에 있어서 너무나 유명하고 잘 알려져 있으며, 이른바 신라시대를 대표하는 위대한 인물이라고 말할 수 있다. 원효(617~686)는 신라를 초월하여 보편적인 사상을 수립하여 중국과 일본에 영향을 많이 끼친 사상가로서 널리 알려져 있다.

신라의 명승(名僧) 원효는 의상과 함께 唐에 유학의 길을 떠났는데, 도중에 무덤에서 묵은 뒤, 모든 법은 마음이 변하는 것에 의해서 생겨난다는 화엄사상의 핵심이라 할 수 있는 유심의 깊은 원리를 스스로 체험하고 깨달아 그 뜻을 바꾸어 입당(入唐)을 단념했다고 한다. 원효는 전설상에는 괴기(怪奇)의 행적(行跡)을 가지고 말해지는 경우가 많지만, 그의 학문적인 업적은 '「나라죠현재일체경소목록(奈良朝現在一切經疏目錄)」'[1]에 의하면 60여부에 이르는 저서가 일본에 전래하여 서사(書寫)되었고, 그것만 보아도 일본불교의 성립에 원효의 사상적 영향이 얼마나 컸는가

---

1) 이시다 모사쿠(石田茂作), 「奈良朝現在一切經疏目錄」, 『寫經에서 본 奈良朝佛教의 研究』 수록, 東洋文庫, 1981, 부록 pp.94~148 참조.

를 충분히 알 수 있다. 현재는 그 저서 중에 22종만이 전해지고 있다.

의상(625~702)은 초지일관 입당하여 37세에 종남산(終南山) 지상사(至相寺)의 중국 화엄종 제3祖 지엄(智儼)의 문하에서 법장(法藏)과 함께 수학하며 화엄교학을 대성하였다. 『삼국유사』에 의하면 문무왕 11년 (671)에 귀국하여 태백산에 화엄교학의 근본도량인 부석사(浮石寺)를 창건(676)하고, 화엄종의 종지(宗旨)를 널리 알리고 선양하여 해동화엄종의 초조(初祖)로 추앙받고 있다. 특히 의상이 당에 유학하여 만났던 선묘(善妙)와의 설화는 일본에까지 전해져서 高山寺의 묘에쇼닌(明惠上人)에게 큰 영향을 끼쳤다.

한편 高山寺의 명혜(明惠, 1173~1232)는 가마쿠라(鎌倉) 시대에 화엄종의 부흥에 진력한 승려이지만, 시대를 초월하여 신라의 고승 원효와 의상에게 깊이 경도(傾倒)하고 있었다. 묘에는 異國人인 원효와 의상을 '華嚴宗의 祖師'로서 늘 존숭(尊崇)하는 마음을 가지고, 『華嚴緣起』라고 하는 에마키(繪卷)까지 만들고 있다. 高山寺 소장 『華嚴緣起』[2]는 원효와 의상이라는 두 사람의 전기와 설화를 소재로 한 것으로, 중국·일본도 아닌 신라의 원효와 의상을 화엄종의 조사로서 뛰어난 필체로 문학적으로 묘사하고 있다. 게다가 묘에가 썼다고 하는 繪

〈그림 6〉 石水院에 걸려있는 편액(扁額)

---

2) 현재 『華嚴緣起』 繪卷은 훼손의 염려가 있기 때문에 지금은 京都國立博物館에 위탁 보관하고 있다.

卷의 문장에는 두 사람의 전기와 설화가 자세하게 기술되어 있다. 교토의 도가노오(栂尾)에 위치하고 있는 고잔지(高山寺)는 建永 원년(1206)에 고토바인(後鳥羽院)의 칙명에 의해서 華嚴宗 부흥의 승지(勝地)로서 묘에가 도가노오(栂尾)의 땅을 하사(下賜)받은 것이 高山寺의 시초라고 한다. 지금 이 지역은 1994년 유네스코의 세계문화유산에 등록되어 있으며 高山寺 경내의 세키스이인(石水院)에 걸려있는 '日出先照高山之寺', 즉 해가 떠서 제일 먼저 비치는 高山의 寺(절)라는 의미로 고토바인(後鳥羽院)이 친필로 직접 쓴 편액(扁額)은 그때 하사 받은 것이라고 전해지고 있다.

〈그림 7〉 고산사의 경내의 石水院(국보)

본장에서는 일본에 있어서 원효와 의상전기의 수용에 관해서 한국과 일본과의 문화교류라는 측면에서 『華嚴緣起』·『삼국유사』 등을 중심으로 고찰하고자 한다.

2. 『華嚴緣起』 繪卷의 전래

먼저 『華嚴緣起』는 '의상그림'과 '원효그림'이라고 하는 두 개의 祖師傳으로 나누어져 구성되어 있고, 에마키(繪卷)의 문장은 『宋高僧傳』 권4 '義湘傳·元曉傳'의 본문을 주된 출전(出典)으로 하고 있다. 이 『華嚴緣起』의 성립에 관해서 일찍이 우메쓰 지로(梅津次郎)[3] 씨는 의상그림을 묘에의 善妙寺 건립과 관련지어서 선묘사에 선묘상이 안치되고 나서 의상그림이 제작되었다고 하고, 원효그림은 光明眞言信仰와 깊이 관계하고 있는 점에서 묘에의 입적(入寂) 이전의 제작이라고 보고, 두 에마키의 성립을 조오(貞應) 2년(1223)에서 안테이(安貞) 2년(1228) 전후에 이루어졌다고 추정하였다.

그러나 필자는[4] 의상그림의 성립은 당시 조큐(承久)의 난에 의해서 육친을 잃고, 묘에의 문하에서 귀의출가(歸依出家)한 여성들을 선묘의 고사(故事)에 비유하고 의상에 견주어서 여인구제를 행할 목적으로 高山寺에서 제작된 것이라고 보고, 의상그림을 조큐의 난(1221) 이후에서 선묘사 창건(1223) 이전에 성립되었다고 생각하고 있다. 또 원효그림의 성립은 묘에가 光明眞言土砂加持의 信仰의 근거를 구한 원효의 저서 『유심안락도』와 관련지어서 젊은 시절부터 사상이나 신앙의 면에서 묘에의 원효에 대해 깊이 추앙하는 마음이 에마키 제작의 배경이 되어 있다고 보고, 묘에의 『光明眞言土沙勸進記』가 완성된 安貞 2, 3년 사이에 제작된 것이라고 추정하고 있다.

현존하는 『華嚴緣起』는 '의상그림 3권'과 '원효그림 3권'을 합쳐서

---

3) 우메쓰 지로(梅津次郎), 「義湘·元曉繪의 成立」, 『繪卷物叢考』, 中央公論美術出版, 1968, pp.145~157.
4) 이 책 제1부 제1장, 『華嚴緣起』의 성립과 배경 참조.

6卷本으로 보존되고 있지만, 실은 이들 에마키(繪卷)는 원래 의상그림 4권, 원효그림 2권으로서 제작된 것이었다. 고스우코인(後崇光院)의 일기인 『看聞御記』[5] 에이쿄(永享) 5년(1433) 6월 16일 조에 다음과 같이 기술되어 있다.

> 十六日。晴。茶事東御方申沙汰如例。內裏御返上。又一合被下。八坂法觀寺島緣起二卷。聖廟御繪六卷。義湘大師繪四卷。靑丘大師繪二卷被下爲悅。八坂繪殊勝圖也。

이 '義湘大師繪四卷'과 '靑丘大師繪二卷'이라고 하는 두 개의 에마키(繪卷)는 원래 원 세트로서 무로마치(室町)시대의 15세기 초기까지는 高山寺의 경장(經藏)에 보관되어 전래된 것임에 틀림이 없다. 여기에서 '義湘大師繪四卷'은 신라화엄종의 개조(開祖) 의상대사의 행적(行跡)을 그린 그림 4권이며, '靑丘大師繪二卷'은 원효대사의 행장(行狀)을 그린 그림 2권이란 것을 의미하고 있다는 것은 말할 필요도 없다. 원효는 헤이안(平安)시대 이후 '청구대사(靑丘大師)'로서 알려져 있다. 고려시대 숙종 6년(1101) 8월에 원효와 의상이 동방의 성인(聖人)인데도 불구하고, 시호나 비석이 없어 이를 애석하게 여긴 숙종(肅宗)이 원효에게는 대성화쟁국사(大聖和諍國師) 의상에게는 대성원교국사(大聖圓敎國師)라는 시호를 부여하고 비석을 세워서 그 공덕을 기리게 하였다(『高麗史』 권11).

그리'고 明治 16년(1883) 수리를 할 때에 의상그림 제2권 뒷면에 쓰여진 문서가 발견되었다. 그 서체는 아주 졸렬하고 판독하는 데 곤란을 겪었다고 하는데 이 문서에는 다음과 같이 쓰여 있다.

---

5) 『看聞御記』下(『續群書類從』 補遺 第2) p.4.

華嚴宗祖師義湘大師四卷。元曉大師二卷。明惠上人繪三卷。以上九卷獸
物繪上中下同類間二卷開田殿□□本。都合廿一卷。本是高山寺東經藏之具
也。先年兵亂之時。足輕共執散。爲彼兵火。所燒失了。然坊人共拾集納彼
藏也。後世留守門人。可得其意。不可存私。仍取置之也。時元龜庚午七月
廿一日羊僧□性。

말미의 '元龜庚午'는 즉 겐키(元龜) 원년(1570)을 가르치며 이 문서의
작성연대를 추정할 수가 있다. 처음에 '華嚴宗祖師義湘大師四卷'이라
고 적고, 계속해서 '元曉大師二卷'이라고 하는 것은 이 에미키(繪卷)는
본래 원 세트 6卷本이었다는 것을 명시하고 있다. 이 우라우치쇼(裏打
書6), 종이 안에 다른 종이로 붙임)에 의하면 일본 戰國時代의 天文 16년
(1547)에 일어난 호소카와 하루모토(細川晴元)의 난 때, 아시가루(足輕)
라는 무사에 의해 高山寺의 동쪽 경장(東經藏)에 보관되어 있던 에마키
(繪卷) 11권이 무단으로 반출되어 불에 타 버린 繪卷을 관리하고 있던
승려들이 주워 모았다는 것을 기록하고 있다. 이 때 원래의 繪卷 6권이
파손되고 흐트러져 착간(錯簡)이 생긴 것으로 보여지지만, 언제 수리가
이루어졌는지는 분명치가 않다.

그런데 이 에마키(繪卷)의 복원이 언제 이루어진 것일까. 그것을 추
측할 수 있는 단서는 간에이(寬永) 10년(1633) 10월에 작성된 '笛入子六
合目錄'7)이다. 에비레이레코(笛入子)라고 하는 것은 대나무로 짜서 만
들어 위에 시부가미(澁紙 : 감물을 먹인 종이)를 붙인 문서수납용 상자를
말한다. 이 목록은 게이안(慶安) 3년(1650)에 교합(校合)이 이루어져 있

---

6) 고마쓰 시게미(小松茂美), 「華嚴宗祖師繪傳」 제작의 배경─明惠의 新羅僧 두 사람에
   의 追慕」, 續日本의 繪卷, 中央公論社, 1990, p.80.
7) 호리이케 슌포(堀池春峰) 編, 『高山寺遺文抄』, 三笠出版, 1957, p.198.

지만, 그 육합(六合, 眼·耳·鼻·舌·身·意의 여섯 개로 나눔) 중에 '意'의 상자에 다음과 같은 기록이 보인다.

義湘大師繪四卷 不足 今度調三卷了 重可調本樣

元曉大師繪貳卷 上下

이것에 의하면 에도(江戶)시대 초기에 있어서 '義湘大師繪四卷'은 이미 4권 중에 1권 분이 분명히 부족하고 있었다. 이 시점에서 어쩔 수 없이 3권 분으로 해 두었지만, 이것은 어디까지나 임시조치에 불과하였다. 인용문 중에 '重可調本樣'이란 거듭 조사하여 원래의 4권 분으로 복원한다는 의미이지만, 그 이후 4권 분으로 고쳐진 적은 없었다. 게다가 '元曉大師繪貳卷 上下'는 앞에서 언급한 『看聞御記』나 元龜 원년의 우라우치쇼(裏打書)의 기재와 부합(符合)하고 있지만, 현재의 형태 '元曉繪三卷'에는 저어(齟齬)가 일어나고 있다는 것이다. 이러한 기록에서 볼 때 게이안(慶安) 3년 무렵에 의상그림을 4권으로 복원시키는 것을 단념하고 원효그림을 3권으로 하는 것에 의해 '의상그림 3권', '원효그림 3권'이라고 하는 형태로 되었다고 보는 것이 타당할 것이다.

한편 현존하는 6卷本 『華嚴緣起』에 착간(錯簡)이 존재하고 있다는 것을 가장 먼저 발견한 것은 야오타니 다카야스(八百谷孝保)[8] 씨였다. 야오타니(八百谷) 씨는 『華嚴緣起』의 '의상그림'과 '원효그림'의 문장이 『宋高僧傳』에 보이는 의상·원효전의 본문을 근거로 하고 있다는 것에 주목하여 의상·원효의 문장이 『宋高僧傳』에 의한 것이라고 단정하고, 현재의 형태에서 원래의 의상그림 4권, 원효그림 2권의 형태로 繪

---

8) 야오타니 다카야스(八百谷孝保), 「華嚴緣起繪詞와 그 錯簡에 관해서」, 『畵說』16, 1938.4, pp.299~332.

卷의 착간을 보정하는 작업을 꾸준히 행하였다. 『華嚴緣起』의 문장의
출전으로 일컬어지는 『宋高僧傳』의 의상·원효전은 설화적인 요소가
많고 『삼국유사』 등 한국 측 사료에 실제로 전해오는 전기와 약간 다르
기 때문에 다음에서 비교 검토해 보겠다.

3. 원효의 전기

원효의 俗姓은 설 씨(薛氏)이며 아버지는 담날내말(談捺乃末)이다. 신
라 진평왕 39년(617)에 압량군(押梁郡) 불지촌(佛地村)에서 태어났다. 문
무왕 원년(661)에 원효는 의상과 함께 입당(入唐)하는 도중에 무덤에서
묵으면서 촉루(해골) 속에 들어있는 물을 마시고, 유심소조(唯心所造)의
도리를 깨닫고 국내에 남아서 한국불교의 독창적인 사상을 만들었다
고 한다. 『華嚴緣起』 '원효그림'의 문장에 있어서는 원효의 출생부터
입적(入寂)까지의 완전한 행장(行狀)을 전하는 것이 아니고, ① 귀신의
꿈을 꾸고 깨달음을 얻어 입당을 단념하는 이야기, ② 원효의 자유분
방한 생활상, ③ 『金剛三昧經』의 논소(論疏)를 만들어 신라왕비의 병을
치유하는 이야기가 중심설화로서 묘사되어 있다.

원효그림의 처음부분에는 원효가 의상과 함께 당으로 향하던 도중
에 비를 피하는 장면부터 시작된다. 원효그림 권1 제1단의 문장9)에는
두 사람이 고분(무덤)이라는 것을 모르고 심하게 내리는 비를 피하기
위해 하룻밤을 묵었는데 아침에 눈을 떠보니 그곳은 무덤이었고, 주위

---

9) 고마쓰 시게미(小松茂美) 編, 「華嚴宗祖師繪傳詞書釋文」, 『華嚴宗祖師繪傳』 수록, 續
日本의 繪卷8, 中央公論社, 1990, pp.99~104 이하, 인용하는 '元曉繪', '義湘繪'의 문장
본문은 모두 이 책에 의한다.

에는 사람의 **뼈**가 여기저기 흩어져 있었다고 하는 것을 다음과 같이
기술하고 있다.

> 날이 새어 일어나 보니, 이 고분은 죽은 사람의 무덤이었다. 해골이 여
> 기저기 흩어져 있고 악취가 무척 심했다. 그렇지만 계속해서 많은 비가
> 내려서 앞으로 나아갈 수 없었기 때문에 그 다음날도 그곳에서 묵었다.
> 황룡대사(黃龍大師)의 꿈속에서 이상한 형체가 나타났다. 그것은 귀신이
> 었다. 그 형태는 참으로 소름이 끼치고 두려웠다. 그것을 보자, 마음이
> 산란하고 땀을 흘렸다. 꿈에서 깨어나자 무덤인 줄 모르고 묵었을 때에는
> 무척 편하게 쉬었다. 그러나 오늘밤은 시체를 두는 곳이라 생각하니 귀신
> 이 마음을 산란하게 한다. 마음이 산란함으로 인해 갖가지 것들이 생기
> 고, 마음이 사라지면 갖가지 것들이 사라진다. 이제 알겠구나. 생각하건
> 데 불법의 깊은 원리를 통달하였다. 도리의 판단을 흐리게 하는 자신의
> 마음이 제일 적이다. 모든 법의 근원을 깊이 깨닫는다면 마음 밖에는 불
> 법이 따로 없다. 나는 이미 깊은 불법의 도리를 깨달았다. 마음 이외에는
> 스승을 원하지 않겠다, 라고 말하고 본국으로 돌아가 버렸다.

이 문장에서 원효를 '황룡대사(黃龍大師)'라고 칭하고 있는 것은 원효
가 출가 후에 잠시 황룡사(皇龍寺)에서 주거했기 때문이지만, 『光明眞
言土沙勸進記』, 『同別記』 등에는 '청구대사(靑丘大師)'라고도 표현하고
있어 이들 호칭은 모두 원효를 존칭해서 표현한 말이다. 원효와 의상
은 이곳이 고분인 줄도 모르고 묵은 첫날밤은 아무 일이 없었지만, 무
덤이라는 것을 알아차린 이틀째 밤은 원효의 꿈속에서 귀신이 나타나
안면을 방해했다. 그때 '원효는 일체의 현상은 모두 나의 마음이 변하
는 것에 불과하다'[10]라고 하는 것을 깨닫고, 원효는 스스로 "마음 이외
에는 스승을 원하지 않겠다."고 말하고 입당을 포기하고 본국으로 돌

아갔다고 한다. 즉 의상과 함께 두 번째로 입당 유학의 길에 올랐다가
중도에서 깨달음을 얻어 단념한 시기이다. 이 때 그의 나이 45세가
되던 문무왕 원년(661) 때의 일이다. 이 사건은 원효에게 있어서도 생
애에 가장 중요한 경험이었고, 따라서 그의 개오(開悟)에 얽힌 설화는
유명하여 사람들의 입에 널리 회자(膾炙)된 것 같다.

〈그림 8〉 원효가 꿈속에서 귀신에게 시달리는 장면

에마키(繪卷)의 문장의 작자인 묘에도 원효와 똑같이 자신의 꿈의 체
험을 소중하게 생각하였다. 묘에는 겐큐(建久) 2년(1191) 19세 무렵부터
입적(入寂)하기 전년의 간기(寬喜) 3년(1231) 59세에 이르기까지 약 40년

---

10)『八十華嚴經』十地品의 '三界의 所有, 단지 이것은 一心이다'에 유래하는 것으로『六十
　華嚴經』夜摩天宮品 '一切世界中, 無法而不造, 如心佛亦爾, 如佛衆生然, 心佛及衆生,
　是三無差別.'과 합하여 화엄교학의 핵심이 되는 '唯心思想'을 명료하게 설명하고 있는
　偈文을 근거로 한 것이다.『六十華嚴經』(大正藏 권9, p.465).

간에 걸쳐서 자신의 꿈을 『夢記』에 기록하고, 거기에는 꿈에 관한 해석까지 남기고 있다. 묘에는 젊은 수행시절부터 석가의 유적이 있는 천축(天竺)에 동경하여 두 번이나 인도순례를 결행하려고 하지만, 결국은 인도 도항을 단념한 것도 가스가묘진(春日明神)의 탁선(託宣)이 내려 인간의 도사로서 궁궐 근처에 머물 것을 권장했기 때문이고, 귀신의 꿈에 의해 유심(唯心)의 도리를 깨달아 신라에 머물기로 한 원효의 꿈에 대해서 묘에가 깊은 감명을 받은 것도, 그 형태는 다르지만 같은 경험을 체험했기에 더욱 더 마음에 끌렸다고 보아야 할 것이다. 이 원효의 꿈에 관한 이야기는 실제로 『宋高僧傳』(988년) 권4 '원효전'에는 없고, '의상전'11)에서 보여진다.

뜻밖에 도중에서 심한 폭우를 만나서 결국은 길 옆의 土龕(토굴) 사이에 몸을 숨기며 심한 비바람을 피했다. 다음 날 아침, 날이 밝아서 살펴보니 그곳은 해골이 흩어져 있는 옛 무덤이었다. 하늘에서는 궂은비가 계속 내리고, 땅은 질척해서 앞으로 나아갈 수가 없기 때문에 어쩔 수 없이 그 무덤 안에서 묵었다. 밤이 깊어지기 전에 갑자기 귀신이 나타나 깜짝 놀라게 했다. 원효법사는 탄식하며 말하되 "전날 밤에는 토굴이라 생각하고 마음 편하게 잠을 이룰 수 있었다. 오늘 밤은 귀신의 굴에 의탁하니 근심이 많구나. 이제 알겠구나, 마음이 산란함으로 인해 갖가지 것들이 생기고, 마음이 사라지면 토감(土龕)과 고분이 둘이 아니고 하나인 것을. 또한 삼계(三界)는 오직 마음이며 마음이 인식인 것을 알았다. 마음을 떠나서

---

11) 贊寧撰, 『宋高僧傳』 권4 「新羅國義湘傳」(大正藏 권50, p.729). '條於中塗遭其苦雨. 遂依道旁土龕間隱身. 所以避飄湿焉. 迨乎明旦相視. 乃古墳骸骨旁也. 天猶矇霡地且泥塗. 尺寸難前逗留不進. 又寄埏甍之中. 夜之未央俄有鬼物爲怪. 曉公歎曰. 前之寓宿謂土龕而且安. 此夜留宵託鬼鄉而多崇. 則知心生故種種法生. 心滅故龕墳不二. 又三界唯心万法唯識. 心外無法胡用別求. 我不入唐.'

법이 없으니 어찌 별도의 법이 따로 있겠는가. 나는 당나라에 가지 않겠다."라고 말하고 원효는 바랑을 메고 신라로 돌아가 버렸다. 의상은 혼자서 위험을 무릅쓰고 총장(總章) 2년에 상선에 의탁하여 당으로 들어갔다.

묘에는 이 부분을 인용하여 원효의 고덕(高德)을 찬탄하고 그것을 문장으로 기술하고 있는 것은 분명하다. 『宋高僧傳』은 원효가 의상과 함께 당으로 유학의 길을 떠났지만, 신라의 해문(海門) 당주계(唐州界)에 이르러서 큰 배를 구하고 있던 중에, 심한 폭우로 인해서 토감(土龕)에 들어가 묵게 되어 귀신에게 시달리는 꿈을 꾸고 '삼계유심(三界唯心), 만법유식(萬法唯識)'이라고 하는 유심(唯心)의 원리를 스스로 체험하고 불법의 근본도리를 깨달았다고 한다.

〈그림 9〉 고분 안에서 의상과 원효가 잠자는 장면

그러나 이때의 상황은 한국의 고대설화와 비교해서 상당한 상위점 (相違点)이 보여진다. 말하자면 원효는 의상과 함께 입당구법의 여행 도중에 어느 날 밤, 고분(무덤)에서 노숙했을 때 잠자는 도중에 갈증을 느껴서 손을 뻗어서 물을 마셨는데 다음 날 아침에 일어나서 보니, 그 것은 촉루(해골)에 들어있던 물이라는 것을 알고 역겨워서 토할 것 같 았다고 한다. 지난밤은 아무 생각 없이 맛있게 마신 물도 그것이 촉루 에 들어있는 물이라는 것을 알고 나면, 이 물을 마실 수가 없는 것은 일체의 현상은 내 마음의 변화에 의해서 생긴다는 것을 깨닫고 입당을 단념했다고 설화로서만 전해지고 있다.

이 설화에 대해서 한국 측의 자료를 조사해 보았지만, 필자의 관견(管 見)으로는 옛날부터 구전(口傳)으로만 전해 내려올 뿐 기록으로 남아 있 는 문헌은 아직 보이지 않는다. 그러나 중국의 문헌인 『宗鏡錄』(961년) 권11[12]과 『林間錄』(1107년) 권상[13]에는 다음과 같이 수록되어 전해지고 있다.

· 옛날 동국의 원효법사와 의상법사 두 사람이 스승을 찾아서 당으로 왔다가 밤이 되자 황량한 무덤에서 묵었다. 원효법사가 밤에 갈증으 로 물을 마시고 싶었는데, 마치 그의 곁에 고여 있는 물이 있어 손으로

---

12) 延壽撰, 『宗鏡錄』 권11(高麗大藏經 권44, p.62) '昔有東國. 元曉法師義湘法師. 二人同 來唐國尋師. 遇夜宿荒止於塚內. 其元曉法師因渴思漿. 遂於坐側見. 一泓水掬飮. 甚美 及至來日觀見. 元是死屍之汁. 當時心惡之吐. 豁然大悟乃曰. 我聞佛言. 三界唯心. 萬 法唯識. 故知美惡在我. 實非水乎. 遂却返故園. 廣弘主敎. 故無有不達.'

13) 慧洪撰, 『林間錄』 권상(國譯禪學大成 第十卷, p.8) '唐僧元曉者. 海東人. 初航海而至. 將訪道於名山. 獨行荒波. 夜宿塚間渴甚. 引手掬于穴中. 得泉甘凉. 黎明視髑髏也. 大 惡之. 盡欲嘔去. 忽猛省. 大歎曰. 心生則種種法生. 心滅則髑髏不二. 如來大師曰. 三界 唯心. 豈我欺哉. 遂不復求師. 卽日還海東. 疎華嚴經. 大弘圓頓之敎.'

움켜서 마셨는데 맛이 좋았다. 다음 날 일어나서 보니 그것은 시체가 썩어 고인 물이었다. 그때 마음이 거북하고 토할 것 같았는데, 활연히 크게 깨달았다. 그리고 이르길 "내가 듣건대 부처님께서는 삼계유심 (三界唯心)이요 만법유식(萬法唯識)이라고 하셨다. 그러기에 아름다운 것과 악한 것이 나에게 있고 진실로 물에 있지 않다는 것을 알았다." 결국은 고향으로 돌아가 널리 포교 하였다. (『宗鏡錄』권11)

· 唐代의 원효는 해동 사람이며 처음에 바다를 건너서 중국에 왔다. 명산을 찾아 험난한 산길을 홀로 걷다가 밤이 깊어 무덤 사이에서 묵게 되었다. 이 때 몹시 목이 말라서 굴 속에서 손으로 물을 떠서 마셨는데 매우 달고 시원하였다. 새벽녘이 되어 일어나서 보니 해골이 있는 고인 물이었다. 몹시 구토가 나서 토하고 싶었지만, 매우 반성하고 탄식하며 이르되 "마음이 산란함으로 인해 갖가지 것들이 생기고, 마음이 사라지면 해골과 여래(如來)는 둘이 아니다. 부처님께서 삼계(三界)는 단지 일심(一心)이라 하셨는데 어찌 나를 속일 수 있겠는가? 마음 이 외에는 스승을 원하지 않겠다." 그리고 나서 즉시 해동으로 돌아가 크게 원돈(圓頓)의 가르침을 넓혔다. (『林間錄』권상)

원효가 입당유학의 길 도중에 무덤에서 묵으면서 유심(唯心)의 도리를 깨닫고 신라로 돌아갔다고 하는 것에 대해서는 어느 문헌이나 모두 같은 내용이다. 그러나 원효그림의 문장과 『宋高僧傳』은 원효와 의상이 고분(무덤)에 묵을 때 그 곁에는 해골만이 산란하고 원효의 꿈속에서 귀신이 나타나 안면을 방해했다고 적혀 있다. 이것에 대해서, 『宗鏡錄』과 『林間錄』의 두 문헌은 원효가 밤에 갈증으로 목이 말라서 무덤 안에 있는 웅덩이에 고인 물을 손으로 떠서 마셨지만, 그 이튿날 아침에 그것을 보니 해골이 들어있는 고인 물이었다는 것을 알고 심한 구토를 느꼈다고 한다. 또『宗鏡錄』,『宋高僧傳』원효그림의 문장은 모두 의상과 함께 '무덤 안'에서 묵었다고 하지만,『林間錄』만은 원효가 혼자서 '무덤 사이'에서 묵었다고 하여 내용이 약간 다르게 표현하고 있지만 무덤과 관련하고 있는 것은 다를 바 없다.

이 원효의 개오(開悟)에 관한 설화는『宗鏡錄』,『宋高僧傳』,『林間錄』세 자료에 수록되기 이전에 신라뿐만 아니라 중국에까지 비슷한 설화가 널리 유포되어 감동을 불러일으키고 있었음을 짐작할 수 있다. 이 세 자료의 기록에는 설화의 내용에 있어서 약간의 차이가 보이지만 기본적인 구조는 비슷하다고 생각된다. 원효는 일체의 현상은 내 마음의 변화에 따라서 그 대상이 전혀 다르게 인식된다는 것을 알았다. 간밤에는 편안하게 잠을 잘 수 있었던 고분이 다음날 밤에는 귀신의 소굴로 변하고, 밤에 갈증으로 인하여 감로수 같이 좋았던 물맛도 아침에 일어나 보니 도리어 역겹고 심한 구토를 느꼈다. 원효는 이러한 체험을 통해 '삼계유심(三界唯心), 만법유식(萬法唯識)'이라고 하는 불법의 도리를 크게 깨달았던 것이다.

이것과 관련해서『삼국유사』권4 '원효불기'에서는 원효의 깨달음에 관한 설화는 보이지 않지만, '其遊方始末. 弘通茂跡. 具載唐傳與行狀'[14]이라고 있어, 원효의 전기를 기록한『唐傳』과『元曉行狀』은 그 당시까지만 해도 전래되고 있었음을 알 수 있다. 아마 거기에는 원효가 해골 속에 들어 있던 물을 마시고 유심소조(唯心所造)의 도리를 깨달아 입당을 포기했다고 하는 내용에 관해서도 틀림없이 상세하게 기재되어 있었을 것이다. 그렇지만『唐傳』,『元曉行狀』모두 산실해 버려서 그것을 증명할 수 있는 자료가 존재하지 않기 때문에 알 수가 없다.

14) 무라카미 요시오(村上四男) 撰,『三國遺事考證』권4 '원효불기', 塙書房, 1995, p.119.

〈그림 10〉 경주 분황사 3층 석탑

다만 한 가지 말할 수 있는 것은, 비교적 빠른 시기에 성립한 『宗鏡錄』 권11의 원효전의 기사가 오늘날까지 많은 사람들이 원효가 당으로 유학 도중에 무덤에서 해골 속에 고인 물을 마시고 득도(得道)를 하였다고 전해지고 있는 한국의 고대설화와 매우 근접하고 있어서 그 신빙성이 가장 높다고 생각된다.

한편 의상과 헤어져 신라로 돌아온 원효는 주로 경주의 분황사(芬皇寺)에서 거주하면서 불법을 잊어버린 사람같이 자유분방한 생활을 보내고 있었다. 원효그림 권1 제2단의 문장은 민중과 함께 행동하는 원효를 매우 친근감 있는 인물로서 다음과 같이 묘사하고 있다.

대사(원효) 그 이후 지혜는 타인과 비교할 수 없고 그 행덕(行德)은 헤아릴 수 없다. 인명(因明 : 논리), 내명(內明 : 학문), 국내외의 典籍(서적), 모두 다 통달하지 않은 것이 없다. 이와 같이 순식간에 혼자서 연구하여 천하에 다른 사람과 비교할 수 없이 훌륭하다. 그 행의(行儀)는 분별이 없어 보여 범부로서는 이해할 수 없다. 어느 때는 저잣거리에 머물면서 거문고를 치며 노래하고, 승려의 율법(律法)을 잊어버린 것 같았다. 어느 때는 경론(經論)의 소(疏)를 지어서 법회에서 강설(講說)을 할 때에는 청중은 모두 감격하여 눈물을 흘린다. 또 어느 때는 산 속에서 좌선(坐禪)을 한다. 금조호랑(禽鳥虎狼) 스스로 굴복한다. 이와 같은 모든 행동은 간단하게 받아들일 수 없다.

〈그림 11〉 원효가 시정에서 거문고를 치는 장면

이 문장과 관련해서 『宋高僧傳』의 해당부분에는 '或撫琴以樂祠宇. 或閭閻寓宿. 或山水坐禪.'[15)]이라고 있어, 원효그림 문장에 있어서 이미 윤색(潤色)되고 있다는 것을 알 수 있다. 원효는 국내외의 모든 서적에 통달하고 지혜를 비교할 수 없는 고승이 되었지만, 어느 때는 저잣거리에서 거문고를 치며 노래하고, 어느 때는 경론의 소(疏)를 지어서 강의하면 청중들은 감격하여 눈물을 흘리고, 또 어느 때는 깊은 산 속에서 좌선을 하는 등 그 생활은 자유무애(自由無碍)의 경지 그 자체였다. 『삼국유사』에서는 '一切無碍人. 一道出生死. 命名曰無碍'[16)]라고 보여, 원효는 일반 대중을 교화시키기 위하여 기묘한 행동으로 자유분방하게 행동하였다고 하여 원효그림 문장과 내용이 서로 통하고 있는

15) 앞 책, 注11) p.730.
16) 앞 책, 원효불기, 注14) p.120.

곳이 있다.

이 문장내용과 관계되는 회화에서는 원효가 거문고를 치는 장면, 절에서 강의하는 장면, 해변에서 달을 읊는 장면, 산 속에서 좌선하는 장면이라고 하는 네 개의 장면으로 나누어서 묘사되어 있다. 이 중에서 원효가 '산 속에서 좌선하는 장면'은 宋의 화풍인 나한도(羅漢圖)의 전통적인 구도와 유사하다고 지적되고 있다.[17] 또 탄금(彈琴) · 강찬(講讚) · 좌선(坐禪)의 세 장면은 문장과 긴밀하게 대응하고 있지만, '원효 달을 읊는 곳'의 장면은 에시(繪師)의 착상에 의한 것이라 볼 수 있고, 원효가 해변에서 조용히 달을 읊고 있는 풍경이 한층 더 청징(淸澄)한 분위기를 자아내고 있다.

〈그림 12〉 원효가 해변에서 달을 읊고 있는 장면

원효그림의 작가는 묘에의 제자 조닌(成忍)이라는 高山寺의 繪師로 알려지고 있지만, 여기에는 제작자인 묘에와 에시(繪師)와의 사이에 친

---

17) 나카지마 히로시(中島博), 「明惠上人樹上坐禪像의 主題」, 『明惠上人과 高山寺』 수록, 同朋舍出版, 1981, pp.271~328.

밀한 교감을 엿볼 수가 있다. 묘에의 歌集을 보면, 달을 읊은 노래가
무척 많다는 것은 잘 알려져 있다. 원효가 해변에서 달을 바라보고 있
는 그림은 마치 묘에가 젊은 시절에 수행한 시로가미(白上)의 산에서
유아사완(湯淺湾, 현재의 和歌山縣)을 멀리 바라보고 있는 풍경과 몹시
흡사하다고 말해지고, 우메쓰 지로(梅津次郎) 씨는 달을 읊고 있는 원효
에게 묘에의 투영(投影)을 볼 수 있다고 말한다.[18] 그만큼 묘에는 원효
의 자유분방한 생활상에 깊은 공감과 찬탄을 보내고 있는 것이다.

그리고 원효그림 권1 제3·4단, 권2 제1·2단, 권3 제1·2단의 문장
에는 신라왕의 왕비의 중병과 관련하여 기적을 중심으로 한 원효의
『金剛三昧經論』찬술의 연기설화[19]라고도 말할 수 있는 이야기가 자
세하게 묘사되어 있다. 이것을 요약해 보면, 원효의 명성이 높아짐에
따라서 그를 시기하는 자가 나타난다. 어느 날 신라왕은 국가진호(國家
鎭護)를 위해서 원효를 '백좌의 인왕회'에 초대하려고 하지만, 그의 행
의(行儀)가 광인과 같이 행동한다는 상소를 받아들여 어쩔 수 없이 단
념하게 된다. 인왕회가 열리고 난 직후에 국왕의 왕비가 병으로 쓰러
졌기 때문에 기도나 의술 등 백방으로 손을 써 봤지만 전혀 효과가
없었다. 그래서 신라의 칙사(勅使)가 방약을 구하러 당으로 파견되어
그 도중에서 이상한 노인과 만나 용왕의 궁전으로 가서 용왕으로부터
『金剛三昧經』을 전해 받는다. 용왕은 칙사에게 신라에 돌아가면 반드
시 대안성자(大安聖者)에게 이 경을 정리시켜 원효대사에게 경소(經疏)
를 만들어 설법하게 하면 왕비의 병은 즉시 쾌유한다고 당부한다. 칙

---

18) 우메쓰 지로(梅津次郎), 「華嚴緣起–두 사람의 新羅僧의 사랑과 수행이야기」, 앞 책
   注17) pp.329~343 참조.
19) 이 책 제2부 제2장, 원효의 『金剛三昧經論』연기설화 참조.

사는 다리의 정강이를 찢어서 그 경을 넣고 왕궁으로 돌아온다. 이것
은 원효그림 권2 제2단의 문장에 다음과 같이 기록되어 있다.

　　칙사가 바다에서 돌아와서 왕궁으로 들어가 이 연유를 고하자, 제왕은
크게 기뻐하고 대안성자(大安聖者)에게 명한다. 대안성자는 언제나 더러
운 옷을 입고 오랫동안 사람과의 접촉에 익숙하지 않았다. 언제나 '大安·
大安'이라 외치며, 종(銅鉢)을 울리면서 시정(市井)을 돌아다니는 괴이한
사람이었다. 사람들은 이를 대안성자라고 이름 지었다. 제왕이 부르는데
"쓸모없는 인간이 왕궁으로 들어가는 것이 두렵다. 나에게 무슨 용건이
있을 것인가."라고 좀처럼 국왕의 명령에 응하지 않자, 왕은 어쩔 수 없이
사람을 보내어 이 경을 전달하게 한다. 성자 이것을 열어보고 8품(장)으로
나누어서 말하길 "이 경은 여래(如來)의 깊은 뜻이 숨어 있다. 생불불이(生
佛不二 : 부처님과 인간이 일체)의 뜻을 설명하고 동일각성(同一覺性 : 깨
달음의 본성이 같음)의 의미를 나타낸다. 하루아침에 누가 이경을 강설(講
說)하겠는가. 다만 원효법사만이 이 경을 강설할 수 있다."라고 말하고
왕궁에 올렸다.

　신라의 국왕은 용왕의 지시에 따라서 대안성자에게 경전을 전달한
다. 대안성자는 그것을 8품(장)으로 나누고 이 경을 강의할 수 있는 사
람은 원효뿐이라고 말한다. 용왕도 대안성자도 모두 원효에게 경소(經
疏)를 만들게 해야만 한다고 말했기 때문에 국왕은 원효에게 칙명을
내려 『金剛三昧經疏』5권을 만들게 하였다. 원효그림 권3 제2단의 문
장에는 왕의 명령을 받아서 5권의 경소(經疏)를 저술하지만 원효를 시
기하는 자들에 의해 이 경소가 도난당해 버린다. 여기서는 이것을 훔
친 자가 누구인지는 구체적으로 밝히지는 않고 있지만, 아마 원효가
백좌의 인왕회에 초대받았을 때 그것을 질투하여 간언하는 무리들이

있었다는 것을 상기하면, 원효의 행덕을 비판하는 승려들의 소행일지
도 모른다. 그래서 원효는 3일간의 연기를 청하여 재차 3권의 경소를
만들어서 설법하자 왕비의 병은 완쾌되고 원효는 그 당시 여러 사람들
에게 존경을 받았다고 한다.

　이것이 현재 전래되고 있는 원효의 저서 『金剛三昧經論』이다. 이
경론의 찬술과 관련하여 『宋高僧傳』 원효전[20]에는 다음과 같이 기술
하고 있다.

　　그는 사신에게 이르길 "이 경은 本·始 二覺으로서 宗을 삼습니다. 나를
　위해 각승(角乘, 소가 끄는 수레)을 준비하여 책상을 두 뿔 사이에 놓고
　그 필연(筆硯)도 놓아두시오." 그리고 시종 소가 끄는 수레에서 疏를 지어
　5권을 이루었다. 왕이 날짜를 택해 황룡사에서 강설하도록 하였다. 그때
　에 박덕한 무리가 새로 지은 소를 훔쳐갔다. 이것을 왕에게 아뢰어 3일을
　연기하여 3권을 이루니 이름하여 약소(略疏)라고 하였다.

　원효는 『金剛三昧經』에는 본시이각(本始二覺)의 내용이 포함되어 있
다고 말한다. 본각(本覺)이란 '本來의 각성(覺性)'이란 의미로 일체의 중
생에게 갖추어져 있는 깨달음의 지혜를 의미하고, 수행의 진전에 따라
서 여러 번뇌가 제거되어 깨달음의 지혜가 단계적으로 나타나는 것을
시각(始覺)이라고 한다. 원효는 이 경을 사원에서 쓴 것이 아니라 고향
인 상주에서 붓과 벼루를 소의 두 뿔 사이에 놓고 수레를 타고 약소(略
疏) 5권을 저술하였다고 한다. 이것은 소의 두 개의 角(뿔)을 二角(二覺)

에 비유하여 이 경에는 '본시이각(本始二覺)'의 깨달음이 숨겨져 있는 것을 암시한 것이다. 일연은 『삼국유사』에서 각승이란 '本始二覺之微 旨也'라고 하여 본시이각(本始二覺)의 미묘한 뜻을 나타낸 것이라고 해 석하고 있다. 즉 이 『金剛三昧經』은 본시이각을 주제로 하고 있음을 알 수 있다. 이 설화에 관해서는 『宋高僧傳』와 『삼국유사』에는 보이지 만, 원효그림의 문장에는 적혀 있지 않다.

이 『금강삼매경론』은 중국에도 알려져 보통 인간이 저술한 것은 '疏' 라고 하지만, 이것은 보살이 썼다고 하여 '論'이라고 불리어졌다고 한다. 또 『삼국사기』 설총전[21]에 의하면 원효의 손자 薛仲業이 신라의 사신으 로 일본에 와서 일본국의 '마히토(眞人)'(고관)이 원효의 『금강삼매경론』 을 읽고 감명을 받아서 설판관(薛判官)에게 원효를 찬양하는 詩文을 적어 서 보냈다고 전한다. 이 내용에 부합하는 기사가 『續日本紀』 호오키(寶 龜) 11년(780) 정월의 조에 '大判官韓奈麻薩仲業'[22]이라는 이름이 보여 『삼국사기』 의해서 살중업(薩仲業)은 薛仲業의 오기(誤記)이고, 설중업 은 신라의 칙사로서 일본을 방문하여 '마히토(眞人)'라는 고관과 교류하 고 있었다는 것의 방증(傍證)이 된다. 이것은 원효의 『금강삼매경론』이 일본으로 전해져 널리 유포되어 애독되었다는 것을 알 수 있다.

이와 같이 원효의 학문이나 자유분방한 행장(行狀)이 일본에도 전해 져 나라(奈良) 불교에 영향을 끼쳤다는 것은 주목할 필요가 있다. 다무 라 엔초(田村圓澄) 씨는 일본에 있어서 신라불교의 영향에 주목하여 원 효의 저서가 일본에 전래되어 일본불교의 확립에 커다란 역할을 했다

---

21) 『三國史記』(乙酉文化社, 1992), p.360.
22) 『續日本紀』(『新訂增補國史大系』 2권), p.455. 또한 「韓奈麻」는 신라 17관등 중에 11등 급으로 『續日本紀』에 薛仲業은 신라의 칙사로서 金蘭蓀과 함께 일본에 왔다고 쓰여 있다.

는 것을 지적하고 있다.[23] 특히 원효는 가마쿠라(鎌倉)시대의 화엄승 明惠上人에 의해서 높이 평가되어 『華嚴緣起』에 화엄종의 祖師로 추앙하여 그의 행적을 에마키(繪卷)로 만들어진 것을 보아도 원효의 위대함을 충분히 짐작할 수 있다.

4. 의상의 전기

의상은 해동화엄종의 개조(開祖)이다. 父의 이름은 한신(韓信)이며 성은 김 씨이다. 신라 진평왕 47년(625)에 태어나 20세경에 경주의 낭산(狼山) 皇福寺에서 출가[24]하였다. 용삭(龍朔) 원년(661)에 입당하여 종남산 지엄(智儼) 문하에서 중국 화엄종 제3祖 法藏과 함께 화엄교학을 배웠다. 의상과 원효는 화엄교학을 배우는 同學으로 입당의 뜻을 같이 한 연유로 인하여 함께 전해지는 경우가 많고, 연령으로 보아서는 원효가 8세 연장에 해당한다.

의상그림의 문장에는 당으로 들어간 의상에게 연정을 품은 선묘(善妙)와의 만남에서 선묘가 이룰 수 없는 사랑을 종교적으로 승화하고 자신의 몸을 던져서 순식간에 龍으로 변신하여 의상이 탄 배를 수호해서 신라까지 무사히 도착시키고, 또 귀국 후에도 의상이 화엄종을 포교하는데 방해가 되는 雜僧의 무리들을 선묘가 대반석(大磐石)이 되어서 내쫓고 의상을 옹호했다고 하는 종교적 기적이 중심설화로서 기술되어

---

23) 다무라 엔초(田村圓澄), 『아시아 佛敎史』 日本編Ⅰ, 佼成出版社, 1972, pp.117~120; 同 『古代朝鮮과 日本佛敎』, 講談社, 1985, pp.156~157 참조.

24) 『삼국유사』 의상전교에는 '年二十九, 依京師皇福落髮.'이라고 기록되어, 의상의 출가를 29세로 하지만, 여기서는 '浮石本碑'의 貞觀18년(644) 20세경의 출가설에 따른다.

있다. 의상그림의 冒頭 부분에 있는 권1 제1단의 긴 문장은 '판석문(判釋文 : 불교경전을 해석한 문장)이라고 말하며 파손이 제일 심한 부분으로 현재는 복원이 이루어져 권4로 옮겨졌다. 그 내용은 여러 가지 경전을 인용하면서 문답의 형식으로 의상의 고덕(高德)과 선묘의 기적의 의미를 설명하고 있다. 의상그림에서 최초의 부분은 원효와 의상이 사람들에게 배웅을 받으며 숙소를 나와서 출발하는 장면부터 시작된다.

　계속해서 원효와 의상은 고분(무덤)에 들어가서 하룻밤을 묵을 때, 원효의 꿈에 귀신이 나타나고 다음 날 아침 헤어지는 장면은 원효그림과 중복되어 그려져 있다. 의상그림 권1 제2단의 문장은 '원효법사 꿈속에서 귀신에게 시달려 마음이 산란하여 편안치 않았다. 원래 현명한 자는 이 때 심심유식(甚心唯識)의 도리의 깨달음에 몰입한다.'라고 적혀있어, 원효는 유심의 깨달음을 얻어서 신라에 머물고, 의상은 혼자서 당으로 향했다고 하여 원효그림의 문장과 거의 같은 내용이다.

　그런데 원효와 의상의 입당시기나 상륙지에 관해서『華嚴緣起』의 문장에는 적혀 있지 않다.『송고승전』의상전[25]에는 의상이 원효와 헤어져서 총장(總章) 2년(669) 상선을 타고 등주(登州)의 해안에 도착하여 한 신도의 집에 머물렀다고 전한다. 그러나 이 두 사람의 입당시기에 관해서 '부석본비(浮石本碑)'[26]에는 다음과 같이 기록되어 있다.

　　의상은 영휘(永徽) 원년 庚戌에 원효와 함께 서방으로 들어가려고 고구려까지 이르렀다가 어려운 일이 있어서 되돌아왔다. 용삭(龍朔) 원년 辛酉에 당에 들어가 智儼의 문하에서 수학하였다.

---

25) 앞 책, 의상전, 注11) p.730.
26) 앞 책, 前後所將舍利, 注14) p.245.

첫 번째는 영휘(永徽) 원년(650)에 원효와 함께 입당을 계획했지만 실패
로 끝나고, 두 번째는 용삭(龍朔) 원년(661) 의상의 나이 37세 때에 육로로
가는 것은 위험하다고 판단하여 이번에는 당나라 칙사의 배를 타고 양주
(揚州)에 상륙하여 혼자서 당으로 들어갔다고 보는 것이 타당하다고 할
것이다. 그리고 원효는 촉루(해골) 속에 들어있는 물을 마시고 유심의
도리를 깨달아 신라로 돌아간 것은 아마 두 번째의 입당시기가 아닐까
추정된다.

〈그림 13〉 의상이 처음으로 선묘와 만나는 장면

의상그림에서는 이윽고 의상의 배가 唐의 나루터에 도착하고 의상이
타인의 문 앞에서 탁발(托鉢)하는 도중에, 거기에서 미모의 여성 선묘(善
妙)와 만나는 장면부터 묘사되어 있다. 그것은 의상그림 권1 제2단의
문장에서 상세하게 설명하고 있다.

의상의 배가 이미 당의 나루터에 도착하여 어느 한 마을에 이르러서
의상이 탁발(托鉢)하는 도중에 거기에 善妙라고 하는 여인이 있었다. 자

태가 아름답기로 소문이 자자하였다. 의상 또한 빼어난 용모의 남자였다. 위기안상(威儀安詳, 위엄이 있고 차분함)하여 타인의 문 앞에서 구걸을 한다. 선묘가 이것을 보고 교태를 부리며 아양을 떠는 목소리로 의상에게 말하길, "법사님 깊은 욕경(欲境 : 욕망의 세계)에서 벗어나 이 넓은 세상을 이롭게 하십시오. 깨끗하고 고귀한 그 공덕을 떠받고 공경하지만, 저의 마음은 역시 색욕(色欲)의 집착을 억누를 수가 없습니다. 법사님의 용모를 뵙고 저의 마음이 순식간에 움직였습니다. 바라옵건대 자비를 베푸셔서 저의 망정(妄情)을 이루게 해 주십시오"라고 말한다. 의상이 이 말을 들으며 그 자태를 보고, 굳은 마음이 돌과 같이 움직이지 않았다.

선묘라고 하는 아름다운 여성이 의상의 용모를 보고 한 눈에 반하여 연정을 품고 사랑을 고백한다. 의상은 선묘에게 자신은 승려로서 불법과 계율을 지키기 위하여 신명을 바칠 각오라고 말하고, '굳은 마음은 돌과 같이' 그 유혹에 전혀 움직이지 않았다. 이 말을 들은 선묘는 갑자기 대원(大願)을 발심(發心)하여 다시 태어난다고 해도 "언제나 법사와 함께 하며 헤어지지 않고, 그림자처럼 곁에서 봉양하며 세상의 중생을 구제하겠다."라고 맹세를 한다. 그 후 의상은 장안(長安)으로 가서 지상대사(至相大師) 지엄의 문하에서 화엄교학을 수학한다. 선묘가 사랑을 고백하는 장면을 『송고승전』의 의상전27)에는 '이름은 선묘라고 한다. 능숙하게 아양을 떨며 꾀지만 의상의 마음은 돌과 같이 움직이지 않았다'라고 간단하게 끝마치고 있다. 그러나 의상그림의 문장에 있어서는 번안(飜案)이 첨가되어 있고, 묘에는 선묘에 대해서 깊은 관심을 기울이고 있었음에 틀림이 없다.

일본의 불교사에 있어서 일생 동안 계율을 지킨 성승(聖僧)으로서 높

---

27) 『宋高僧傳』 의상전 '名曰善妙. 巧媚誨之. 湘之心石不轉'라고 있다.

이 평가받았던 묘에도 젊은 시절부터 수려한 용모로 인해서 여성신자
들이 연모하였다는 것을 상기하면, 의상과 같은 경험은 한두 번이 아
니었으리라고 생각한다. 『明惠上人傳』[28]에는 묘에가 불법의 수행에
있어서 계율을 지킨다는 것이 얼마나 어려운 것인가를 제자들에게 말
하고 있듯이, 의상과 같은 경우에 공감하는 부분이 무척 컸을 것이라
고 생각된다. 거기에 의상이 이 에마키(繪卷)의 주인공이 되지 않으면
안 되는 이유의 하나였을지도 모른다.

〈그림 14〉 선묘가 바다로 뛰어드는 장면

唐에서 10여 년에 걸쳐서 화엄교학을 연구한 의상은 문무왕 11년
(671) 신라에 귀국하게 된다. 그 소식을 들은 선묘는 이제는 두 번 다시
만날 수 없다고 비통한 눈물을 흘렸지만, 하다못해 의상에게 보낼 法衣
(승복)나 도구 등을 준비해서 부둣가로 달려갔다. 부두에 도착해 보니
의상의 배는 이미 출항한 뒤였다. 바다 건너편을 바라보니 희미하게
배의 돛으로 보이는 것이 흔들릴 뿐이다. 그것을 본 그녀는 정신을 잃
고 해변에서 주저앉아 발을 동동 구르면서 통곡하는 선묘의 모습이

---

28) 『栂尾明惠上人傳』(高山寺資料叢書, 『明惠上人傳資料第 1』), 東京大學出版會, 1983,
　　p.386.

회화에는 생생하게 묘사되어 있고, 이것을 문장에서는 '물고기를 육지에 올려놓은 것 같다'고 표현하고 있는 것이 매우 인상적이다.

그리고 선묘는 "내가 이 供具(공양물)를 저 멀리 떠나가고 있는 배까지 도착시키겠다."고 기원하고, 상자를 바다에 집어던졌다. 상자는 공중을 날아서 순식간에 의상이 탄 배에 춤을 추듯이 도달하였다. 이 기적을 본 선묘는 "내세를 기다리지 않고 지금 현세에 있어서 대사를 도와서 바람이 거세고 거친 파도의 바닷길에서 본국까지 무사히 도착시키겠다."고 대원을 기원하여 거친 바다로 몸을 던진다. 그러자 선묘는 순식간에 대룡(大龍)으로 화신(化身)하여 배를 등에 짊어지고 바다를 건넌다. 그림에서는 주위에 검은 구름이 솟구치고 번개가 번쩍이며 파도가 요동을 친다. 배에 탄 사람들도 물끄러미 바라보고 있는 가운데, 의상이 탄 배에 뒤 쫓아 간 대룡은 그 배를 등에 업고 유유히 거친 바다를 건너가는 장면이 매우 다이내믹하게 묘사되어 있다.

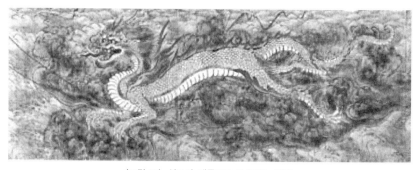

〈그림 15〉 선묘가 대룡으로 化身하는 장면

묘에는 이것에 대해서 의상과 선묘와의 佛法의 기이한 인연에 의한 것이라고 말하고, 의상의 高德과 선묘의 애심(愛心)을 찬탄하면서 의상 그림 권1 제1단의 문장에 있어서 다음과 같이 설명하고 있다.

　아직까지 권실(權實, 방편과 진리의 가르침)의 증명을 보지 못했다. 다
만 불가사의한 것은 사람의 법에 있어서 이러한 일은 古今에도 있는 일이
다. 하물며 불법의 기이한 현상은 인연이 和合한다면 어떠한 것이라도 일
어날 수 없는 것은 아니다. 선묘도 의상대사가 아니고 타인과의 인연으로
서는 어떠한 애경(愛敬)의 마음을 가지고 있다 하더라도, 이 기적은 일어
나기 어렵다. 그렇다면 선묘의 (불심이 아무리 깊다) 할지라도 즉 이것은
(의상)대사의 高德에 의한 것이다. 그 대사를 찬탄하고 받들어 모시는 文
에는 '介鱗(배)을 등에 업고 서둘러 바다의 파도를 헤쳐 건넌다. 거석이
공중에 떠서 뒤덮어 寺山을 지켰다'라고 전한다. 이것에 의해서 (의상은)
부석대사(浮石大師)의 이름을 얻으셨다.

　여기에서는 긴 問答體의 설명이 계속 이어지고 있고, '이러한 기적
이 실제로 일어날 수 있는가'라는 질문에 묘에가 대답한 대목이다. 묘
에는 아무리 스승이 덕이 있어도 제자의 믿음이 없을 때는 어떠한 것이
라도 이루어지기 어렵다. 양자가 서로 어울려져 화합하여 비로소 성취
하는 것이라고 말한다. 또 세상에는 여자의 執着에 의해서 大蛇(큰 뱀)
가 되는 이야기[29]가 얼마든지 있지만, 선묘의 경우는 그것과 전혀 다
르다고 강조한다. 확실히 선묘는 번뇌하는 마음이 있었다고 하여도,
그것을 기연(機緣, 부처와의 인연)으로 서원(誓願)을 일으켜 대룡으로 변
신하여 불법을 수호한 것이라고 강조한다.

---

29) 明惠는 도조지(道成寺)의 이야기를 의식해서 말하고 있다고 보여진다. 묘에는 여자의
執念에 의해 뱀이 되어 남자를 쫓는 기노쿠니(紀伊國)의 여자의 행위와 깊은 신앙심을
가지고 용으로 化身한 선묘의 이야기와는 본질적으로 다르다는 것을 강조하고 있다.
여자가 뱀이 된 이야기를 전하는 『道成寺緣起繪卷』는 『法華驗記』下권 129, 「紀伊國牟
漏郡惡女」, 『今昔物語』권14, 「紀伊國道成寺僧寫法花經救蛇悟」과 『元亨釋書』권19의
설화에 의거하고 있다. 소위 안칭(安珍)과 기요히메(淸姬)의 전설은 紀州道成寺에 관계
되는 전설이지만, 실제로 安珍의 이름이 보이는 것은, 『元亨釋書』가 처음이며, 淸姬의
이름은 淨瑠璃 『道成寺現在蛇鱗』이 초출(初出)이다.

〈그림 16〉 의상이 탄 배를 선묘룡(善妙龍)이 수호하는 장면

『송고승전』의 의상전에는 이 부분을 '배의 앞뒤를 날개로 받쳐서 신라에 도달하여 불법을 전하게 하였다'(扶翼舳艫至國傳法)라고 간단하게 전하고 있지만, 義天撰 『圓宗文類』 권22에는 고려 문종 때 박인량(朴寅亮, ?~1096)의 '해동화엄시조부석존자찬(海東華嚴始祖浮石尊者讚)'[30]이 실려 있는데 거기에는 다음과 같이 기록되어 있다.

> 九聖之一 求無上師 入終南室 學了師亡 往虛歸實 善妙有色 受戀求欲 見心匪石 反誓行壇 金鱗負艦 利涉海瀾 鉅石浮空 蓋護寺山

이와 같이 의상과 선묘와의 관계가 시적인 표현으로 묘사되어 있어, 묘에는 『宋高僧傳』보다는 이것을 참조하여 의상그림의 문장에 기록한 것이라고 생각한다. 의상그림 문장 중에 '그 대사를 찬탄하고 받들어 모시는 文'이라고 하는 것은, 아마 義天撰 『圓宗文類』에서 박인량에 의해 쓰여진 의상을 찬탄하는 문장을 가르치고 있을 것이다.

그 후 신라에 귀국한 의상은 화엄종을 널리 전하기 위하여 승지(勝地)를 찾았지만, 거기에는 이미 오백여 명이 넘는 소승의 무리들이 주

---

30) 義天撰, 『圓宗文類』 권22(日本續藏經 58), p.556. 『圓宗文類』는 建長 2년(1250) 『高山寺聖敎目錄』에 수록되어 있다(『高山寺古典籍纂集』, 東京大學出版會, 1988, p.12).

거하고 있어서 포교에 방해가 된다고 생각하고 있었다. 그 마음을 알고 선묘는 이번에는 사방이 1里가 넘는 대반석(大磐石)으로 변하여 절 위를 맴돌았기 때문에 그 절의 중들은 모두 허겁지겁 도망갔다. 그래서 의상은 그곳을 화엄종 근본도량(根本道場)으로 정하고 화엄교학을 넓혔다고 한다. 이 설화는 전란으로 인한 훼손 때문에 산실해버린 의상그림 4권의 일부라고 말하지만, 그것에 해당하는 문장은 착간(錯簡)에 의해 원효그림 권2 제3단에 수록되어 있었으나 1996년에 수리가 이루어져 지금은 원래의 상태인 의상그림 권4로 옮겨졌다.[31]

> 이미 신라에 돌아와서 대사는 대교(大敎, 화엄교)를 넓히기 위해 승지(勝地)를 찾았다. 하나의 山寺가 있었다. 오백여 명의 승들이 있었다. 소승 잡학을 하는 곳이다. 대사 이곳을 돌아보고 "이 산은 승지이다. 이 잡학의 승들만 없으면 화엄교학을 넓히는데 가장 좋은 곳이다."라고 말하고, 사유하는 기색이 역력히 보인다. 선묘 대원의 힘에 의해서 대 신통력을 갖추고 항상 대사를 따라서 봉양하고 수호를 한다. (사유하는) 그 마음을 알고 이번에는 사방 1里가 되는 대반석으로 변했다. 절 위로 떠서 빙빙 맴돌며 내려갔다 올라갔다 하는데 많은 중들은 가지고 갈 물건도 제대로 챙기지 못하고 사방으로 뿔뿔이 흩어져 도망가니, 대사 이곳에 터를 잡고 화엄대교(華嚴大敎)를 번영하게 하여 나라를 이롭게 하고 중생을 구제하였다. 이 절을 오랫동안 화엄법문(華嚴法門)의 도량(道場)으로 하였다. 이러한 인연에 의해서 의상을 부석대사라고 이름 지었다.

이 문장에서는 신라에 귀국한 의상이 부석사(浮石寺)을 창건하고 나서 화엄학을 넓히기까지의 활약이 묘사되어 있다. 의상그림의 문장과

---

31) 와카스기 준지(若杉準治), 『華嚴緣起祖師繪傳』, 日本의 美術10, 至文堂, 2000, p.31.

『송고승전』에는 절의 이름은 기록되어 있지 않지만, '하늘에 거석이 떴다'라는 浮石에 연유하여 '부석사'라고 이름 지어져 이 인연에 의해서 의상을 '부석대사'라고 칭하게 되었다고 한다. 현재 영주 부석사에는 선묘가 대반석으로 화신(化身)한 거석과 석룡·선묘정·선묘각이 소중하게 보존되어 의상과 선묘와의 설화가 실제로 존재하고 있었다는 것을 말해주고 있다. 의상그림에는 선묘가 대반석이 되어서 소승의 무리들을 내쫓았다고 하는 극적인 장면은 없고, '大師가 山寺에 계시면서 講說하신 곳'이라는 그림이 있어, 의상이 신라에 돌아가서 화엄교학을 펼친 큰 도량(道場)에서 신라왕과 왕비를 비롯하여 많은 승려와 신자들에게 둘러싸여 강설하는 장면은 원효그림 권2에 혼입되어 있다.

〈그림 17〉 영주 부석사의 무량수전

이러한 의상과 선묘에 관한 설화는 바다를 건너서 일본에도 전해졌다. 묘에는 『송고승전』에 나오는 의상과 선묘와의 설화에 근거하여 당시 조큐(承久)의 난(1221)에서 남편을 잃은 미망인들을 위하여 高山寺의 남쪽에 비구니 절을 세워서 이 절을 善妙寺라고 이름 지어 여인구제에 힘쓴 것이다. 게다가 『高山寺緣起』에는 '善妙明神者, 新羅國之女神 也'[32]라고 보여 선묘를 화엄옹호의 신라의 신으로 모시고 신봉되고 있었다는 것을 생각하면, 묘에에 있어서 의상과 선묘설화의 영향을 충분히 엿볼 수가 있다.

5. 맺음말

이상과 같이 일본에 있어서 원효전·의상전에 관해서 한국 측 자료를 참조하면서 『華嚴緣起』繪卷을 중심으로 고찰해 보았다. 『華嚴緣起』는 묘에에 의해 제작되어 '華嚴宗 祖師의 繪'라고 제목이 붙여진 것이다. 화엄종 조사전의 그림이라면 당연히 중국 화엄종의 개조(開祖)인 智儼 이나 法藏의 전기라든가, 아니면 일본 화엄종의 개조 심상이나 로벤(良 弁)의 전기를 제목으로 하는 편이 보다 효과적이었을 것이다.

그럼에도 불구하고 묘에는 신라의 고승 원효와 의상을 화엄종의 祖師로서 마음속 깊이 존경하며 두 사람의 전기를 주제로 하고 있는 것이다. 왜 시간과 공간을 뛰어넘어서 7세기의 신라의 고승들을 주제로 할 필요성이 있었을까. 그것은 원효가 귀신의 꿈을 꾸고 유심의 깨달음을 얻어서 신라에 머물면서 『금강삼매경론』을 저술하여 왕비의 병을 치유한다든가, 일반대중을 교화시키기 위하여 자유분방하게 행동한 점,

---

32) 『高山寺緣起』(高山寺資料叢書, 『明惠上人資料第1』 수록), 東京大學出版會, 1983, pp.656~657.

또 의상은 계율을 지키고 화엄의 가르침을 배우고 귀국할 때에 선묘가 자신의 몸을 바다에 던져 대룡이 되어서 배를 신라까지 무사히 도착하게 하고, 귀국 후에도 대반석이 되어서 화엄교를 옹호했다고 하는 원효와 의상의 종교적 행위나 종교적 기적에 대한 묘에의 찬탄과 공감이 에마키(繪卷) 제작의 동기가 되었다고 생각한다.

일본 화엄종의 부흥에 힘을 기울인 묘에(明惠)는 신라의 고승 원효와 의상에게 항상 친밀감을 가지고 그들의 종교적 행위에 자신의 모습을 투영하여 두 사람의 이름을 빌어서 묘에 자신의 사상과 체험을 전하기 위한 목적도 물론 있었을 것이라 짐작된다. 가마쿠라시대에 들어와 쇠퇴일로를 걷고 있는 화엄종을 부흥시키기 위해 대중포교를 목적으로, 묘에는 신라의 고승 원효와 의상의 행장(行狀)을 모델로 삼아서 일반신자들이 알기 쉽고 흥미를 가질 수 있도록 에마키(繪卷)로 만들어야 할 필요성이 있었을 것이다.

『華嚴緣起』의 원효그림과 의상그림의 권두에는 묘에가 스스로 "이 것은 華嚴宗 祖師의 그림이다. 더러운 곳에 놓고 보아서는 절대로 안 된다. 또는 저속한 그림에 넣어서 섞어서도 안 될 것이다."라고 적어 두었듯이, 묘에가 제자들에게 엄격히 훈계하며 이 에마키(繪卷)에 대하여 얼마나 애착을 가지고 소중하게 보관하고 있었던가 충분히 상상할 수 있다.

제2부

明惠가 추앙한 元曉大師

제1장
元曉大師와 明惠上人

1. 머리말

　통일신라시대 초기에 불교발전에 눈부신 활약을 한 인물은 원효와 의상이라고 할 수 있다. 원효는 한국불교사에 있어서 최고의 불교사상가이자 대저술가이기도 하다. 일본의 나라(奈良)시대에는 이미 신라에서 원효의 저서가 전래되어, 이시다 모사쿠(石田茂作) 씨의 「奈良朝現在一切經疏目錄」1)에 의해서 알려져 있고, 거기다 호리이케 슌포(堀池春峰) 編 「大安寺審詳師經錄」2)에 의해서 확인할 수가 있다. 특히 「大安寺審詳師經錄」에는 170부 645권의 저서가 수록되어 있지만, 그 중에서 원효의 저술은 32부 80권으로 중국 화엄종의 제3조(祖) 법장(法藏)의 7부 30권보다 훨씬 많다는 것을 감안하면, 나라불교 성립에 있어서 원효의 영향이 컸다는 것을 간과할 수 없다. 원효의 저서로 판명되고

---

1) 이시다 모사쿠(石田茂作), 「奈良朝現在一切經疏目錄」, 『寫經에서 본 奈良朝佛敎의 硏究』 수록, 東洋文庫, 1981, 부록 pp.94~148 참조.
2) 호리이케 슌포(堀池春峰), 「華嚴經講說에서 본 良弁과 審詳」, 『南都佛敎史의 硏究』 上, 法藏館, 1980; 「大安寺審詳師經錄」, pp.423~431.

있는 것만으로 107종 231권3)에 이르는 방대한 분량이지만, 현존하는
것은 고작 22종 27권에 불과하다.

한편, 고잔지(高山寺)의 묘에(明惠, 1173~1232)에 있어서 원효 저술의
인용은 『摧邪輪』, 『同莊嚴記』와 『光明眞言加持土沙義』, 『光明眞言土
沙勸進記』, 『同別記』에 집중하고 있어,4) 원효의 사상적인 영향을 용
이하게 엿볼 수가 있다. 그 중에서 묘에의 『光明眞言土沙勸進記』는
원효의 『유심안락도』의 해설서라고 말 할 수 있는 저술이고, 그 내용
은 거의 光明眞言土沙加持의 신앙을 고무(鼓舞)한 저서이다. 묘에(明惠)
는 일본불교사에 있어서 가장 엄격하게 계율을 지킨 '성승(聖僧)'이라
고 평가받고 있는 가마쿠라(鎌倉)시대 전기의 화엄승이지만, 오백 년이
라는 시간과 공간을 초월하여 7세기의 신라의 고승 원효와 의상을 매
우 추앙하고 있었다.

교토의 高山寺에 전래하는 『華嚴緣起』(국보)는 신라의 원효와 의상
이라는 두 사람의 전기와 설화를 소재로 한 것으로 묘에가 제자인 조닌
(成忍)이란 화승에게 명하여 만들게 했다고 하는 繪卷(두루마리 그림)이
다. 화엄종의 祖師라고 한다면 중국의 智儼이나 法藏을 그린다든가,
아니면 일본의 화엄종의 개조인 신조(審祥)나 로벤(良弁)을 그리게 하면
될 텐데, 왜 묘에는 신라의 원효와 의상의 행장을 그리게 한 것일까.
그것은 원효와 의상에 대해서 한없는 존경과 흠모의 마음을 품고, 두
사람의 이름을 빌어서 묘에 자신의 사상이나 체험을 일반대중에게 전

---

3) 원효의 저서에 관해서는, 70부 90여권에서 100부 240여권에 이르기까지 여러 설이
있지만, 여기에서는 김영태 編, 『韓國佛敎資料-海外文獻抄集-』, 동국대학교 불교문화
연구소, 1981, 목록류 : pp.255~292에 의한다.

4) 시바사키 데루카즈(柴崎照和), 「明惠와 新羅·高麗佛敎」, 『印度學佛敎學硏究』 45·1,
1996, pp.144~146.

하기 위함이었다고 생각한다. 즉 시대가 흐름에 따라 점점 쇠퇴해 가는 화엄교학의 부흥을 위하여 신라의 고승 원효와 의상의 전기와 설화를 문학화, 회화화 하여 일반신자들에게 알기 쉽게 설법할 필요성이 있었을 것이다.

본장에서는 원효와 묘에(明惠)에 대해서 입당과 인도순례를 단념한 배경과, 두 사람의 수행관에 주목하면서 『華嚴緣起』를 비롯하여 高山寺 관련자료 및 『삼국유사』 등을 중심으로 고찰하고자 한다.

2. 원효의 입당포기와 開悟

원효는 신라 진평왕 39년(617)에 압량군 불지촌(현재의 경산시 압량면)의 율곡(栗谷)에서 탄생하여 幼名은 서동(誓幢), 또는 신동(新幢)이라고 하였다. 그러나 원효가 70세를 일기로 신문왕 6년(686)에 입적한 사실은 '以垂拱二年三月卅日終於穴寺'라고 하는 '서동화상비(誓幢和上碑)'라는 비문의 기록에 의해서 알게 되었다. 이 비문에는 원효의 가계(家系)에 대한 내력은 밝혀져 있지 않지만, 『삼국유사』에는 조부는 '잉피공(仍皮公)'이라는 왕경인(王京人)으로 6두품 출신이며, 부친은 담날(내마)로 신라 17관등 중에 11등급에 해당하는 관리이다. 法名은 원효이지만, 이것은 불일(佛日)을 밝힌다는 의미로 당시의 사람들은 시단(始旦, 첫 새벽, 曉)이라고 존칭해서 불렀다고 전해지고 있다. 15세 무렵에[5]

---

5) 원효의 출가에 대해서는 15, 6세의 說과 29세의 說이 있다. 『삼국유사』에는, 출가한 연대에 관한 기사는 보이지 않지만, 『송고승전』에 '丱髮之年, 惠然入法'이라고 있어 丱髮의 해는 15, 6세를 가리키기 때문에, 여기에서는 원효의 출가를 15, 6세로 보는 說에 의한다(한보광, 『신라정토사상의 연구』, 東方出版, 1991, pp.77~78 참조). 근년에는 '丱

출가한 후, 대승, 소승의 불교학은 물론 유학이나 도교에 이르기까지 광범위하게 학문을 두루 섭렵하는 한편, 전국을 행각(行脚)하면서 험난한 수행을 거듭했다고 전한다. 그 편린(片鱗)은 그의 저술에서도 엿볼 수가 있다. 또한 원효가 출가하여 어떤 사람의 지도를 받고, 어떠한 영향을 받았는가에 대해서는 잘 알려져 있지 않지만, 『삼국유사』에는 '生而穎異. 學不從師'6)라고 있고, 또 『송고승전』에는 '隨師稟業. 遊處無恒'7)이라고 보여 원효는 '一處一師'에게 지도를 받지 않았다는 것을 말해주고 있다.

또 원효는 두 번에 걸쳐서 당의 유학에 도전하였다. 『삼국유사』 '의상전교'에는 '未幾西圖觀化. 遂與元曉道出遼東邊. 戌邏之爲諜者, 囚閉者累旬. 僅免而還'8)이라고 보여, 처음에는 영휘 원년(650) 34세 때에 同學인 의상과 함께 입당을 결심하고 요동까지 갔지만, 고구려 수비병에게 첩자로 의심받아서 감금되었다가 수일 후에 석방되었지만 입당은 실패로 끝났다. 두 번째는 그로부터 11년 후인 문무왕 원년(661) 45세 때, 즉 백제가 멸망한 그 이듬해에 의상과 함께 재차 당으로 유학의 길을 떠났지만, 도중에서 그 신념을 바꾸어 입당을 포기했다. 『송고승전』 '의상전'9)에 의하면,

---

髮之年'이란 10세 미만의 나이 관세(丱髮)는 8세~9세라는 견해도 있다(고영섭, 「원효는 어떻게 이해되어 왔는가」, 『오늘의 동양사상』 4, 2001, pp.173~187).

6) 무라카미 요시오(村上四男) 撰, 『三國遺事考證』 권4 '원효불기', 塙書房, 1995, p.119.
7) 『송고승전』 권4 '원효전', 大正藏 권50, p.730.
8) 앞 책, 注6) '의상전교', p.143.
9) 앞 책, 注7) '의상전', p.729. '年臨弱冠聞唐土敎宗鼎盛. 與元曉法師同志西遊. 行至本國海門唐州界. 計求巨艦將越滄波. 條於中塗遭其苦雨. 遂依道旁土龕間隱身. 所以避飄濕焉. 迨乎明旦相視. 乃古墳骸骨旁也. 天猶霢霂地且泥塗. 尺寸難前逗留不進. 又寄垞甍之中. 夜之未央俄有鬼物爲怪. 曉公歎曰. 前之寓宿謂土龕而且安. 此夜留宵託鬼鄕而多祟. 則知心生故種種法生. 心滅故龕墳不二. 又三界唯心万法唯識. 心外無法胡用別

(의상의) 나이 弱冠에 이르러 당나라에 교종이 매우 융성하다는 소식을 듣고 원효법사와 뜻을 같이하여 서쪽으로 유행(遊行)하려고 하였다. 길을 떠나서 본국인 신라의 해문인 唐州界에 이른다. 큰 배를 구해서 창파를 헤쳐가려고 하였다. 뜻밖에 도중에서 심한 폭우를 만나서 결국은 길옆의 土龕(토굴) 사이에 몸을 숨기며 심한 비바람을 피했다. 다음 날 아침, 날이 밝아서 살펴보니 그곳은 해골이 흩어져 있는 옛 무덤이었다. 하늘에서는 궂은비가 계속 내리고, 땅은 질척해서 앞으로 나아갈 수가 없어서 어쩔 수 없이 그 무덤 속에서 묵었다. 밤이 깊어지기 전에 갑자기 귀신이 나타나 깜짝 놀라게 했다. 원효법사는 탄식하며 말하되 "전날 밤에는 토굴이라고 생각하고 편안하게 잠을 이룰 수 있었다. 오늘 밤은 귀신 굴에 의탁하니 근심이 많구나. 이제 알겠구나, 마음이 산란함으로 인해 갖가지 것들이 생기고, 마음이 사라지면 토감(土龕)과 고분이 둘이 아니고 하나인 것을. 또한 삼계는 오직 마음이며 마음이 인식인 것을 알았다. 마음을 떠나서 법이 없으니 어찌 별도의 법이 따로 있겠는가. 나는 당나라에 들어가지 않겠다."라고 말하고 원효는 바랑을 메고 신라로 돌아가 버렸다.

라고 하여 두 사람은 해문(海門) 당주계(唐州界)에 이르러서 큰 배를 구하고 있던 중에, 심한 폭우로 인해서 토감(土龕)에 들어가 하룻밤을 지냈다. 원효와 의상이 비를 피한 신라의 해문 당주계는 삼국시대에 군사적, 행정적으로 중점한 거점이라고 말하는 '당항성(黨項城, 현재의 화성시 남양동)'에 가는 도중에 있는 지역을 가리킨다. 당시 이 지역은 황해를 통해서 중국과의 교류가 가능한 중요한 해상교역의 거점으로 처음에는 백제의 영역이었지만, 신라에 의해 점령되고 나서 산성을 축조하였다고 한다.

求. 我不入唐. 却携囊返國'.

그리고 다음날 아침, 눈을 뜨고 일어나 보니 그곳은 고분이고, 주위에는 해골이 흩어져 있는 것을 알았다. 비는 그치지 않고 계속 내려 앞으로 나아갈 수가 없었기 때문에 다시 하룻밤을 그 고분에서 묵기로 하였다. 그날 밤 원효의 꿈속에서 귀신이 나타나서 잠을 이룰 수가 없었다. 그래서 원효는 일체의 현상(現象)은 유심(唯心)에 의해 작용한다는 것을 깨달았다. 말하자면, 고분인 것을 모른 채 묵었던 첫날밤은 아무 생각도 없이 잠을 이룰 수가 있었는데, 해골이 있는 무덤이라는 것을 안 이틀 째 밤에는 꿈속에서 귀신이 나타나 편하게 잠을 잘 수가 없었던 것은, 이 모든 것이 마음에 의해서 생겨난다는 것을 깨달아 입당의 뜻을 바꾸어 포기하고, 혼자서 신라로 돌아왔다는 것이다. 『송고승전』의 의상, 원효전의 본문을 근거로 하고 있는 『華嚴緣起』의 '원효그림'의 문장에는 '오늘 밤은 시체가 놓여 있다고 생각하니 귀신이 마음을 산란하게 한다'[10]라고 쓰여 있어 거의 같은 내용이다. 원효는 귀신의 꿈을 꾸고 일체의 현상은 내 마음이 바뀌는 것에 불과하다는 것을 깨달아 "마음 이외에는 스승을 원하지 않았다."라고 말하고, 입당을 포기하고 되돌아 왔다고 한다.

이것과 관련해서 연수(延壽)撰 『宗鏡錄』(961년 성립)[11]에도 원효의 무덤에서의 개오(開悟)가 소개되어 있다. 거기에는 의상과 함께 무덤 안에서 노숙을 할 때, 원효는 밤중에 갈증으로 물 생각이 났는데 마침

---

10) 고마쓰 시게미(小松茂美) 編, 「華嚴宗祖師繪傳詞書釋文」, 『華嚴宗祖師繪傳』 수록, 續日本의 繪卷8, 中央公論社, 1990, pp.99~104 참조. 이하, 인용하는 원효그림과 의상그림의 문장은 모두 이 책에 의한다.

11) 『宗鏡錄』 권11(高麗大藏經卷 44), 1976, p.62. '其元曉法師因渴思漿. 遂於坐側見. 一泓水掬飮. 甚美及至來日觀見. 元是死屍之汁. 當時心惡之吐. 豁然大悟乃曰. 我聞佛言. 三界唯心. 萬法唯識.'

그의 곁에 고여 있는 물이 있어 손으로 움켜서 마셨는데, 다음 날 일어나 보니, 고인 물에 해골이 들어 있다는 것을 알고 갑자기 역겨워서 토할 것 같았는데, 그때 '삼계유심, 만법유식'의 원리를 깨닫고 입당을 포기하고 신라로 돌아간 것으로 되어 있어 『송고승전』의 내용과 조금 다르게 기록되어 있다. 어찌되었든, '삼계유심, 만법유식'이라고 하는 일심의 원리를 스스로 체험한 원효는 입당의 필요성이 없어졌다. 그 후 원효는 신라에 머물면서 일체의 經論을 연구하며 자유무애(自由無礙)의 교화활동에 일생을 보내게 된다.

그런데 화엄교학의 근본원리인 유심사상(唯心思想)을 깨닫고 신라로 돌아온 원효의 행동은 심상치 않았다. 이것에 대해서 『송고승전』 '원효전'[12)은 다음과 같이 기록한다.

말을 미친 사람처럼 하고 상식에 어긋나는 행위를 거침없이 하였다. 거사와 함께 술집이나 기생집에도 드나들고 지공(誌公)과 같이 금칼과 쇠지팡이를 가지고 있는가 하면, 혹은 疏를 써서 화엄경을 강의하고, 혹은 거문고를 뜯으며 祠堂에서 즐기고, 혹은 여염집에서 잠자고, 혹은 산수에서 좌선(坐禪)하는 등 마음 내키는 대로 하며 도무지 일정한 규범이 없었다. 그때 국왕이 백좌(百座)의 인왕경(仁王經) 법회를 열어서 모든 덕망 있는 고승을 초대하려 하였다. 본 주(상주)에서는 명망이 있는 원효를 추대하였다. 모든 고승들은 원효의 사람 됨됨이를 시기하고, 왕에게 비방하는 상소를 올리고 주거도 일정하지 않아 초대하지 말 것을 간언한다.

---

12) 앞 책, 注7) '원효전', p.730. '無何發言狂悖示跡乖疎. 同居士入酒肆倡家. 若誌公持金刀鐵錫. 或製疏以講雜萃. 或撫琴以樂祠宇. 或間閻寓宿. 或山水坐禪. 任意隨機都無定檢. 時國王置百座仁王經大會遍搜碩德. 本州以名望擧進之. 諸德惡其爲人. 譖王不納居無何.'

의상과 헤어져서 신라로 돌아온 원효는, 마치 불법을 잊어버린 사람 같이 자유분방한 생활을 보내고 있었다. 일찍이 당의 현장(玄奘)의 유식(唯識)학문을 사모하여 후배인 의상과 함께 입당을 하려 했지만, 지금은 만법유식의 개오(開悟)에 의한 입당포기야말로 원효의 파계행위(破戒行爲)의 기점이 되고 있었던 것이다.

그래서 어느 때는 술집이나 기생집에 드나들고 금도(金刀)나 철석(鐵錫, 쇠지팡이)을 지니고 마음 내키는 대로 행동하는 것이, 마치 南朝 신이승(神異僧)의 보지(寶誌, 418~514)[13]와 같았다고 한다. 거사와 함께 술집이나 기생집에 드나들었다는 기록은 이인로(李仁老, 1152~1220)가 '원효성사는 술장사나 백정 등과 같은 시정잡배와 어울렸다'[14]라고 하는 것과 서로 통하는 내용이다. 사람들로 붐비는 시정에서 거문고를 뜯으며 즐거워하고, 어느 때는 산수에서 좌선하고, 때로는 經論의 疏를 지어서 강의하면서 민중과 함께 염불가무(念佛歌舞)에 도취하기도 하였다. 그러나 원효는 깊은 산속에서 혼자 은둔하며 자신의 해탈만을 추구하는 佛道者가 아니었다. 대중을 경동(驚動)시키는 기발한 행위로 자유분방하게 행동한 것이다. 즉 음주가무의 파계적 행동은 서민들에게 불교를 전하기 위한 보살행(菩薩行)의 방편이었다고 말할 수 있다.

원효의 이와 같은 자유무애로운 교화활동은 당시의 귀족적인 승단의 규율에서 본다면, 매우 파격적이고 비난을 받는 것은 지극히 당연할 것이다. 그것은 국왕이 국내의 고승들을 모아서 백좌(百座)의 인왕회(仁王會)를 개최할 때에, 사람들이 그 행의(行儀)는 광인과 같다는 상

---

13) 지공(誌公)의 거처는 일정하지 않고 수시로 음식을 먹으며 항상 맨발로 걸어 다니면서 錫杖을 짚었는데, 그 끝에는 가위나 거울 등을 매달고 다니던 神異僧 寶誌를 가리킨다(『梁高僧傳』 10, '釋保誌傳' 大正藏 권50, p.394).

14) 『破閑集』 권중에 '元曉大聖, 混迹屠沽中'이라고 전한다(『고려명현집』 2, p.92).

소에 의해서 선발되지 않았던 것에서도 알 수 있다. 그러나 원효는 자신의 의지를 굽히지 않고, 민중의 교화활동에 힘을 쏟아 귀족불교를 민중불교로 바꾸는 데에 있어서 커다란 역할을 한 것이다. 이것에 관해서 다무라 엔초(田村圓澄) 씨는 민중불교를 넓힌 원효의 행동은 민중의 압도적인 지지를 얻어서 그 힘을 결집한 교키(行基)집단에 키친 영향은 크다고 지적하고, 당시의 일본 불교계는 '신라불교에 주목하고 신라불교에 민감하게 반응하고 있었다'15)라고 말하는 대목에 경청할 필요가 있다. 또 원효는 사생활에 있어서는 계율을 어기고 요석공주와 결혼한 적도 있었다. 『삼국유사』 '원효불기'16)에는

원효는 일찍이 어느 날 뜻밖의 행동으로 거리에서 다음과 같이 노래를 불렀다. "그 누가 자루 없는 도끼를 내게 빌려 주겠는가, 나는 하늘을 떠받칠 기둥을 찍으리라." 사람들은 아무도 그 노래의 뜻을 알지 못했다. 이 때 태종이 이 노래를 듣고 말했다. "이 스님은 필경 귀부인을 얻어서 현명한 아들을 낳고자 하는구나. 나라에 큰 인물이 있으면 이보다 더 좋은 일은 없을 것이다." 이 때 요석궁(瑤石宮)에는 과부 공주가 있어서, 왕이 관리에게 명하여 원효를 찾아서 데려오라 하였다. 관리가 명을 받들어 원효를 찾으니, 그는 남산에서 내려와 문천교(蚊川橋)를 지나다가 만났다. 이 때 원효는 일부러 물에 빠져서 옷을 적시자, 관리가 그를 데리고 가서 옷을 말린다는 핑계로 그곳에서(瑤石宮)에서 머물게 했다. 공주는 과연 태기가 있더니 薛聰을 낳았다. 薛聰은 태어나면서부터 예민(睿敏)하고 경서와 역사에 널리 통달하니 신라 십현(十賢) 중의 한 사람이 되었다.

15) 다무라 엔초(田村圓澄), 『古代朝鮮과 日本佛教』, 講談社, 1993, pp.156~157; 同 『古代朝鮮佛教와 日本佛教』, 吉川弘文館, 1980, pp.191~193 참조.
16) 앞 책, 注6) '원효불기', pp.119~120.

라고 쓰여 있다. 어느 날 원효가 거리에서 하늘을 떠받칠 기둥을 찍기 위하여 누군가 자루 없는 도끼를 빌려주지 않겠는가, 라고 하는 이상한 '몰가부가(沒柯斧歌)'를 부르고 있었다. 그 누구도 이 노래의 의미를 알지 못했다. 이 때 태종무열왕(김춘추, 603~661)은 이 원효의 속뜻을 알아차리고, 자루 없는 도끼는『詩經』'빈풍벌가편'[17]에 수록된 시의 '伐柯'에서 유래하는 중매인의 비유인 것에서, "이 스님은 필경 귀부인을 얻어서 현명한 아들을 낳고자 하는구나."라고 하는 의도인 것이라고 이해했다. 그래서 나라에 큰 인물이 태어나면 그 이익은 참으로 클 것이라 하여 관리에게 명하여, 남산에 있던 원효를 찾아내어 문천(蚊川)에서 일부러 빠져서 젖은 法衣를 말린다는 핑계로 요석궁의 공주가 있는 곳으로 원효를 데리고 가서 머물게 하였다. 그 후 공주는 과연 태기가 있더니 신라의 十賢 중의 한 사람으로 꼽히는 유학자 설총을 낳았다고 하는 내용이다. 국가를 위해서 현명한 인재를 바라고 있었던 태종무열왕의 소원은 이렇게 해서 왕실과 연결되어 이루어진 셈이다.

여기에서 태종무열왕 시대에 원효를 요석궁의 공주와 동숙하게 하여 설총을 낳았다고 하는 그 연대가 문제가 된다. 먼저『삼국사기』권46 '열전 제6설총'[18]에는 설총의 아호는 총지(聰智)로 그의 조부는 奈麻(談捺), 부친은 원효이며, 원효는 처음으로 승려가 되어 불서(佛書)에 통달하였지만, 환속하여 스스로 소성거사(小姓居士)라고 하였다고 쓰여 있어『삼국유사』와 거의 같은 내용이다. 다만 요석궁의 공주로서 볼 수 있는 배우자의 태생에 관해서는『삼국유사』에는 보이지 않고,

---

17)『詩經』,「豳風·伐柯篇」에 수록된「伐柯」의 전문에 의하면「伐柯如何. 匪斧不克. 取妻如何. 匪媒不得. 伐柯伐柯. 其則不遠. 我覯之子. 籩豆有踐」라고 보인다(『詩經·梵字』, 中國古典文學大系, 平凡社, 1969, p.116).
18) 이병도 역주,『삼국사기』권46 '열전 제6·설총', 乙酉文化社, 1983, p.356.

『삼국사기』권41 '열전 제1 김유신'[19]의 조에, 지소(智炤)가 '太宗大王第三女也'라고 있어 무열왕에게는 적어도 세 명의 공주가 있었다고 하지만, 그 중에 요석공주는 장녀인가 차녀인가 분명치가 않다.

문헌상으로 확인할 수 있는 것은, 대야성도독(大耶城都督)인 김품석(金品釋)에게 시집을 가서 선덕여왕 11년(642) 백제가 대양주(大梁州, 현재의 합천)를 함락시킬 때에, 그 싸움에 휘말려 사망한 고타소(古陁炤)와, 태각간 김유신(595~673)의 처 지소(智炤)가 보인다. 또 요석공주는 화랑 김흠운(金歆雲)과 결혼하였지만, 그가 태종무열왕 2년(655) 양산 전투에서 백제한테 패하여 전사한 후, 요석궁에 들어와서 살았다고 한다. 따라서 원효가 결혼한 시기는 그가 45세가 되던 해, 즉 태종무열왕이 붕어(崩御)한 용삭 원년(661) 6월 이전이라고 보아야 하지만, 그 해는 입당을 포기하고 신라로 돌아온 것으로 되어 있다. 그렇다면 원효가 당으로 떠나기 전에 요석궁에 들어가서 파계했다고는 생각하기 어렵고, 필자는 역시 그가 入唐求法의 도중에 유심소조(唯心所造)의 도리를 깨닫고 난 후, 입당의 결심을 포기하고 자유분방하게 행동하면서 천촌만락(千村萬落)으로 민중을 교화하기 위한 길을 선택한 시기로 보는 편이 타당하지 않을까 생각된다. 즉 원효의 결혼은 두 번째의 입당포기 후에 생긴 일로 추측된다.

그래서 설총 탄생 후의 원효는 속인의 옷을 걸치고 소성거사(小姓居士)라고 칭하고, 화엄경의 구절을 노래로 만들어 무애라고 이름을 지은 표주박을 가지고, 수많은 마을을 돌아다니면서 노래와 춤으로 민중을 교화했다.『삼국유사』'원효불기'[20]의 다음과 같은 기록이 이를 잘 설

---

19) 앞 책, 注18) 권41 '열전 제1·김유신', pp.290~293.
20) 앞 책, 注6) '원효불기' p.120.

명해 주고 있다.

원효는 설총을 낳은 뒤 속인의 옷으로 바꾸어 입고, 스스로 소성거사라고 칭하였다. 그는 우연히 광대들이 춤추는 기이한 모양의 큰 박을 얻었다. 그 모양대로 도구를 만들어 화엄경의 '一切無礙人. 一道出生死'라는 문구에 의해서 무애라고 이름 짓고, 노래를 만들어 세상에 유포시켰다. 일찍이 이 도구를 가지고 천촌만락에서 노래하고 춤추면서 교화시키고 읊으며 돌아다녔다. 이 때문에 가난하고 무지몽매한 무리들까지도 모두 부처의 이름을 알고, 南無를 부르게 되었으니 원효의 교화는 참으로 컸다.

원효는 무지한 사람들도 南無를 외울 수 있도록 하기 위하여 노래와 춤을 적극적으로 이용하였다. 원효에게 영향을 끼친 혜공(惠空)과 대안 (大安)도 민중의 교화활동에 힘을 기울였고, 그들 또한 가무의 방법을 활용했다.[21] 노래와 춤은 무지몽매한 민중을 도취와 황홀경으로 몰입시켜서 직접적으로 영향을 줄 수 있음에 가장 효과적이라는 것을 원효는 잘 파악하고 있었을 것이다. 『화엄연기』의 원효그림 안에는 대안성자가 동발(銅鉢)을 두드리면서 '대안, 대안'이라고 외치며 市井을 돌아다니는 모습이 그려져 있다. 이 시대의 법사들은 민중교화를 위해서 노래나 춤을 포교수단으로서 이용한 것 같다. 이것은 일본에서도 마찬가지로 구우야(空也)가 시정에서 염불로 노래를 하고 춤을 추었다는 것에서 '시장의 聖者, 아미타 聖者'라고 부르게 되었다.

일본의 염불춤은 헤이안(平安)시대 중기에 구우야(空也)가 교토의 시중에서 북이나 정을 치고 박자를 맞추며 염불하면서 춤을 춘 것이 그

---

21) 김영태, 「新羅佛敎大衆化의 歷史와 그 思想硏究」, 『佛敎學報』 6, 동국대학교, 1969, pp.145~192 참조.

〈그림 18〉 구우야상(京都·六波羅蜜寺 소장)

시초라고 한다. 그러나 일찍이 하시카와 다다시(橋川正)[22] 씨는 원효가 큰 박을 가지고 화엄경의 '무애춤'을 추었다는 점에서, 이것이 '空也 염불춤(踊念佛)의 원조'라고 말하고 있는 바와 같이, 염불춤의 유래는 원효라고 보아야 타당할 것이다. 교토의 동산(東山)에 있는 육파라밀사(六波羅蜜寺)에는 입에서 여섯 개의 작은 아미타여래가 뚝 뛰어나온 형태로 만들어진 '구우야상(空也像)'을 보존하고 있다. 이것은 空也의 생전의 일상생활을 그대로 나타낸 것으로, 나무아미타불을 외치며 전국을 돌아다니면서 귀족에서 서민에 이르기까지 폭넓은 歸依를 받았다고 한다. 空也의 염불춤은 가마쿠라시대에 지슈(時宗)의 개조인 잇펜(一遍)에 의해 계승되어 넓혀져 간 것이다. 현재 원효의 '무애가'는 전승되고 있지 않지만, 일본의 염불춤(踊念佛)은 가나가와현(神奈川縣) 후지사와(藤澤)시에 있는 時宗의 총본산인 유교지(遊行寺)

---

22) 하시카와 다다시(橋川正), 「空也一遍의 踊念佛에 관해서」, 『佛教研究』 2·1, 1921, pp.126~130. 고라이 시게루(五來重) 씨는 「明惠의 마음속에 있는 義湘과 元曉」라는 논고에서, 원효나 대안은 半俗半僧의 성자로서 산악신앙이나 시중행각을 했다는 점에서 '空也나 一遍의 선배에 해당된다'라고 말하고, 원효를 구우야(空也)의 踊念佛의 원조라고 한다(『繪卷』新修繪卷全集 月報9, 1976 pp.197~201. 또한, 염불춤(踊念佛)에 관해서는 五來重, 『踊念佛』, 平凡社, 1989에 자세하다.

에서 매년 9월 21일부터 24일 사이에 해마다 염불춤의 행사가 행해지고
있다.

〈그림 19〉一遍에 의한 四條京極의 釋迦堂 앞의 염불춤(踊念佛)

3. 明惠의 印度渡航의 단념

한편 원효가 입당을 포기한 후에, 자유무애(自由無碍)의 행동에 의한
민중교화에 무척 감동을 받은 가마쿠라 시대의 화엄승 묘에(明惠)도,
실은 두 번이나 인도에 건너갈 계획을 세우고 있었지만, 모두 실패로
끝나고 말았다. 묘에는 지쇼(治承) 4년(1180) 8세에 양친을 잃고, 그 다음
해 교토의 다카오산(高雄山) 진고지(神護寺)의 몬가쿠(文覺)의 제자인 숙
부 조카쿠(上覺)에게 지도를 받고, 16세가 되던 해 도다이지(東大寺)에서

구족계(具足戒)를 받아서 출가
하였다. 法名은 成弁(나중에 高
弁으로 개명)이라고 불렀다. 21세
때에 국가적인 법회의 참가요
청을 거절하고, 23세가 되던
가을에 속세와 인연을 끊고서
기노쿠니(紀伊國) 아리타군(有田
郡)에 있는 시로가미미네(白上
峰)에서 험난한 수행을 거듭하
였다. 은둔승(隱遁僧)이 된 묘

〈그림 20〉明惠上人像(奈良國立博物館藏)

에는 3년간의 수행을 끝마친 26세 무렵에 재차 다카오(高雄)로 돌아오지
만, 다카오에서 소동이 일어났기 때문에 제자들과 함께 또 다시 기슈(紀
州)에 돌아와, 그 이후 8년간은 이카다치(筏立) 등에서 오로지 수행과
학문에 정진하였다.

이 사이에 묘에는 30세가 되던 해, 즉 겐닌(建仁) 2년(1202) 무렵부터
釋迦가 탄생한 聖地 인도에 건너가 불교유적을 순례하기 위한 계획을
세우게 된다. 이것은 석가가 수행하여 깨달음을 얻은 땅에 가서 석가
의 유적을 순례하고, 그 가르침이나 정신에 더 깊이 접하고 싶은 열망
에 의한 것이라고 봐야 할 것이다. 예를 들면『却廢忘記』[23)]에는, 다음
과 같이 기록되어 있다.

내가 만약 인도국에 태어났다고 한다면, 일생 동안 아무 것도 하지 않
고 있었겠지. 오로지 인도 각지에 남아있는 유적을 여기저기 순례하면서,

---

23)『却廢忘記』,『鎌倉舊佛敎』수록, 岩波書店, 1971, p.111.

즐거운 마음에 마치 살아있는 釋迦를 만나고 있는 것 같은 기분에 들떠서 학문이나 수행 등을 소홀히 했을 거라고 생각한다.

만약 인도에 가서 석가의 유적을 순례한다고 하면, 釋迦를 만난 것 같은 기분에 깊이 감동한 나머지, 학문이나 수행에 정진할 정열도 없었을지도 모른다고 말하는 묘에는, 오로지 석가에게 사모의 정만 가슴속 깊이 품고 있었던 것이다. 이와 같이 한결같이 석가를 숭배하는 뜨거운 마음은, 묘에의 생애에 있어서 변함없이 일관하고 있었다고 생각한다.

묘에가 석가에 대해 사모의 정이 강했던 것은, 그가 두 번에 걸쳐서 印度渡航의 계획을 세우고 있었다는 점에서도 엿볼 수가 있다. 석가를 아버지로 존경하고 사모했던 묘에는 겐큐(建久) 원년(1290) 18세 때에 진고지(神護寺)의 서고에 파묻혀 매일 불교서적을 읽는 것에 열중하고 있을 때, 우연히 『遺敎經』을 발견한 극적인 만남에서 비롯된다. 그것에 대해서 『明惠上人行狀』[24)에,

> 무릇 이 上人의 나이 18세 때, 서산(西山)에 칩거하던 중에 古本(오래된 책)의 一切經 안에서 발견하였다. 상인이 소지한 경전의 사본에 기록하여 말하되, 이 경은 成弁의 나이 18세 때, 홀로 西山에 칩거 중에 經藏에 있는 오래된 많은 경전 중에서 이 경을 구했다. 석가 입멸 후 이천 년이 지난 말세에 처음으로 遺敎라는 묘한 경전의 제목을 보고, 환희의 기쁨이 가득하여 흐르는 눈물을 억누를 수가 없었다. 그 뒤 항상 곁에 두고 암송하였다.

라고 쓰여 있어 『遺敎經』의 정식명칭은 『佛垂涅槃略說敎戒經』이란 경

---

24) 『明惠上人行狀』(高山寺資料叢書, 『明惠上人資料第一』) 수록, 東京大學出版會, 1981, p.49. 또한 『遺敎經』에 관해서는 고마쓰 요스케(小松庸輔), 「明惠의 遺敎經」, 『大法輪』 77·2, 2010에 자세하다.

명으로 석가가 입멸(入滅)할 때에 제자들에게 마지막으로 설법한 것을 기록한 것이다. 이 경의 사본은 成弁(묘에)이 18세가 되던 해, 혼자 西山(다카오산(高雄山)·진고지(神護寺))에서 칩거하고 있을 때, 경장(經藏) 안에서『遺敎經』을 발견하여 감격의 눈물을 억누를 수가 없었다고 말하고, 그 뒤 항상 몸에 소지하며 이 경을 숙지하였다고 한다. 지금도 高山寺에 소장하는『遺敎經』의 刊記에는,『孝子傳』에 南朝宋의 관료인 장부(張敷)가 한 살 때에 어머니를 잃고, 열 살이 되어서 어머니의 유품인 한 폭의 그림이 그려있는 부채를 손에 넣고, 어머니가 생각날 때마다 이 부채를 펼쳐보고 눈물을 흘렸다는 문장을 남기고 있다. 따라서『遺敎經』과의 만남이 묘에의 육친에 대한 감정이 종교적으로 승화하는데 있어서 결정적인 계기가 되었다는 것을 생각하면, 印度渡航의 실현을 향해서 커다란 전기가 되었다고 말할 수 있겠다.

또 묘에는 자신을 '釋迦如來滅後遺御愛子'[25]라고 부르고, 시간과 공간을 넘어서 오로지 석가의 '제자'이며 '애자(愛子)'라고 단언하고 있다. 이것은『大寶積經』권2 '律儀會'에 '我之所愛子, 謂諸善比丘, 見佛諸遊方, 昔曾安止處, 經行宴坐地, 若石及空閑, 集巳共咨嗟, 爲之數啼泣'[26]이라고 보이는 경문에 근거하고 있다. 말법의 세상에는 善을 쌓지 않는 승려가 늘어나겠지만, 그러한 가운데 바른 수행을 행하고 석가의 유적을 보고 자신을 연모한 나머지 목메어 우는 자가 있다면, 그것이야말로 '내가 사랑하는 곳의 아들'이라고 석가가 설법하는 경문을 발견하고

---

25) 「佛眼佛母像贊」에는 와카(和歌)1首와 함께 '无耳法師之母御前也. 南無. 佛母哀愍我生生世世不暫離, 南無佛母御前, 南無佛母御前, 南無佛母御前, 南無佛母御前, 釋迦如來滅後遺法御愛子成弁紀州山中乞者敬白'이라고 있다.

26) 『大寶積經』(高麗大藏經 권6), 동국대학교, p.12. 또『明惠上人神現傳記』의 안에도 이 經文에 대해서 언급하고 있다. 앞 책, 注24), p.243.

〈그림 21〉玄奘三藏의 舍利塔(西安·興敎寺)

묘에는 무척 기뻐했을 것이다. 거기에는 석가와 자신이 부모 자식의 관계로 맺어질 수 있다는 것이 보장되어 있다. 묘에가 다카오(高雄)에서 수행지인 기슈(紀州)로 내려가는 도중에 진고지(神護寺)의 석가여래 앞으로 서신을 보냈다고 하는 에피소드는 잘 알려져 있다. 그 수취인은 '大慈悲父釋迦牟尼如來'로 되어 있고, 거기에는 "자신이 없는 사이에는 제자에게 뭐든지 용건이 있으시면 말씀해 주십시오. 가능하면 빨리 돌아오겠지만, 다시 만나뵐 때까지 당신을 항상 연모하고 있습니다."라는 내용으로 자신의 이름을 '遺法御愛子成弁'이라고 적고 있다. 묘에는 인도로 건너가는 것에 무척 집착하였고, 한 번도 아니고 두 번이나 인도 도항을 위해서 구체적으로 준비하고 실행에 옮긴 것도, 이와 같이 석가를 향한 그리움이 더해졌기 때문일 것이다.

묘에의 첫 번째 인도 도항 계획이 구체적으로 진행된 것은, 겐큐(建久) 7년(1196) 무렵이다. 아직 24세에 불과한 나이였지만, 그 계획의 준비는 현장(玄奘)의 『西域記』나 『慈恩寺傳』 등의 서역 구법의 여행전기를 참고로 하는 등, 어느 정도 철저하고 구체적으로 논의되고 있었다. 묘에가 입적한 후에 제자인 기카이(喜海)가 기록한 『明惠上人神現傳記』(『春日明

神託宣記』라고도 칭한다)27)에는 인도 도항에 대한 기록이 보인다.

> 西域의 곳곳의 유적, 이것은 석가 입멸(入滅) 후에 남은 곳이다. 먼 옛날
> 에 三藏法師가 구법(求法)을 위하여 생명을 아끼지 않았다. 이것은 바로
> 도보로 걸어서 방문하는 곳이다. 어찌 목숨을 아끼겠는가. 그렇다면, 인도
> 는 저 멀리 떨어진 곳임에도 갈려고 한다면 반드시 도착할 것이다. 그 길이
> 비록 험난하고 위험할 지라도 죽음을 각오한다면 더 이상 두려워해서는
> 안 된다.

서역을 순례한 현장의 여행전기 등을 읽고 준비할 때마다 인도 도항
의 어려움을 통감하고, 신명을 받쳐 결행할 각오였다. 당시 다카오(高
雄) 주변에는 몬가쿠(文覺)를 중심으로 자주 사건이나 소동이 일어나기
때문에 몇 번이나 고향인 기슈유아사(紀州湯淺)로 거처를 옮기곤 하였
다. 겐큐 말 무렵에 기카이(喜海)와 도충, 두 사람의 제자를 데리고 기슈
유아사의 가루모시마(苅藻島)에 갔을 때의 상황이 『明惠上人行狀』에 자
세하게 언급되어 있다. 저 멀리 바다가 계속되는 곳의 서해바다는, 먼
천축(天竺)까지 이어질 것이라며 대양을 바라보며 석가에 대한 연모의
정에 잠기고, 거기에 있는 작은 돌 하나라도 그리워하며 돌을 주어서
가슴에 문지르기도 했다고 한다. 이 苅藻嶋에 묘에는 한 통의 서신을
쓰고 있지만, 그에게는 섬도 사람과 같은 존재였다. 이 서신은 존재하지
않지만, 묘에의 『傳記』나 『行狀』에 자세하게 그 기록이 남아 있다.
겐닌 2년(1202) 무렵부터 묘에는 기슈(紀州)의 이토노(絲野)에서 제자
기카이(喜海) 등과 함께 인도에 건너 갈 것에 대해서 서로 의논하고 있
었다. 그런데 겐닌 3년 정월 26일 유아사 무네미쓰(湯淺宗光, 묘에의 숙

---

27) 『明惠上人神現傳記』, 앞 책, 注24) p.237.

부)의 처(橘 씨의 딸)가 갑자기 신이 들려서 "나는 가스가묘진(春日明神)이다. 貴公이 서역으로 수행을 떠난다기에 그 생각을 단념시키기 위해서 내려왔다."[28]라고 말하고, 가스가묘진(春日明神)이 이 여자에게 붙어서 묘에에게 말을 걸어 자신이 인도행을 멈추게 하기 위해서 일부러 내려왔다는 것이다. 그 후, 계속해서 인도행 중지의 탁선(託宣)이 있었기 때문에 인도 도항의 계획은 단념할 수밖에 없었다. 가스가묘진(春日明神)은 묘에의 꿈에 자주 나타나고 있지만, 숙부의 처가 신들리기 전인 同3년 正月 초의 꿈속에 또 노인의 모습으로 요고(影向 : 신불의 모습으로 나타남)하여 묘에를 지혜로서는 제일이라고 칭찬하고, 천축행(天竺行)을 단념하고 인간의 도사로서 궁궐 가까운 곳에 머물 것을 권장했다고 한다. 이 春日明神의 託宣에 관한 이야기는 당시의 사람들에게 깊은 감명을 주어『明惠上人傳』을 비롯하여『明惠上人神現傳記』,『古今著聞集』,『沙石集』등에 전해지고 있다. 게다가 노오(能)의 '가스가묘진'은 이들의 일화를 소재로 한 것으로, 거기에는 가스가묘진(春日明神)은 나오지 않고 묘진(明神)의 使者인 용인(龍人)이 주인공이고, 조역인 묘에는 龍人의 설득에 의해서 入唐渡天을 포기하게 된다.

특히『明惠上人神現傳記』에 의하면, 겐닌 3년 2월 묘에는 가스가타이샤(春日大社)에 참배할 때에 도다이지의 중문까지 오자, 그 주변에 있던 사슴 30여 마리가 일제히 무릎을 땅에 굽히고 마중을 나왔다고 한다. 그 뒤 기슈의 유아사(湯淺)로 돌아갔을 때, 묘에의 숙모인 부인이 託宣을 받아 사슴이 무릎을 굽히고 맞이한 것은, 자신(春日明神)이 마중을 나가 있었기 때문이라고 말했다고 상세하게 언급되어 있다. 이 기간

---

28)『明惠上人神現傳記』, 앞 책, 注24) p.259.

에 묘에는 몇 번이나 가스
가묘진(春日明神)과 관계되
는 꿈을 꾸고 있다. 묘에는
高山寺의 鎭守社에 春日
明神을 모셨지만, 高山寺
에 소장하는 '木像神鹿'의
한 쌍은 그 신전 앞에 놓여
있었던 것이라고 한다. 사
슴은 春日明神의 使者라

〈그림 22〉 木像神鹿(京都·高山寺 소장)

고 하여 무릎을 굽히고 앉아 있는 사슴의 모습은, 가스가타이샤(春日大
社)를 참배한 묘에게 무릎을 꿇고 있었다고 하는 사슴의 일화를 생각
나게 한다. 또 묘에의 행장이나 전기에 있어서는 예를 들면, '겐닌 무렵
에 春日大明神의 託宣이 있었다. 이것에 관해서는 별도로 기록한다'[29)
든가 '春日大社에 참배시 託宣에 관한 것이나 부처의 舍利에 관한 이야
기는 별도로 기록한다'[30)라고 보여, 『明惠上人神現傳記』를 반드시 抄
出하여 인용하고 있다는 것을 알 수 있다. 이와 같이 春日明神의 탁선에
의해서 渡天의 계획은 중지하게 되었지만, 묘에의 가슴에 타오르는 渡
天의 뜨거운 열정은 또 다시 불길이 되어 이번에는 한층 더 주도면밀한
준비를 하여 재차 기획되었다.

---

29) 『明惠上人傳』, 앞 책, 注24) p.374.
30) 『明惠上人行狀』(漢文), 앞 책, 注24) p.181.

〈그림 23〉 奈良에 있는 春日大社

가스가묘진(春日明神)의 탁선에 의해서 渡天의 계획을 단념한 묘에는 다카오(高雄)으로 돌아오지만, 겐큐(元久) 원년(1252)의 歲暮에 부모 대신 묘에를 양육한 기슈(紀州)의 양부이자 비호자(庇護者)이기도 한 사키야마 료에(崎山良衛, 숙부)가 병상에 누워 병문안을 하기 위하여 기슈와 다카오을 왕복한다. 그러나 이 기간은 어느 쪽의 생활도 전혀 안정되지 않고, 성교(聖敎)를 차분하게 읽을 수 있는 장소마저도 없는 상황이었다. 오쿠다 이사오(奧田勳) 씨는 이시기에 있어서 묘에의 환경에 관해서 '다카오의 황폐와 유아사(湯淺)의 곤란에 의해서 묘에는 극도로 불안정한 상황에 놓여 있었다.'[31]라고 추측한다. 이러한 가운데 묘에는 겐큐 2년 봄 무렵 5, 6명의 제자와 함께 재차 渡天의 계획을 실행에 옮기려고 하였다. 그것은 『明惠上人物語』[32]에,

---

31) 오쿠다 이사오(奧田勳), 『明惠-遍歷와 夢-』, 東京大學出版會, 1978, p.56. 元久2年 (1205), 神護寺의 文覺은 고토바조코(後鳥羽上皇)로부터 반역을 꾀한다고 의심받아서 쓰시마(對馬)로 유배되는 도중에서 객사하고, 또 묘에 비호자인 유아사(湯淺) 일족은 地頭職(현지 영주)을 둘러싸고 혼란에 빠져 있었다.

32) 『明惠上人物語』, 앞 책, 注24) p.332. 또 『明惠上人傳』에도 같은 내용의 기록이 있다

겐큐 2년 봄 무렵, 천축(天竺)에 건너 갈 생각으로 계획을 세웠다. 뜻을 같이하는 동행 5, 6명과 이미 논의가 있었다. 또 大唐 長安城부터 천축의 王舍城까지의 소요되는 거리에 대한 里數의 대소에 대해서 검토하고 기록하였다. 그때, 里의 抄出은 지금 上人의 經을 넣은 자루 속에 있다. 게다가 거리의 계산이 끝나고 의복의 준비까지 갖추었다.

라고 보여 渡天의 결행의 시기는 무르익고 있었다. 묘에는 당의 長安城부터 천축의 왕사성(王舍城)에 이르기까지의 거리에 대한 里數의 대소에 대해서 검토하여 經자루 안에 넣어 두고, 게다가 의류까지도 준비한 것 같다. 이 '里의 抄出'을 기록한 문장은, 아마 지금 高山寺에 전래하는『印度行程記』[33]를 가리키고 있을 것이다. 이것은 渡天에 즈음하여 당의 장안성에서 마가타국(摩訶陀國)의 왕사성에 이르기까지의 일수를 소상하게 조사 기록한 인도행의 일정표이다.

그 대략을 보면, 長安에서 王舍城까지의 里數은 小里로 하여 5만里로 정해서, 이것을 大里 36丁1里에 의해서 환산하면 8333里12丁, 하루 8里를 걷는다고 하면 왕사성에 도착까지는 천일을 요하지만, 연일수를 360일로 한다면 정월 1일에 장안을 출발하여 3년째인 10월 10일에는 왕사성에 도착할 수가 있다. 하루에 7里를 걷는다고 가정하면, 1330일이 걸리며 제 4년째인 2일 20일, 만약 하루에 5里라고 한다면, 5년째인 6월 10일에 왕사성에 도착한다고 하여 매우 치밀하게 계산되어 있다. 묘에는 그 안에 '인도는 부처가 탄생한 나라이다. 연모의 정을 억누를 수가 없구나. 유학을 위해서 이 계획을 세우니 무척 애틋하게 느껴져서 가고 싶은 마음이 한이 없구나.'라고 절실하게 감격의 말을 흘리고 있다.

(p.376).

33)『印度行程記』(『大日本史料』, 第五編之7), pp.427~428.

이 『印度行程記』에는 번잡한 里數와 일수를 계산한 評定은, 묘에의 渡天에의 열의와 진지함을 충분이 가름할 수가 있다. 게다가 그의 講式 類의 저서 중에는 『舍利講式』, 『涅槃講式』, 『十六羅漢講式』, 『如來遺 跡講式』이라고 하는 『四座講式』을 비롯하여 석가에 대한 연모가 매우 강했던 사실이나 『明惠上人歌集』 안에 석가 유적을 읊은 노래가 많은 것도 渡天에의 숙원과 연관지어 더욱 수긍할 수가 있다.

그런데 또 묘에가 渡天의 계획을 세우기 시작하자, 갑자기 병이 들어 고민하게 된다. 그 병의 상태는 다음과 같다. 묘에는 옆에 한 사람의 인간이 있음을 느낀다. 그것은 보이지 않지만, 마음속에 그 사람의 모습 이 떠오르는 것이다. 묘에가 제자들과 서로 인도행의 이야기를 주고받 을 때마다 그 사람은 한쪽 손으로 묘에의 한 쪽 배를 조이기 시작한다. 게다가 천축행(天竺行)을 결정한 단계에 이르자, 묘에의 몸 위에 올라타 서 양손으로 묘에의 가슴을 누르기 때문에 묘에는 괴로운 나머지 기절 할 것 같았다. 이것은 흔히 겪는 고통이 아니다. 이와 같은 상태가 수일 동안에 걸쳐서 계속되었기 때문에 역시 가스가묘진(春日明神)의 託宣이 아닐까라고 염려되어 제비뽑기에 의해서 점을 치기로 하였다.

묘에는 본존인 釋迦, 선재오십오선지식(善財五十五善智識), 春日大明 神의 형상 앞에서 제비뽑기를 하여 결정하려고, '건너가야만 한다', '건 너가지 말아야 한다'라는 두 개의 제비를 만들어서 만약 세 군데 중에서 한 군데라고 '건너가야만 한다'를 뽑았을 경우에는 신명을 바쳐서도 渡 天行을 결정하기로 정했다. 또 세 군데 모두 '건너가지 말아야 한다'라면 그때는 단념하기로 결의하였다. 먼저 석가 앞에 놓인 제비를 뽑으려고 하자, 두 군데 중에 한 개가 불단(佛壇) 아래로 떨어져 버려서 아무리 찾아도 발견하지 못했다. 나머지 한 개를 펼쳐 보자, '건너가지 말아야 한다'였다. 이 밖에 두 군데도 모두 '건너가지 말아야 한다'라고 나와서 묘에는 어쩔 수 없이 渡天을 포기하지 않을 수 없었다. 그러자 병은 즉시 쾌유했다.

이 천축행(天竺行)의 단념을 결정한 그날 밤, 묘에가 꿈을 꾼 것이 『明惠上人行狀』(한문)[34]에 '上人의 꿈에 이르되, 두 마리의 백로가 하늘을 날고, 하얀 옷을 입은 俗人이 있어 화살을 꺼내어 백로를 떨어뜨렸다'라고 쓰여 있다. 묘에의 꿈에 두 마리의 백로가 하늘을 날고, 하얀 옷을 입은 俗人이 한 마리의 백로를 떨어뜨린 것을 보았지만, 묘에는 이 꿈이 앞서 말한 제비뽑기에 있어서 한 개의 제비가 잃어버릴 징후(徵候)이고, 그것이 딱 들어맞았다고 한다. 가와이 하야오(川合隼雄) 씨는 백로가 俗人에 의해서 떨어뜨려진 꿈은, '속된 것이 성스런 것을 이기게 한다는 의미로 받아들여진다'[35]라고 해석하고 있다. 묘에가 천축행을 단념하기까지의 경과는, 처음의 渡天 계획과는 다르지만, 천축(天竺) 순례의 포기는 어느 것이나 가스가묘진(春日明神)의 신의 뜻에 의한 것으로, 묘에는 이것을 받아들일 수밖에 없다고 느꼈을 것이다. 묘에는 그 이후, 인도 순례의 계획은 완전히 포기해 버린 것이다.

이와 같이 묘에는 젊은 수행시절부터 석가의 유적이 있는 天竺으로 순례하는 것을 무척 동경하여 두 번이나 인도행의 계획을 세웠지만, 春日明神의 託宣에 의해서 결국에는 단념하게 된다. 앞에서도 언급했듯이 신라의 고승 원효도 두 번에 걸쳐서 입당을 시도했지만, 고분 속에서 귀신의 꿈에 의해 유심(唯心)의 근본원리를 깨닫고, 신라에 머무르면서 민중구제에 힘을 쏟았다. 현장(玄奘)의 유식학(唯識學)을 동경하

---

34) 『明惠上人行狀』(漢文), 앞 책, 注24) pp.192~193 참조.
35) 가와이 하야오(河合隼雄), 『明惠, 꿈에 살아가다』, 京都松柏社, 1987, p.167.

여 입당을 시도한 원효와, 석가가 태어난 天竺에 동경하여 인도행을
계획한 묘에와 그 형태와 방법은 다르지만, 이국땅에서 석가의 가르침
이나 그 정신에 깊이 접해 보고 싶다고 하는 의지는 두 사람 모두 서로
통하는 점이라고 말할 수 있다. 또 묘에는 시간과 공간을 넘어서 자신
과 똑같이 두 번이나 당에 유학길을 단념한 원효에게 강한 친근감과
공감을 느끼고 있었음에 틀림이 없다. 겐큐(建久) 6년(1195) 묘에 23세
무렵부터 3년에 걸쳐서 기슈유아사(紀州湯淺)의 白上峰에서의 묘에의
수행에 관한 내용이 『明惠上人行狀』[36]에 상세하게 적혀 있다.

> 또 海東의 元曉公은 亡人의 무덤에 묵으면서 매우 깊은 유식(唯識)의
> 도리의 깨달음을 열었고, 이것들은 시작에 불과하니 놀라운 것만은 아니
> 다. 그렇다면 上人(明惠)은 섬에 임해서 법계법문의 깨달음을 열어 유심
> (唯心)의 지혜를 수련한 것만은 아니다. 또 세간의 遊宴을 벗으로 하여
> 마음을 즐기는데 情趣를 더해준다.

겐큐 말 무렵, 묘에는 제자 기카이, 도충과 같이 白上峰의 암자에서
배를 타고 서쪽에 있는 가루모시마(苅藻島)로 건너가 섬의 남단에 석가
상을 걸어놓고, 그 앞에서 독경염송(讀經念誦)을 행하였다. 그리고 해
동의 원효는 亡人의 무덤에 묵으면서 '심심유식(甚心唯識)의 도리'를 깨
달았지만, 묘에는 섬에 임해서 '법계법문의 깨달음'을 열었다고 자부
하고 있는 점에서, 묘에가 젊은 시절부터 얼마나 원효에 대해 존경과
연모의 마음을 가지고 있었는지 알 수가 있다. 묘에는 화엄종을 신라
에 전한 원효와 의상을 '화엄종의 祖師'로서 깊이 숭상하고, 두 사람의
행적을 제자인 조닌(成忍)이라는 화승에게 『華嚴緣起』를 그리게 하고

---

36) 『明惠上人行狀』, 앞 책, 注24) p.36.

있지만, 이 繪卷의 문장은 묘에 자신이 직접 쓴 것이다.

4. 원효와 묘에의 修行觀

1) 원효의 錚觀法

앞에서 언급한 대로 원효는 입당을 포기한 후, 마치 불법을 잃어버린 것 같이 어느 때는 산수에서 좌선하고, 어느 때는 술집에 드나들고, 어느 때는 민중을 위하여 무애가(無碍歌)를 만들어 염불가무를 행하는 등, 기괴한 행동으로 자유분방하게 제멋대로 행동하였다. 어느 때는 과부인 요석공주와 동침한 적도 있었다. 이런 것들을 단순하게 파계나 타락이라고 봐야만 할 것인가. 아마 원효는 자유무애의 境地에 따라서 그대로 행동했음에 틀림이 없다. 그러나 원효는 자신의 해탈만을 추구한 佛敎者는 아니었다. 음주가무의 파계적 행위는, 보살행(菩薩行)으로 민중교화를 위한 방편이었고, 불교학 연구에 있어서는 중국의 불교자에게 구애 받지 않고, 오로지 자신의 이해에 몰두한 것이다. 원효는 주로 경주의 분황사에 주거하면서 저술활동에 힘쓰고, 그 저서 가운데 현존하는 대표적인 것을 든다면, 『금강삼매경론』, 『대승기신론소』, 『십문화쟁론』, 『법화경종요』 등이 있다. 현존하는 원효의 가장 중요한 저서는, 겐초(建長) 2년(1250)에 성립한 『高山寺聖敎目錄』에 거의 정리되어 있어, 묘에에 있어서 원효의 사상적 영향을 쉽게 엿볼 수가 있다.

원효는 인생의 대부분을 전국을 행각(行脚)하면서 심산유곡이나 동굴 속에서 험난한 수행을 했다고 전한다. 현재 원효의 수행 장소로는 울진 천량암, 속초 계조암, 동두천 자재암, 장수 영월암, 완주 화암사, 부안 원효굴, 구례 화엄사·문수사 등이 잘 알려져 있지만, 그 구체적인 수행법에 관해서는 분명치가 않다. 다만『삼국유사』권5 '광덕(廣德)·엄장(嚴莊)'37) 안에, 엄장의 간청에 의해서 원효는 '쟁관법(錚觀法)'38)을 만들어 왕생의 길을 가르쳤다고 하는 설화가 다음과 같이 기록되어 있다.

　　신라의 문무왕 시대에 광덕(廣德)과 엄장(嚴莊)이라는 두 사람의 沙門이 있었다. 두 사람은 친구 사이로 먼저 극락정토에 가는 이는 서로 자신의 왕생을 알려 줄 것을 약속했다. 광덕은 芬皇 西里에 은둔하면서 짚신을 만들어서 처자와 함께 생활하고 있었다. 엄장은 南岳에 암자를 짓고 농사에 종사하고 있었다. 어느 날 해가 붉은 빛을 띠면서 서쪽으로 지고, 소나무 그늘이 고요히 저물었는데 창 밖에서 소리가 들렸다. "나는 이미 서방정토에서 왕생하였다. 그대도 왕생을 하고 싶으면 나를 따라 오라"고. 엄장은 서둘러 문을 열고 나가 보니 구름 위에서 天人의 음악이 들리고, 밝은 빛이 땅에 드리웠다. 이튿날 광덕이 사는 집을 찾아갔더니 과연 광덕은 죽어 있었다. 그래서 광덕의 처와 함께 遺骸를 거두어 장사를 지내고 나서 그의 처에게 "당신의 남편이 죽었으니 나와 함께 있는 것이 어떻겠소."라고 말하자, "좋지요."라고 부인이 대답했기 때문에 그대로 그 집에 머물렀다. 밤에 잠을 자는데 남녀의 정을 통하려고 하였다. 그러자 그녀는 이를 거절하고, "그대가 서방정토에 왕생하려고 하는 것은, 나무에 올라가 물고기를 구하는 것과 같습니다."라고 말했다. 嚴莊이 놀라서 "광덕도 지금까지 그대와 그러했거니 내 또한 어찌 안 되겠는가?"라고 말했다. 그러자 그녀는 "그 사람은 나와 십여 년을 같이 살았지만, 아직까지

---

37) 앞 책, 注6) '廣德·嚴莊', p.57.
38) '錚觀法'은 다른 판본에서 '정관법(淨觀法)'으로도 표기되어 있어, 이민수 씨는 '「錚觀法」혹 淨觀法의 잘못이 아닌가 한다.'라고 지적한다. 이 '淨觀法이란 이미 생각의 더러움을 없애고 깨끗한 몸으로 煩惱의 유혹을 끊은 假觀을 말함'이라고 한다. 이민수 역,『삼국유사』, 乙酉文化社, 1993, pp.364~365 참조.

하룻밤도 자리를 함께 한 적은 없었소. 더구나 저의 더럽혀진 몸을 만진 적도 없었습니다. 다만 밤마다 단정이 앉아서 阿彌陀佛을 한결같이 외우며, 『觀無量壽經』가 설법하는 십육관을 행하고 있었습니다. 그 觀法을 達觀하여 밝은 달이 창에 비치면, 그 달 빛 위에 올라서 결가부좌(結跏趺坐)를 하였습니다. 그는 극락왕생을 원하여 그 정성을 기울임이 이와 같았으니 비록 왕생을 하지 않으려고 하여도 틀림없이 왕생할 것입니다. 천리의 먼 길을 가는 사람은 그 첫 걸음부터가 중요한 것입니다. 지금 그대의 극락왕생의 관법(觀法)은 동쪽을 향하고 있지 않습니까. 그대는 서방정토를 전혀 모르고 있습니다."라고 말했다.

嚴莊은 부끄러워서 물러나 그 길로 元曉法師를 방문하여 왕생의 요점을 가르쳐 줄 것을 간곡하게 부탁하였더니 원효는 '쟁관법(錚觀法)'을 만들어 지도하였다. 嚴莊은 잘못을 뉘우치고 참회하면서 일심(一心)으로 관법을 수행하여 결국은 서방정토에 왕생할 수가 있었다. 錚觀法은 『元曉傳』과 『海東僧傳』 속에 수록되어 있다. 광덕의 처는 분황사의 노비이고, 『觀音經』에 있는 십구응신(十九應身)의 한 사람이었다.

이 설화의 내용을 검토해 보면, 먼저 통일신라 이전에 원효는 '쟁관법 (錚觀法)'이라고 하는 관법을 嚴莊과 같은 서민들에게도 가르쳐 준 점에서 원효가 민중교화에 힘을 기울였다고 하는 좋은 예이다. 또 광덕의 서방왕생에 대한 바람이 얼마나 절실한 것이었던가를 엿볼 수가 있다. 관음보살의 화신(化身)인 분황사의 노비가 광덕의 아내이고, 광덕은 이 아내에게 손가락 하나 만지지 않았기 때문에 극락왕생을 이룰 수가 있었던 것이다. 錚觀法이란 광덕이 수행한 바와 같이 선(禪)과 염불의 수행이 동시에 이루어졌던 것임을 알 수 있다. 더구나 원효에게 지도를 받은 嚴莊은 一心으로 관법을 수행했다고 한다. 말하자면, 원효는 嚴莊과 같은 범부들도 수행할 수가 있는 관법을 알기 쉽게 가르쳤다는 것이다.

원효의 쟁관법(錚觀法)에 관해서 최창술 씨에 의하면, '錚觀이라는 것은 수행자가 진리를 깨달을 때에 散亂心에 의해서 곧바로 정심(定心, 흔들리지 않는 마음)을 일으킬 수가 없는 경우에 방편으로서 鉦(錚)소리를 내어서'[39] 정신 상태를 집중시키는 것에 의해 散亂心을 단절시키는 수행법이라고 해석한다. 원효는 큰 박을 가지고 민중에게 염불춤을 장려했다는 것을 상기하면, 범부들을 위하여 錚(鉦)을 울려서, 一心不亂의 念佛에 의한 修行觀을 만들었다는 것은 충분히 가능하리라고 생각된다. 이 錚觀法은 중국에서 선(禪)이 신라로 들어오기 이전부터 이미 널리 행해지고 있었던 원효의 독창적인 선의 修行觀이라고 한다. 중국의 선이 본격적으로 신라에 전래된 것은 800년대에 들어가서부터 이지만, 그 이전에 선덕여왕 때 당나라로 건너가 선종의 제4대 교조 도신(道信, 580~651)의 문하에서 선법(禪法)을 수학한 법랑(法朗)이 통일신라시대 초기에 최초로 전했다고 한다. 또 원효의 행장을 기록한 『元曉傳』, 『海東僧傳』은, 그 당시까지도 전래되고 있었던 것을 알 수 있다. 아마 거기에는 원효의 錚觀法의 관법에 관한 내용이 자세하게 적혀 있었을 것이다. 그러나 현재는 『元曉傳』, 『海東僧傳』 모두 산실되어 버려서 알 수가 없다.

여기에서 광덕이 왕생을 원했던 '원왕생가(願往生歌)'[40]를 다음과 같이 들어 보겠다.

---

39) 최창술, 「元曉의 修行觀-『三國遺事』의 고찰을 통해서」, 『印度學佛敎學硏究』 45·1, 1996, pp.326~323.

40) '願往生歌'의 현대역은 김완진, 「원왕생가의 '念丁'에 대하여」, 『새국어생활』 11·3, 2001, pp.85~93을 인용했다. 또한 「願往生歌」에 관해서는 金思燁, 「元曉大師와 願往生歌」, 『朝鮮學報』 27, 1963, pp.17~61에 자세하다.

달이 어째서 西方까지 가시겠습니까. 무량수불(無量壽佛)에 報告의 말씀 빠짐없이 사뢰소서. 서원(誓願) 깊으신 부처님을 우러러 바라보며, 두 손 곧추 모아 願往生 願往生 그리는 이 있다 사뢰소서. 아아, 이 몸 남겨두고 四十八大願 이루실까.

이 '원왕생가'는 광덕이 서쪽으로 기우는 달에 비추어 극락왕생의 숙원이 西方의 아미타여래에게 도달할 것을 원하는 노래이지만, 왕생의 바람을 달에게 부탁하고 있는 것이 매우 흥미를 끈다. 게다가 광덕의 극락왕생은 달 빛 위에 올라서 結跏趺坐를 한 채 이루어진 것이다. 여기에서는 달빛이나 달에 의지하여 서방정토를 원하는 신라인들의 풍부한 정서가 보이지만, 이 '月'이란 무엇을 의미하고 있는 것일까. 『화엄경』에서는 서방극락을 설법하는 데 있어서 석가여래를 '無碍如來滿月'(권13, 偈頌)이나 '譬如月盛滿'(권9, 偈頌)과 같이 서쪽을 향해가는 '月'을 석가에 비유하고 있다. 즉 이 노래에서는 서방정토를 설명하고, 法藏比丘의 誓願을 설법하여 이 정토에 왕생해야만 하는 것을 釋尊(月)에게 간절하게 염원하는 중생은, 지성을 다하여 원왕생(願往生)을 바라고 있는 것이다.

또한 원효는 종파주의적인 불교교리의 논쟁과 모순을 바꾸어 종파를 초월하여 원융(円融)·소통(疎通)하려고 하였다. 이것이 바로 '화쟁사상(和諍思想)'41)으로 그의 저서『十門和諍論』에는 이 사상이 상세하게 전개되어 있다. 부처의 설법의 진리는 하나이지만, 오랜 세월을 거

---

41) 원효의 '和諍思想'에 관해서는, 주로 徐輔鐵, 「法華宗要에 있어서 元曉의 和諍思想」, 『駒澤大學佛敎學部論集』16, 1985, pp.351~366; 이시이 코세(石井公成), 「元曉의 和諍思想의 源流-『楞伽經』과의 관련을 중심으로」, 『印度學佛敎學硏究』51·1, 2002, p.192; 후쿠지 지넨(福士慈稔), 「元曉의 思想을 和諍思想이라고 보는 견해에 대해서」, 『佛敎學』46, 2004, pp.25~43 등을 참조하였다.

치면서 전파하는 사람들에 의해서 이것을 해석하는 방법이 조금씩 달라지면서 수많은 논쟁을 불러일으키게 되었다. 원효가 제창한 화쟁사상의 근본원리는 인간세계의 화(和)와 쟁(諍)이라는 양면성을 인정하는 곳에서 출발한다. 화쟁사상은 대립이나 갈등을 보다 높은 차원에서 해소하고, 하나의 세계로 조화와 융화를 꾀한다. 원효는 각각의 이론이 갖는 개별적인 특성을 인정하면서, 그것들을 적극적인 측면에서 수용해야만 한다고 하는 견해를 전개하였다.

　게다가 원효는 화쟁사상을 통해서 '일심(一心)'의 근원으로 돌아가 중생구제를 행해야만 한다는 실천원리를 제시하였다. 화쟁의 근거인 일심사상(一心思想)에 의해서 열반의 세계가 현세를 떠나서 별도로 존재하는 것이 아니고, 지금 우리들이 살고 있는 이 세계가 정말로 진여(진실)의 세계가 될 수 있다는 것을 강조한 것이다. 이것에 의해 중생은 윤회에 따라서 정해진 삶을 살고 마치는 것이 아니고, 一心에 이르는 사람이라면 누구나 현세에 있어서 깨달음을 얻을 수 있다고 하는 진리를 분명하게 하였다. 이것은 일본의 정토신앙과 더불어 불교의 대중화에 커다란 영향을 끼쳤다. 이 '一心'에 관해서 원효는 『대승기신론소』[42]에서,

　　처음 중에 一心法에 의하여 두 가지 문이 있다는 것은, 능가경(楞伽經)에서 寂滅이라는 것을 一心이라 이름하며, 一心이란 如來藏이라 이름한다고 말한 것과 같다. 이 心眞如門이라고 한 것은 곧 '寂滅이란 것을 일심이라 이름한다' 함을 해석한 것이며, 心生滅門이란 능가경 중의 '일심이란 여래장을 이름한다'고 한 것을 해석한 것이다. 왜냐하면 일체법은 생함도 없고 멸함도 없으며 본래 寂靜하여 오직 一心일 뿐인데, 이러한 것

---

42) 은정희 역주, 『대승기신론소·별기』, 一志社, 2004, pp.87~89.

을 심진여문이라고 이름하기 때문에 '寂滅이란 一心이라 이름한다'고 한
것이다. 또 일심의 體가 本覺이지만 無明에 따라서 움직여 생멸을 일으키
기 때문에, 이 생멸문에서 여래의 본성이 숨어 있어 나타나지 않는 것을
如來藏이라 이름한 것이다.

라고 적혀 있어 일심(一心)이란 여래장(如來藏)이고, 그 일심에 의해서
두 문이 있고, 이 두 문이란 심진여문(心眞如門)과 심생멸문(心生滅門)이
라고 말하고 있다. 이 일심이란 『楞伽經』에서는 적멸(寂滅)이라 하고,
또 일심은 體가 본각(本覺)이지만, 이 본각이 무명(無明)의 작용에 의해
서 생멸문(生滅門)을 만들어 그 생멸문에 숨어 있는 것을 如來藏이라고
말하고 있다. 이 밖에도 『涅槃經宗要』에 '佛性之體一心'이라고 보여,
『금강삼매경론』에도 '一心本覺如來藏義'라고 말하고, 일심의 원리인
여래장사상(如來藏思想)을 강조하고 있다. 그리고 원효를 깊이 추모한
묘에는 일심사상(一心思想)의 영향을 받아서 『華嚴唯心義』[43]에 있어서
다음과 같이 말하고 있다.

　　만약 중생이 三界一切의 부처를 알려고 한다면, 반드시 다음과 같이 터
　득해야 할 것이다. 마음이 수많은 여래를 만든다고 하는 것을 중생에게
　장려하여, 唯識觀을 수학하게끔 하였다. 이르되 三界一切의 부처를 알려
　고 한다면, 이 유심(唯心)의 도리를 깨달아야만 한다. 진리를 깨닫는다는
　것은, 즉 부처를 보는 것과 같으며, 즉 心性(청정심)을 가지고 있어야 부
　처가 된다는 것을 심조제여래(心造諸如來)라고 한다. 이 도리를 깨달으
　면, 즉 이러한 마음의 표상에 의해 心性에 들어가는 것이다.

---

43) 『華嚴唯心義』(高山寺典籍文書總合調査團 編, 『高山寺典籍文書の研究』 수록) 高山寺
　　本에 의한다.

여기에서 묘에는 심성(心性)을 깨달음으로 인해서 삼계일체(三界一切)의 부처를 알 수 있다는 것을, '심조제여래(心造諸如來)'라고 설법하고 있어 원효의 일심사상(一心思想)과의 관련성이 인정된다. 즉 일체의 모든 법이 '識'으로서 마음을 반영하는 표상에 불과하다고 하는 유식론(唯識論)의 입장이 여기에는 분명하게 제시되어 있다. 이『華嚴唯心義』는 화엄사상의 핵심이라고 할 수 있는 '유심게(唯心偈)'를 중심으로 묘에가 在家의 신자들을 위해서 알기 쉽게 해석한 것으로, 이 偈를 수많은 부인들과 친척들의 요청에 부응해서 겐닌(建仁) 원년(1201) 2월에 저술하였다고 권두에서 밝히고 있다.

원효의 저서『십문화쟁론』은, 신라승인 심상(審祥)의 장서목록「大安寺審詳師經錄」과, 이시다 모사쿠(石田茂作) 씨의「奈良朝現在一切經疏目錄」에 수록되어, 일찍이 나라시대부터 일본에 전래되어 널리 유포되었음을 알 수 있다. 이 저서는 물론『高山寺聖教目錄』에도 기재되어 있지만, 묘에의 손자제자에 해당하는 十惠房順高(1218?~1272)의『起信論本聽集記』에서 원효전을 인용한 곳에 '元曉和諍論制作. 陳那門徒唐土來有滅後取彼論疏歸天竺國. 了是陳那末弟歟'[44]라고 보여 원효의『십문화쟁론』이 중국뿐만 아니라 인도에까지 전해졌다고 적혀 있지만, 그 신빙성에 관해서는 조금 의심하지 않을 수 없다.

2) 明惠의 捨身行

한편 고잔지(高山寺)에 소장하는 '明惠上人樹上坐禪像'은, 묘에의 제자 조닌(成忍)의 붓에 의한 것으로 高山寺의 뒷산을 능가산(楞伽山)이라

---

44) 順高, 『起信論本聽集記』, 《大日本佛教全書》卷92, p.103.

고 이름 지어, 깊은 산 속에 있는 소나무 가지가 두 갈래로 나누어진 고목에 밧줄로 마루를 만들어 수행 장소로 하고, 그곳에서 좌선에 잠기는 것을 좋아한 묘에의 일상생활의 모습이 생생하게 그려져 있다. 『화엄연기』의 '원효그림'에 있어서 원효의 모습이, 이 '수상좌선상(樹上坐禪像)'에 그려진 묘에와 매우 흡사하다는 것은 이미 많은 연구자가 인정하고 있는 바이다.45) 에마키(繪卷)의 '원효그림'의 冒頭에는 원효가 의상과 함께 무덤 안에서 오른손을 뻗으며 꿈을 꾸면서 누워 있는 원효의 조용한 얼굴이, '수상좌선상'의 묘에의 모습과 아주 동일인물인 것같이 그려져 있다.

〈그림 24〉 원효가 깊은 산속에서 좌선하는 장면

---

45) 가메다 쓰토무(龜田孜), 「華嚴緣起에 관해서」, 『華嚴緣起』日本繪卷全集, 角川書店, 1959, pp.3~15; 모리 토오루(森暢), 「明惠上人의 畵像에 관해서」, 『鎌倉時代의 肖像畵』 미스즈書房, 1971, pp.49~83; 히라타 유타카(平田寬), 「明惠의 周邊-惠日房忍과 俊賀의 경우」, 『哲學年報』34輯, 1975, pp.113~130; 가나자와 히로시(金澤弘), 「『華嚴宗祖師繪傳』成立의 背景과 畵風」, 『華嚴宗祖師繪傳』(華嚴緣起), 中央公論社, 1979, pp.78~92; 미나모토 도요무네(源豊宗), 「明惠上人의 畵像과 그 筆者에 관해서」, 『日本美術史論究』四, 思文閣出版, 1982, pp.487~497 등이 있다.

또 '원효그림' 권1 제2단에 '달을 읊고 있는 곳'이라는 글이 쓰여 있고, 소나무 숲이 이어져 있는 해변에 앉아서 달을 바라보고 있는 원효의 모습과 묘에의 坐禪像이 서로 유사하다. 특히 주목하고 싶은 것은, 가파른 절벽 위의 동굴 속에서 원효가 명상에 잠기고 있고, 그 주위에는 세 마리의 호랑이가 웅크리고 앉아서 지키고 있는 풍경이 더없이 인상적으로 그려져 있다. 원효의 모습은 먼 풍경 속에서 작게 그려져 있지만, 그 표정은 온화하고 매우 만족스런 얼굴이고, 세 마리의 호랑이를 거느리고 좌선하는 원효의 모습은 분명히 묘에의 이미지를 오버랩하여 그려졌다고 추측된다. 거기에 대응하는 문장은 '어느 때는 깊은 산수 주변에서 좌선한다. 금조호랑(禽鳥虎狼)이 스스로 굴복한다.'라고 쓰여 있어 굶주린 호랑이에게 투신한다고 하는 '사신사호도(捨身飼虎圖)'[46]에 보여지는 희생의 주제가 여기에는 완전히 제거되어 있다. 즉 원효의 '산중좌선도(山中坐禪圖)'에서는 인간이 야수에게 먹히는 처참한 장면이, 여기에는 전혀 묘사되어 있지 않는다.

'사신사호도'라고 한다면, 금방이라도 생각나는 것이 나라의 호오류지(法隆寺)에 소장하는 유명한 다마무시노즈시(玉虫厨子)이다. 이 '玉虫厨子'는 구덴부(宮殿部)와 수미자(須弥座)로 되어 있고, 須弥座의 정면에 사리공양도(舍利供養圖), 왼쪽 측면에 시신문게도(施身聞偈圖), 뒷면에 스미산즈(須弥山圖), 오른쪽 측면에 사신사호도(捨身飼虎圖)가 각각 그려져 있다. 이 '捨身飼虎圖'는 『金光明經』의 '사신품(捨身品)'에 유래한

---

46) 「捨身飼虎圖」란, 석가전생의 薩埵王子가 굶주린 호랑이 모자에게 자신의 몸을 부여하여 구제했다는 本生譚이지만, 奈良縣斑鳩町 호오류지(法隆寺)에 소장하는 다마무시노즈시(玉虫厨子·國寶)는 飛鳥時代의 7세기의 불교공예품으로 수미좌(須弥座)의 정면에 「舍利供養圖」, 향해서 왼쪽 측면에 「施身聞偈圖」, 오른쪽 측면에 「捨身飼虎圖」, 뒷면에 「須弥山世界圖」가 각각 그려져 있다.

〈그림 25〉捨身飼虎圖(奈良 · 法隆寺 소장)

다고 한다. 석가 전생의 이야기, 소위 본생담(本生譚)에 근거하고 있다. 원림(園林)을 유행(遊行)한 석가 전생의 살타태자(薩埵太子)는 대나무 숲 속에서 굶주린 어미호랑이와 일곱 마리의 새끼호랑이를 발견하고, 죽음에 직면해 있는 호랑이를 구하기 위하여 자신의 몸을 호랑이에게 주었다고 한다. 이것은 본생담이지만, 불교가 일본인의 정신생활 속에서 수용되고 있었다는 그 일면을 나타내고 있다. 이 식인 호랑이에게 희생이 된 살타태자(薩埵太子)의 이야기가 호오류지(法隆寺)의 '다마무시노즈시(玉虫厨子)' 안에 생생하게 재현되어 있다.

실은 묘에의 전기 속에는, 이 '사신행(捨身行)'에 대한 실천이 여기저기 기록되어 있다. 묘에는 어린 시절부터 승려가 되는 것에 뜻을 두고 있었지만, 타고난 용모가 장애가 되었기 때문에, 자신의 얼굴을 불 젓가락으로 상처를 내려고 한 적이 있었다. 그리고 13세 때에는 사신(捨身, 자살)을 시도해 보고, 24세 때에는 자신의 귀를 자르고 있다. 이와 같은 과격적인 행동에서 묘에의 '捨身'에 대한 태도가 표명되어 있지만, 그 의도는 무엇을 의미하고 있을까.

요와(養和) 원년(1181) 8월 무렵, 묘에는 아홉 살 때에 다카오진고지

(高雄神護寺)에 들어간 이래, 불도에 정진하고 있었다. 그 4년 후, 13세
가 되었을 때에 묘에는 자살을 도모하고 있다. 『明惠上人行狀』[47])에는
묘에의 전기 중에 보이는 최초의 사신행(捨身行)이 다음과 같이 쓰여
있다.

　　또 13세 때에 마음속으로 생각하기를, 지금 13세가 되었으니 나이가
　들어 이미 늙었다. 죽을 때가 가까워져 무엇을 하려고 해도 뜻대로 되는
　것이 아무 것도 없다. 모두 다 죽는다고 한다면, 부처나 중생을 위하여
　생명을 버린다는 것과 같이, 인간의 목숨을 바꾸어 호랑이나 늑대에게 먹
　혀서 죽는다고 생각하고, 그 마음을 실행하기 위하여 구사론(俱舍論)만을
　손에 쥐고, 다른 사람에게 눈에 띄지 않게 단지 혼자서 화장터인 고잔마
　이(五三昧)에 가서 머무른 적이 있었다. 옆에서 무슨 소리가 나서 이미
　늑대가 왔다고 생각하고, 저 살타왕자(薩埵王子)가 굶주린 호랑이에게
　몸을 부여한 것과 같이, 나는 오늘 밤 늑대에게 먹혀서 생명을 버린다고
　생각하고, 석가가 옛날 수행한 것을 계속 생각하며 가엾은 마음이 들어,
　一心으로 부처를 염송하며 기다리고 있었는데 아무런 일도 생기지 않고,
　날이 새어 유감스럽게 생각하며 돌아왔다고 한다.

　이 사신행은 묘에가 석가 전생에 있어서 살타왕자(薩埵王子)가 굶주
린 호랑이에게 자신의 몸을 부여한 이야기에 감동하여 실행한 것이라
고 한다. 당시의 묘지에는 시체가 방치되어있어 들개 따위가 먹고 있
었던 상황이었기 때문에, 자신도 똑같이 들개나 늑대에게 먹혀서 죽으
려고 한 것이다.

　묘에가 사신행을 위하여 혼자서 향했던 '고잔마이(五三昧)'란 『日本

---

47) 『明惠上人行狀』, 앞 책, 注24) p. 15.

國語大辞典』'고잔마이쇼(五三昧所)'48)의 항목에 의하면, 기나이(畿內)에 있었던 다섯 군데의 화장터를 가리키며 '야마시로(山城·京都)의 도리베노(鳥邊野), 후나오카야마(船岡山), 야마토(大和·奈良)의 한냐노(般若野) 그 밖에도 있지만, 시대에 따라서 다르다.'라고 적혀 있다. 나머지 두 군데를 기록한 자료는 눈에 띄지 않지만, 교토의 五三昧所에 관한 기술은 『교하부타에(京羽二重)』49)에도 보여 그것에 의하면, 아미다미네(阿弥陀峯), 후나오카야마(船岡山), 도리베야마(鳥邊山), 사이인(西院), 다케다(竹田)의 다섯 곳이다. 이 다섯 곳 중에서 묘에가 어느 화장터로 갔는지는 모르지만, 그 장소에서 자신의 몸을 늑대에게 부여하려고 했지만, 아무 일도 일어나지 않아 유감스럽게 생각하고 돌아왔다고 한다. 결국 묘에의 '사신사호(捨身飼虎)'의 행위는 성립하지 않았던 것이다. 묘에가 이와 같이 捨身行을 결의하게 되었던 것은, 살타태자(薩埵太子)가 굶주린 호랑이에게 자신의 몸을 부여한 이야기를 어린 시절에 읽어서 잘 알고 있었기 때문일 것이다.

또 한 가지, 묘에에게는 꿈속에서 늑대에게 먹히는 처참한 이야기가 전해지고 있다. 분지(文治) 4년(1188) 16세 때에 몬가쿠쇼닌(文覺上人)의 문하에 들어가 도다이지(東大寺)의 가이단인(戒壇院)에서 구족계(具足戒)를 받아서 출가하였지만, 그로부터 얼마 되지 않았을 무렵에 일어나 일이다. 그 체험에 관해서 『明惠上人行狀』50)에는 다음과 같이 적혀 있다.

---

48) 『日本國語大辭典』第五卷, 小學館, 2001, p.726.
49) 野間光辰 編, 『京羽二重』, 『新修京都叢書』第二卷, 臨川書店, 1976, p.586.
50) 『明惠上人行狀』, 앞 책, 注24) p.18. 그러나 『明惠上人傳記』에는 자신의 몸을 '늑대'가 아닌 '개'에게 주려고 했다고 기록되어 있다(p.365).

나도 불법을 위하여 설산동자(雪山童子)가 半偈를 위해서 자신의 몸을 나찰(羅刹)에게 주고, 살타왕자(薩埵王子)가 굶주린 호랑이를 불쌍히 여겨 전신을 부여하고, 매에게 몸을 준 시비왕(尸毘王), 五夜叉에게 몸을 준 자력왕(慈力王)과 같이 죽을 것이라 생각하고, 어느 날 밤 어린 시절의 기억이 떠올라 그 뜻을 이루기 위해서 그때와 똑같이 또 고잔마이(五三昧)에 도착하였다. 그날 밤 별다른 일이 없었다. 아무런 소득도 없이 이 몸의 모든 것을 버릴 것만을 생각하고 있는 사이에, 어느 날 밤 꿈속에서 늑대 두 마리가 다가와서 옆에 앉더니 나를 잡아먹으려 하는 기색이 있었다. 마음속에서 생각하길 내가 바라던 바이다, 이 몸을 주려고 생각하고 너는 가까이 와서 먹어도 된다고 말하자, 늑대는 다가와서 먹기 시작한다. 그 고통은 이루 말할 수 없었지만, 나는 반드시 뜻을 이룰 것이라 생각하고 참고 견디었다. 전부 다 먹었다. 그래서 뜻을 이루었다는 이상한 생각에 잠에서 깨어보니 전신이 땀으로 젖은 것을 알았다.

이것에 의하면, 묘에는 한 번 실패했는데도 불구하고 재차 묘지(五三昧)에 가서 경전에 설법되어 있는 捨身의 가르침에 따라서 자신의 몸을 부여하려고 하였지만, 아무 일도 없었다고 말하고 있다. 그러나 어느 날 밤, 꿈속에서 두 마리의 늑대에게 자신이 직접 먹혀서 그 고통은 참기 어려웠지만, 그 고통을 참고 이겨내어 자신의 몸이 전부 먹혀버린 것이다. 이 꿈의 의미에 관해서 가와이 하야오(河合隼雄) 씨에 의하면, 꿈속에서 죽음을 보는 것은 극히 드문 케이스이고, 대부분의 경우는 죽기 직전에 눈을 뜨지만, 죽음까지 가는 꿈을 꾸는 것은 '인생에 있어서 급격한 변화에 대응하고 있는 경우가 많다'[51]고 해석하고 있다. 현실체험과 꿈속 체험이 다름을 이와 같은 형태로 표현되고 있는

---

51) 앞 책, 注35) p.113.

것은, 묘에에 있어서 捨身에의 강한 결의를 짐작할 수 있다.

그리고 여기에 적혀 있는 예는 같은 석가 전생의 체험으로서 전해지는 본생담(本生譚)이고, 설산동자와 살타왕자의 이야기가 중요한 기연(機緣)이 되어 있다. 설산동자란 석가가 전생에 있어서 설산(雪山, 히말라야산)에서 보살로서 수행하고 있을 때, '제행무상(諸行無常). 시생멸법(是生滅法)'의 偈를 듣고는 환희하고, 게다가 후반의 偈를 듣기 위하여 자신의 몸을 나찰에게 부여해서, '生滅滅已. 寂滅爲樂'의 반게(半偈)를 얻었다는 이야기(시신문게)[52]와, 앞에서의 살타왕자가 굶주린 호랑이에게 자신의 몸을 부여한 이야기(사신사호)이다. 이 두 개의 자기희생의 장면은 호오류지(法隆寺)에 소장하는 다마무시노즈시(玉虫厨子)의 수미자(須弥座)의 왼쪽 측면과 오른쪽 측면에 자세하게 그려져 있다.

묘에는 겐큐 6년(1195), 23세 때에 진고지(神護寺)를 벗어나 고향에 가까운 기슈유아사(紀州湯淺)의 白上峰에 암자를 지어 은둔해 버린다. 그 후 26세 때 다카오(高雄)에 돌아오기까지 3년간 이 암자에 살면서 수행에 힘쓴다. 이 기슈(紀州) 白上峰에서의 은둔생활 그 이듬해 『行狀』[53]은 다음과 같이 기록하고 있다.

> 우리들이 如來의 本意에 어긋나는 짓을 계속한다고 생각하면, 머리털을 깎은 머리를 중의 모습이라고 할 수 없다. 승복을 입은 모습도 역시 원망스럽구나. 이 마음을 억누를 수가 없어서 신체에 상처를 입혀서 인간이기를 거부하고, 의지를 견고히 하여 如來의 뒤를 따르리라. 그러나 눈을 도려내면 經典을 읽을 수가 없고, 코를 자르면 콧물로 인하여 경전이

---

52) 『涅槃經』 권14 '聖行品'(大正藏 卷12) p.451.
53) 『明惠上人行狀』, 앞 책, 注24) pp.24~25.

더럽히고, 손을 자르면 인계(印契)를 맺는데 번거롭고, 귀를 자르면 들을 수 없지는 않다. 그래서 대원을 모아 부쓰겐여래(佛眼如來)의 앞에서 佛壇의 다리에 귀를 묶고, 칼을 꺼내서 귀를 잘랐다. 피가 튀어서 本尊과 佛具 등에 묻었다. 그 피는 지금도 지워지지 않는다.

〈그림 26〉 부쓰겐부쓰모(佛眼佛母像) (국보·高山寺 소장)

이 문장에 의하면 묘에가 白上峰에 칩거하고 있을 때, 부쓰겐부쓰모 (佛眼佛母像)의 앞에서 오른쪽 귀를 절단한다고 하는 충격적인 사건을 말하고 있다. 이 오른쪽 귀의 절단행위가 사실이었다는 것은, 사건이 있던 이듬해 즉 겐큐 8년(1197) 6월에 白上에서 서사된 『華嚴一乘敎分

記』54) 권상의 간기(刊記)에 묘에 스스로 '귀 없는 법사'라고 적고, 일본 국보 '부쓰겐부쓰모(佛眼佛母像)'(高山寺所藏)에도 '무이법사(無耳法師)'라고 보이기 때문에 분명한 일이다. 묘에는 석가 생존의 시대에 맞추어 태어나지 못한 것을 언제나 후회하고 있었다. 삭발이나 승복을 걸치고 있는 것이 교만한 마음에서 벗어나기 위한 本意였음에도 불구하고, 말세의 불제자는 머리를 멋있게 깎는 것이나, 승복을 눈부시게 차려 입는 것에 마음을 빼앗겨, 석가의 가르침에 어긋나는 짓을 하는 것은 분명히 우둔한 행동이라고 생각한다.

그래서 '신체에 상처를 입혀서 인간이기를 거부하고, 의지를 견고히 하여 如來의 뒤를 따르리라'고 결심하고, 먼저 눈을 도려내면 經典을 읽을 수가 없게 되고, 코를 자르면 콧물이 흘러서 경전이 더럽히게 될 것이다. 손을 자르게 되면 인계(印契)를 맺을 수가 없게 된다. 그러나 귀는 잘라도 經文을 듣는 데 있어서 크게 지장은 없을 것이라 생각하고, 부쓰겐여래(佛眼如來, 불안존)의 앞에서 귀를 묶어서 佛壇의 다리에 연결시켜 칼로 오른쪽 귀를 잘랐던 것이다. '피가 튀어서 本尊과 佛具 등에 묻었다. 그 피는 지금도 지워지지 않는다'라고 하는 처참한 행위를 한 것이다. 귀를 자른 그날 밤, 묘에는 무척 인상적인 꿈을 꾸었다. 꿈에 한 사람의 범승(梵僧)이 나타나 묘에를 향해서, 자신은 머리·눈·수족 등을 불법을 위하여 難行苦行의 행위를 한 것을 기록하고 있지만, 이번에 그대가 귀를 잘라서 여래에게 공양한 것을 여기에 적어 두겠다고 묘에에게 말하고는 그것을 한 권의 큰 책에 기록한다.

이와 같은 기행(奇行)이라고도 말할 수 있는 묘에의 행위는, 어린 시절

---

54)『華嚴一乘敎分記』(高山寺典籍文書總合調查團編,『高山寺典籍文書目錄』第一), 東京大學出版會, 1972, p.116.

부터 자신의 얼굴에 상처를 내기도 하고, 13세와 16세 때에는 사신행(捨身行)을 시도하기도 한 것의 연장선상에 있다고 볼 수 있겠다. 꿈속에서 梵僧은 묘에의 행동에 대해서, 如來가 菩薩 시절에 행했던 捨身行과 동일시하고 있는 것이다. 묘에에 있어서 꿈은 곧 현실세계에 연속해서 연결되어 있고, 그것은 그대로 망각해서는 안 되는 것이었다. 그러기 때문에 묘에는 겐큐(建久) 2년(1191) 19세가 될 무렵부터 입적하기 전인 간키(寬喜) 3년(1231) 59세에 이르기까지 약 40년이라는 긴 세월에 걸쳐서 자신의 꿈을 일기와 같이 『明惠上人夢記』를 꼼꼼하게 계속 써 온 것이다. 이 귀를 자른다는 것은 '신명을 바쳐서' '여래를 공양'한다고 하는 보살행(菩薩行)을 의식해서 이루어진 것임을 알 수 있다. 이것에 대해서 노무라 다쿠미(野村卓美) 씨는, 꿈속에서 梵僧이 묘에의 행위를 '捨身行'이라고 단정하고, 한 권의 책에 기입했다는 것에 의해 '부쓰겐여래(佛眼如來)에의 오른쪽 귀 공양이 완성하는 것이다'[55]라고 지적한다. 묘에의 오른쪽 귀 공양은 부쓰겐부쓰모(佛眼佛母像, 불안존)의 신앙과 밀접한 관계를 가지고 있다는 것은 말할 필요도 없고, 그의 경우는 '어머니'에 대한 동일화의 원망(願望)마저 느끼게 해 준다.

묘에는 일찍이 소년의 거만함도 있어서 다른 승려들의 세속적인 삶에 대해서 강한 반감을 가지고 있었던 것 같다. 오로지 부처의 가르침을 믿고 실천하는 그는 계율을 어기고 태연하게 행동하는 사람들에게 의심을 품고 있었음에 틀림이 없다. 묘에가 귀를 자른 행위는 신체가 번뇌의 씨앗이 되고, 수행을 방해하는 것으로 인식되어 스스로에게 시련을 부여해, 그것을 견딘다고 하는 강한 정신을 고양할 필요가 있었

---

55) 노무라 다쿠미(野村卓美), 「明惠의 捨身行과 言葉」, 『日本文學』 31·4, 1982, pp. 28
   ~35.

을 것이다. 말하자면 묘에의 사신행(捨身行)에의 뜨거운 결의는 부쓰겐 부쓰모(佛眼佛母像)를 '어머니'에 대한 동일화로 연모하는 종교적 정열에 의해서 그를 여래의 보살행이라는 고행으로 이끌어 간 것이라고 생각된다. 그 후 부쓰겐부쓰모 앞에서 귀를 자른 이래, 자신을 '무이법사(無耳法師)' 또는 '귀 없는 법사'라고 부르게 된 것이다.

5. 맺음말

이상으로 원효의 入唐 포기와 묘에의 도천단념(渡天斷念)의 배경을 검토하고, 두 사람의 수행관에 관해서 『삼국유사』, 『華嚴緣起』 등을 중심으로 고찰하였다. 신라의 고승 원효는 두 번에 걸쳐서 당에 유학을 시도했지만, 그 도중에 고분 속에서 귀신의 꿈을 꾸고 만법유식의 근본원리를 깨달아 신라에 머물면서 평생 민중의 교화활동에 힘을 기울였다. 묘에도 석가의 유적이 있는 인도에 순례하는 것을 오로지 동경하여 두 번이나 인도에 가는 계획을 세웠지만, 가스가묘진(春日明神)의 託宣에 의해서 결국은 천축행(天竺行)을 단념하게 된다. 서역에서 귀국한 현장의 유식학(唯識學)[56]을 동경하여 입당을 시도한 원효와, 석가가 태어난 천축(天竺)에 동경해서 인도에 건너갈 것을 계획한 묘에와 그 형태는 다르지만, 시간과 공간을 넘어서 이국의 땅에서 석가의 가르침이나 그 정신에 깊이 접해보고 싶다고 하는 의지는, 양자 서로 공통되는 부분이라고 말할 수 있다.

---

56) 이 唯識學은, 인도에서 시작되어 玄奘에 의해 유식경전이 중국에서 번역되어 현장의 제자 慈恩大師 규기(窺基)가 法相宗을 열어, 여러 나라의 불교발전에 막대한 영향을 끼쳤으며, 인간의 심성(心性)을 이해하는 데 있어서 큰 역할을 하였다.

또 원효는 전국을 편력(遍歷)하면서 심산유곡이나 동굴 속에서 좌선을 하며 수행했다고 전하지만, 그 모습은 에마키(繪卷)의 '원효그림'에 가파른 절벽 위의 동굴 속에서 명상(冥想)에 잠겨 있고, 그 주위를 세 마리의 호랑이가 웅크리고 앉아서 지키고 있는 풍경을 상기시킨다. 현재 원효의 수행 장소로는 울진 천량암·완주 화암사·구례 화엄사 등이 전해지고 있지만, 그 구체적인 수행법에 관해서는 전혀 알 수가 없다. 다만 『삼국유사』 권5 '광덕·엄장' 안에 엄장의 간청에 의해 원효는 '쟁관법(錚觀法)'을 만들어 왕생의 길을 가르쳤다고 하는 설화가 있다. 쟁관법이란 선과 염불이 동시에 행해지고 있었지만, 원효는 엄장과 같은 범부들에게도 수행이 가능한 관법을 알기 쉽게 가르쳤다는 점에서, 당시의 귀족불교를 민중불교화 시키는데 진력한 것임을 알 수 있다. 이와 같이 원효의 삶은 이론과 실천을 일치시키는 진정한 수행자의 모습을 나타내고 있는 동시에, 불교의 대중화를 스스로 실천한 것이다. 게다가 민중구제를 위하여 화엄종의 경문을 노래로 만들어 부락에서 부락으로 염불을 외우면서 춤을 추고 돌았다는 원효의 염불춤은, 구우야(空也)와 잇펜(一遍)에 의해서 계승되어 일본의 염불춤의 원류가 되었던 것이다.

묘에는 양친의 죽음을 계기로 불문(佛門)에 들어간 이래, 그 생애에 있어서 혼자만의 영달을 추구하지 않고, 엄한 계율을 지키며 명상(冥想)에 몰두하고, 동시에 한결같이 불교교리의 깊은 이해를 원했다. 묘에는 당시에 화엄교학을 대표하는 학승이 되었지만, 불교계에 절망하여 고향인 기슈(紀州)에 은둔한다. 그가 태어난 유아사(湯淺)의 시로가미미네(白上峰)에서 행해진 오른쪽 귀의 절단과 재차 도천(渡天)의 계획은 '사신행(捨身行)'을 의식해서 이루어 진 행동일 것이다. 묘에의 경우에는 스승인 몬가쿠(文覺)에게는 교학적으로 기대할 수 있는 것은 거의 없었다. 그래서 성교(聖敎)·본경(本經)·의궤(儀軌)를 스스로 배우는 길 이외에는 방법이 없다고 탄식한 그가 진정한 스승으로 추앙한 것은 석가였다. 석가의 유적이 있는 천축(天竺)에 동경하고, 부쓰겐여래의 앞에서 칼로 귀를 자른 것도 구도의 의지를 확인하기 위함에서 비롯된 것이라고 생각한다. 묘에는 만년에 제자 조엔(長円)이 기록한『却廢忘記』에서 '살타태자(薩埵太子)가 굶주린 호랑이에게 먹히고, 설산동자가 반게(半偈)를 위하여 나찰(羅刹)에게 몸을 바친 것 등은, 그때의 성품에는 누구나가 감동을 할 것이다. 당시 내 생각처럼 되지만은 않았다.'라고 그 행동을 찬탄하며 공감하고 있는 점에서, 만년에 이르렀어도 사신행(捨身行)을 적극적으로 긍정하고 있었음을 알 수 있다.

제 2장

元曉의 『金剛三昧經論』 緣起說話

1. 머리말

원효의 종교활동을 보면, 혼자서 불교학 연구를 거듭하여 經·律·論의 삼장(三藏)과 대승, 소승의 경전을 통달하여 불교를 종합적으로 체계화 한 '화쟁사상(和諍思想)'을 이루어 한국불교의 토대를 구축하였다. 게다가 신라의 화엄종을 선양하여 일본뿐만 아니라 중국의 화엄종에도 영향을 끼쳤다. 특히 원효가 저술한 수많은 저서 중에서 중국불교에 가장 큰 영향을 끼친 두 권의 저서가 있다. 하나는『金剛三昧經論』이고, 또 다른 하나는『大乘起信論疏』이다.『金剛三昧經』에 관해서는 선종의 창시자 보리달마(菩提達磨)의 '이입사행론(二入四行論)'[1]의 영향을 받아 7세기 후반, 즉 당 초기 중국에서 성립한 위경(僞經)이라고 말하

---

1) 보리달마(菩提達磨)의 제자 담림(曇林)이 달마의 사상, 수행론을 어록의 형태로 종합한 것이 '二入四行論'이지만, 수양에는 문장에서 얻어지는 지식, 인식에서 몰입하는 이입(二入)과, 현실에 있어서 실천에서 몰입하는 행입(行入)이라는 크게 두 개로 나누어져 있어, 게다가 행입에는 네 가지의 실천단계 보원행(報冤行), 수연행(隨緣行), 무소구행(無所求行), 칭법행(称法行)이 있다. 이 '二入四行論'에 관해서는 야나기다 세잔(柳田聖山),『達磨의 語錄—二入四行論, 筑摩書房, 1996에 자세하게 설명되어 있다.

지만, 아직 확실치는 않다. 중국의 불교학자는 이『金剛三昧經』에 대한 아무런 주석서를 쓰지 않았기 때문에 원효의 저서『金剛三昧經論』이 현존하는 유일한 주석서이다.

교토(京都)의 고잔지(高山寺)에서 소장하는『華嚴緣起』라는 에마키 (두루마리 그림)는 현재 일본의 국보이다. 이것은 화엄승인 묘에(明惠)가 신라의 원효와 의상이라는 두 사람의 전기[2]와 설화를 소재로 하여 제작한 것으로 일본, 중국도 아닌 신라의 고승 원효와 의상을 '화엄종의 祖師'로 추앙하여 뛰어난 필체로 문학적으로 묘사하고 있다. 특히『화 엄연기』원효그림의 문장에 의하면 신라국왕의 왕비가 중병에 걸려 있을 때 무녀의 진언에 의해 신라의 칙사가 묘약을 구하기 위해 당에 파견되어, 그 도중에 용왕으로부터『금강삼매경』을 전해 받는다. 신라 의 국왕은 원효에게 칙명을 내려『금강삼매경』의 주석서를 만들어 설 법하게 하였다. 그 뒤, 원효의 강설에 의해 왕비의 병은 깨끗이 완치되 어 원효는 당시 여러 사람들에게 존경을 받았다고 한다. 이것이 바로 현존하는 원효의『금강삼매경론』이다.

찬녕(贊寧)이 편찬한『宋高僧傳』에는, 이『금강삼매경』을 원효는 절 강당에서 설법을 한 것이 아니라 붓과 벼루를 소의 두 뿔 사이에 놓고 노상에서 소달구지 위에서 이 경을 강의하고 집필하였다고 전해지고 있다. 말하자면 원효는『금강삼매경』에 쓰여 있는 '본각(本覺)과 시각 (始覺)'이라는 관계를 소의 두 뿔(角)과 비유하여 이 경에는 '본시이각(本 始二覺)'의 깨달음이 숨겨져 있다는 것을 암시한 것이다. 원효의『금강 삼매경소』3권이 중국으로 전해지자, 너무나 뛰어나게 만들어졌기 때 문에 이깃은 보살이 쓴 것이라고 친탄하며『금강삼매경론』이라고 부

─────────

2) 이 책 제1부 제2장, 원효와 의상전의 전기에 관해서 참조.

르게 되었다.

　본장에서는 일본의 『華嚴緣起』에마키에 쓰여 있는 『金剛三昧經論』 연기설화에 대해서, 원효의 저서가 일본에 수용하게 된 경위에 주목하면서, 『宋高僧傳』과 『삼국유사』 등에 기술된 원효전과 서로 다른 점을 중심으로 검토하고자 한다.

2. 『金剛三昧經』의 성립에 대한 諸論

　먼저, 『금강삼매경』의 경명(經名)이 처음으로 보이는 것은, 양대(梁代)의 승유(僧祐, 445~518)의 『出三藏記集』[3] '신집안공량사이경록(新集安公凉士異經錄)' 제3 안에 '金剛三昧經一卷'이라고 쓰여 있다. 그 후 『靜泰錄』, 『內典錄』, 『大周刊定錄』 등의 여러 경록에도 기재가 있지만, 모두 궐경(闕經 : 잃어버린 경)으로 되어 있다. 이 경의 존재가 세상에 또다시 각광을 받기 시작한 것은 唐의 지승(智昇)이 편찬한 『開元釋敎錄』 (730年) 이후이다. 『개원석교록』 卷12 '대장경단역현존록(大藏經單譯現存錄)'[4]에는 '金剛三昧經二卷或一卷 北凉失譯拾遺編入'으로 수록되어 북량실역(北凉失譯 : 번역자 미상)으로 되어 있지만, 이 경의 내용을 이루는 구식설(九識說)이나 반야주명(般若呪名)이 시대적으로 너무 빠르다고 일컬어지고 있다. 말하자면 신라의 원효가 『금강삼매경론』 3권을 집필할 때까지 이 경에 관해서 언급한 사람은 아무도 없었다는 것이다.

　보리달마(菩提達磨)의 선종과 깊은 관계에 있다고 하는 『금강삼매경』

---

3) 『出三藏記集』 卷3(大正藏 卷55), p.18.
4) 『開元釋敎錄』 卷12(大正藏 卷55), p.605.

은, 인도에서 찬술한 것이 아니라 신역의 용어 등이 사용되고 있다는
점에서, 당대 초기 650~665년 경, 즉 현장(玄奘)의 『般若心經』 번역
이후로 원효의 나이 50세경에 중국에서 성립한 위경(僞經)이라고 단정
한 것은, 미즈노 고겐(水野弘元)[5] 씨의 「菩提達摩의 이입사행설(二入四行
說)과 金剛三昧經」이라는 논고이다. 게다가 미즈노 씨는, 『금강삼매경』
에 달마의 '이입사행설'과 유사한 학설이 있다는 이유로, 이러한 선종의
영향을 받아서 쓰여진 것이며, 이 경에는 '남북조 시대부터 수대(隋代)에
걸쳐서 중국불교에서 문제가 된 많은 불교교리가 망라되어 있다'라고
언급하였다. 이 견해에 이어서 기무라 센쇼(木村宣彰)[6] 씨는 이 경에
쓰여진 여러 교리의 특색을 검토한 후에, 『송고승전』이나 『삼국유사』
에 보이는 원효전의 일화에 주목하여, 이 경은 이설(異說)이나 융합을
특색으로 하는 신라불교의 필요성에 근거하여 '신라의 대안(大安)이나
원효의 주변에서 만들어진 것'이라고 하여 이 경의 신라 성립설을 주장
하고 있다.

　이것에 대해서 미국의 로버트 버스웰(Robert E. Buswell)[7] 씨는, 『금
강삼매경』의 저자로써 가장 유력한 것은 선종의 제4대 교조 도신(道信)
에게 수학하고 귀국한 후, 선(禪)에 대해서 조예가 깊었던 법랑(法朗)이
라고 추정하고 있지만, 이 법랑은 그 행적이 불분명하고 의문점이 많
으며 문헌자료에 근거하지 않는 점에서 단지 가정설에 불과하다고 지

---

5) 미즈노 고겐(水野弘元), 「菩提達摩의 二入四行說과 金剛三昧經」, 『駒澤大學研究紀要』
　　13, 1819, pp.33~57. 이 논문은 나중에 梁銀容編, 『新羅元曉研究』, 圓光大學出版局,
　　1979에 재수록 되었다.
6) 기무라 센쇼(木村宣彰), 「金剛三昧經의 眞僞問題」, 『佛教史學研究』 18·2, 1976, p.116.
7) Robert E. Buswell, "The Formation of Cha'n Ideology in China and Korea"
　　(Princeton, New Jersey : Princeton University press, 1989), p.23.

적되고 있다. 또, 김영태 씨는 이 경의 성립에 대해 세심하게 검토한 후, 저자는 원효를 지도한 혜공(惠空)이었을 것이라 추정하고, 게다가 중국성립을 주장하는 미즈노 씨 견해를 부정한 후에 '신라불교가 불설 (佛說)의 진수를 재 결집한 해동의 진경(眞經)'[8]이라고 추정하고 있다. 또한 가장 주목하고 싶은 것은, 미즈노說에 반론을 제기하여 그 주장 을 바꾸어 놓은 것은 야나기다 세잔(柳田聖山)[9] 씨이다.

　야나기다 씨는 원효가 쓴 『금강삼매경론』 안에서 대안성자(大安聖者) 가 경문을 간추려서 8장의 『금강삼매경』으로 만들었을 거라고 추정하 고, 달마의 이입사행설(二入四行說)에 의해서 『금강삼매경』이 성립되었 다고 보기는 어렵고, 역으로 『금강삼매경』에 의해서 이입사행설(二入 四行說)의 텍스트가 생겨났다고 지적하고 있다. 필자도 야나기다 세잔 씨의 견해가 논리적으로 보아 가장 설득력이 있다고 생각한다. 이 야 나기다說에 대해서, 한보광(韓普光)[10] 씨는 '지금까지의 여러 견해보다 진일보한 것'이라고 높이 평가한 후에, 대안(大安)과 원효와의 인간관 계로 봐서 실제로 대안이 『금강삼매경』을 작성하여 원효에게 주석의 찬술을 부탁한 것이라고 추정하고 있다. 근래에는 이시다 고세(石田公 成)[11] 씨에 의해서 『금강삼매경』은 『열반경(涅槃經)』의 '사의품(四依品)'

---

8) 김영태, 「신라에서 이룩된 金剛三昧經-그 성립사적 검토」, 『불교학보』 25, 1988, pp.11 ~37.

9) 또, 야나기다 세잔(柳田聖山) 씨는, 『金剛三昧經』 안에는 이미 돈황본(敦煌本) 「二入 四行論」의 내용과 형식이 포함되어 있는 것으로 보아 달마이입설(達磨二入說)은 『금강 삼매경』에 의한 것으로 달마의 학설이 아니라고 주장한다(「金剛三昧經의 研究-中國佛 教에 있어서 頓悟思想의 텍스트」, 『白蓮佛教論集』 3, 해인사 백련재단, 1995, p.462).

10) 한보광, 「한반도에서 만들어진 의위경(疑僞經)에 관해서」, 『印度佛教研究』 45·1, 1996, pp.201~205.

11) 이시이 고세(石井公成), 「『金剛三昧經』의 성립사정」, 『印度佛教研究』 46·2, 1998, pp.551~556. 참고로, 동산법문(東山法門)이란, 중국의 唐 초에 선종의 제5대 교조

을 인용하면서 '달마(達磨)나 도신(道信)과 같은 선승(禪僧)을 존경하여 그 교설(敎說)을 넓히기 위한 목적'으로서 만들어진 경으로 東山法門直系의 위경(僞經)이 아니라고 주장한다.

이와 같이 『금강삼매경』에 관해서는 여러 학자의 견해가 엇갈리고 있지만, 이 경의 저자에 대해서는 여러 가지 의문점을 내포하고 있다. 필자는 이 『금강삼매경』을 처음으로 전달 받아서 정리한 대안성자(大安聖者)와 깊은 관계가 있는 것으로 생각한다. 대안이라는 승려는 기이한 사람으로 정체도 불분명하고 그의 행적이나 생몰연대도 미상이다. 『송고승전』의 원효전에 의하면 그는 항상 시정(市井)에 돌아다니고 스스로 동종(銅鉢)을 울리며 '大安·大安'이라고 외쳤기 때문에 사람들은 그를 대안성자(大安聖者)라고 불렀다고 한다. 대안은 문헌상의 기록에는 없고 원효전기 속에 약간의 기록이 있지만, 그것에 의하면 원효와 같은 시대의 인물로 선배에 해당한다고 생각된다. 또 그의 학덕이나 인품은 원효보다 뛰어나고 당대의 고승이었으며 민중불교의 주도자로서 자유무애(自由無碍)의 행동을 실천하는 승려였다. 이와 같은 그의 행동은 원효의 '무애행(無碍行)'에 커다란 영향을 끼쳐서 원효의 민중불교를 실천하는 데에 눈을 뜨게 한 사람임에 틀림이 없다. 따라서 『송고승전』 원효전에는 '안득경배래성팔품(安得經排來成八品)'이라고 보여, 대안이 이 경을 얻어 8품(장)으로 목록을 분류하였다라는 기사를 믿는다면, 원효는 대안에 의해 만들어진 『금강삼매경』을 전달 받아서 『금강삼매경론』을 저술하였다고 보는 것이 자연스럽지 않을까 생각한다. 이것에 관해서는 다음의 연기설화에서 정리해서 언급하겠다.

홍인(弘忍)이 湖北省의 기주(蘄州) 쌍봉산(雙峰山)의 동산(東山)에 있는 유거사(幽居寺)에서 선법(禪法)을 크게 드날리면서 얻은 선종의 일문(一門)을 가리키는 말이다.

3. 『금강삼매경론』의 연기설화

가마쿠라(鎌倉)시대에, 묘에쇼닌(明惠上人, 1173~1232)에 의해 제작된
『화엄연기』는 의상그림 3권, 원효그림 3권의 두 개의 조사전(祖師傳)으
로 구성되어 있고, 에마키의 문장은 『송고승전』 권4[12]의 '의상전'과
'원효전'의 본문을 주된 출전으로 하고 있다. 『화엄연기』의 원효그림
문장에는 원효의 출생에서 입적까지의 완전한 행장을 전하는 것이 아니
라, 당으로 유학을 가는 도중에 무덤에서 귀신의 꿈을 꾸고 깨달음을
얻어 입당을 단념하는 이야기, 그 후 신라로 돌아온 원효의 자유분방한
생활을 적은 이야기, 그리고 『금강삼매경』의 논소(論疏)를 만들어 왕비
의 병을 치유한다는 이야기가 주된 중심설화[13]로 묘사되어 있다. 원효
그림 권1 제1단[14]에는 원효와 의상이 당으로 향하는 도중에 원효와
의상이 비를 피해 무덤에서 하룻밤 묵는 장면부터 시작된다.

날이 새어 일어나 보니, 이 고분은 죽은 사람의 무덤이었다. 해골이 여
기저기 흩어져 있고 악취가 무척 심했다. 그렇지만 계속해서 많은 비가
내려서 앞으로 나아갈 수 없었기 때문에 그 다음날도 그곳에서 묵었다.
황룡대사(黃龍大師)의 꿈속에서 이상한 형체가 나타났다. 그것은 귀신이
었다. 그 형태는 참으로 소름이 끼치고 두려웠다. 그것을 보자, 마음이

---

12) 『宋高僧傳』(大正藏 卷50), pp.729~730.
13) 유인숙(俞仁淑) 씨는 『華嚴緣起』의 문장을 『宋高僧傳』과의 비교를 통해서 자세하게
검토하고 있다(『華嚴緣起』의 「元曉繪」과 「義湘繪」의 詞書-『宋高僧傳』과의 비교를 통
해서-, 『中央大學國文』 39, 1996, pp.22~32).
14) 고마쓰 시게미(小松茂美) 編, 「華嚴宗祖師繪傳詞書釋文」, 『華嚴宗祖師繪傳』 수록, 續
日本의 繪卷 8, 中央公論社, 1990, pp.99~104 이하, 인용하는 '원효그림'의 문장 본문
은 모두 이 책에 의한다.

산란하고 땀을 흘렸다. 꿈에서 깨어나자 무덤인 줄 모르고 묵었을 때에는
무척 편하게 쉬었다. 그러나 오늘밤은 시체를 두는 곳이라 생각하니 귀신
이 마음을 산란하게 한다.

여기 문장에서 원효를 '황룡대사(黃龍大師)'[15)라고 표현한 것은 원효
가 출가한 후에 잠시 황룡사(皇龍寺)에서 거주했기 때문에 황룡대사라
고 존경하여 호칭한 것이다. 원효와 의상은 그곳이 무덤인 줄을 모르
고, 비가 많이 내려서 처음 하룻밤 묵었을 때는 아무런 일도 없었는데,
나중에 그곳이 무덤인 것을 알고 난 이튿날은 원효의 꿈속에서 귀신이
나타나 몹시 시달리는 꿈을 꾸었다. 그때 원효는 '자신의 마음이 제일
큰 적이다. 모든 불법의 근원을 깊이 깨닫는다면 마음 이외에는 불법
이 따로 없다'[16)라고 하며 일체의 현상은 마음의 작용으로 일어난다는
것을 몸소 체험하고 불법의 근본원리를 깨달아 결국은 입당을 포기하
고 신라로 돌아갔다고 한다.

그 후, 의상과 헤어져 신라에 돌아온 원효는 경주의 분황사에서 주
거하면서 불법을 잊어버린 사람같이 자유분방한 생활을 보낸다. 원효
그림 권1 제2단의 문장에는 민중과 더불어 행동하는 원효를 매우 친근
감 있는 인물로 묘사되어 있다. 『송고승전』원효전[17)의 해당부분에는

---

15) 또한 『高山寺聖教目錄』, 『光明眞言土沙勸進記』, 『看聞御記』 등에는 원효를 '청구대사
    (靑丘大師)'라고도 부르는데, 이것은 신라의 다른 명칭이 중국에서 '해동(海東)', '계림(鷄
    林)', '청구(靑丘)' 등으로 부르는 데에 근거하여 원효를 존칭하여 사용된 예이다.
16) 『宋高僧傳』 의상전에는 '則知心生故種種法生. 心滅故龕墳不二. 又三界唯心萬法唯識.
    心外無法胡用別求. 我不入唐。却携囊歸返國'라고 있어 원효그림의 문장과 거의 같은
    내용이다. 앞의 책 注12) p.729.
17) 앞 책, 注12) p.729. '無何發言狂悖示乖疏. 同居士入酒肆倡家. 若誌公持金刀鐵錫. 或
    製疏以講雜華. 或撫琴以樂祠宇. 或閭閻寓宿. 或山水坐禪. 任意隨機都無定檢. 時國王
    置百座仁王經大會. 遍探碩德. 本州以名望擧進之. 諸德惡其行爲人. 譖王不納.'

다음과 같이 쓰여 있다.

　　얼마 지나지 않아 말을 미친 듯이 하고 상식에 어긋나는 행위를 거침없이 하였다. 居士와 함께 술집이나 기생집에도 드나들고 지공(誌公)과 같이 금칼과 쇠지팡이를 지녔다. 어느 때는 소(疏)를 써서 화엄경을 강의하고, 어느 때는 거문고를 뜯으며 사당에서 즐기고, 어느 때는 여염집에서 묵으며, 어느 때는 산수에서 좌선하는 등 마음 내키는 대로 행동하며 도무지 일정한 규율이 없었다. 그때 국왕이 백좌(百座)의 인왕회(仁王會)를 설치하여 여러 덕망 있는 높은 고승들을 초대하려 하였다. 本州(상주)에서는 명망이 있는 원효를 추대하였다. 모든 고승들은 그의 사람 됨됨이를 시기하고, 왕에게 비방하는 상소를 올리고 초대하지 말 것을 간언한다.

　원효는 국내외의 모든 경전에 통달하고 지혜를 비교할 수 없을 정도의 고승이 되었지만, 어느 때는 저잣거리에서 거문고를 치며 노래하고, 어느 때는 산 속에서 좌선(坐禪)을 하는 등, 그 행동은 참으로 자유무애(自由無碍)의 경지 그 자체였다. 여기에서는 민중들이 알기 쉬운 노래와 춤을 통해서 민중포교와 구제에 힘을 기울려 민중불교에 커다란 영향을 끼친 점이 주목된다. 이러한 원효의 교화활동은 지금까지의 귀족적인 승단의 규율에서 본다면 아주 파격적이고 승려로써의 권위를 손상시키는 행위였다. 따라서 기존의 승단에서 비난을 받는 것은 당연한 것이었다. 그러나 원효는 자신의 의지를 굴복하지 않고 민중교화에 힘을 기울였다. 또한 사생활에 있어서는 계율을 어기며 요석공주(瑤石公主)와 결혼하여 소성거사(小姓居士)라고 자칭하였다.

　『삼국유사』 '원효불기'[18]에도 '一切無碍人. 一道出生死. 命名曰無

---

18) 무라카미 요시오(村上四男) 撰, 『三國遺事考證』 권4 '元曉不羈', 塙書房, 1995, p.120.

碍'라고 적혀 있어, 원효는 자신의 해탈만을 추구하는 불도자가 아니
라, 일반대중을 교화시키기 위하여 괴이한 행동으로 자유분방하게 행
동하였다고 하여, 원효그림의 문장과 서로 대응한다고 볼 수 있다. 원
효그림의 문장내용과 관계되는 회화에서는 원효가 민중과 더불어 거
문고를 치는 장면, 절에서 설법하는 장면, 해변에서 달을 읊는 장면,
산 속에서 좌선하는 장면이라고 하는 네 개의 장면으로 나누어서 묘사
되어 있다. 특히 이 중에서 산 속에서 호랑이 세 마리에 둘러싸여 원효
가 좌선을 하고 있는 장면이 그려져 있는데, 이것은 문장의 '어느 때는
산 속에서 좌선한다. 금조호랑(禽鳥虎狼) 스스로 굴복한다.'[19]라는 것
에 근거한다. 마치 세 마리의 호랑이가 복종하는 '산중좌선도(山中坐禪
圖)'라고 말해도 좋을 것이다.

　그런데『화엄연기』의 문장을 쓴 작가라고 일컬어지는 묘에(明惠)에게
는 그의 생전의 모습을 가장 잘 표현하고 있다고 하는 '明惠上人樹上坐
禪像(일본국보)'이라는 화폭이 잘 알려져 있다. 항상 묘에는 교토의 고잔
지(高山寺)의 뒷산을 능가산(楞伽山)이라고 이름을 지어, 그 산중에 두
갈래로 나누어진 소나무에 그물로 쳐서 마루를 만들어서 거기에서 항상
좌선하는 것을 즐기고 있는 묘에의 일상생활의 모습이 생생하게 그려져
있다. 매우 흥미로운 것은 이 '수상좌선상(樹上坐禪像)'에 그려진 묘에의
모습이『화엄연기』의 원효그림에 그려져 있는 원효의 모습과 매우 흡사
하다는 것은 이미 여러 연구자[20]에 의해 지적되고 있는 바이다.

　이것은『華嚴經』'菩薩明難品'에「文殊常法爾, 法王唯一法, 一切無碍人, 一道出生死」
　(大正藏 卷9, p.428)라고 있어, 원효는 이 경문에 근거하여 중생을 교화시키기 위하여
　'원융무애(圓融無碍)'의 경시를 나타낸 것이다.

19) 또한,『宋高僧傳』원효전에는 '或山水坐禪。任意隨機。都無檢定'이라고 있어, 원효그
　림 문장에 있어서 수식되었다는 점이 인정된다. 앞 책, 注12) p.730.

계속해서, 원효그림 권1 제3·4단, 권2 제1·2단, 권3 제1·2단의 긴 문장에는 신라국왕의 왕비의 병 치유와 관련해서 원효의 『금강삼매경론』 찬술 연기설화라고 할 수 있는 이야기가 상세하게 적혀 있다. 먼저 원효그림 권1 제3단에 의하면, 원효가 백좌의 '인왕회'에 참석하지 못했던 사실에 대해서 다음과 같이 적혀 있다.

> 그 당시 국왕이 천하에 총명하고 지혜로운 명승(名僧)들을 불러서 百坐의 仁王會를 열려고 한다. 칙서에 이르기를 "원효법사의 행위는 이해할 수 없어도 총명하고 지혜로운 사문(沙門)이다. 내가 초대하려고 생각한다." 우둔한 자가 있어서 상소하여 말하되, "원효법사의 그 행위는 광인(狂人)과 같다. 천하에 덕망이 있는 승려가 적지 않다. 간곡히 바라건대 그러한 사람을 초대해서는 안 된다."라고 진언하자, 제왕도 단념하고 그만두기로 했다.

원효의 명성이 높아짐에 따라 시기하는 자들이 나타난다. 어느 날 국왕은 국가진호(國家鎭護)를 위하여 명망이 높은 원효를 백좌의 인왕회에 초대하려고 했지만, 그의 행위는 광인과 같이 행동한다는 상소를 받아들여 결국은 단념하게 된다.

---

20) 모리 토오루(森暢), 「明惠上人의 畵像에 관해서」, 『鎌倉時代의 肖像畵』, 미스즈書房, 1971, pp.49~83; 히라타 유타카(平田寬), 「明惠의 주변-惠日房成忍과 俊賀의 경우」, 『哲學年報』 34, 1975, pp.113~130; 미나모토 도요무네(源豊宗), 「明惠上人의 畵像과 그 필자에 관해서」, 『日本美術史論究』 4, 思文閣出版, 1982, pp.487~497 등이 있다.

〈그림 27〉 용궁으로 칙사를 파견하는 장면

그리고 백좌의 인왕회(仁王會)가 열리고 난 직후에 신라국왕의 왕비
가 옹창(癰瘡 : 종기)이라는 중병으로 쓰러지자, 왕은 수많은 사찰에 고
하여 여러 가지의 기도나 의술, 영험이 있는 무녀 등 백방으로 손을
써보았지만, 좀처럼 효과가 없었다. 신라에는 치료할 사람도 약도 없
다는 무녀의 진언에 따라 칙사가 명약을 구하기 위해 당으로 파견된
다. 그 도중에 해상에서 이상한 노인을 만나 용왕의 궁전으로 가게 되
어 용왕으로부터 『금강삼매경』을 전달해 받는다. 원효그림 권2 제1단
의 문장에는,

여기에 경(經)이 있다. 금강삼매(金剛三昧)라고 부른다. 이것을 국왕에
게 받치라. 다만 경에 쓰인 뜻이 매우 깊어서 그 의미를 알고 있는 자가
없다. 그렇지만 신라에 단 한 사람 성인(聖人)이 있다. 대안성자(大安聖
者)라는 사람이다. 그 사람에게 칙서를 내려서 품(문장)을 분류시켜서 원
효법사에게 명하여 강의를 하게 한다면 병은 순식간에 치유될 것이다. 다
만, 바닷길에 장애가 있는 것이 두려우니 정강이를 찢어서 그 경을 넣고
나서 약을 발라서 치료한 뒤 보냈다.

라고 있어, 용왕은 칙사에게 신라로 돌아가면, 먼저 대안성자(大安聖者)
라는 사람에게 이 경을 분류시켜 원효법사에게 경소(經疏)를 만들게 하
여 설법을 한다면, 왕비의 병은 즉시 쾌유한다고 말한다. 칙사는 다리
의 정강이를 찢어서 그 경을 넣고 왕궁으로 돌아와 국왕에게 전하자,
국왕은 용왕의 지시에 따라서 대안성자에게 전달한다. 여기에서는 재
래의 의술이나 무녀의 치료법보다는 원효의『금강삼매경』강의에 의
해서 왕비의 병을 치유한다고 하는 불법의 신통력이 뛰어난다는 것을
강조하고 있다. 이 문장과 관련해서,『송고승전』원효전[21]에는 다음
과 같이 쓰여 있다.

　　지금 부인의 병에 의해서 좋은 인연으로 삼아 이 경을 보내 그 나라에
서 나와서 널리 유포하고자 한다. 여기에 30장 가량의 종이 순서가 뒤바
뀌어 있는 경을 사신에게 맡긴다. 또 이르길 "이 경이 바다를 건너는데
나쁜 일이 생기지 않을까 걱정된다."라고 했다. 용왕은 사람을 시켜 사신
의 장딴지를 찢어서 그 속에 경을 넣고 약을 바르고 나니 전과 다름이
없었다. 용왕이 말하길 "대안성자로 하여금 경의 차례로 맞추게 하고 원
효법사에게 소(疏)를 지어서 강설하게 한다면, 부인의 병은 반드시 나을
것이다. 가령 설산의 阿伽陀(梵語, agada)의 약효도 이보다 뛰어나지는
않을 것이다. 그리고 용왕이 바다표면으로 보내주었다.

이『금강삼매경』의 경문은 설산의 '아가타(阿伽陀)'(모든 병을 치유하는
약)보다도 훨씬 뛰어난 묘약이라고 한다. 원효그림 문장에는 '不死의

---

21) 앞 책, 注12) p.730. '今託伏夫人之病爲增上緣. 欲附此經出彼國流布耳. 於是將三十來
紙. 重盃散經付授使人. 復曰. 此經渡海中恐罹摩事. 王令持刀裂使人腦腸而内于中. 用
蠟紙纏臘以藥傳之. 其腦如故. 龍王言. 可令大安聖者銓次綴縫請元曉法師造疏講釋之.
夫人疾癒無疑. 假使雪山阿伽陀藥力亦不過是. 龍王送出海面.'

藥'만이라고 쓰여져 있지만, 『송고승전』에는 '阿伽陀'라고 하는 약의 이름이 분명하게 적혀 있다. 이것은 아마 에마키의 작자라고 말하는 묘에가 일반신자의 포교를 위하여, 모든 병을 치유하는 영험한 약인 '阿伽陀'의 의미를 불사약(不死藥)이라고 알기 쉽게 표현한 것으로 보여진다. 김상현 씨에 의하면 '아가타(Agada)는 불사의 약이다. 이 경의 서두에 아가타보살이 등장하는 것은, 이 보살이 모든 중생들의 번뇌병을 다 고칠 수 있는 능력의 소유자이다'라고 하여, '이 경의 법문이 즉 良藥이다'[22]라는 상징적인 의미를 시사하고 있다고 말하는 지적이 매우 참고가 된다.

또한, 원효그림에는 이 경전을 대안성자에게 전달하는 장면이 매우 흥미롭게 그려져 있다. 거리에는 물고기를 파는 장사꾼과 손님, 산양을 끄는 사람, 물고기와 오리를 바구니에 넣어서 저울막대로 지고 가는 사람, 짐을 놓고 싸움을 하는 사람 등, 가지각색의 시장풍경이 눈길을 끈다. 대안이라는 성인(聖人)은, 언제나 더러운 옷을 입고 스스로 '大安·大安'[23]이라 외치며, 銅鉢(종)을 울리면서 시정(市井)을 돌아다니는 괴이한 사람이었다. 이 문장에는 "제왕이 부르는데 쓸모없는 인간이 왕궁으로 들어가는 것이 두렵다. 나에게 무슨 용건이 있을 것인가."라고 좀처럼 국왕의 명령에 응하지 않자, 어쩔 수 없이 사람을 보내어 이 경을 전달하게 한다. 『송고승전』 원효전에 의하면 『금강삼매

---

22) 김상현, 「『金剛三昧經』의 緣起說話考」, 『元曉研究』, 民族社, 2002, pp.130~132. 이 '아가타(阿伽陀)'는, 원래 건강, 장생불사, 무병, 보거(普去)·무가(無價)의 뜻인데, 뒤에 전용하여 약물의 이름이 되었다고 한다. 또 아가타는 해독하는 약을 의미하는 말로, 불사약, 환약이라고도 불러져 이것을 복용하면 모든 병을 치유할 수 있다고 한다(은정희·송진현 역주, 『元曉의 金剛三昧經論』, 一志社, 2011, p.76 참조).

23) '대안(大安)'이란 삼가 조심하고 안정되어 있다는 불교용어로 '부처는 큰 편안함을 준다'라는 의미이다(中村元, 『佛教語大辭典』, 東京書籍, 2007, p.913 참조).

경』을 주석하는 데 있어서 대안성자의 영향이 엿보인다. 원효가 대안
성자에게 수학했는지 어떤지는 잘 알 수 없지만, 『금강삼매경』의 차례
를 대안성자가 8품(장)으로 정리했다고 하는 것을 보면 대안의 교학적
인 지식이 깊음을 충분히 추측할 수가 있다.

그래서 대안성자는 이 『금강삼매경』을 전달받자, 8품(장)으로 나누
어 이 경을 강의할 수 있는 사람은 오로지 원효만이 가능하다고 진언한
다. 그것은 원효그림 권3 제2단에,

> 대안성자(聖者)의 말과 용궁의 상소가 틀림이 없다면 제왕은 점점 원효
> 의 덕을 추앙하여, 칙서를 내려서 소(疏)를 만들어 강의하라는 명이 있었
> 다. 원효는 이 칙서를 받아서 5권의 주석서를 만든다. 이미 행차가 있어서
> 강설에 임하려고 할 때 시기하는 자가 이 소(疏)를 훔친다. 법사는 이 사실
> 을 왕에게 아뢰어 사흘간의 연기를 받아서 또다시 3권의 소를 만들어서
> 이 경을 강설한다. (중략) 그 후 왕비의 병이 순식간에 치유된다. 왕 신하
> 백관이 법사를 존중하는 마음이 점점 깊어지다. 후세의 학자가 그 약소(略
> 疏)를 소중히 여겨 본론에 준하여 金剛三昧經論이라고 이름을 지어 널리
> 세간에 유포된다. 광본(廣本)도 유포되는 이유 전문에 실려 있다.

라고 있어, 용왕도 대안성자도 모두 다같이 원효에게 경소(經疏)를 만
들게 해야만 한다고 말했기 때문에 국왕은 원효에게 칙서를 내리자,
원효는 『金剛三昧經疏』 5권을 만들어 강의에 임하려고 했다. 그러나
또 시기하는 자들에 의해 이 경소를 도난당했기 때문에 원효는 왕에게
아뢰어 3일간의 연기를 받아서 또다시 3권의 경소를 저술하였다.

〈그림 28〉 원효가 『금강삼매경론』을 강설하는 장면

　강설이 있던 당일, 강의에 임한 원효는 국왕을 비롯한 수많은 사람
들 앞에서 지난 번 법회에 출석 못한 것을 술회하며 "오늘에 이르러
혼자 강단에 오르니 매우 염려되고 몹시 전율을 느낀다."라고 말하자,
이 말을 들은 여러 고승들은 모두 머리를 숙이고 부끄러워했다고 한
다. 이것과 관련하여 『송고승전』의 원효전에는 원효가 백좌의 인왕회
에 참석하지 못했던 것을 상기하면서 "백 명의 고승을 백 개의 서까래
에 비유하고 오직 자신만이 대들보였다."[24]라고 당당하게 토로하고
있어 원효그림 문장과 약간 다르게 묘사되어 있다. 말하자면 찬녕이
저술한 원효전에는 원효가 그 당시 신라의 불교계를 대표한다는 점이
의도적으로 강조되고 있는 것으로 보여진다. 이윽고 원효의 강설이 끝
난 뒤 왕비의 병은 씻은 듯이 나아 원효는 그 당시 여러 사람들에게
존경을 받았다고 한다.

---

24) 앞 책, 注12) p.730. '泊乎王臣道俗雲擁法堂. 曉乃宣吐有儀解紛可則. 称揚彈指声沸于
　空. 曉復昌言曰. 昔日採百椽時. 雖不預會. 今朝橫一棟處. 唯我獨能. 時諸名德俯顔慚
　色. 伏膺懺悔焉.'

그런데 이 원효그림 문장과 관련해서『송고승전』원효전25)에는 원효의『금강삼매경론』의 찬술 내용에 대해서 서로 다른 점을 엿볼 수 있다.

　　대안이란 사람은 어떻게 할 수 없는 사람이다. 모습이나 복장도 특이하여 항상 시정(市井)에 있으면서 종(銅鉢)을 치면서 '大安·大安'이라고 외치기 때문에 그렇게 불렀다. 왕이 대안에게 명하니 대안이 이르되 "다만 그 경을 가지고 오시오. 왕궁에 들어가기를 원하지 않소."라고 말했다. 대안이 경을 받아서 배열하여 8품으로 정리하니 모두 佛意에 맞았다. 대안이 이르길 "속히 원효에게 맡겨서 강설하게 하시오. 다른 사람은 안되요." 원효가 이 경을 받은 것은 고향인 상주(湘州)에서다. 그는 사신에게 이르길 "이 경은 本·始 二覺으로서 宗을 삼습니다. 나를 위해 각승(角乘, 소가 끄는 수레)을 준비하여 책상을 두 뿔 사이에 놓고 그 필연(筆硯)도 놓아두시오." 그리고 시종 소가 끄는 수레에서 소(疏)를 지어 5권을 이루었다. 왕이 날짜를 택해 황룡사에서 강설하도록 하였다. 그때 박덕한 무리가 새로 지은 소를 훔쳐갔다. 이것을 왕에게 아뢰어 3일을 연기하여 3권을 이루니 이름하여 약소(略疏)라고 하였다.

먼저, 대안이 이 경을 8품(장)으로 정리하여 이것을 강의할 수 있는 사람은 오직 원효뿐이라고 하는 것은 원효그림 문장과 일치한다. 그리고 원효는『금강삼매경론』을 고향인 상주(湘州)에서 집필하였다고 적혀 있지만,『삼국유사』에서는 진평왕 39년(617)에 압량군(押梁郡) 불지

---

25) 앞 책, 注12) p.730. '大安者不測之人也. 形服特異恒在廊. 擊銅鉢唱言大安大安之声. 故號之也. 王命安. 安云. 但將經來不願入王宮闕. 安得經排來八品. 皆合佛意. 安日. 速將付元曉講. 余人則否. 曉受斯經正在本生湘州也. 謂使人日. 此經以本始二覺爲宗. 爲我備角乘將案几. 在兩角之間. 置其筆硯. 始終於牛車造疏成五卷. 王請剋日於黃龍寺敷演. 時有薄徒竊盜新疏. 以事白王. 延于三日. 重錄成三卷. 號爲略疏.'

촌(佛地村)에서 태어났다고 한다. 그렇다면, 원효의 고향이 상주인가, 아니면 압량군인가가 문제가 된다. 이것에 관해서 김상현(金相鉉) 씨는 앞에서 언급한 저서에서 법흥왕 시대에는 '尙州(湘州)를 중심으로 상주(上州)라 하고, 창녕(昌寧)을 중심으로 하주(下州)를 각각 설치하여 압량군은 하주에 속한다.'26)라고 하여 원효의 고향을 상주(湘州)로 기록하는 『송고승전』의 기사는 전혀 문제가 되지 않는다고 지적한다.

또 『금강삼매경』은 본시이각(本始二覺)의 내용을 나타내고 있다고 한다. '본각(本覺)'이란 중생에게 본래 갖추어 있는 청정(淸淨)한 깨달음의 지혜이고, 수행의 진전에 따라서 본각을 분명하게 하는 것을 '시각(始覺)'이라고 말한다. 원효는 이 경을 사원(寺院)의 강당에서 쓴 것이 아니라, 붓과 벼루를 소의 두 뿔 사이에 놓고 노상에서 소달구지 위에서 약소(略疏) 5권을 저술하였다고 한다. 이것은 소의 두 뿔을 二角(二覺)에 비유하여 이 경에는 '본시이각(本始二覺)'이라는 깨달음이 숨겨져 있다는 것을 암시한 것이다. 이것에 대해서 이기영(李箕永)27) 씨는 다음과 같이 알기 쉽게 설명하고 있다.

　삶의 原理에서 어두워 그 生活이 混亂속에 있는 衆生, 그들의 마음속 깊은 곳에 本覺이 있고, 삶의 道理를 알고 그렇게 生活하는 자의 마음속에 始覺이 活動한다. 그런 의미에서 本覺은 因果의 그물에 얽혀, 복잡한 生活이 展開되는 그 世俗的 條件속에 나타나지 않고 감추어 있는 진여(眞如)라 할 수 있고, 始覺은 그 얽힌 狀態를 벗어난, 還滅의 길에 나타난 眞如라고도 부를 수 있는 것이다.

---

26) 앞 책, 注22) p.139 참조.
27) 이기영, 『元曉思想 1世界觀』, 弘法院, 2003, pp.145~146.

참된 삶의 도리를 알고 실천하는 자의 마음속에 시각(始覺)이 활동하고 있으며 혼란 속에서도 중생의 마음 속 깊은 곳에는 본각이 있다고 하고, 원효는 始覺과 本覺이 따로 있는 것이 아니며 서로 상호관계의 입장에 있다는 것을 강조하고 있다고 지적한다. 또한『삼국유사』원효불기에는, '亦因海龍之誘。承詔於路上。撰三昧經疏。置筆硯於牛之兩角上。因謂之角乘亦表本始二覺之微旨也'[28]라고 보여, '龍王'을 '海龍'이라고 기술할 뿐,『송고승전』과 거의 같은 내용이지만,『화엄연기』의 원효그림 문장에는 보이지 않는다.

원효그림에는 원효가 궁궐에서 마중 나온 수레에 옮겨 타는 장면이 묘사되어 있지만, 왜 묘에는 여기서 원효가 말한 본시이각(本始二覺)[29]에 대해서 언급하지 않는 것일까. 교학적인 측면에서 생각한다면, 이 부분은 원효의『금강삼매경론』연기설화에 있어서 가장 핵심 부분에 해당하지만, 원효그림 문장에 눈에 띄지 않는 것이 참으로 이상하다. 이 문장을 쓴 작자라고 하는 묘에가 이 부분을 생략했으리라고는 생각하기 어렵고, 필자는 아마 착간(錯簡)[30]으로 인하여 기록이 누락된 것으로 보여진다. 현존하는『화엄연기』는 의상그림 3권, 원효그림 3권, 총 6권으로 되어 있지만,『看聞御記』에 의하면 원래 이 에마키는 의상그림 4권, 원효그림 2권으로 되어 있었다.

그런데 일본 전국시대의 天文 16년(1547)에 호소카와 하루모토(細川

---

28) 앞 책, 注18) p.120.

29) 다만 원효그림 권2 제2단의 문장에서는 대안성자의 말을 통해서 '이 경에는 여래(如來)의 뜻이 있고, 생불불이(生佛不二), 동일각성(同一覺性)의 의미가 담겨있다'고만 쓰여 있다.

30)『화엄연기』의 착간(錯簡)에 관해서는, 야오다니 다카야스(八百谷孝保), 「華嚴緣起繪詞와 그 錯簡에 관해서」, 『畵說』 16, 1938, pp.299~332 참조.

晴元)의 병란이 일어났을 때, 고잔지(高山寺)의 경장에 수장되어 있었던 에마키 11권이 모두 반출되어『화엄연기』에마키 6권이 불에 타 파손되었을 때, 착간이 생긴 연유에 있다고 추측된다. 특히 원효그림 권2 제2단 부분은 원래의 의상그림 4권과 섞이어 있어 현저하게 착간이 눈에 띄는 곳이다. 원효가 저술한『금강삼매경론약소』는 중국에 전래되어 너무 뛰어나게 만들어졌기 때문에 보살(菩薩)이 쓴 것이라고 일컬어 그것을 현장삼장(玄奘三藏)이『금강삼매경론』[31]이라고 고쳤다고 한다. 보통 인간이 쓴 것은 '疏'이지만, 보살이 쓴 것이기 때문에 '論'이라고 불리게 된 것이다.

4. 일본에 있어서『金剛三昧經論』의 수용

신라의 화엄승 심상(審祥)은 생몰연대 미상이고, 당에 유학하여 법장(法藏)에게 수학한 후, 신라에 귀국하여 천평년간(天平年間, 729~749)에 일본에 건너와서 나라(奈良)의 대안사(大安寺)에서 주거하였다. 천평12년(740)에 금종사(金鐘寺, 이후에 도다이지(東大寺)라 칭함)의 二月堂에서 처음으로『화엄경』을 강의한 것은 다름 아닌 신라의 審祥이었다. 심상은 나라(奈良)의 도다이지에서 처음으로『화엄경』을 강의한 것으로 인해 일본 화엄종의 개조(開祖)로 되어 있다. 신라의 학문승으로서 유일하게 일본에 가져 온 경전이라고 판명되는 심상의 장서는, 호리이케 슌포(堀池春峰) 씨가 편집한 심상의 장서목록「大安寺審詳師經錄」[32]으로 정

---

31) 가마타 시게오(鎌田茂雄),『朝鮮佛敎의 절과 歷史』, 大法輪閣, 1980, p.160.
32) 호리이케 슌포(堀池春峰),「華嚴經講說에서 본 良弁과 審詳」,『南都佛敎史의 硏究』

리되어, 총 170부 645권에 이르는 방대한 문헌목록을 들 수가 있다.

이 문헌 안에서 최다를 점유하는 것은 역시 신라의 고승 원효의 저서 32부 80권이며, 의적(義寂)8부 15권, 현일(玄一)2부 3권, 의상(義湘)·대행(大行)·심경(心景)이 각 1권 등, 신라승들의 이름이 보인다. 대안사 심상의 장서목록 중에, 景雲2년(768)의 항목에 원효의『金剛三昧論疏』 3권이 보여, 원효의『금강삼매경론』은 중국뿐만 아니라, 나라시대의 비교적 빠른 시기에 일본에서도 널리 유포된 것을 짐작할 수 있는 좋은 예이다.

일본에서 유포된 예를 들어보면, 그것은『삼국사기』권46 '설총전'의 기사에는 薛仲業이란 이름이 보이는데, 이 설중업은 원효의 손자로 신라의 사신으로 일본에 건너가 일본국 마히토(眞人)로부터 원효의『금강삼매경론』을 상찬(賞讚) 받았다고 기술되어 있다.[33]

세상에 傳하기를, 日本國眞人이 新羅의 사신 설판관에게 주는 詩序에 "일찍이 元曉居士가 저술한 金剛三昧論을 閱覽하고, 그 사람을 보지 못함을 깊이 恨되이 여겼는데, 들은즉 신라국(新羅國) 사신 薛은 곧 居士의 抱孫이라 하니, 그 祖父를 보지 못하였지만 그 손자를 만난 것이 기쁜 일이므로 詩를 지어 준다."고 하였다. 그 詩는 지금도 남아 있는데, 그 子孫의 名字만은 알지 못한다.

이 기록은 일본에 있어서 원효의 저서에 관해서의 평가를 알 수 있는 아주 귀중한 자료이다. 원효는 환속하여 요석공주와 혼인하여 신라의 대학자 설총을 얻었지만, 그의 아들 즉 원효의 손자에 해당하는 설

上, 法藏館, 1980, pp.386~431.
33)『三國史記』, 乙酉文化社, 1992, p.357.

중업은 신라의 칙사로서 일본에 왔었다는 내용이다. 이 때, 설중업은
조부 원효의 저서『금강삼매경론』을 읽고 크게 감동을 받은 '일본국진
인(日本國眞人)(高官)'으로부터 시문을 보내왔다고 한다. 이 시문은 당시
까지 남아있었다고 하지만 현재는 존재하지 않는다.

이것은 원효의『금강삼매경론』이 일본에 있어서도 널리 유포되어
애독되었다는 것을 짐작할 수 있다. 1914년 5월에 출토된 '고선사서당
화상탑비(高仙寺誓幢和尙塔碑)'의 원효비문에도 '大曆之春大師孫翰林字
仲業□使滄溟□□日本彼國上宰因□語'[34]라고 있어, 대력(大曆)은 당
덕종의 연호로 신라 혜공왕 55년(775)에 해당하고, 원효의 손자 설중업
이 신라의 사신으로 일본에 파견됐다는 것을 입증하고 있다. 이것에
부합되는 일본 측의 기사가『續日本紀』호오키(寶龜) 11년(780) 정월의
조에, 신라에서 파견된 사신 중에 '대판관한나마살중업(大判官韓奈麻薩
仲業)'[35]의 이름이 보여, 원효의 비문, 『삼국사기』에 의해 '살중업(薩仲
業)'은 '薛仲業'의 誤記이고, 설중업은 신라의 칙사로서 일본에 와서 '마
히토(眞人)'라는 일본의 고관과 교류하고 있었다는 것을 알 수 있다.

그렇다면, 이 '日本國眞人'은 도대체 어떤 인물일까 의문이 생긴다.
호리이케 슌포(堀池春峰) 씨[36]에 의하면, 원효의 손자에 해당하는 설중
업이 일본에 온 호오키(寶龜) 11년 그 당시에 외국의 사신과 접촉할 수
있는 신분이고, 원효의 저서에 밝으며, 불교서적을 두루 섭렵한 사람
이고, 시문에 뛰어난 실력을 가지고, 게다가 주위로부터 '마히토(眞人)'
라고 불려진 인물은 다름 아닌 당시 정5위상의 지위에 있었던 오우미

34)『朝鮮金石總覽』上, 國書刊行會, 1971, p.42.

35)『續日本紀』5, 新日本古典文學大系, 岩波書店, p.123 참조.

36) 앞 책, 注32) p.404.

노마히토 미후네(淡海眞人三船, 722~785)라고 추측하고 있다.

오우미노 미후네(淡海三船)는 천평(天平) 연간에 唐의 고승 도선(道璿)에 의해 출가하였다. 『續日本紀』에 천평승보 3년(天平勝寶, 751) 정월 27일, 30명 정도의 왕에 대해서 신적강하(臣籍降下) 및 '마히토(眞人)'의 사성(賜姓)이 행하여졌을 때, 칙명에 의해 환속하여 오우미노 마히토(淡海眞人)의 성이 하사되어 미후네오(御船王)에서 오우미노 미후네(淡海三船)로 이름이 바뀌었다. 게다가 호오키 2년(寶龜, 771)에 교부다이스케(刑部大輔 : 刑部省의 차관)를 거쳐 호오키(寶龜) 3년(772) 4월에 다이가쿠노카미(大學頭, 장관) 겸 문장박사에 임명되었다.

이것을 종합해서 생각해 보면, 『삼국유사』에 실려 있는 '日本國眞人'는 원효의 저서에 통달하고, 시문에 뛰어난 마히토(眞人)란 성을 가진 인물은 다름 아닌 오우미노마히토 미후네(淡海眞人三船)일 가능성이 크다고 보겠다. 만약 호리이케 씨의 추측대로 '마히토(眞人)'가 정말로 오우미노마히토 미후네(淡海眞人三船)라고 한다면, 원효의 손자 설중업과 일본에서의 해후(邂逅) 및 시문의 교환은, 이 노경에 이른 문인 마히토 미후네가 항상 존경하는 원효대사와 만난 것 같이 얼마나 기뻐했을까 충분히 상상할 수 있다.

또한, 시간과 공간을 뛰어 넘어 가마쿠라(鎌倉)시대 13세기의 화엄승 묘에는 『光明眞言土沙勸進記』(이하 『勸進記』라 칭한다)[37]에서 원효를 '화엄종의 祖師'로서 추앙하며, 원효의 『금강삼매경론』의 강설에 의해 왕비의 병을 치유했다는 종교적 행위에 대해서 아낌없는 찬탄과 공감을 보내고 있다.

---

37) 『光明眞言土沙勸進記』(『日本大藏經』 수록), 華嚴宗章疏 · 下, pp. 218~219.

이 대사는 화엄종의 조사(祖師)로서 그 행덕(行德)은 헤아릴 수가 없다. 신라국 대왕의 왕비가 중병에 걸렸을 때 방약(方藥)을 써도 좀처럼 효과가 없고, 뛰어난 의사도 어찌할 수 없을 정도였다. 그래서 무당에게 명을 내려 왕비의 병을 점치게 했던 바, 이 나라의 힘으로는 이 병을 고칠 수가 없다고 한다. 타국에 방문하여 좋은 치료법이 있을지도 모른다고 진언했다. 대왕은 당으로 사신을 보냈다. 칙사는 배를 타고 해로로 가자, 이윽고 파도 위에서 용신(龍神)이 칙사를 불러서 용궁으로 데리고 갔다. 이 때 용왕의 이름은 검해(黔海)라는 사람이었지만, 금강삼매경이란 경전을 칙사의 정강이를 찢어서 그 경을 넣고, 누군가에게 이 경전을 강설하게 하여 일심(一心)으로 경청함이 좋다. 다만 이 경의 내용이 무척 어려워 강설할 수 있는 사람이 없을 것이다. 오로지 한 사람만이 그것이 가능한 지혜롭고 훌륭한 사람이 있다. 그 사람은 원효이고 불법의 동량(棟梁)이며, 세계의 일월(日月)로 비유될 정도 고승이다. (중략) 그러나 용궁에서의 주상(奏上)에 의해서 대사의 명예와 덕망이 세간에 알려지게 된 것이다. 이 경전의 문구를 의심해서는 안 된다. 그것보다 한층 더 이와 같은 행덕을 갖춘 뛰어난 고승이 가지(加持), 주문(呪文)한 토사에 우연히 만난 것도 유연이라고 말씀하신 것은, 참으로 의지할 수 있는 보람이 있어 더 없이 좋지 않는가.

위의 문장은 『송고승전』의 원효전에 의해서 쓰였다고 생각되지만, 『송고승전』의 문장보다도 훨씬 원효그림 문장과의 유사점이 인정된다. 예를 들면 『송고승전』은 해왕(龍王)의 이름을 '검해(鈐海)'라고 하지만, 원효그림 문장에는 '검해(黔海)'로 되어 있고, 또 『송고승전』에는 『금강삼매경』을 칙사의 천장(脇腸 : 장단지)을 찢어서 넣었다고 하는데, 원효그림 문장에는 다리 정강이(脛)를 찢어서 넣었다고 하는 등 서로 다른 점이 보여진다. 그러나 이 『勸進記』와 원효그림 문장은 서로 같다.

　게다가 묘에가 원효를 가리켜서 "불법의 동량(棟梁)이며 세계의 일월
(日月)로 비유되는 고승이다."라고 하는 점이 주목된다. 예를 들면 『화
엄경』에서는 석가여래를 '無碍如來滿月'(권13, 偈頌), '譬如月盛滿'(권9,
偈頌)라고 있어 석가여래를 서방정토(西方淨土)로 향하는 달로 비유하는
법문이 있지만, 여기에서는 묘에(明惠)가 원효를 칭하여 석가와 똑같이
일월(日月)로 표현하고 있다는 점이다.

　『삼국유사』 원효불기에 의하면, 원효의 유명(幼名)은 서동(誓幢)이며
'自稱元曉者. 蓋初輝佛日之意也. 元曉亦方言也. 當時人皆以鄕言稱之
始旦也.'[38]라고 있어 원효(元曉)라는 이름은 '불일(佛日)을 빛나게 해주
는 의미'라고 한다. 김사엽 씨에 의하면[39], 원효의 유명(幼名)에 대해
서, 誓幢(新幢)의 '幢은 毛'이며 '新'의 訓을 音借한 것이 '誓'이며, 신동
(新幢)·誓幢은 모두 '새로운 털'이라 말하여, 한국어의 '새털'(sae-teol)
을 의미하는 것이라고 한다. 또 원효(元曉)의 이름은 '새벽'(sae-byeog)
을 訓借한 것으로 그 당시의 사람들은 원효가 '佛日'을 처음으로 세상
에 밝혔다는 뜻에서, 한국어의 '시단(始旦)'(첫새벽·새벽)이라고 존칭하
여 원효라고 불렀다고 한다. 이러한 연유를 묘에가 알고 있어서 일월
(日月)이라고 표현했는지는 잘 모르지만, 적어도 원효라는 이름에 근거
하여 사용하고 있다는 점은 틀림이 없을 것이다.

　이 『勸進記』에서는 원효그림의 문장과 같이 왕비의 병과 관련하여
기적을 중심으로 전개되어 원효의 행장과 그 지식과 덕망이 높다는
것을 찬양하는 이야기가 주된 내용으로 되어 있다는 것임을 알 수 있
다. 또, 원효의 강론에 의해서 『금강삼매경』의 효험을 믿어야 한다고

---

38) 앞 책, 注18) p.120.
39) 김사엽 완역, 『삼국유사』, 六興出版, 1980, pp.348~350 참조.

하며, 그것을 원효의 행덕(行德) 그 자체에 구하여, 묘에(明惠) 자신이
마음속에서 공감과 찬탄을 보내고 있는 대목에서, 원효의 위대함을 느
끼게 해주는 것이다.

　게다가 묘에는『勸進記』안에서『송고승전』의 기술을 인용하여, 원
효가 민중구제를 위하여 광인(狂人)과 같이 행동한 것에 깊은 공감을
가지고 있었다고 생각한다. 묘에(明惠)에 있어서 원효의 사상적 영향은
그가 수행에 힘을 기울인 젊은 시절부터 보여진다. 묘에의 기슈유아사
(紀州湯淺)에 있는 시로가미미네(白上峰)에 있어서의 수행은 우리들의
상상을 초월한 것이었다. 석가의 유적이 있는 인도에 동경하여 '부쓰
겐부쓰모조(佛眼佛母像)'[40]의 앞에서 칼로 귀를 자른 것과 같이 '광인과
같은 행동'을 잘 자각하고 있는 묘에로서 "그 행위 광인과 같다"라고
말하는 원효의 행동에 강한 친근감과 공감을 가지고 있었다고 생각된
다. 말하자면『화엄연기』의 원효그림은, 이러한 묘에의 원효에 대한
깊은 신앙심에 직접 관련되어 만들어진 것임에 틀림없다.

5. 맺음말

　이상과 같이『금강삼매경론』의 연기설화는, 처음에는 신라의 왕비
의 병에 기인하여 용궁비장(龍宮秘藏)의『금강삼매경』이 이윽고 인간세

---

40) '佛眼佛母'란, 불교, 특히 밀교에서 숭상하는 불안존(佛眼尊)으로 진리를 꿰뚫어 보는
　 눈(眼)을 신격화한 것이다. 묘에(明惠)는 젊은 수행시절에 이 불화상(佛畵像) 앞에서
　 명상(瞑想)을 자주 행하였다고 한다. 언제부턴가 묘에의 체험 속에는 석가를 '父'로, 佛眼
　 佛母를 '母'로 간주하는 심리가 이루어 진 것 같다. 교토의 고잔지(高山寺)에 소장하는
　 '佛眼佛母畵像'(國寶)의 화폭 안에는 묘에상인(明惠上人)의 '찬(讚)'이 적혀 있는 것으로
　 유명하다.

계에 나타나게 된 일대사(一大事)의 인연을 제시하여,『금강삼매경론』
이 성립에 이르게 된 경위를 밝히고 있는 것이다. 그래서 용궁으로부
터 전해진『금강삼매경』의 경소(經疏)를 용왕도 대안성자(大安聖者)도
모두 원효에게 만들게 해야 한다고 주장한다. 이 산경(散經)을 대안성
자가 8품(장)으로 나누어서 맞추게 하고 원효를 지명하여 경소(經疏)를
만들게 한 이유는, 이 경이 원효의 강설(講說)이 아니면 그 효능을 잃어
버린다는 것을 암시하고 있다.

　이 설화는『화엄연기』원효그림의 문장에 의하면, 신라국왕의 왕비
가 중병에 시달려 백방으로 손을 써도 치유되지 않았다. 그래서 무녀
의 진언에 따라 당에서 묘약을 구할 때, 그 도중에서 용왕으로부터『금
강삼매경』을 손에 넣을 수가 있었다. 그래서 이 경을 원효에게 소(疏)
를 만들어 강설을 하게 하자, 왕비의 병이 순식간에 치유되었다고 한
다. 원효는 이『금강삼매경』을 사원에서 강의하지 않고 붓과 벼루를
소의 두 개의 뿔 사이에 두고 수레에 타고 노상에서 강의하고 저술한
것이다. 이렇게 해서 완성시킨『금강삼매경소』5권이 시기하는 자에
의해서 도난을 당하자, 원효는 3일간의 연기를 청해 재차 약소(略疏)
3권을 저술하였다. 이것이 현존하는『금강삼매경론』이다. 이 원효의
『금강삼매경약소』가 중국에 전해지자, 이것은 보살이 쓴 것이라 하여
『금강삼매경론』이라 불려졌다고 한다. 이『금강삼매경론』은 중국뿐만
아니라 일본에 있어서도 널리 애독된 것이다.

　이와 같이 원효의 학문이나 자유분방한 행장(行狀)이 일본에 전래되
어 나라(奈良) 불교의 성립에 크게 영향을 끼친 것은 간과할 수 없다.
특히 원효는 시대를 넘어서 가마쿠라 시대 고잔지의 묘에에게 높이
평가되어 찬녕(贊寧)이 찬술한『송고승전』에 근거하여 일본의 국보인

『화엄연기』 에마키(繪卷)까지 만들어진 것을 보아도 원효가 얼마나 위
대한 인물이었던가 그 일단을 알 수가 있을 것이다.

제3장
明惠에 있어서 光明眞言土砂加持의 수용

1. 머리말

광명진언(光明眞言)이란, 대일여래(大日如來)의 진언(眞言)으로 일체제불(一切諸佛)의 주문(呪文)으로서 이것을 암송하면 무량무변(無量無邊)의 功德이 있다고 한다. 또 이 주문에 의해서 가지(加持)된 토사(土砂)를 죽은 자의 시체나 무덤에 뿌려주면, 생전에 십악오역(十惡五逆)의 죄를 범한 자도 그 죄업이 소멸되어 극락왕생을 이룬다고 하는 진언밀교(眞言密敎)의 수법(修法)이다. 광명진언법의 기원은 무척 역사가 깊고, 일본에 있어서는 토사가지(土砂加持)의 신앙은 헤이안(平安)시대의 말기부터 성행하였지만, 이것이 유행하기 시작한 것은 가마쿠라(鎌倉)시대의 초기부터이다. 특히 고잔지(高山寺)의 묘에(明惠)는 그 심오함에 마음이 끌려서 토사가지(土砂加持)의 공덕에 대한 열렬한 신앙을 가지고 있었던 것은 잘 알려진 사실이다.

묘에쇼닌(明惠上人)은 가마쿠라시대의 초기에 화엄종을 부흥시킨 화엄승으로 알려져 있지만, 그 사상은 문헌적·이론적이기보다는 지극히 실천적이고, 독특한 수행법을 전개했다고 말해지고 있다. 또 광명진언토사가지의 사상 그 자체가 진언밀교(眞言密敎)의 비법으로 되어 있지만, 화엄원융(華嚴円融)의 사상과 잘 조화된다는 점에서 묘에에 있어서 매우 매력적인 것이었다고 생각된다.

이것에 대해서 우메쓰 지로(梅津次郎)[1] 씨는 光明眞言土砂加持의 신앙을 고무(鼓舞)한 것은 원효의 저서『유심안락도』였다고 지적한다. 확실히 묘에의『光明眞言土沙勸進記』는 원효의『유심안락도』의 해설서라고도 말할 수 있는 저서이고, 그 내용의 대부분은 광명진언토사가지에 대한 신앙을 고무한 저서이다. 묘에는 토사가지의 만인구제(萬人救濟)의 효능을 믿고, 세키스이인(石水院)이란 거처에서 토사가지법을 스스로 실천하고, 민간에게도 광명진언토사가지의 신앙을 넓혔다는 점에서 사상이나 신앙에 있어서 원효에의 경도(傾倒)를 엿볼 수 있다.『明惠上人行狀』[2]에 의하면, 광명진언에 의한 토사가지를 시작한 것은 안테이(安貞) 2년(1227)으로 되어 있지만, 실제로는 그 기록보다도 더 빨리 시작한 것 같지만, 이것에 관한 그의 저술은 만년에 집중하고 있다.

본장에서는 광명진언토사가지의 신앙의 전래와 그 역사적인 전개과정에 관해서 검토한 후, 묘에(明惠)에 있어서 원효의 저서『유심안락도』에 기재된 광명진언토사가지의 내용이 어떠한 형태로 수용되었는가에 대해서,『光明眞言土沙勸進記』등을 중심으로 고찰하고자 한다.

---

1) 우메쓰 지로(梅津次郎),「華嚴緣起-두 사람의 新羅僧의 사랑과 수행의 이야기」,『明惠上人과 高山寺』수록, 同朋舍出版, 1981, pp.239~343.
2)『明惠上人行狀』(高山寺資料叢書,『明惠上人傳資料第 1』수록), 1994, pp.60~61.

2. 光明眞言土砂加持의 일본 전래

먼저 光明眞言의 신앙은 잘 알려진 바와 같이, 그 전거(典據)로서 보리류지(菩提流志) 譯 『不空羂索神變眞言經』(이하, 『不空羂索經』이라고 약칭한다) 권28 '관정진언성취품(灌頂眞言成就品)', 불공(不空) 譯 『不空羂索毘盧遮那佛大灌頂光眞言』 1권(이하, 『不空軌』라고 약칭한다), 『毘盧遮那佛說金剛頂經光明眞言儀軌』(위작의궤, 이하 『光明眞言儀軌』라고 약칭한다)의 일경이궤(一經二軌)라고 하는 세 개를 들 수가 있다. 이들 중에서, 『光明眞言儀軌』은 唐의 불공(不空)에 의한 번역으로 간주하고 있지만, 실은 11세기 초기부터 중기 사이에 일본에서 찬술된 위작(僞作)이라고 추정하고 있다.[3] 이것은 닌나지(仁和寺)의 에주(惠什, 1060~1144?) 『圖像抄』 '光明眞言'[4]의 항목에 다음과 같이 적혀 있다.

이르되, 본 의궤(儀軌)에 관해서는 두 종류가 있다. 하나는 불공견색경(不空羂索經) 제28권의 經文이고, 이것은 불공삼장(不空三藏)의 별도번역의 출처이다. 다른 하나는 전래한 사람을 모른다. 眞言의 공능(功能)이 매우 크다. 단지 문자는 불공(不空)의 글씨와 닮지 않았다. 몹시 의심이 간다. 신용해서는 안 될 것이다. 이 궤(軌)에서 아미타(阿弥陀)를 본존이라고 하는 것은 가장 우둔한 생각이다.

이것에 의하면, 에주(惠什)는 당시 광명진언의 의궤(儀軌)로서 『不空

---

3) 하야미 다스쿠(速水侑) 씨는, 10세기 말의 二十五三昧會의 光明眞言信仰에서는, 『不空羂索經』의 문장을 인용할 뿐으로 『光明眞言儀軌』는 언급하지 않고 있는 점에서 『光明眞言儀軌』의 성립을 '11세기 초기부터 중엽 사이에 僞撰되었다'고 추정한다(『平安貴族社會와 佛敎』, 吉川弘文館, 1975, p.182).
4) 惠什, 『圖像抄』, 大正藏圖像 3권, p.9.

羂索經』권28의 별행(別行)인『不空軌』와는 별도로 불공역(不空譯)이라
고 전하는 한 권의 책이 있어 몹시 의심스럽다고 말한 후에, 그것을
전래한 사람이 불분명한 것과, 필적이 불공삼장(不空三藏)의 것과 전혀
닮지 않았다는 점을 들어서『光明眞言儀軌』는 위작이라고 단정하고
있다. 게다가 가마쿠라시대 초기의 각선(覺禪, 1143~1213)의『覺禪鈔』에
도 '不空譯'이라 하여 세상에 유포한다. 다만 누가 전래한 것이지 모른
다'[5]라고 있어, 당초부터 의궤로서 의심을 받고 있었던 것은 분명하다.

또『不空羂索經』과『不空軌』의 관계에 대해서는, 당의 不空이 현종
황제의 명을 받아 전자에서 후자의 '대관정광진언(大灌頂光眞言)'에 관
계되는 부분을 초출(抄出)한 것으로 범주(梵呪)의 음차(音借) 등에 차이
는 있지만, 전자의 별행(別行)으로 간주해도 된다고 일컬어지고 있다.
일본에서는 주로『不空軌』가 흔히 인용되고 있기 때문에, 여기서는 同
軌의 권두에 보이는 광명진언의 주문을 다음과 같이 들어 보겠다.[6]

옴 아모카 바이로차나 마하무드라 마니파드마 즈바라 프라바를타야 훔
唵 阿謨伽 尾嚧左曩 摩賀母捺囉 麼抳鉢納麼 入嚩攞 鉢囉韈哆野 吽
(oṃ amogha vairocana mahāmudrā maṇi padma jvala pravarttaya hūṃ)

이것은 '효험 헛되지 않는 불공성취여래의 대인(大印)이여, 보주(寶珠)
와 연화(蓮花)와 광명(光明)의 공덕을 두루 비추게 하옵소서'[7]라는 의미
이고, 중국에서 찬술한『不空羂索經』,『不空軌』는 어느 것이나 '대관정

5) 覺禪,『覺禪鈔』(大正藏 卷4), p.498.
6)『不空羂索毘盧遮那佛大灌頂光眞言』(大正藏 卷19), p.606.
7) 光明眞言의 구의해석(句義解釋)은, 다나카 가이오(田中海應),『光明眞言集成』에 수록
된 문장을 인용했다(東方出版, 1978, p.69).

광진언(大灌頂光眞言)'으로 번역하고 있다. 그러나 일본에서는 현재에 이르기까지 '光明眞言'이라고 부르고 있지만, 그것을 정리해 보면 다음 과 같다.

① 『유심안락도(遊心安樂道)』를 최초로 인용한 미나모토노 다카쿠니(源隆 國)의 『安養集』[8] 卷10에서는 '大灌頂光眞言'으로 되어 있다.
② 『유심안락도』의 '내영원(來迎院)所藏本'[9]에서는 '光明眞言'으로 되어 있다.
③ 겐신(源信)의 『二十五三昧起請』[10]에서는 '光明眞言'으로 되어 있다.
④ 진카이(珍海)의 『決定往生集』[11]에서는 '光明眞言'으로 되어 있다.
⑤ 묘에(明惠)의 『光明眞言土沙勸進記』[12]에서는 '光明眞言'으로 되어 있다.

이와 같이 『유심안락도』를 인용한 『安養集』을 제외하고, '光明眞言' 이라고 기록하고 있는 문헌은 『光明眞言儀軌』을 비롯하여 모두 일본 에서 찬술된 것임을 알 수 있다. 따라서 본래는 '大灌頂光眞言'이라는 명칭이 일본에 전래된 후에 '光明眞言'이라는 명칭으로 불리게 되었다 고 생각하는 것이 큰 무리가 없을 것이다. 그런데 왜 일본에 있어서는 '光明眞言'이라고 칭하게 되었을까, 그 이유에 대해서는 잘 모르지만, '大灌頂光眞言'이든 '光明眞言'이든 그 의미는 널리 죄장소멸(罪障消滅), 현세이익(現世利益)이 포함되어 있고, 여러 망자왕생(亡者往生)을 가능

---

8) 源隆國, 『安養集』 卷10, 百華苑, 1993, p.484.
9) 『遊心安樂道』, 「來迎院所藏本」(韓晳光, 『新羅淨土思想의 研究』 수록, 東方出版, 1991, p.742).
10) 源信, 『二十五三昧起請』(惠心僧都全集 第1권), 1924, p.341.
11) 珍海, 『決定往生集』 卷下(淨土宗全書 第15권), 1974, p.499.
12) 明惠, 『光明眞言土沙勸進記』(日本大藏經, 『華嚴宗章疏』 下), p.217.

하게 하는 진언공덕(眞言功德)에 대한 신앙을 가리키고 있는 것은 분명
할 것이다. 어찌되었든 '大灌頂光眞言'은 일본에 전래되어 '光明眞言'
으로 불려져 일찍부터 널리 믿게 되었다고 생각한다.

　보리류지(菩提流志) 譯『不空羂索經』은, 일찍이 신라 원효의 저술이
라고 전하는『유심안락도』의 '七作疑復除疑'[13] 제9문답에 인용되어,
십악오역(十惡五逆)의 죄를 범한 자가 지옥·아귀·축생의 삼악도(三惡
道)에 떨어져도 광명진언으로 가지한 토사를 백팔 번 큰 소리로 외쳐서
시체나 무덤 위에 뿌려 주면, 죽은 자의 극락왕생을 가능하게 하는 토사
가지(土砂加持)의 공덕이 제시되어 있다. 고잔지(高山寺)의 묘에는『유심
안락도』의 해설서라고도 말할 수 있는『光明眞言土沙勸進記』등을 저
술하여, 일반 민중에게 광명진언토사가지의 신앙을 넓혔다고 하지만,
이것에 관한 내용은 나중에 언급하고자 한다.

　원효의『유심안락도』는 고려시대 義天撰『新編諸宗敎藏總錄』에 수
록되어 있지 않다는 것 등의 이유로 그 저자에 대한 의문이 제기되고
있지만, 여기에서는 고익진(高翊晋)[14] 씨의 8세기 초기부터 9세기 초기
의 신라승 찬술설에 따른다. 이 저서는 가마쿠라시대의 목록인 조사이

---

13)『遊心安樂道』(大正藏 卷47), p.119.

14) 高翊晋,「『遊心安樂道』의 성립과 그 배경」,『佛敎學報』13, 동국대학교 불교문화연구소,
　　1976, p.169. 그 밖에『遊心安樂道』의 성립에 관해서는, 安啓賢 씨의 원효의 眞撰說과
　　明惠의 換置說,『韓國佛敎思想史硏究』, 동국대학교 출판부, 1983, p.151; 에타니 류카이
　　(惠谷隆戒) 씨의 僞作說,「新羅元曉의 遊心安樂道는 위작인가」,『印度學佛敎學硏究』23·
　　1, 1974, pp.16~23; 오치아이 도시노리(落合俊典) 씨의 10世紀 중엽 叡山僧撰述說,「『遊
　　心安樂道』의 著者」,『華頂大學硏究紀要』25, 1980, p.208; 韓輝玉 씨의 8世紀 초기 唐弘
　　法寺系 新羅僧撰述說,「『遊心安樂道』考」,『南都佛敎』55, 1985, p.42; 韓普光 씨의 8世
　　紀 중엽 新羅僧撰述說(앞 책, 注9) pp.311~321 등. 최근에는 아타고 구니야스(愛宕邦康)
　　씨에 의해『遊心安樂道』의 撰者로서 8世紀의 東大寺華嚴僧 智憬이라고 추정하고, 재검
　　토가 이루어지고 있다(『遊心安樂道와 日本佛敎』, 法藏館, 2006, pp.47~59 참조).

(長西)의『長西錄』에 보이지만, 그 이전에 미나모토노 다카쿠니(源隆國, 1004~1077)의『安養集』에 인용되어 있어 아마 이것이 초출(初出)일 것이라 생각된다. 특히『選擇本願念佛集』[15]의 冒頭에서 일본 정토종의 개조(開祖)인 호넨(法然)은, 정토종이라는 宗名의 어원을『유심안락도』에서 그 근거를 구하고 있다. 그 후 도다이지(東大寺)의 학문승 교넨(凝然)의『華嚴宗經論章疏目錄』에도,『유심안락도』1권이라고 수록되어 있는 것으로 보아 이 책은 정토종뿐만 아니라 여러 종파에 걸쳐서 인용되고 중요시되었다는 것을 알 수 있다.

특히 도다이지의 응연(凝然, 1240~1321)은 가마쿠라시대의 화엄승으로 125부에 이르는 저서를 남긴 대저술가이고, 그 속에는 물론 원효의 여러 저서가 인용되었다. 그의『華嚴宗經論章疏目錄』에는 원효의 저서 28부 48권[16]이 수록되어 있고, 그의 여러 저술에는 원효의 저서 15부가 실제로 인용된 점으로 보아 원효의 영향을 크게 받고 있었다는 것을 짐작할 수 있다. 하야미 다스쿠(速水侑) 씨는 이『유심안락도』를 근거로 '光明眞言'은 '한국에 있어서도 광범위하게 존숭(尊崇)을 얻고 있었다'[17]라고 추정하고 있지만, 신라시대에 있어서 광명진언에 관한 자료는 눈에 띄지 않는다.

그러나 신라시대에 있어서 광명진언신앙은, 唐시대에 西京崇福寺의 승려 지승(智昇)이 開元18년(730)에 편찬한 불교경전의 목록인『開元釋敎錄』권9[18]에 다음과 같은 기록이 보인다.

---

15) 法然,『選擇本願念佛集』, 日本思想大系, 岩波書店, 1971, p.90.

16) 凝然,『華嚴宗經論章疏目錄』,《大日本佛敎全書》第1冊, 1913, pp.134~147 참조.

17) 앞 책, 注3) p.167.

18) 智昇,『開元釋敎錄』卷9(大正藏 卷55), p.566.

婆羅門李無諂。北印度嵐波國人。識量聡敏內外該通。唐梵二言洞曉無滯。
三藏阿儞眞那菩提流志等。翻譯衆經並無諂度語。於天后代聖歷三年庚子三
月。有新羅國僧明曉。遠觀唐化將欲旋途。於總持門先所留意。

여기서는 측천무후(則天武后) 성력(聖歷) 3년(700) 3월에 신라의 유학
승 明曉는 이무첨(李無諂)에게『不空羂索陀羅尼經』1권의 번역을 권장
하여 그 이듬해에 완역된 것을 고려한다면, 명효가 귀국하는 효소왕
9년(700) 때에 이무첨 譯의『不空羂索陀羅尼經』을 가지고 귀국했을 가
능성은 크다고 보겠다. 따라서 신라시대에 있어서 광명진언 관계의 자
료는 남아있지는 않지만, 광명진언은 널리 신봉되고 있었다고 추측된
다. 한보광(韓普光)19) 씨에 의하면 신라에서는『不空羂索呪經』,『不空羂
索陀羅尼經』,『不空羂索經』등, 이들 경전과 광명진언에 관해서 관심
이 깊었던 점과,『유심안락도』의 망자의 추선공양(追善供養)을 위한 밀
교적인 해석이 있는 점에서, 광명진언과 토사가지법은 8세기 무렵에
신라에서 일본으로 전래되어 널리 신봉하게 되었다고 추정하고 있지
만, 명확한 근거자료가 제시되고 있지 않는 점이 조금 아쉽다.

　특히 주목하고 싶은 것은, 고려시대에 菩提流志譯『不空羂索經』의
사경(寫經)『紺紙銀泥不空羂索神變眞言經』권13(국보)이 발견되었다는
것이다. 황수영(黃壽永) 씨의 소개20)에 의하면, 이것은 고려시대의 충렬

---

19) 한보광 씨는 신라시대에는 光明眞言과 土砂加持法에 관한 자료는 보이지 않지만, 망자
　　의 추선공양(追善供養)을 위하여 여러 가지가 행해졌다고 하여 그 용례로서『皇福寺石
　　塔金銅舍利函銘』의 안에 망자의 추복(追福)을 위하여 阿弥陀佛像 1軀의 조성과『無垢淨
　　光大陀羅尼經』1권을 안치했다는 기록이 현존하고 있는 것으로 보아, 이미 신라에서는
　　『遊心安樂道』의 찬술 이전부터 망자의 추선공양(追善供養) 행사에 있어서 밀교와의 관
　　련성이 깊었다는 것을 지적한다. 앞 책, 注9) pp.316~318.
20) 황수영,「寫經의 歷史」,『佛敎美術』7, 동국대학교 박물관, 1983, p.69.

왕 원년(1275) 때에 왕실의 발원(發願)에 의해 제작된 것으로『不空羂索經』全30卷本 중에 권13의 '감지은니사경(紺紙銀泥寫經)'으로, 그 당시에는 全30卷本이 모두 서사되었을 것으로 생각되며, 고려시대에 있어서 광명진언신앙이 널리 유포되었다는 것을 엿볼 수 있는 매우 귀중한 자료이다. 이 사경(寫經)은 한 때 일본으로 유출되었지만, 현재는 호암미술관에 소중히 보관되어 있다. 게다가『高麗史』'세가편(世家篇)'21)을 조사해 보면, 고려시대까지는 소재도량(消災道場, 150회)·인왕백고좌도량(仁王百高座道場, 120회)·불정존승도량(佛頂尊勝道場, 40회)·금광명경도량(金光明經道場, 26회)·반야도량(般若道場, 21회)·공덕천도량(功德天道場, 13회)·관정도량(灌頂道場, 7회)·무능승도량(無能勝道場, 7회)·문두루도량(文豆婁道場, 5회)·대일왕도량(大日王道場, 1회) 등, 순수한 밀교의식이 빈번하게 행해지고 있었지만, 조선시대에 들어오면서 숭유배불정책에 의해 의궤(儀軌)가 거의 쇠퇴하고, 광명진언토사가지22)의 신앙은 현재 조계종의 원각사 등 일부 불교사원과 민간신앙으로서 행해지고 있다.

---

21) 고려시대의 밀교에 관해서는 金曉吞譯註,『高麗史佛敎關係史料集』, 民族社, 2001을 참조하고, 한국불교의 밀교문화에 관해서는 주로 정태혁,「韓國佛敎의 密敎的性格에 대한 고찰」,『佛敎學報』18輯, 동국대학교 불교문화연구소, 1981, pp.23~49; 서윤길,「高麗密敎信仰의 展開와 그 특성」,『佛敎學報』19輯, 동국대학교 불교문화연구소, 1982, pp.219~239을 참조했다.

22)『한국민속문화대백과사전』(한국학중앙연구원 간행)에 의하면, 한국에는 옛날부터 민간신앙으로서 흙토를 뿌려서 도량(道場)을 정화하는 신앙이 전해졌지만, 이러한 신앙형태와 土砂加持法이 융합하여 사원에서는 밀교양식으로서 행해진 것이 '도량송(道場誦)'이라고 한다. 이 '도량송'은 도량을 정화한다는 의미의 의식으로 道場釋·四方讚·道場讚의 세 개로 나누어, 道場釋은 도량을 다스린다. 四方讚은 동서남북을 찬탄한다, 道場讚은 도량을 찬탄하고, 신들에게 기원을 드린다고 한다. 또 '도량송'의 구성은 ①道場釋은 淨口業眞言·五方內外慰諸神眞言·開經偈 및 開法藏眞言·眞言 혹은 陀羅尼이고, ②四方讚, ③道場讚으로 되어 있다.

3. 光明眞言土砂加持의 신앙의 전개

일본에 있어서 헤이안(平安)시대부터 가마쿠라시대에 걸쳐서 광명진
언신앙에 대해서는 이미 先學들의 풍부한 연구[23]가 이루어져 있다.
이들 연구에 의하면, 구카이(空海)의 『御請來目錄』안에 '不空羂索毘盧
遮那佛大灌頂光眞言一卷'[24]이 있어 『不空軌』를 전래한 것은 틀림이
없지만, 空海 자신에 의한 광명진언신앙을 제시하는 확실한 자료는 확
인할 수가 없다. 역사상 확실한 초출(初出)은, 『三代實錄』간교(元慶)
4년(880) 12월 11일 조에[25] 세와(淸和) 태상천황의 초 7일째 되는 날에
다음과 같은 기술이 보인다.

> 円覺寺에 있어서 승려 50여 명이 오늘부터 시작하여 낮에는 法華經을
> 읽고, 밤에는 光明眞言을 암송하다. 벤칸(弁官)이 주관하다. 용도에 따라
> 필요한 것은 오쿠라쇼(大藏省)의 물건을 사용한다. 태상천황의 붕어(崩
> 御) 49일, 관습에 따라서 불교의식으로 종언(終焉)을 행하다.

세와천황(淸和天皇)의 49일의 불사(佛事)를 맞이하여 원각사의 승려
50여 명에 의해 낮에는 법화경을 읽고, 밤에는 광명진언을 암송하였다
고 한다. 아마 세와천황의 시대인 9세기 후반에 이르러서 이윽고 광명

---

23) 光明眞言에 관한 주된 논문으로, 구시다 료코(櫛田良洪), 『眞言密敎成立過程의 硏究』
第2篇, 第1章, 山喜房佛書林, 1964, pp.153~180; 하야미 다스쿠(速水侑), 『平安貴族社
會와 佛敎』제2장, 제2절, 吉川弘文館, 1975, pp.165~202; 고이즈미 하루아키(小泉春
明), 「明惠上人의 佛佛光三昧觀에 있어서 光明眞言導入에 관해서」, 『高山寺典籍文書
의 硏究』수록, 東京大學出版會, 1980, pp.199~219; 다이라 마사유키(平雅行), 『日本中
世의 社會와 佛敎』, 塙書房, 1992, pp.391~426; 스에키 후미히코(末木文美士), 「明惠와
光明眞言」, 『華嚴學論集』수록, 大藏出版, 1997, pp.857~874 등이 있다.

24) 『御請來目錄』(弘法大師空海全集 第2卷), 1983, p.78.

25) 『三代實錄』(國史大系 卷4), 1966, p.488.

진언이 죽은 자의 추선공양(追善供養)을 위하여 독송되었다고 하는 기사로서는 초출이라고 말하여지고 있다. 또 천태종의 자스(座主)인 양원(良源, 912~985)이 덴로쿠(天祿) 3년(972)에 그가 입적(入寂)한 후의 잡사를 정한 '1. 장송(葬送)의 사항'[26]이라는 기록 중에,

소토바(窣都婆·불탑) 안에 隨求(다라니)·대불정(大佛頂)·존승(尊勝)·광명(光明)·오자(五字)·아미타(阿弥陀) 등의 眞言을 안치하다. 생전에 글을 남기려고 했지만, 만약 아직까지 쓰지 않고 입멸(入滅)했다면, 양소(良昭)·도조(道朝)·경유(慶有) 등의 同法(門)이 이것을 써서 남겨야 할 것이다.

라고 있어, 광명진언신앙은 천태종 내부에 있어서 장송(葬送)·불사(佛事)가 있을 때에 빈번하게 행해졌다는 것을 나타내는 좋은 예라고 볼 수 있겠다.

그런데 이와 같이 9세기 후반부터 10세기 후반에 걸쳐서 주로 사원에서 승려에 의한 광명진언의 독송이나 장송·불사가 넓혀져 갔다고 보여지지만, 그 신앙이 귀족사회로의 침투를 나타내고 있는 것은 겐신(源信)을 중심으로 하는 승려, 귀족의 염불결사(念佛結社) 단체인 이십오삼매회(二十五三昧會)이다. 이 '二十五三昧會'란 간나(寛和) 2년(986) 5월에 히에이잔요카와(比叡山横川)의 슈료곤인(首楞嚴院)에서 겐신(源信)이나 요시시게노 야스다네(慶滋保胤) 등이 중심이 되어 조직한 결중(結衆, 이십오삼매회 회원)의 '極樂往生'을 목적으로 한 염불결사이다. 여기서 주목하고 싶은 것은, 광명진언이 토사가지와 결부되어서 비로소 나타나게 되는 것은, 간나(寛和) 2년 9월에 慶滋保胤가 집필했다고 전하는

---

26) 『平安遺文』(古文書編305號), 東京堂, 1967, p.447.

『二十五三昧起請八箇條』중에 '1. 염불결원(念佛結願) 다음에 광명진언을 암송하고 가지토사(加持土砂)를 해야만 할 것'[27]이라는 조항이다.

위 제목에서, 如來가 설법하여 이르길, 만약 중생에게는 언제나 십악오역(十惡五逆)의 무수한 죄가 四重으로 겹쳐서, 여러 惡道(지옥, 아귀, 축생)에 떨어진다면, 이 眞言을 가지고 토사를 가지(加持)한 것을 백팔 편(一百八遍)을 주문하여 망자(亡者)의 시체에 뿌리고, 또는 무덤 위에도 散布할 것이요. 그 망자는 혹은 地獄, 혹은 餓鬼, 혹은 修羅, 혹은 傍生(畜生) 안에서도 일체여래의 대관정진언(大灌頂眞言) 加持土砂의 힘으로서 즉시 광명신(光明身)을 얻어 많은 죄업을 면죄 받아서 극락에 왕생하고, 연화화생(蓮花化生)을 얻는다고 한다. 우리는 죄업을 너무 많이 쌓아, 사후 다시 태어나는 곳이 의심스럽다. 따라서 한 용기에 土砂를 담아서 오래도록 佛前의 제단에 놓고, 염불 기원한 후에, 도사는 별도로 오대원(五大願)을 발원하고, 많은 사람들은 삼밀관(三密觀)을 행하며 진언을 암송하고, 이것을 설법에 따라 加持한다. 結衆(회원) 중에서 만약 죽으려고 하는 자가 있다면, 이 토사를 가지고 반드시 그 시체 곁에 놓아두면, 그의 죄업(罪業)은 사라지고 고통에서 벗어난다. 이 세상에 살면서 어쩔 수 없이 오역(五逆)의 죄를 지을 수밖에 없지 않는가. 시체에 뿌리면 역시 공능이 있다. 말할 것도 없이 항상 백편(변)을 암송하라. 은혜를 입은 사람이 있다면, 또한 이것을 나누어 주어 사용할 것을 허락한다.

이것에 의하면, 장송의례(葬送儀禮)에 있어서는 항상 염불을 행하고, 그 후 도사(導師, 밀교승)는 광명진언을 백팔 번 주문(呪文)한 토사에 가지하여 그 토사를 망자의 곁에 두고, 또 이것을 유해(遺骸)에 산포하여 망자가 극락왕생할 수 있도록 기원하는 것이다. 말하자면 『二十五三昧起請

---

27) 『二十五三昧起請』(惠心僧都全集 1卷), 1927, p.350.

八箇條』는 結衆(회원)의 왕생을 위한 실천 매뉴얼로서 이용하게 한 것 같다.

또 이것을 개정했다고 일컬어지는 에이테이(永延) 2년(988) 源信撰 『二十五三昧起請』에서도, '1. 광명진언을 하고 토사를 가지하여 망자 (亡者)의 유해(遺骸) 곁에 놓을 것'[28]이라고 있어 전반은『不空羂索經』 의 광명진언의 공덕을 인용하고, 후반은 염불결원(念佛結願)한 후에 광 명진언을 암송하여 토사를 가지해야만 할 것을 설명하고 있다. 이『二 十五三昧起請』에 있어서 토사가지의 의의에 대해서 야마오리 데쓰오 (山折哲雄) 씨는 '광명진언의 토사가지에 의해서 사자(死者)의 영혼은 안 요묘(安養廟 : 공동묘지)의 유해에서 날아가 육도(六道)의 윤회를 벗어나 불국토(佛國土)에서 왕생할 수 있다'[29]라고 지적하고, 염불에 토사가지 를 포함시키는 것에 의해서 사자(死者)를 정화하고 영혼이 확실히 극락 에서 왕생할 수 있는 것으로 믿고 있었다고 말한다.

즉, 이십오삼매회(二十五三昧會)의 장송의례는 광명진언토사가지의 공덕에 의해서 사자의 극락왕생이 완성된다는 것이다. 겐신(源信)은 스 스로 광명진언토사가지의 공덕을 높이 평가하며 권장하고 있다는 점에 서, 10세기 말 경의 귀족사회에 널리 신봉되고 있었다는 정황을 엿볼 수가 있다. 원효의『유심안락도』는『往生要集』안에는 구체적인 인용 문으로서 적혀 있지는 않지만, 『二十五三昧起請』에 광명진언토사가지 가 제시되고 있다는 것을 고려하면, 겐신(源信)의 광명진언신앙에 적지 않은 영향을 끼친 것으로 추정된다. 또한 삼론종의 진카이(珍海, 1091

---

28) 앞 책, 注27) pp.341~342.
29) 야마오리 데쓰오(山折哲雄), 『日本人의 靈魂觀−鎭魂과 禁欲精神史』, 河出書房新社, 1968, pp.258~259.

~1152)의 『決定往生集』 속에도 '元曉云. 以光明眞言. 呪彼土砂. 置墳墓
上. 令亡者解脫. 雖無自他受之理. 而有緣起難思之力'[30]이라고 보여, 원
효의 『遊心安樂道』의 '光明眞言'을 인용하여 망자의 극락왕생을 가능
하게 하는 최상의 방법으로서 토사가지의 공덕이 기술되어 있다.

이 광명진언토사가지의 신앙은 이십오삼매회(二十五三昧會)의 결사
(結社)에 한정하지 않고, 당시 널리 천황가나 귀족사회가 신봉하고 있었
다고 생각한다. 長保 원년(999)의 태황태후 마사코(昌子)의 장례에 있어
서 '아사리(阿闍梨)의 경조(慶祚) 및 소즈(僧都), 광명진언(光明眞言)을 하
고 가지한 토사를 관위에 뿌리고 영전을 끝마쳤다'[31]라고 있어, 승려가
광명진언을 독송하고 가지한 토사를 관위에 뿌린 후, 영전에 제를 올리
고 마쳤다고 한다. 또 조겐(長元) 9년(1036) 4월 19일 조에 고이치조 천황
(後一條天皇)의 장례[32]에서는,

> 藤大納言。權大納言。新大納言臨竈所被行事。及辰剋奉茶毘。事畢先破
> 却貴所板敷壁等。以酒滅火。慶命。尋光。延壽。良円。濟祇等咒土沙散御
> 葬所上。

라고 적혀 있어, 먼저 도사(導師)·고젠소(御前僧)·법사(法事) 등의 승려
를 정하고 토사가지와 다비(茶毘)가 끝나면, 주문한 토사를 묘소 위에
뿌린다고 한다.

게다가 덴요(天養) 원년(1144) 6월 29일자의 '播磨極樂寺跡出土의 와
경(瓦經)'[33]에 적혀 있는 젠에(禪慧)의 간몬(願文) 안에 '以光明眞言·尊

---

30) 珍海, 『決定往生集』(淨土宗全書 15卷), 1974, p.499.

31) 『小右記』, 岩波書店, 2001, p.77.

32) 『類聚雜例』(群書類從·第29輯), pp.292~293 참조.

勝陀羅尼加持之土砂. 令散於當寺并國中之尸蹤墓所. 不知幾千万處'라
고 보인다. '존승다라니(尊勝陀羅尼)'란 불정존승다라니(佛頂尊勝陀羅尼)
의 약자이며 독경을 하면, 죄장소멸(罪障消滅)·연명(延命)·액제(厄除,
재앙을 제거)의 효험이 있고, 역수(逆修)·추선(追善)·입관(入棺)의 의식
등에 광명진언과 함께 빈번하게 사용되고 있다. 하리마노쿠니(播磨國,
현재의 兵庫縣)에 있는 극락사의 젠에(禪慧)는 그 지방의 수많은 묘소를
돌아다니면서 광명진언·존승다라니로 가지한 토사를 산포했다고 하
는 점에서 적어도 12세기말 경까지는 중앙의 귀족사회는 물론, 지방의
민중들에게도 장송의례로서 토사가지의 신앙은 신분을 막론하고 널리
퍼져 있었다고 추정된다.

　여기에서 가마쿠라(鎌倉)시대의 문학작품에 묘사되어 있는 광명진언
토사가지의 신앙에 관해서 조금 언급하고자 한다. 광명진언토사가지
의 신앙은 군기모노가타리(軍記物語) 안에서 찾아볼 수 있다. 먼저『源
平盛衰記』권38 '平家君達最後'의 단에34) '이 쓰네마사(經正)는 닌나지
(仁和寺) 守覺法親王의 제자이다. … 斬首되어 목이 옥문 앞 나무에 매
달리고 난 후에, 법친왕(法親王)이 간청하여 뼈가 고야산(高野山)으로 보
내졌다. 그 뒤 추선(追善)이 행해졌다. 토사가지의 공덕은 무간지옥(無
間地獄)의 고통을 면한다.'라고 보인다.

　다이라노 쓰네모리(平經盛)의 장남, 다이라노 쓰네마사(平經正)는 비와
(琵琶)의 명수로 알려져 있다. 이치노타니(一ノ谷)의 싸움에서 전사하여
유골은 고야산(高野山)으로 보내졌지만, 그 후 仁和寺의 슈카쿠홋신노(守
覺法親王)는 추선공양(追善供養)으로서 토사가지를 행하였다고 전한다.

---

33)『平安遺文』金石文編299號, 東京堂, 1960, p.273.
34)『源平盛衰記』卷38, 臨川書店, 1982, pp.122~123.

또 겐코(兼好)의 『徒然草』 제22단에[35] 망자의 추선(追善)에는 '光明眞言・
보협인다라니(寶篋印陀羅尼)'보다 더 뛰어난 것은 없다.'라고 적혀 있다.
'보협인다라니'란 『寶篋印陀羅尼經』에 설법되어 있는 주문으로 이것을
외우면, 지옥에 떨어진 자도 극락에서 왕생할 수 있다고 한다.

　그리고 가장 흥미 있는 것으로, 가마쿠라시대의 중기에 성립된 불교
설화집인 무주(無住, 1226~1312)의 『沙石集』 권제2 '弥勒行者事'[36] 안
에 다음과 같은 설화가 있다.

　　다이고(醍醐)의 조간보(乘願坊) 쇼닌(上人)이라는 사람은 정토종(淨土
宗)의 고승이다. "망자를 구제하는데 있어서 어떠한 법이 뛰어나는가."라
고 조정에서 질문이 있었다. 대답하기를 "光明眞言이 뛰어납니다."라고
진언했다. 문하의 제자들은 이것은 납득이 가지 않는다고 생각하고, "스승
님은 淨土宗의 고승입니다. 念佛이야말로 가장 뛰어난 선근(善根)입니다.
이것이 더할 나위 없는 功德이기 때문에 무엇보다도 훌륭하다고 진언해야
만 했어야 하는데"라고 유감스럽게 생각하며 비판했던 바, "정말로 念佛은
여러 가지 덕을 갖추고 있다. 염원에 따라서 利益이 있다고 하는 도리에
의심할 여지가 없지만, 정통한 경전이나 주석서에는 망자를 구제한다는
것은 아직까지 본 적이 없다. 도리는 있어도 문자로 기술된 증거가 없는
것을, 조정에 진언하는 데에 거리낌이 있다. 염불은 十惡五逆의 죄인도
선지식(善知識, 고승)을 만나서 십념을 다해서 집중해야만이 내앙(來迎)
을 받을 수 있다. 光明眞言은 의궤(儀軌)의 설법에 '이미 악업의 응보(應報)
로 지옥에 떨어져 고통을 받아서 쉴 틈이 없다. 이숙과(異熟果)가 정해져
있는 자도 행자(行者)가 토사를 백팔 번 加持하여 망자의 무덤에 뿌리면,

35) 『徒然草』, 新潮日本古典集成, 1980, p.234.
36) 『沙石集』, 日本古典文學大系, 1972, pp.121~122.

土砂에서 빛을 발하여 망자의 영혼을 인도하고 극락으로 보낸다'라고 있다. 염불에서는 이 정도의 증거는 보이지 않기 때문에 불법에 편중이 있어서는 안 된다고 생각하여 진언하였다. 염불에도 이와 같은 것이 있다고 보일 때에는 추가하여 진언할 것이라고 말했다."고 전하고 있다.

다이고(醍醐)의 조간쇼닌(乘願上人)이라는 사람은 정토종의 고승이지만, 망자를 구제하는 데 있어서 어떠한 법이 뛰어나는가, 라고 조정에서 질문이 있어 광명진언이 뛰어난다고 대답했다고 한다. 문하의 제자들은 당연히 염불이야말로 가장 뛰어난다고 대답해야만 하는데 왜 타종(他宗)의 眞言 등이 우수하다고 말했는가, 라고 비판했다고 한다. 말하자면, 여기서 무주는 乘願上人과 똑같이 망자의 극락왕생과 추선공양(追善供養)에 있어서 칭명염불(称名念佛)보다 광명진언토사가지의 우월성·이행성(易行性, 손쉽게 행함)을 강조하고 있다는 것이다. 각번(覺鑁, 1095~1144)의 『孝養集』에는 '망자의 후세를 가늠하는 데 있어서 특히 광명진언이 뛰어나다. 손쉽고 중생의 후세를 구제하는 법이다'[37]라고 있어, 광명진언이 칭명염불보다 뛰어나다고 말한다. 고야산(高野山)의 도범(道範, 1184~1252)은 『光明眞言四重釋』 안에서 '무릇 이 광명진언의 공덕은 다른 법보다 뛰어나 得益은 제행(諸行)을 초월한다. 동시에 하나, 둘 꺼내서 勝劣(좋고 나쁨)을 판별해야만 한다'[38]라고 말하며, 광명진언이 다른 수행보다도 공덕이 훨씬 뛰어난다는 것을 강조하고 있다.

37) 覺鑁, 『孝養集』(興教大師全集 下卷), 1935, p.1501.
38) 道範, 『光明眞言四重釋』(『眞言宗安心全書』下, 1914) p.74, p.79. 이것에 대해서 마쓰노 준코(松野純孝) 씨는 '他力易行의 쇼묘(称名)도, 진언과 같이 淨不淨·時所 등, 여러 가지 인연을 가리지 않고 있다고 하지만 이것은 닌시(人師)의 해석에 불과하며, 불설(佛說)에는 보이지 않는 것'이고, 道範은 진언의 易行性을 주장하고 있다고 해석한다(「鎌倉佛教の諸問題-易行」, 『日本佛教』 10, 1987, p.4).

가마쿠라시대의 이행성(易行性)의 문제에 관해서 마쓰노 준코(松野純孝) 씨는 '가마쿠라 불교를 짊어지고 있었던 고벤(高弁 : 明惠)·에이손(叡尊)·도원(道元)·니치렌(日蓮)·잇펜(一遍) 등은, 제각기 광명진언토사가지, 지관타좌(只管打坐), 제목(題目), 나무아미타불 등과 동등하게 이 이행(易行)의 선을 권하고 있었다'[39]라고 말하여, 易行을 그 축으로 하여 공통의 기반을 가지고 있었다고 지적한다. 이 중에서 고벤(高弁)·에이손(叡尊)의 광명진언토사가지는 眞言의 입장에 있었다는 것은 굳이 말할 필요도 없다.

원정기(院政期)에서 가마쿠라 초기에 걸쳐서 정토교(淨土敎)의 융성과 함께 광명진언은 널리 보급되었다고 생각되지만, 그것과 동반하여 광명진언토사가지의 신앙이 사자공양(死者供養)에 커다란 역할을 하였다는 것은 간과할 수 없다. 그리고 광명진언의 전개에서 보자면, 광명진언의 이론적인 교리화는 도범의 『光明眞言四重釋』 등에 이어지고, 실천적인 면에서는 묘에의 在家信者를 포함한 적극적인 교화활동이나 에이손(叡尊)에 의한 光明眞言土砂加持會로 발전해 간 것이다.

4. 明惠의 光明眞言土砂加持와 『遊心安樂道』

묘에(明惠)의 광명진언토사가지의 근거로서 『不空羂索經』, 『不空軌』 등을 인용하고 있지만, 가장 주목한 것은 원효의 『유심안락도』였다. 앞서 언급한 대로 묘에의 『光明眞言土沙勸進記』는 거의 『유심안락도』의 해설서라고 말할 수 있는 내용이어서 묘에의 토사가지 신앙에 커다란

---

39) 鎌倉佛敎의 易行性에 관해서는 마쓰노(松野) 씨의 앞 논문, 注38) pp.1~22 참조.

영향을 끼쳤다. 묘에가 광명진언의 토사가지법을 수행한 것은, 『明惠上人行狀』에 안테이(安貞) 2년(1228) 9월이라고 기록되어 있지만, 시바사키 데루카즈(柴崎照和) 씨40)에 의하면, 묘에가 『유심안락도』에 관심을 가지고 광명진언신앙에 주목하기 시작한 것은, 세키스이인(石水院)에서 佛光觀의 실천법에 관한 『佛光觀略次第』를 저술한 조큐(承久) 2년(1220) 7월까지 거슬러 올라간다고 추정하고 있다. 불광관(佛光觀)이란 당대의 이통현(李通玄, 635~730)에 의해서 종합된 비로자나불(毘盧遮那佛)의 광명을 관상(觀想)하는 화엄종의 관법이다. 佛光觀과 광명진언과의 직접적인 관계를 나타내고 있는 것은, 조큐(承久) 3년(1221) 11월에 『華嚴佛光三昧觀秘法藏』(『秘法藏』) 2권을 저술하고, 또 같은 시기의 저술이라고 말하는 『華嚴佛光三昧觀冥感傳』(『冥感傳』)이다. 이 『冥感傳』41) 안에서 다음과 같이 기록되어 있다.

　나는 조큐(承久) 2년 여름 무렵, 백여 일 이 佛光觀三昧에 몰입했다. 동 7월 29일 초저녁 수행 중에 석가의 상호(相好)를 터득했다. 말하자면 내 앞에서 하얀 원광이 있었다. 그 형태는 흰 구슬과 같고 직경 1척 정도 된다. 왼쪽 1척, 2척, 3척 정도의 흰 색으로 충만하다. 오른쪽에 화취(火聚)[불정의 종자]와 같은 광명이 있다. 소리가 있어 이르되, 이것은 광명진언이다. 출관(出觀)할 때 사유함에 매우 깊은 뜻이 있다. 화취(火聚)와

---

40) 시바사키 데루카즈(柴崎照和), 「明惠上人의 實踐法과 佛光觀法門」, 『佛敎學』 21, 1987, pp.55~77. 이 논문은 나중에 同『明惠上人思想의 硏究』, 大藏出版, 2003에 수록되었다.

41) 『華嚴佛光三昧觀冥感傳』(高山寺資料叢書, 『明惠上人資料第四』 수록, 1998) p.202. 또한 고이즈미 하루아키(小泉春明) 씨에 의하면 이 佛光觀을 수련하는 구체적인 근거로서 李通玄의 三論書로 말하여지는 『新華嚴經論』, 『略釋新華嚴經修行次第疑論』, 『解迷顯智成悲十明論』에 의거하고 있다고 한다. 앞의 책, 注22) p.199 참조.

같은 광명은 삼악도(三惡道)를 비추는 광명이다. 별본의 의궤(儀軌)에서 이르되, 화요(火曜)의 광명이 있어서 삼악도를 멸한다는 것은 바로 이 뜻을 말한다.

조큐(承久) 2년 여름 48세 때에 묘에 자신이 佛光三昧의 실천에 있어서 광명진언을 체득했다고 쓰여 있다. 불광관(佛光觀)은 화엄교학의 실천법이며 그 최초의 단계부터 광명진언과 깊이 관계하고 있었던 것을 알 수 있다.

또 묘에의 광명진언에 관한 저서는 그의 만년에 극히 현저하다. 묘에의 광명진언관계의 저서를 살펴보면, 다음과 같다.

> 조오(貞應) 원년(1222) 4월 10일, 『光明眞言句義釋』을 저술하다.
> 겐닌(元仁) 원년(1224) 5월, 『光明眞言功能』[42]을 저술하다.
> 안테이(安貞) 원년(1227) 5월 26일, 『光明眞言加持土沙義』를 저술하다.
> 안테이(安貞) 2년(1228) 11월 9일, 『光明眞言土沙勸進記』과 동년 12월 26일 『同別記』를 저술하다.

그리고 『光明眞言句義釋』(이하『句義釋』로 약칭한다)과 『光明眞言加持土沙』(이하 『加持土沙義』로 약칭한다)는 한문체로, 그 후에 저술한 『光明眞言土沙勸進記』(이하 『勸進記』로 약칭한다)와 『別記』는 가나(假名)로 쓰여졌다. 이들 사서 중에 『句義釋』, 『加持土沙義』는 한문으로 이론적인 성격이 강한 데 반해서, 『勸進記』와 『別記』는 예문이나 문답을 많이 들고 있는 점에서 在家信者들에게 신앙을 넓힐 목적으로서 알기

---

42) 『光明眞言功能』에 관해서는 현존하지 않다고 했지만, 다이라 마사유키(平雅行) 씨에 의해서 東大寺所藏本이 발견되어 소개되었다. 다이라(平) 씨 앞의 책, 注22) pp.418~421.

쉽게 쓰여진 것이다. 후자의 두 책은 똑같이 문답형식으로 초심자의
의문에 친절하고 자상하게 답변하고 있다. 덧붙여서 『光明眞言功能』
은 가나(假名)로 쓰여 있다.

한편 묘에의 저서 『句義釋』에서는 '唵, 阿謨伽, 吠嚧左曩, 摩賀母捺
羅, 摩抳鉢納麼, 入縛羅, 鉢羅韈多野, 吘'[43]으로 되어 있지만, 이것은
『不空軌』에 의해서 광명진언을 언급하고 있음을 알 수 있다. 묘에는
『句義釋』 안에서 여래(如來)의 밀어에는 가석(可釋, 해석할 수 있는 것)과
不可釋(해석할 수 없는 것)의 두 가지 의미가 있고, 그 중에 不可釋은 사
의(思義)의 경계를 초월하고, 다만 신앙에 의해서 지념(持念)하는 것이
기 때문에 설법할 수 없다고 말하고, 지금은 신앙심이 깊은 사람을 위
하여 可釋한다고 설명하고 있다. 이하 眞言의 밀어를 『不空軌』·『句義
釋』 등에 의거하여 정리해 보면 다음과 같다.

- 옴(唵) : 모든 진언의 근본은 唵이며, 비로자나여래(毘盧遮那如來)에게
  귀의한다는 의미. (a)자와 (u)자와 (ma)의 네 자로 이루어진다.
- 아모카·바이로차나·마하무드라(阿謨伽·吠嚧左曩·摩賀母捺羅) : 불
  공성취여래. 비로자나여래(大日如來). 비로자나여래의 불공대인(不空
  大印). 즉 마하는 큰(大), 무드라는 도장으로 번역된다. 큰 도장을 지니
  신 분.
- 마니(摩抳) : 마니보주(摩抳寶珠=如意寶珠)를 지니신 분. 보생여래(寶
  生如來)를 뜻함.
- 파드마(鉢納麼) : 연꽃. 일체여래의 법신(法身). 대자대비(大慈大悲).
- 즈바라(入縛羅) : 생사윤회의 원인이 되는 어둠을 없애주는 광명. 일체
  여래의 큰 지혜.

---

43) 『光明眞言句義釋』(大正藏 卷61) p.809. 『眞言宗安心全書』 卷下, p.1.

게다가 『句義釋』, 『勸進記』에서는 이들의 구(句)를 다섯 지혜로 나누어서 해석한다.

- 아모카·바이로차나(阿謨伽·吠嚧左曩) : 법계체성지(法界體性智).
- 마하무드라(摩賀母捺羅) : 대원경지(大円鏡智).
- 마니(摩抳) : 평등성지(平等性智).
- 파드마(鉢納麼) : 묘관찰지(妙觀察智).
- 즈바라(入縛羅) : 성소작지(成所作智).

이 다섯 지혜에 관해서는 이상과 같다.

- 프라바를타(鉢囉韈哆) : 전변(轉變)한다는 뜻. 앞의 여러 공덕은 이 진언의 공력(功力)에 의해서 쉽게 성취한다.
- 야(野) : 제4전, 즉 소리가 된다. 나의 본심. 비로자나여래의 가지력(加持力)으로 인하여 중생을 가지하고 새로운 삶을 얻게 한다.
- 훔(吽) : 진언의 근본. 완성, 성취를 의미한다. 비로자나여래에게 감사와 귀의를 다짐하는 소리.

묘에는 광명진언에 대해서 다섯 지혜로 나누고, '이석(離釋)'과 '합석(合釋)'이라고 하는 두 가지를 내세우고 있다. 이석은 진언의 문자를 하나씩 설명하는 것이고, 합석은 전체로서의 해석이다. 예를 들면 마니·파드마·즈바라(摩抳·鉢納麼·入縛羅)의 三句를 합쳐서 '보련화광명(寶蓮華光明)'로 해석하고 있어, 앞에서 언급한 경궤(經軌) 속에서 볼 수 없는 전혀 새로운 것으로 묘에가 독자적으로 해석하고 있음을 알 수 있다. 그것은 제쳐두고 묘에에 있어서 광명진언의 자상적(字相的)[44] 의미는

---

44) 자상적(字相的)·자의적(字義的) 의미에 관해서는, 마시바 히로무네(眞柴弘宗), 「吽字

'摩抳·蓮華·光明'이라는 삼보(三寶)를 실체로 하는 비로자나여래의 불공대인(不空大印)을 넓히고, 자의적(字義的) 의미는 다섯 지혜를 포함하는 심비(深秘)의 해석에 의해 제시하고 있다고 생각한다. 결국 묘에는 광명진언을 다섯 지혜에 결부시키는 것으로 비로자나여래의 공력을 전면에 내세우고 있는 것이다. 다섯 지혜의 작용은 중생을 구제하는 힘을 가르치고 있다는 것은 말할 필요도 없다. 게다가『別記』안에는 이 다섯 지혜 중에 '마니·파드마·즈바라(摩尼·鉢納摩·入縛羅)'[45]의 3구의 의미에 관해서 다음과 같이 기술되어 있다.

眞言 속의 '摩尼鉢頭摩入嚩囉'의 3구는 다음과 같은 의미를 포함하고 있다. 즉 이 土砂는 가난한 사람에게는 마니(寶珠)와 같다. 이것을 얻으면 가난으로부터 벗어나 부자가 될 수 있고, 얼굴이 추악한 사람에게는 연꽃과 같이 아름답게 되어 많은 사람들로부터 사랑 받고 존경 받을 것이다. 또 신분이 미천한 집안에서 태어난 사람에게는 광명과 같은 것이다.

이 토사는 가난한 사람에게는 마니(寶珠)와 같은 것, 추악한 사람에게는 연꽃과 같은 것, 천민에게는 광명과 같은 것이라고 비유하고, 이 토사는 그대로 비로자나여래의 불공대인(不空大印)이 되어 헤아릴 수 없는 공덕을 나타내고 있다고 하며 在家信者를 위하여 알기 쉽게 설명하고 있다.

그런데 묘에가 수많은 원효의 저서 중에서 가장 주목한 것은,『유심안락도』의 문답 속에 제시되고 있는 광명진언토사가지의 근거이다. 원효는 묘에가 화엄종의 조사로서 추앙하는 신라시대의 고승으로 경론의

의 字相에 관해서」,『人文學會紀要』24, 1991, pp.19~25에 자세하다.
45)『眞言宗安心全書』卷下, p.58.

연구에 전념하여『金剛三昧經論』,『大乘起信論疏』,『十門和諍論』등 많은 저서가 있고, 그 일부는 현재에도 전해지고 있다. 우메쓰 지로(梅津次郎) 씨는 묘에가『勸進記』에 있어서 원효의 간략한 전기를 말한 뒤, 계속 이어지는 문장에서 '이 경전의 문구는 의심해서는 안 된다. 그것보다 한층 더 이와 같은 행덕을 몸에 갖춘 뛰어난 고승이 가지(加持), 주문(呪文)한 토사에 우연히 만난 것도 유연이라고 말씀하신 것은, 참으로 의지할 수 있는 보람이 있어 더없이 좋지 않은가'라고 하는 대목에 주목하고, 이 짧은 말은 '광명진언토사가지의 효능을 믿어야만 한다는 근거와, 그것을 고취시키는 원효의 위대한 행덕 속에서 구한 것'[46]이다 라고 하는 견해는 묘에의 원효그림의 제작 동기로서 가장 타당할 것이다. 이『유심안락도』는 7문으로 구성되어 마지막의 '칠작의복제의문(七作疑復除疑門)'은 문답체로 진행되는 형태로 되어 있다. 그 중에서 제9문답에는 地獄·餓鬼·畜生의 삼악도(三惡道)에 떨어진 망자의 극락왕생을 가능하게 하는 최적의 방법으로서『不空羂索經』第28권을 근거로 하는 광명진언토사가지가 제시되어 있다.[47] 이것은 일찍이 천태종의 승려들에 의해서 주목되었을 뿐만 아니라, 三論宗의 珍海·華嚴宗의 明惠·진언율종(眞言律宗)의 에이손(叡尊) 등, 널리 각 종파에 걸쳐서 큰 영향을 끼쳤다.

특히 묘에는 이 책의 해설서라고도 말할 수 있는『勸進記』를 찬술하

---

46) 우메쓰(梅津) 씨, 앞 논문, 注1) pp.337~338.
47)『遊心安樂道』(大正藏 卷47) p.119. '故不空羂索神變眞言經。第二十八卷。灌頂眞言成就品曰。爾時十万一切刹土。三世一切如來毘盧遮那如來。(中略) 以是眞言加持土沙一百万遍。屍陀林中。散亡者屍骸上。或散墓土。遇皆散之彼所亡者。若地獄中。若餓鬼中。若修羅中。若傍生中。以一切不空毘盧遮那如來眞言本願。大灌頂光眞言加持土沙之力。應時卽得光明及身。除諸罪報。捨所苦身。往於西方極樂淨土。蓮華化生。'

고, 독자적인 광명진언토사가지의 신앙을 구축한 것이다. 먼저 묘에는 『勸進記』안에서 土砂加持의 작법48)에 관한 의의를 말하고 난 후에,

> 이 광명진언으로 加持를 하면 순식간에 眞言의 功德을 갖추게 된다. 게 다가 중생이 이 토사에 접근하면, 그것만으로도 토사의 공덕이 신체에 옮 겨진다. 그러한 사정으로 청구대사(원효)께서 토사에 우연히 만난 것을 유연이라고 설법한 것은 매우 훌륭한 것이라고 생각한다. 반대로 불법에 인연이 없는 것을 슬퍼해야 할 것이다. 이 토사의 방편에 의해서 많은 사람 들이 불법의 유연이라는 것을 체험하는 것은 그렇게 어려운 일이 아니며 아주 쉬운 일이다. 또 대사가 연기난사(緣起難思)의 힘이 있다고 말씀하신 것은 지극히 지당하고, 대승과 소승, 현교(顯敎)와 밀교(密敎), 三世에 걸 친 부처의 가르침의 본질은 어느 것이나 緣起의 도리를 으뜸으로 한다.

라고 설법하고 있다. 원효의 『유심안락도』를 인용하여 중생은 진언의 공덕인 토사의 힘에 의해서 죄장(罪障)을 소멸하여 구제받을 수 있는 광명진언토사가지의 공능(功能)을 믿어야 할 것을 권장하고 있는 것이 다. 이것은 가지한 토사에 우연히 만난다는 것을 '유연(有緣)'이라 하 고, 이 토사에 만날 수 있는 인연이 있는 사람은 극락정토에 왕생하고, 연꽃에서 화생(化生)한다고 한다. 죽은 사람이 왜 구제받을 수 있는가 하면, 그것은 '연기난사(緣起難思)'의 힘에 의한 것이라고 말하는 원효 의 행덕을 묘에는 한없이 찬탄하고 있는 것이다.

즉 유연이라고 하는 형태로 緣起를 해석하고, 능소(能所 : 주체와 객체) 을 초월한 진실의 작용인 난사(難思)의 힘에 의해 중생을 구제하는 방 법을 나타내고 있는 것이다. 따라서 광명진언이 갖는 救濟力이 토사에

---

48) 앞 책, 注12) p.220.

가지하게 되면, 순식간에 眞言의 공덕을 갖추어 토사는 완전히 똑같은 작용을 한다고 하는 의미이다. 말하자면 동일체의 大悲로서 구제하는 측(加)도 구제받는 측(持)도 불이(不二)다라는 것이 근저에 깔려 있다.

이 '加'와 '持'의 의미에 관해서 『加持土沙義』에는 '佛智의 작용이 土砂 속에 미치고 있음을 加라고 말하고, 土砂에 佛智의 작용이 保持하고 있음을 持라고 칭한다'[49]라고 있어, 부처가 大悲·大智에 의해 중생에 대해서 구제의 손길을 내미는 것을 '加'라고 하고, 중생이 부처로부터의 구제의 손길을 받아들이는 것을 '持'라고 한다. 즉 부처의 지혜가 범부의 土砂에 더해졌을 때, 부처의 지혜가 작용하는 것에 의해서 光明의 빛이 되어 비추는 것이 '가지(加持)'[50]의 의미라고 묘에는 명확하게 단정하고 있는 것이다.

그렇다면 왜 가지된 토사가 그대로 光明眞言이 되는 것일까. 이것에 대해서 묘에는 『勸進記』속에서 '육진(六塵)을 眞言의 문자로 하고, 제법실상(諸法實相)을 궁극적인 하나의 진리라고 한다. 즉 토사는 색진(色塵, 眼識의 대상이 되는 色境)이고 이 색진에 또 실상(實相, 본래의 모습)이 있다'[51]라고 말하다. 육진(六塵)이란 인간의 본성을 흐리게 하는 육식(六識)의 대상계(對象界)로서 색(色)·성(聲)·향(香)·미(味)·촉(觸)·법(法)의 육경(六境)을 말하며, 여기에서 묘에는 土砂의 본성은 諸法의 實相이다고 분명하게 단언하고 있다. 그리고 이 토사는 광명진언의 힘을 保持하고, 그 힘을 중생에게 부여하는 것이라고 말하며 『勸進記』[52] 안에서

---

49) 『眞言宗安心全書』卷下, p.8.
50) 『光明眞言土沙勸進記』下에는 '土砂는 부처의 지혜를 保持하는 것이기 때문에 광명이 되어 비추는 것이다. 이것이 즉 '加持'의 의미이다'라고 있다. 앞 책 注12) p.237.
51) 앞 책, 注12) p.221.
52) 앞 책, 注12) pp.226~227.

다음과 같이 설명하고 있다.

　여기에 있는 밀교의 의궤(儀軌)에 관한 경전 속에는 상응물(相應物)이라고 말하는 초목이나 토사 등을 가지하여 실지(悉地)를 완성시키는 것이 설법되어 있다. 그 속에 지금 이 토사를 가지하여 여락발고(與樂拔苦, 즐거움을 부여하고 고통을 제거함)의 悉地(果報)를 가져오는 것은 진언의 본질이 지극히 심오하기 때문이다. 토사는 원래 중생의 業增上力(선악의 소행을 증가시키는 힘)에 의해서 그 형태를 바꾸어 나타나는 성질이므로 중생에 있어서는 망정(妄情)의 소연(所緣)이다. 如來의 빛나는 지혜의 힘과 光明眞言에 담겨져 있는 법력(法力)을 초목이나 토사 등에 가하면, 토사는 그 힘을 지속시켜서 일체여래의 색진(色塵, 번뇌의 대상)이 그대로 법문신(法門身, 불법의 공덕을 갖춘 佛身)이 되고, 그대로 중생의 신체에 화합하기 때문에 그 得益도 빠르게 성취한다. 게다가 이 진언의 본질은 서로 대립하는 것이 없으며 다른 것도 없다. 이것은 예를 들면 바닷물은 물이어서 다른 물질을 섞지 않으면 그 작용이 나타나지 않는다. 소금은 바닷물을 모래에 뿌리고, 끓여내어 굳어지게 해서 사용한다. 소금을 굽는다고 하는 것은 즉 이것을 말한다. 이것은 또 다음과 같다. 眞言의 본질은 바닷물과 같은 것이다. 土砂를 加持한다는 것은 모래를 끓여서 굳게 하는 것과 같다.

　'如來의 빛나는 지혜의 힘과 光明眞言'의 加持에 의해서 토사는 그 힘을 지속시켜서 일체여래의 색진이 그대로 법문신(法門身)이 되고, 중생의 신체에 화합하여 멸죄생선(滅罪生善)하고, 그 득익(得益)은 신속하게 성취한다는 것이다. 이것은 중생이 절대적인 부처의 救濟力(광명)을 감지했을 때, 토사를 매개로 하여 일체여래의 가지를 더한다면, 그 공덕은 헤아릴 수 없다는 것이다. 계속해서 인용문 중의 '소금을 굽는다'

라는 비유는 중생이 광명을 받아들이는 방법이고, 마치 모래가 바닷물로 인해서 소금이 되는 것과 같이 직접 중생에게 구원의 손길을 내밀고 있다. 즉 진언의 본질은 바닷물과 같은 것으로 토사를 가지한다는 것은, 모래를 끓여서 굳게 한다는 것과 같다고 알기 쉽게 예를 들어서 설명하고 있다. 이와 같이 토사가지의 이행성(易行性)을 권장하는 묘에는 중생의 입장에 비중을 두고, 극락왕생을 가능하게 하는 최상의 방법으로서 토사가지법(土砂加持法)을 장려하고 있는 것이다.

그러나 수명이 끝나는 임종시에는 마음이 산란하여 토사의 이익(利益)에 의지한다는 것은 어렵지 않겠는가, 라고 물었을 때 묘에는 『勸進記』 안에서 토사가지의 공능(功能)[53)]에 관해서 다음과 같이 대답한다.

> 실제로 임종시에 부지불각(不知不覺)의 상태에 있어도, 그것보다 이전에 토사의 利益(부처의 공덕)에 생각이 미치면, 공덕이나 利益은 반드시 있을 것이다. 이것은 즉 중죄만을 범하고, 德行이라곤 아무것도 행하지 못한 극악무도한 죄인이라도 오로지 타인이 뿌려준 토사의 힘에 의해서 극락정토의 연꽃에 다시 태어나기 때문에, 무릇 생전에 조금이라도 부처님의 가르침을 믿고 원하는 사람이 어찌 利益이 없다고 하겠는가? 가령 죄를 범한 몸일지라도 신속하고 뛰어난 利益이 얻어질 것은 의심치 않는다.

광명진언에 의해서 가지된 토사의 공덕을 믿는다면, 토사의 공덕은 반드시 있을 것이며 생전에 조금이라도 부처의 가르침을 믿고 발원(發願)한 사람은, 가령 죄인이라 할지라도 신속하고 뛰어난 利益을 얻을 수 있다고 설법한다. 다만 아무리 광명진언토사가지가 뛰어나더라도 마음속에서 깊이 믿어야만 할 것을 주장한다. 『加持土沙義』에는 청구

---

53) 앞 책, 注12) p.225.

대사(靑丘大師), 즉 원효의 법문을 인용하는 곳에서 "제자 고벤(高弁 : 明惠) 깊이 신변경(神變經) 대비로자나성불신변가지경(大毘盧遮那成佛神變加持經)의 묘문(妙文)과 유심안락도의 비석(秘釋, 숨겨진 해석)을 깊이 믿는다."[54]라고 말하고, 묘에 스스로 '심신(深信)'을 근저에 두고 있으며 동시에 타인에게도 믿을 것을 권장하고 있는 것이다.

이 '信'에 대해서 스에키 후미히코(末木文美士) 씨는 '나중에 저술한 저서에 자주 나타나고, 만년의 묘에에 있어서 중요한 의미를 갖는다.'[55]라고 지적한다. 그것은 후에 저술한 『別記』에 있어서도 '존명(存命) 중에 信을 더한다면, 의심할 여지없이 사후의 利益이 있는 것은 틀림이 없다[56]라고 있어, 살아있을 때 신심(信心)을 더한다면 의심할 여지없이 사후의 공덕이 약속된다는 것은 틀림이 없다고 말하고, 土砂加持에 있어서 '信'을 강조하고 있듯이 이 '信'은 묘에의 화엄교학에 있어서 중요한 포인트가 된다고 생각한다.

그리고 묘에는 『別記』 안에서 土砂加持를 받는 신자만이 아니라 그 것을 부여하는 측의 진언사(眞言師 : 眞言行者)는 작법(作法)[57]에 따라서 행해야 할 것을 강조하고 있다.

土砂의 비밀의 법을 분명하게 하는 것은 진언사이고 분명하게 된 토사는 비밀의 법이다. 이 사람과 법과는 서로 관계하고 있고, 功德을 나타내

---

54) 『眞言宗安心全書』 卷下, p.13.

55) 스에키(末木) 씨, 앞 논문, 注22) p.864. 또한 明惠에 있어서 「信」의 중요성은, 木村淸孝, 「明惠에 있어서 「信」의 사상의 特質－金澤文庫本 『華嚴信種義開集記』를 援用해서」, 『金澤文庫硏究』 20·10, 1974, pp.6~14에 자세하게 논하고 있다.

56) 『眞言宗安心全書』 卷下, p.62.

57) 『眞言宗安心全書』 卷下, p.71.

고 있기 때문에 眞言師가 加持를 행하는 것에 의해서 비밀의 토사가 그 功能을 나타나고 加持된 비밀의 토사가 있는 것에 의해서 加持를 능숙하게 행하는 진언밀교(眞言密敎)의 行者가 있는 것이다.

먼저 능숙하게 작법(作法)을 행할 수 있는 진언사(眞言師)와의 만남이 중요하며, 그러한 眞言師가 가지한 土砂를 가지고, 비로소 그 공능(功能)이 나타난다는 것을 묘에는 명확하게 설명하고 있는 점을 주목할 수 있다. 여기에서는 土砂加持를 부여하는 측인 眞言師의 자질문제가 새롭게 발생한다. 이 『別記』 안에는 '土砂을 능숙하게 가지기도(加持祈禱)가 가능한, 眞言行者의 乘戒(진리와 가르침)의 완급(緩急)이나 실천수행의 정도에 따라서 망자가 얻어지는 利益에 심천(深淺)의 차이가 있는 것이 아닐까' 라는 물음에 대해서, 묘에는 '이것은 깨달음의 완성과 미완성을 음미하는 것은 아니지만, 진언사(眞言師)의 수행 정도의 우열에 따라서 해탈(解脫)을 하는 데 있어서 빠르고 늦음이 있을 뿐이다'58)라고 대답하고, 眞言師의 우열에 따라서 해탈의 지속(遲速)의 차이가 있다는 것을 인정하고 있다.

게다가 『別記』의 권말에는 '土砂의 비밀의 法을 분명하게 하는 것은 眞言師이고, 분명하게 된 토사는 비밀의 法이다. 이 사람과 법과는 서로 밀접한 관계가 있어 功德을 나타내기 때문에 眞言師가 가지하는 것에 의해서 비밀의 토사가 나타나고, 가지된 비밀의 토사가 있는 것에 의해서 가지를 능숙하게 하는 비밀의 사람(眞言師)이 있는 것이다'59)라고 엄하게 훈계하고, 능숙하고 뛰어난 眞言師의 加持를 받는 것에 의해서

---

58) 『眞言宗安心全書』 卷下, p.59.
59) 『眞言宗安心全書』 卷下, p.71.

비로소 비밀의 土砂가 될 수 있다고 설법하고 있는 것이다.

5. 明惠의 土砂加持信仰

지금까지 묘에(明惠)의 광명진언토사가지에 관해서 그의 광명진언 관계의 저서를 중심으로 검토해 보았지만, 특히 『勸進記』에서는 『유심안락도』의 인용문이나 원효 자신에 의거하고 있는 곳이 10군데 정도 확인되어 그 영향은 무척 크다고 말하지 않을 수 없다. 묘에에 있어서 土砂加持의 신앙은 『유심안락도』의 제9문답에 '다행히 眞言에 만날 수 있어 무릇 유심(有心)의 군자들 누가 奉行을 하지 않을 것인가. 주문한 토사를 무덤 위에 뿌리니 彼界(저승)에서 즐긴다. 하물며 상복을 몸에 걸치며 곡(哭)을 하고, 眞言을 암송하는 소리를 듣는 자는 말할 필요도 없다'[60]라고 보여, 현세와 내세를 연결한다고 하는 원효가 의도하는 것을 인식한 묘에의 견해가 『別記』 안에[61] 다음과 같이 구체적으로 제시되어 있다.

> 그렇다면 청구대사(원효)께서 토사신앙을 권장하신 것의 본심은 자리(自利)와 이타(利他)를 겸하고 있기 때문이다. 반드시 타인의 무덤에 한정하지 않는다. 만약 자신의 利益도 겸하고 있다면, 죽은 뒤에는 자신의 심식(心識, 혼)은 없을 것이다. 반드시 타인에게 자신의 바람을 부탁할 수 없기 때문에 自利와 利他를 겸해서 그 신체에 지니고 있다고 한다면,

---

60) 『遊心安樂道』(大正藏 卷47), p.119. 원문은 '幸逢眞言。令出不難。凡百君子。誰不奉行。散沙墓上向逝界。況乎衣著身。聆音誦字'라고 있다.
61) 『眞言宗安心全書』 卷下, pp.62~63.

신앙의 공덕(功德)은 점점 더 깊어질 것이다. '신앙심이 두텁고, 올바른 사람이라면 누구라도 실행할 수가 있다.'라고 말씀하신 청구대사의 취지는 매우 깊은 의미가 있는 것이다. '반드시 사후(死後)를 위해 타인과 약속해 두세요'라는 것을 말하고 있는 것이 아니다. 그 대략적인 의미를 충분히 이해하고, 깊은 신심(信心)과 덕행이 있는 사람이 '만약 존명(存命) 중에 토사를 몸에 지니고 있었다면, 수명이 짧아져 불길하지 않을까'라는 질문에 대답하기 위하여 이 세상에서 감득(感得)할 수 있는 뛰어난 利益을 제시한 것이다. 이러한 질문을 주고받는 것도 번거로울 뿐이다. 결국 이 세상에서는 眞言을 지념(持念)하고, 사후에는 토사의 뛰어난 利益에 맡긴다면, 이것이야말로 土砂信仰을 권장하는 진정한 의미이다.

위 문장에서 이익(利益)이란, 흔히 물질적 · 경제적인 이익이 아니라, 불교에서 말하는 부처나 보살의 법력에 의한 자비나, 수행의 결과로서 얻어지는 공덕을 의미한다. 여기에서 원효가 토사가지의 신앙을 권장하고 있는 본심은, 자리(自利)와 이타(利他)를 겸하고 있기 때문이라고 설법한다. 묘에는 이러한 원효의 의도를 간파하여 현세에서는 眞言을 지념(持念)하고, 사후(死後)에는 土砂의 뛰어난 利益에 맡긴다고 말하고, '現世에 眞言' · '後世에 土砂'라는 점에 비중을 두고 있다. 또『勸進記』에도 '佛法 속에서도 유달리 뛰어난 밀교의 수행법에 따라서 현세에서 내세에 이르기까지 끊이지 않도록 전하고 싶다. 조속히 利益을 기대하려는 바람에 비밀장(秘密藏, 밀교의 법문) 속에 이 토사의 심오한 공능(功能)이 담겨져 있는 것이다'[62]라고 보여, 현세에서 후세에 이르기까지 利益이 있고, 비밀장(秘密藏) 속에 토사의 공능(功能)이 있다고 하여 '현세이익(現世利益) · 후생선소(後生善所)'를 키워드로 하여 광명진

---

62) 앞 책, 註12) pp.232~233.

언토사가지의 신앙을 고무하고 있다고 생각된다.

여기에서 묘에가 광명진언으로 가지한 토사를 현세에 있어서는 자신의 '부적(符籍)'으로 해야 할 것을 주장하고 있는 점은 주목할 필요가 있다. 즉『勸進記』63)에 다음과 같이 설명하고 있다.

> 다만 이 土砂가 지니고 있는 功德을 믿고, 병석에 누워있을 때라도 토사를 목에 걸기도 하고, 손에 쥐기도 하고, 혹은 신체의 주위에 놓고, 일체여래의 뛰어난 光明의 빛에 맡기며 바라는 것이다.

묘에는 살아생전부터 토사를 몸에 지니도록 권장하고 있다. 원래 토사가지의 신앙은 장송의례(葬送儀禮)에 있어서 사용되고 있었지만, 묘에는 생전에 이 토사의 공덕을 믿고, 목에 걸기도 하고, 손에 쥐기도 하고, 혹은 신체 주변에 놓아두면, 일체여래의 광명의 혜택이 부여된다고 설명하고 있다. 이것과 결부하여『別記』에는 '『光明眞言加持土沙義』의 본문에는 유해(遺骸) 위에, 혹은 무덤 위에 뿌려야 한다고 쓰여 있다. 그러나 이『勸進記』에는 살아있을 때 몸에 지니는 것이 좋다고 적혀 있다. 그것을 재가(在家)의 신자는 불길하다고 생각하여 싫어하지 않을까'64)라는 물음에 대해서 다음과 같이 대답하고 있다.

> 이 토사에 利益이 있다는 것을 듣고, 신앙이 두터운 사람은 살아있을 때에 몸에 토사를 지니고 있다면, 현세에 있어서도 그 신체의 부적이 되고, 내세에 있어서도 방황의 세계에서 벗어나기 위해 뛰어난 利益이 될 것이다. 만약 그렇게 하지 않고, 무덤 위에 뿌린다는 문자에 구애를 받는

---

63) 앞 책, 注12) p.223.
64)『眞言宗安心全書』卷下, pp.55~56.

다면, 오역(五逆)의 죄를 범한 사람의 무덤에 뿌려야 한다, 라고 적혀 있다고 해서 오역의 죄를 범하지 않는 사람의 무덤에는 뿌려서는 안 된다, 등으로 이해해도 좋을 것인가? 만약 죄인이라 할지라도 구제받는다, 하물며 선인(善人)은 말할 필요도 없다, 라고 이해한다면 무덤에 뿌리는 것만으로도 참으로 뛰어난 利益을 얻을 것이다. 그러므로 그 신체에 지니고 있으면 한층 더 좋을 것이다. 죽은 뒤에도 利益이 있기 때문에 살아있을 때부터 토사의 공덕을 믿는다면, 더욱 더 利益이 클 것이다.

신앙이 두터운 사람은 생전에 그 신체에 토사를 지니고 있으면, 현세에 있어서는 그 신체의 부적이 되고, 내세에 있어서는 방황의 세계에서 벗어나기 위한 뛰어난 利益이 된다고 한다. 말하자면 이 토사에는 현세와 내세를 연결하는 利益이 숨겨져 있다는 것을 암시하고 있다. 그리고 하루에 초야(初夜)·후야(後夜)·일중(日中) 세 번에 걸쳐서 이 가지(加持)의 수법(修法)에[65] 힘쓰면,

주사(咒砂, 주문한 모래)는 끊임없이 쌓인다. 이것을 별도의 큰 통으로 바꾸어서 넣어 두고, 아는 사람이나 모르는 사람이나 요구를 한다면, 언제라도 그 요청에 부응해서 나누어준다. 마음속으로 바라건대 이 토사의 신앙은 모든 방면에 널리 퍼져서 진언의 利益이 계속 지속되어 끊이지 않도록 하기 위함이다.

라고 설법하고 있다. 이 토사의 부적은 항상 사람들에게 수여(授與)되어 모든 방면으로 널리 퍼져서 眞言의 利益을 부여한다는 구도자(求道者)로서의 묘에의 면모를 잘 보여주고 있다.

그런데 당시에는 유해(遺骸) 위에 토사를 산포(散布)할 때에 그 시체

---

65) 앞 책, 注12) p.233.

를 불결함의 대상으로서 기피하는 관념을 가지고 있었던 것 같다. 앞서 언급한『別記』안에 '시체 위에, 무덤 위에 뿌린다'라고 하는 土砂를 일상생활에서 몸에 지니는 것을 재가(在家)의 사람들은 '꺼림칙하고 기피하는 생각을 가지고 있다'라는 물음은, 당시의 '정(淨)·부정(不淨)'의 관념을 잘 나타내고 있다는 것이다. 스에키(末木) 씨는 당시의 정·부정의 관념에 관해서 '유해(遺骸)를 더럽다고 기피하는 심정은 토사의 보급에 있어서 가장 큰 문제가 된 것'[66]이라고 지적하고 있다. 그것은『勸進記』에도 '그러나 이와 같은 여법(如法)에 간절한 바람이 담겨져 있는 주사(呪砂)를 분예(糞穢) 등이 충만한 곳에 누워있는 시체 위에 뿌린다는 것은 지장이 있지 않을까'라는 물음에 묘에는 다음과 같이 대답하고 있다.[67]

眞言으로 加持한 약을 사람의 신체 중에 더러운 부분에 바른다는 말이 있다. 이것에 비유하면 아직 토사를 뿌리지 않기 전에는 주사(呪砂)를 존중하는 것은, 부처의 사리(舍利)를 존경하는 것과 같다. 만약 시체가 있는 곳에 있었다고 한다면, 부정(不淨)한 곳이라도 이것을 뿌려주는 것이 좋다. 이것이 이른바 경문(經文)의 증거이다. 또 부처의 가르침에 근거하는 증거를 제시한다면, 부정(不淨)을 보는 눈이라는 것은, 단지 土砂의 색진(대상)을 보고 있을 뿐이다. 진언가지(眞言加持)의 효험력(效驗力)이라는 것은, 결코 부정(不淨)에 더럽히지 않는 것이고, 따라서 이것을 뿌려도 아무런 지장이 없다. 또 이 土砂加持의 방법은, 일체여래의 뛰어난 자비심과 본원력(本願力)에서 나오기 때문에, 청정(淸淨)한 장소를 좋아하고, 부정(不淨)한 장소를 기피한다고 하는 차별을 두는 것은 아니다.

---

66) 스에키(末木) 씨, 앞 논문, 注22) p.871.

67) 앞 책, 注12) pp.240~241.

토사가지법의 방법은 정(淨)·부정(不淨)을 가리지 않고, 뿌릴 것을
주장하고 있지만, 다만 토사를 뿌리지 않기 전에는 '주사(呪砂)를 존중
하는 것은, 부처의 사리(舍利)를 존경하는 것과 같다'라고 설법하고, 토
사를 '불사리(佛舍利)'와 같이 정중하게 취급할 것을 강조하고 있다. 토
사가지는 정·부정을 가리지 않고 뿌려야 할 것인가, 라고 한다면 반드
시 꼭 그렇지마는 않은 것 같다. 眞言加持의 행법(行法)은 '무엇이든
더할 나위 없이 청정(淸淨)하고, 성취하는 것이다. 만약 행법이 더러워
지게 된다면, 비나야가(毘那夜迦) 등이 마음먹은 대로 행법의 완성을
방해할 것이다'[68]라고 말하고, 깨끗한 장소에 있는 土砂가 아니면, 불
법의 수호신인 비나야가(毘那夜迦)가 행법(行法)의 완성을 막을 것이라
고 엄중히 경고하고 있다. 그렇다면 묘에는 어떠한 토사를 사용하고
있었던가에 관해서 『加持土沙義』[69]에는,

> 이 高山寺의 경내에 세키스이인(石水院)이라는 암자의 서쪽에 반석(盤
> 石)이 있다. 동쪽으로는 깨끗한 물이 흐른다. 언제나 이 수중의 土砂를
> 매우 깨끗하고 맑은 물로 씻어서, 금동으로 된 용기에 담아서 이것을 불
> 전(佛前)에 놓고 항상 이것을 가지하고 존중하는 마음은 '佛舍利'를 존경
> 하는 것과 같다.

라고 적혀 있어, 이 토사를 인연이 있는 사람들에게 나누어 주고 있다.
묘에 자신은 함부로 기요타키가와(淸滝川)의 토사를 사용하지 않고, 石
水院 근처에 흐르는 깨끗하고 맑은 물로 씻은 토사를 사용하고 있었기

---

68) 앞 책, 注12) p.241. 비나야가(毘那夜迦)는 大自在天軍의 大将으로 사람들에게 재앙을
  가져오는 마왕이었지만, 십일면관음(十一面観音)의 힘에 의해 불교에 들어가 福徳의
  神·佛法의 守護神이 되었다.
69) 『眞言宗安心全書』卷下, p.13.

때문에 정·부정의 관념을 가지고 있었던 것은 틀림이 없다. 또 토사를
부처의 사리(舍利)와 똑같이 생각하고, 취급하는데 있어서 지극히 엄중
한 주의를 기우렸다는 것임을 알 수 있다. 참으로 묘에에 있어서는 眞
言으로 가지한 토사는 '佛舍利(釋迦如來)' 그 자체를 의미한다고 말해도
과언은 아닐 것이다.

그리고 『勸進記』안에는 묘에의 제자인 정룡(定龍)이라고 하는 승려의
소생담(蘇生譚)[70]이 실려 있다. 정룡은 조오(貞應) 3년(1224) 8월에 중병
에 걸려서 기절하고 난 뒤, 염마청(閻魔廳)의 염라대왕 앞에 끌려갔지만,
일심(一心)으로 광명진언을 암송하여 그 공덕에 의해서 극진하게 환대를
받고 돌려보내졌다는 실화를 기재하고 있다. 이 기적담(奇蹟譚)은 묘에
의 光明眞言土砂加持의 신앙을 한층 더 견고한 것으로 했다고 말해도
무리는 아닐 것이다. 즉 묘에의 光明眞言土砂加持의 신앙을 추진하는데
있어서, 큰 요인으로 작용한 것을 나타내고 있다고 생각한다.

6. 맺음말

이상으로 光明眞言土砂加持의 일본 전래와 그 역사적인 전개과정을
검토한 후에, 묘에(明惠)에 있어서 광명진언토사가지의 신앙의 수용에
관해서 주로 『유심안락도』와 『勸進記』를 중심으로 고찰해 보았다. 앞
서 언급했지만, 묘에가 가장 주목한 것은 『유심안락도』 '칠작의복제의
문(七作疑復除疑門)'의 제9문답에 지옥·아귀·축생의 삼악도(三惡道)에
떨어진 망자의 극락왕생을 가능하게 하는 최상의 방법으로서 제시되

---

70) 앞 책, 注12) p.242.

어 있는 광명진언토사가지의 신앙이다. 묘에는『유심안락도』의 해설
서라고도 말할 수 있는『勸進記』를 저술하는 등, 이 책에 의해서 자신
의 광명진언토사가지의 신앙을 구축했다고 말해도 과언이 아니다.

또 묘에의 光明眞言觀의 특진으로서 들 수 있는 것은, 土砂加持가
석가신앙을 기반으로 한 '사리신앙(舍利信仰)'71)과 결부시켰다는 점이
다.『加持土沙義』,『勸進記』에는 眞言으로 가지한 토사는 참으로 부처
의 '사리(舍利)'와 같다고 명확하게 설명하고 있다. 묘에가 석가에 대한
사모의 정을 항상 깊이 간직하고 있었던 것은, 그가 두 번씩이나 인도
에 도항(渡航)할 계획을 상세하게 세우고 있었다는 점에서도 잘 알 수
가 있다.72) 게다가 묘에가 석가 생전에 태어나지 못했던 것을 항상
후회하고, 석가를 부친으로 생각하며 일생 동안 연모하고 있었다는 것
은『明惠上人行狀』을 비롯하여『舍利講式』등의 자료에서 엿볼 수가
있다. 이 사리신앙은 석가의 '뼈'에 대한 일종의 성유물신앙(聖遺物信仰)
이고, 말법(末法)의 시기를 정법(正法)의 시기로 환원하는 인연을 부여
하는 것으로 생각되어 왔다.

---

71) 노무라 다쿠미(野村卓美) 씨에 의하면, 明惠의「舍利信仰」에는『悲華經』중시의 자세
　가 보여진다고 지적하고 있다(「明惠作,『隨意別願文』試論-『悲華經』와 弥勒信仰에 대
　해서」,『北九州大學國語國文學』6, 1992, pp.1~16). 이 논문은 나중에 同『明惠上人의
　研究』, 和泉書院, 2002에 수록되었다.

72) 建仁2년(1202) 경부터 明惠는 제자 喜海 등과 함께 인도에 도항(渡航)할 목적으로 서로
　의논하고 있었지만, 建仁 3년에 가스가묘진(春日明神)의 託宣에 의해서 어쩔 수 없이
　단념하게 된다. 또 元久 2년(1205)에도 재차 인도에의 순례를 실천하기 위하여『印度行程
　記』(高山寺 소장)를 작성하고, 상당히 치밀한 계획을 세우기 시작하지만, 묘에가 이상한
　중병에 걸려서 중지하게 된다. 이때는 唐의 장안에서 부처의 유적이 있는 마가타국(摩訶
　陀國) 왕사성(王舍城)까지의 거리를 계산하여, 하루에 8里·7里·5里를 걸었을 경우를 가
　정하여 어느 정도의 세월이 걸릴 것인가, 그 보행거리를 세밀하게 계산하고 있을 뿐만
　아니라, 왕사성에 도착일과 도착시간까지도 예측하고 있어서, 참으로 明惠답다고 말하
　지 않을 수 없다.

『春日權現驗記繪』[73] 권18에 의하면, 묘에는 겐닌(建仁) 3년(1203) 2월에 가스가묘진(春日明神)을 참배한 후, 당시 가사치야마(笠置山)에 주거하고 있었던 조케이(貞慶)로부터 간진(鑑眞)이 중국에서 가져온 2알의 사리(舍利)를 받았다고 한다. 이것을 계기로 하여 묘에는 석가를 추모하기 위하여 『舍利講式』을 저술하고(『十無尽院舍利講式』·高山寺 所藏), 또 겐호(建保) 3년(1215) 『四座講式』을 저술하고 있다. 『四座講式』이란 『涅槃講式』, 『十六羅漢講式』, 『如來遺跡講式』, 『舍利講式』이라는 네 개의 강식(講式)으로 이루어져 있다. 이 중에 맨 처음 완성한 것은 『舍利講式』으로 거기에는 '建保三年正月二十一日夜丑剋草之'라고 쓰여 있다. 이 사리신앙(舍利信仰)은 석가신앙과 원 세트로 되어 있고, 토사가지신앙은 이 사리신앙을 매개로 하여 묘에에게 수용되어 발전해 간 것이다.

묘에는 만년에 불광삼매관(佛光三昧觀)의 실천에 통해서 체득한 광명진언을 적극적으로 받아들이고, 토사가지의 신앙을 재가신자(在家信者)들에게 널리 보급하기 위해 힘을 기우린 배경에는, '密教에 의한 정토교(淨土敎)에의 대항'[74]이라는 의식이 있었다고 지적되고 있다. 묘에의 사후에 제자 조엔(長円)에 의해 쓰여진 『却廢忘記』에는 '光明眞言을 외우면서 뿌릴 수 있는 사람이야말로 고벤(高弁 : 明惠)의 제자'[75]라고 보여, 광명진언을 암송하면서 완벽하게 토사를 뿌릴 수 있는 사람이야말로 진실로 묘에의 제자라고 할 수 있다고 말한 바와 같이, 묘에가 얼마나 이 토사가지신앙의 보급에 심혈을 기울였는가를 충분히 짐작할 수가 있다.

73) 小松茂美編, 『春日權現驗記繪』下, 續日本의 繪卷14, 中央公論社, 1991, pp.75~77 참조.
74) 구시다(櫛田) 씨, 앞의 책, 注22) p.161.
75) 『却廢忘記』(『鎌倉舊佛敎』 수록), 日本思想大系, 岩波書店, 1971, p.116.

· 제3부 ·

明惠가 흠모한 義湘大師

제1장
義湘大師와 明惠上人

1. 머리말

신라시대의 화엄승 의상은 선덕여왕 14년(644) 20세가 되던 해에 경주 황룡사(皇龍寺)에서 출가하였다. 영휘(永徽) 원년(650) 26세 때에 중국의 현장(玄奘)이 인도에서 가져온 유식학(唯識學)을 배우기 위해서 同學인 원효와 함께 당으로 유학의 길을 떠났지만, 고구려의 국경근처에서 수비병에 의해 구류되어서 실패로 끝났다. 그 뒤 용삭(龍朔) 원년 즉 문무왕 원년(661) 37세 때에 재차 당 유학의 길에 올라서 혼자서 육로를 이용하여 당으로 들어가는 것은 위험하다고 생각하여 이번에는 해로로 출발하여 무사히 당에 도착하여 그 이듬해 長安의 남쪽 종남산에 있는 지상사(至相寺)의 지엄(智儼, 602~668)의 문하에서 동문인 法藏과 함께 화엄교학을 수학하였다.

의상은 지엄 문하에서 10여 년간에 걸쳐서 화엄교학을 대성하고 신라로 귀국한 뒤, 문무왕 16년(676) 왕명에 의해 태백산에 부석사(浮石寺)를 건립하여 화엄의 근본도량으로서 화엄종을 넓혀서 해동화엄종의 초조(初祖)로 추앙 받았다. 의상이 唐에서 유학할 때 만난 선묘라고 하는 미모의 여인과의 설화1)는 북송(北宋)의 贊寧撰『宋高僧傳』권4 '新羅國義湘傳'에 상세하게 기록되어 있다. 이 설화는 일본에도 전해 져 고잔지(高山寺)의 묘에(明惠)는 의상을 '화엄종의 祖師'로서 매우 존 경하였으며, 그 행적을 자세하게 기록한『華嚴緣起』라는 에마키까지 제작하였다.

묘에(明惠)는 가마쿠라시대 전기의 화엄승으로 법휘(法諱)는 고벤(高 弁)이며 흔히 묘에쇼닌(明惠上人)·도가노오쇼닌(栂尾上人)이라고도 불 려지고 있다. 묘에는 화엄종의 중흥을 위해 심혈을 기울인 승려이지만, 신라의 고승 의상을 깊이 흠모하고 있었다. 교토의 고잔지(高山寺) 소장 의『華嚴緣起』는 의상과 원효라고 하는 두 사람의 전기와 설화를 소재 로 한 것으로 중국·일본도 아닌 신라의 의상과 원효를 화엄종의 祖師 로서 뛰어난 필치로 문학적으로 묘사하고 있다. 묘에는『宋高僧傳』에 나오는 의상과 선묘의 설화에 견주어서 조큐(承久)의 난(1221) 때에 남편 을 잃은 미망인들을 위하여 高山寺의 남쪽에 비구니 절을 건립하여 '善妙寺'라고 이름을 지어서 여인구제에 힘썼다. 의상에 대한 연정을 종교적으로 승화시킨 미녀 선묘가 신라의 여신으로서 高山寺의 별원(別 院)인 善妙寺에 모셔진 것은 사실이고, 또한 히라오카(平岡)의 善妙寺와 영주 부석사의 창건 유래에 깊이 관계하고 있다.

본장에서는 의상과 묘에(明惠)와의 관련에 대해서 먼저『삼국유사』 와『宋高僧傳』등이 전하는 의상전에 관해서 언급한 후,『華嚴緣起』 繪卷을 중심으로 두 사람의 관계에 대해서 고찰하고자 한다.

---

1) 이 책 제3부 제2장, 義湘과 善妙의 설화 참조.

2. 의상의 입당과 선묘

신라의 화엄승 의상에 관한 기록으로서 들 수 있는 주된 문헌으로 한국 측 자료로는 『삼국사기』의 '신라본기'와, 『삼국유사』 권4 '의상전 교', '승전촉루', 신라말기의 대 문장가 최치원(崔致遠, 858~?)의 『法藏和 尙傳』 등이 있다. 의상의 전기에 관해서는 『삼국유사』 권3 '前後所將舍 利' 수록의 '부석본비(浮石本碑)'를 이용하여 언급하는 경우가 많다. 의 상의 전기에 관한 자료 제시는 이 책 제3부 제2장 의상과 선묘의 설화에 서 자세하게 소개하고 있어 여기에서는 생략하지만, 한국 측 자료와 『宋高僧傳』과의 사이에 상당한 상위점(相違点)이 보여진다. 먼저 의상 의 입당시기에 대해서 『宋高僧傳』 의상전[2]에 다음과 같이 기록되어 있다.

> 의상의 속성(俗姓)은 박이고 계림부(雞林府)의 사람이다. 태어나서부 터 영특하고 호걸다움이 있었다. 커서는 출리(出離)하고 소요입도(逍遙入 道)하니 성질은 천연(天然)이었다. (의상의) 나이 약관(弱冠)에 이르러 당 나라에 교종(敎宗)이 매우 융성하다는 소식을 듣고 원효법사와 뜻을 같이 하여 서쪽으로 유행(遊行)하려고 하였다. 길을 떠나서 본국인 신라의 해 문인 唐州界에 이른다. 큰 배를 구해서 험한 파도를 헤쳐가려고 하였다. (중략) 총장(總章) 2년 상선에 의지하여 등주의 해안에 도달해서 분위(分 衛)하여 한 신자의 집에 이르렀다.

의상은 '약관(弱冠)의 나이' 즉 20세경에 원효와 함께 당에 유학을 결심하고 출발했으나 신라의 해문 당주계(唐州界)에 이르러서 원효는

---

2) 贊寧撰, 『宋高僧傳』 권4 '新羅國義湘傳'(大正藏 권50) p.729.

귀신에게 시달리는 꿈을 꾸고 난 뒤 '삼계유심, 만법유식'이라는 유심(唯心)의 근본사상을 깨닫고 본국으로 돌아갔다고 한다. 여기에서는 의상이 1회, 2회 구분 없이 원효와 헤어져 총장(總章) 2년(669) 상선을 타고 등주(登州)에 도착하여 독실한 신도의 집에 머물렀다고 전한다.

그리고 의상의 입당경로에 대해서『삼국유사』의상전교에는 '양주(揚洲)에 도착하여 주장(州將) 유지인(劉至仁)의 관아(官衙)에 묵도록 청해서 성대한 공양을 받았다'고만 전한다. 이『삼국유사』기록은『송고승전』과 전혀 다르다. 즉『삼국유사』에서는 의상이 처음 도착한 상륙지를 양주라고 하는데『송고승전』은 등주라고 한다. 게다가『송고승전』은 의상이 상선을 타고 등주의 해안에 도달하여 한 신도의 집에서 공양을 받았다고 한다. 그러나 의상의 입당시기와 관련해서 당시의 시대적 상황을 고려한다면, 고구려와 신라의 관계악화로 인하여 의상이 당의 상선을 타고 입당했다고 하는『송고승전』의 기록은 시기적으로 보아 무리가 있다. 역시 의상전교가 전하고 있는 바와 같이 당 사절의 귀국선에 便乘하여 의상은 양주에 도착한 후, 大運河[3]를 이용해서 배를 타고 북상하여 어느 지점에서 낙양(洛陽)을 통해서 장안으로 들어갔다고 생각해야 할 것이다.

『華嚴緣起』안에는 의상의 입당시기와 경로에 대한 언급은 없지만, 의상그림에는 '원효는 돌아가고 의상은 계속 길을 향한다'라고 있어, 원효와 의상이 각자 한 사람씩 시중드는 자를 데리고 헤어지는 장면이 있다. 만류하는 의상을 뿌리치고 신라로 돌아가는 원효를 보고 의상은 뜻을 굽히지 않고, 초지일관 입당에의 결의를 새롭게 다진다.『송고승

---

3) 당시 揚州에서 黃河까지의 大運河는 이미 隨의 文帝에 의해서 610년에 완성되어 唐의 시대에는 大運河를 통해서 長安으로 물자운반이 활발하게 행해지고 있었던 것을 고려한다면, 의상은 아마 揚州에서 배를 이용하여 洛陽을 거쳐서 長安으로 들어간 것으로 추정된다.

전』의 의상전에 의하면, 의상이 상선을 타고 등주의 해안에 도착하여 한 신도의 집에 머물면서 거기에서 아름다운 여인 선묘와 처음으로 만난다. 그녀는 의상의 뛰어난 용모를 보고 한 눈에 반하여 유혹하려고 하지만, 의상의 마음은 돌과 같이 움직이지 않았다고 한다. 이 선묘라는 여인과의 만남이 묘사되어 있는 『송고승전』의 의상전은 한국 측 자료와 비교해서 서로 다른 점이 많고, 설화적인 요소가 짙은 허구성을 포함하고 있기 때문에 신뢰할 수가 없다.

『송고승전』의 성립은 10세기 말로 撰者인 찬녕(贊寧)은 비명(碑銘)이나 구전(口傳)·야사(野史) 등의 사료(史料)도 풍부하게 섭렵하고 있다. 특히 '의상전'의 재료는 현지 노인들의 구전에 의한 것이라고 찬녕은 밝히고 있기 때문에 의상전의 재료는 확실한 사료에 근거해서 쓰여진 것이 아니라, 그 당시 신라에 관계하는 사람들의 전승에 근거하여 기록된 것으로 생각된다. 가령 의상의 상륙지가 양주가 아니고 등주에 도착했다고 한다면, 오히려 이곳이 의상과 선묘의 설화성립의 사실을 말해주고 있다는 것을 의미한다.

이 설화의 성립연대의 하한선을 민영규(閔泳珪)[4] 씨가 추정한 대로 신라 하대, 즉 9세기 전반 무렵이라고 한다면 당시 황해에 인접하고 있던 동해안에는 많은 신라인의 거류지인 '신라방'이라는 것이 있어서 신라인들의 해외진출의 거점을 이루고 있었으며 신라에서 온 상인이나 유학생이 모여들고 있었다. 그 대표적인 지역이 산동반도의 북단에 위치하고 있는 등주였다. 그곳에 거주하는 신라인들의 활약상에 관해서는 일본 천태종의 유학승 엔닌(圓仁, 794~864)이 쓴 『入唐求法巡禮行記』에 자세하게 기록되어 있으며, 엔닌은 그 당시 당나라와 신라·일

---

4) 민영규, 「義湘」, 『韓國의 人間像』 권3, 新丘文化社, 1965, pp.80~95 참조.

본에 걸쳐서 해상무역을 주도한 장보고(張保皐)의 기부에 의해서 건립했다고 하는 적산법화원(赤山法華院)에서도 체재한 적이 있었다.

당시의 등주는 신라와 당을 연결하는 가장 안전하고 중요한 항로의 종착점이었다. 이와 같이 등주문등현(登州文登縣)은 신라와 밀접한 관계에 있고 한반도에서 배가 빈번하게 출입하고 있는 곳이기 때문에 신라인들은 해운업·상업은 물론 농업에도 종사하고 있었던 것을 생각하면,5) 신라에 관계되는 설화가 유명 무명의 전승자(傳承者)나 전달자에 의해서 본국에서 가져와 전달하는데 아주 적합한 항구였을 것이다. 아마 의상과 선묘의 설화도 등주를 중심으로 널리 전해진 것을 찬녕이 『송고승전』에 도입한 것이 아닐까 추측된다. 왜냐하면 당시 신라 말경의 등주는 당과 신라와의 왕래가 잦은 중요한 거점이며 여기에는 수많은 신라인들이 거주하고 있었던 관계로 의상이 입당할 때 최초의 상륙지를 등주로 추측하고, 의상과 선묘의 설화를 『송고승전』에 편집했을 가능성이 충분히 있다고 볼 수 있다.

가령 의상과 선묘와의 만남이 등주에 거주하는 신라인과 관계가 있는 한 사원이라고 가정한다면 '한 신도의 집' 딸이었을지도 모른다. 『송고승전』이 전하는 바와 같이 의상이 당의 등주 해안에 처음으로 상륙하여 독실한 신도의 집에 머무는 동안에 그 집의 딸 선묘가 의상의 수려한 용모를 보고 한 눈에 반하여 연모의 정이 점점 깊어져서 의상에게 사랑을 고백했다고 한다면, 전혀 있을 수 없는 이야기는 아니다.

다나카 다카코(田中貴子)씨는 '善妙의 素性(태생)'에 관해서, 그녀의 이미지와 에마키(絵巻)의 문맥에서 '유녀(遊女)'6), 혹은 遊女의 집에서 태

---

5) 김문경, 「在唐新羅人社會와 佛教−入唐求法巡禮行記를 중심으로」, 『아시아 遊學』26, 2001, pp.6~22 참조.

어난 딸'이라고 추측하고 있지만, 이것은 아무런 근거도 없는 견해이므로 필자는 받아들이기 어렵다. 예를 들면 일본의 유학승 엔닌(圓仁)은 『入唐求法巡禮行記』의 開成4년(839) 4월 26일 조에서 문등현유산포(文登県乳山浦)에 도착하여 '배에서 내리니 부두에는 많은 낭자(娘子)가 있었다'라고 기록하고 있지만, 다나카 씨는 여기에 나오는 '낭자'를 근거로 선묘를 '遊女'라고 보고 있다. 그러나 이 '娘子'라는 의미는 唐 시대의 소설 『遊仙窟』이나 원말의 수필 『輟耕録』에도 용례가 있어, 그 의미는 본래 처 또는 부인을 호칭할 때 여성에 대한 존경어로서 사용되었으며 善妙를 '遊女'라고 생각하는 것은 역시 무리가 있다. 따라서 선묘가 『華嚴縁起』 안에 묘사되어 있는 여주인의 시녀였다든가, 혹은 등주 항구의 부두에서 웃음을 파는 유녀(遊女)라든가, 아니면 독실한 신자의 딸이었던가에 대해서 단정할 수 있는 명확한 증거는 아무것도 없다. 다만 한 가지 말할 수 있는 것은 선묘라는 여인은 불교에 깊은 신앙을 가지고 있었던 독실한 신자였음에 틀림이 없다는 것이다.

여기서는 '의상전교'의 기술내용에 따라서 양주의 유지인의 집에서 얼마 동안 머물던 의상은 장안에 있는 종남산 지상사로 찾아가서 중국 화엄종의 제2조 지엄의 제자가 되었다. 교넨(凝然)의 『梵網戒本疏日珠鈔』 권1의 注記에 수록된 최치원의 '『義湘本傳』'[7]에 의하면 의상이 지상사에 도착한 것은 용삭(龍朔) 2년(662)으로 되어 있다. 이것에 대해서

---

6) 다나카 다카코(田中貴子), 『〈悪女論〉』, 紀伊国屋書店, 1990, p.208 참조.

7) 凝然(1240~1321)은 가마쿠라시대 후기 東大寺의 학문승으로 그의 저서 『梵網戒本疏日珠鈔』는 法藏의 『梵網戒本疏』를 주석한 것이다. 『梵網戒本疏日珠鈔』 권1(大正藏 권62, p.4)에는 '龍朔二年壬戌. …時新羅義湘度海入.'의 注記에 '出致遠傳'이라고 기록되어 있어, 이것은 '崔致遠傳'이라는 뜻인지, 아니면 崔致遠이 쓴 '義湘傳'을 의미하고 있는 것인지 잘 알 수가 없지만, 『삼국유사』 권4 '義湘傳敎'에서 의상의 입당에 대한 기록의 注記에 '崔致遠의 '義湘本傳''이라고 적혀 있어 최치원이 쓴 '義湘傳'이라는 보는 것이 타당하다.

김상현(金相鉉) 씨는 신라 경주에서 당의 장안까지의 먼 여행길과 종남
산에 이르기까지 몇 군데 방문하고 머물렀을 가능성이 있기 때문에,
부석본비의 의상이 661년 입당했다는 설과 크게 문제될 것이 없다고
하는 견해8)는 납득할 수 있다. 의상과 지엄의 만남에 대해서 '의상전
교'에서는 다음과 같이 전한다.9)

〈그림 29〉 종남산 지상사(中國·西安)

의상은 얼마 안 되어 종남산 지상사에 가서 지엄을 뵈었다. 의상이 지상사
로 오던 그 전날 밤에 지엄은 꿈을 꾸었다. 해동에서 난 가지와 잎이 널리
퍼져서 중국까지 덮었다. 그 위에 鳳(봉황)의 집이 있기에 올라가서 보니
마니보주(摩尼寶珠)가 있어서 광명이 멀리 비치고 있었다. 지엄은 꿈을 깨
고 난 뒤에 놀랍고도 이상하여 소제하고 기다렸더니 의상이 왔다. 지엄은

---

8) 김상현, 「三國遺事 義湘關係 記錄의 檢討」, 『義湘의 思想과 信仰硏究』, 불교시대사,
   2001, p.15 참조.
9) 무라카미 요시오(村上四男) 撰, 『三國遺事考證』 권4 '의상전교', 塙書房, 1995, p.143.

특별한 예를 갖추고 그를 맞아서 조용히 이르길 "나의 어젯밤 꿈은 그대가 나에게 올 징조였구나."라고 말하면서 입실을 허락했다. 의상은 華嚴經의 깊은 뜻을 은미(隱微)한 부분까지 해석했다. 지엄은 영질(郢質)을 만나 것을 기뻐하여 새로운 이치를 터득해 내니 이야말로 깊은 곳을 파고 숨은 것을 찾아내서 남천(藍茜)의 그 본색을 잃은 것과 같다고 하겠다.

　여기서는 신라에서 자란 큰 나무의 가지와 잎이 중국에까지 덮었고, 그 나무 위에는 광명을 발하는 마니보주(摩尼寶珠)가 있었다는 꿈은 의상의 그릇과 인품, 그리고 학덕을 큰 나무, 혹은 광명을 발하는 마니보주 등으로 상징하고 있다고 보겠다. 신라의 큰 나무의 무성한 가지와 잎이 중국에까지 덮었다고 하여 의상을 뛰어난 고승이라고 윤색하고 있는 것 같지만, 의상의 업적으로 보아 전혀 근거가 없는 이야기는 아닐 것이다. 의상의 스승인 지엄(602~668)은 12세 때 화엄종의 초조(初祖) 두순을 따라서 종남산의 지상사로 들어가, 14세 때 출가하여 산스크리스트어(梵語)를 배워서 학문승이 되었다. 20세 때 구족계(具足戒)를 받았고, 27세 때에『華嚴經搜玄記』를 편찬하여 마음의 문제를 취급하는 유식학(唯識學)을 통합하고, 화엄교학의 사실상의 창시자가 되었다. 일찍부터 지상사에 있어서 지상대사(至相大師)라고 일컬었다. 지엄에게는 의상뿐만 아니라 혜효(慧曉), 박진(薄塵), 회제(懷齊), 도성(道成), 혜초(慧招), 번현지(樊玄智), 법장(法藏) 등 여러 제자가 있었다. 지엄은 뛰어난 재능과 학덕을 갖춘 의상과 만난 것을 기뻐하면서 그에게 각별한 관심을 갖고 화엄교학을 가르쳤다. 의상이 지엄의 문하에 입문하였을 때 지엄은 이미 61세의 고령이었고 의상은 38세였다.

　특히 지엄의 제자 중에 동문수학한 18세 연하의 법장과는 각별한 교분을 맺었다. 법장은 지엄의 뒤를 이어 화엄종의 제3조로서 중국 화엄종을 교리적으로 대성했던 인물로 항상 선배인 의상의 학식과 덕망을 흠모하고 있었다. 법장은 의상이 신라로 귀국한 후, 20여 년이 지나가버린 것에 대한 아쉬움과 애틋함을 전하는『현수국사기해동서(賢首國師寄海東書)』서간과 함께 자신의 저서 7부 29권을 자신의 제자인 신라의 유학승 승전(勝詮) 편으로 의상에게 보내어 상세히 검토하고 부족한 점을 깨우쳐주기를 청하기도 하였다.

3. 明惠와『華嚴緣起』의 의상그림

『華嚴緣起』의 전래에서도 언급했지만, 이 에마키(繪卷)는 의상그림 3권 원효그림 3권 총 6권으로 보관되어 있지만, 이 두 개의 에마키는 원래 의상그림 4권 원효그림 2권으로 제작되었던 것은 고스우코인(後崇光院)의 일기인『看聞御記』永享 5년(1433) 6월 16일의 기록에 의해 분명하다. 게다가 이 에마키에 묘사되어 있는 정경(情景)은 의상의 연령으로 봐서 7세기 중엽을 想定하고 있다. 그런데 이 에마키는 13세기 전반에 묘에에 의해 제작되었다고 보여지기 때문에 중국에서 전래한 南宋, 아니면 그 이전의 중국회화를 참고로 하여 그려졌다고 추정하고 있다.10)『華嚴緣起』의 문장의 작가인 묘에는 두 에마키의 권두에서 '이것은 華嚴宗의 祖師의 繪'라고 명기하고, 취급하는 데 있어서 각별히 주의할 것을 당부하고 있다. 또한 일본 중국도 아닌 신라의 의상과 원효를 '華嚴宗의 祖師'로서 그들의 종교적 기적과 행적에 대해서 아낌

---

10) 고마쓰 시게미(小松茂美),「『華嚴宗祖師繪傳』의 제작의 배경-明惠의 新羅僧 두 사람에의 추모」,『續日本의 繪卷』8, 中央公論社, 1990, pp.88~93 참조.

없는 찬탄과 공감을 뛰어난 필체로 문학적으로 묘사하고 있는 것이다.

그렇다면 문제는 화엄종의 조사의 그림을 그리게 한다면 도대체 누구의 그림을 그리게 하면 좋을 것인가가 문제가 될 것이다. 예를 들면 중국 화엄종의 조사라면 法藏의 전기를 그리게 한다든가, 아니면 징관(澄觀)의 전기를 그리게 한다면 좋을 것이고, 일본 화엄종의 조사라면 도다이지(東大寺)의 개조인 로벤(良弁)이든가, 혹은 신조(審祥)라도 그리게 한다면 좋았을 것이다.

그런데 『華嚴緣起』에 그려져 있는 것은 의상그림과 원효그림이고 그 문장에는 두 사람의 전기와 설화가 상세하게 묘사되어 있다. 왜 묘에는 의상과 원효를 화엄종의 조사로 받들어 모시며 두 사람의 전기와 설화를 제자인 조닌(成忍)에게 그리게 하였을까? 그것은 신라의 고승 의상과 원효라고 하는 두 사람의 이름을 빌어서 묘에 자신의 사상이나 체험을 이야기하기 위한 것이었다고 생각해야 할 것이다. 갈수록 쇠퇴해가는 화엄사상을 널리 포교하기 위하여 의상·원효의 전기와 설화를 문학화·회화화(繪畵化)하여 일반신자들에게 알기 쉽게 알려야 할 필요성이 있었을 것이다. 그렇다면 왜 의상이 아니면 안 되었는가에 관해서 묘에와의 관련 자료를 통해서 검토하고자 한다.

『華嚴緣起』의상그림에 있어서는 의상이 입당구법을 할 때에 의상에게 연정을 품고 사랑을 고백한 미녀 선묘의 연모의 정을 보다 높은 숭고한 사랑이라는 형태로 승화하여 종교적인 기적과, 의상의 행덕에 감화하여 선묘가 갑자기 발심(發心)하여 귀의(歸依)한 기연(機緣)을 이야기하는 곳에 있다고 보겠다. 이것은 확실히 화엄종의 조사인 의상의 고덕(高德)을 찬탄하고 설명하는 곳에 기인(起因)하는 것으로, 대룡으로 화신(化身)하여 선묘가 의상이 탄 배를 등에 짊어지고 신라까지 무사히

도착하게 하고, 의상이 화엄교학을 널리 포교하는 데 방해가 되는 소
승의 무리들을 이번에는 거석(巨石)이 되어 내쫓아 버리고 의상을 수호
한다고 하는 종교적인 기적이 이 에마키(繪卷)의 중심설화로서 묘사되
어 있다. 선묘가 용이나 거석으로 변한 것에 대해서 묘에는 의상그림
권1 제1단에서 다음과 같이 설명하고 있다.

> 무릇 남녀가 집착의 길에 치성(熾盛)하고 탐욕에 이끌려서 큰 뱀이 되
> 어서 남자를 쫓아가는 선례가 있다. 이것은 전혀 유사한 이야기가 아니
> 다. 그녀는 번뇌의 힘에 이끌려서 실제 뱀이 된 것이다. 집착으로 인한
> 과오가 매우 크다. 이것은 대원에 의해서 부처님·보살의 가호(加護)를 받
> 아서 임시로 대룡이 되었다. 깊이 스승(의상)의 덕을 존경하며 봉양하고
> 불법을 굳게 믿는 것에 의해서 이렇게 되었다. 하물며 단지 龍이 된 것만
> 은 아니다. 또 대반석(大磐石)도 되었다. 만약 용이 되었다고 해서 집착에
> 의한 과오가 있다고 하고, 또 용이 되었다고 하여 믿는 마음이 없다고 말
> 하겠는가. 진실로 알아야 할 것이다. 대원에 의해서 현신(現身)에 대 신통
> 력을 구족(具足)하여 現身이 변하는 경우는 無窮하게 있다. 저 관음보살
> 의 삼십삼신(三十三身)으로 변하는 것과 같은 것이다.

이 단에서는 긴 問答體의 문장으로 되어 있으며, 선묘가 용으로 화
신하여 의상을 쫓아가는 것은 '집착으로 인한 과오'에 해당하지 않는가
라는 물음에 대해서 묘에가 대답하는 형식으로 되어 있다. 여기에서
묘에는 남녀의 애욕으로 인한 집착에서 여자가 뱀으로 변하여 남자를
쫓아가는 이야기는 흔히 있는 바이다. 그렇지만 선묘의 경우는 근본적
으로 그것과는 경우가 다르다는 것을 강조한다. 즉 대원에 의해서 부
처님의 加護를 받아 스승의 덕을 존중하고 불법을 굳게 믿음에 의해서
용이 되고 대반석이 되었다는 것이다. 그것은 대원에 의해서 신통력을

갖춘 觀音菩薩의 삼십삼신(三十三身) 등과 같다고 말한다. 이 관음보살
의 삼십삼신이란 관음보살이 이 세상의 중생들을 구제하기 위하여 경
우에 따라서 33가지의 모습으로 변하여 나타난다는 뜻으로『法華經』
의 보문품(普門品)에 의거하고 있다.

특히 묘에가 선묘에 대한 관심이 깊었던 것은 貞應 2년(1223) 그가
조큐(承久)의 난에서 남편을 잃어버린 미망인들을 위하여 여인구제를
목적으로 건립한 비구니 절을 善妙寺라고 이름 지었던 사실과, 그 선
묘사에 선묘신상(善妙神像)을 진주가미(鎭守神)로서 모신 것만 보아도
짐작할 수 있다. 게다가 묘에는 承久 2년(1220) 5월 10일『夢記』[11]에서
다음과 같은 꿈을 기록하고 있다.

주조보(十藏房)라는 승려가 묘에가 있는 곳으로 한 개의 향로(차 그릇)
를 가지고 왔다. 마음속으로 생각하길, 사키야마사부로 사다시게(崎山三
郞貞重)가 唐에서 가져와서 이것을 주조보(十藏房)에게 주었을 것이다.
그 안에는 칸막이가 있어 거기에는 여러 가지 唐의 물건들이 20개 정도
들어 있고, 거북이가 교미하고 있는 형태 등이 있어서 이것은 좋은 징조
가 나타날 물건이라고 생각했다. 그 안에는 5寸(약15센티) 정도의 唐의
여인 형태의 茶碗(차 그릇)이 있었다. 사람들이 이르길 '이 여인은 당에서
건너온 것을 슬퍼하고 있다'라고 한다. 내가 인형에게 "우리나라에 온 것
을 슬퍼하고 있는가?"라고 물으니 고개를 끄덕였다. "슬퍼할 필요는 없
다"라고 말했지만, 고개를 흔들고 거부했다. 그 후 인형을 꺼내서 보니,
어깨를 들먹이며 눈물을 흘리며 울고 있었다. 묘에는 "자신은 평범한 승
려가 아니고, 이 나라에서는 대성인(大聖人)이라고 사람들로부터 존경을

---

11)『明惠上人夢記』(高山寺資料叢書,『明惠上人資料第二』수록), 東京大學出版會, 1978,
   pp.145~146 참조.

받고 있기 때문에 슬퍼할 필요는 없다."라고 말하자, 인형은 그 말을 듣고 기뻐하는 기색이 보이고, "그렇다면 귀여워해 주세요."라고 대답한다. 묘에가 그렇게 하겠다고 말하고, 손바닥 위에 올려놓으니 그 인형은 순식간에 살아 있는 인간 형태의 여인이 되었다.

묘에는 꿈에서 깨어나 이 여인은 善妙가 틀림없다고 기록하고 있다. 善妙는 말할 필요도 없이 『華嚴緣起』에 등장하여 의상에게 연정을 고백한 아름다운 여인이다. 이것은 꿈의 기록이라고는 하지만 매우 관능적이고 성적인 요소를 포함하고 있다. 이 밖에도 선묘 같은 여인이 나타나는 꿈은 많지만 이 꿈은 하나의 성적인 이야기를 엮어 놓은 내용이라고 말할 수 있으며 그 속에는 자신의 감정이 담기어 있다. 묘에는 일생 동안 계율을 엄격하게 지킨 청승(淸僧)으로 유명하지만, 젊은 시절부터 용모가 뛰어나 많은 여성신자들이 연모하였다고 한다.

그것은 조큐(承久)의 난으로 육친을 잃은 여성들이 묘에의 주위에 많이 모여들었다는 것을 상기하면 의상과 같은 경험이 한두 번은 아니었을 것이다. 그래서 의상의 입장에는 공감하는 부분이 무척 컸을 것이라 짐작된다. 여기에 이 에마키(繪卷)의 주인공이 의상이 아니면 안 된다는 이유 중의 하나가 있다고 생각한다. 일찍이 묘에는 젊은 시절에 기슈유아사(紀州湯淺)의 白上峰이라는 산에서 수행하면서 佛眼佛母像(불안존) 앞에서 자신의 오른쪽 귀를 자른 충격적인 사건이 있지만, 이러한 행위도 아마 욕망의 유혹에서 벗어나 계율을 지키기 위한 하나의 요인이었을지도 모른다.

이 꿈 속에서 묘에가 자신을 가리켜서 일본에서는 "대성인(大聖人)이라고 사람들로부터 존경을 받고 있다."라고 하는 점이다. 이것만 보면 묘에가 자신을 지나치게 자부하고 있는 것 같아 보이지만, 예를 들면 다카쿠라 천황(高倉天皇)의 中宮이었던 겐레이몬인(建禮門院)이 출가하여 묘에로부터 수계(授戒)를 받을 때, 어렴(御簾 : 고운 발)을 쳐서 안에서 손만을 내밀고 묘에를 하단에 앉게 하여 수계를 받으려 하자, 자신은 비록 신분은 낮지만 수계·설법을 할 때에 승려는 반드시 상단에서 행한다는 것은 經典에도 명기되어 있다고 말하고, 수계를 거절하고 돌아갔다는 일화12)와 서로 통한다고 말할 수 있다. 이 경우에 묘에는 석가의 가르침을 실천하는 불교자로서의 강한 자부심과 긍지를 가지고 있었다는 것을 알 수 있다.

앞서 언급한 꿈에서 묘에가 자신을 대성인이라고 사람들에게 존경받고 있다고 말한 점에 대해서, 오쿠다 이사오(奧田勳) 씨는 '꿈속에서의 자부는 그것만 보았을 때 너무 자긍심이 강하게 보여 이상하겠지만, 이와 같은 묘에의 사고체계의 관점에서 볼 경우에는 결코 이상하지 않다.'13)라고 지적하고 있는 바와 같이, 여기서는 묘에의 불교자로서의 강한 신념과 자부심을 나타낸 것이라고 볼 수 있다.

묘에는 원래 唐의 여성이면서 화엄의 옹호자가 된 선묘에 대해서 깊은 신앙과 관심을 가지고 있었으며 貞應 2년(1223)에 교토의 高山寺에서 조금 떨어진 히라오카(平岡)에 高山寺의 별원(別院)으로서 善妙의 이름에 연관 지어서 善妙寺를 창건하였다. 이 善妙寺는 조큐(承久)의 난에서 남편을 잃은 미망인들을 위하여 여인구제를 목적으로 건립한 비구니 절이라고 한다. 묘에는 『華嚴緣起』의 문장에서 선묘가 용으로 변해서 의상의 배를 안전하게 신라까지 도착하게 하고, 또 거석이 되어 공중에

---

12) 『栂尾明惠上人傳』(高山寺資料叢書), 『明惠上人資料第一』, 東京大學出版會, 1971, pp.389~390 참조.

13) 오쿠다 이사오(奧田勳), 『明惠−遍歷と夢』, 東京大學出版會, 1983, p.136.

떠서 타종(他宗)의 승려들을 쫓아내고 의상의 화엄교의 포교(布敎)를 옹
호했다고 하는 종교적인 기적에 대해서 끊임없는 찬사와 감동을 전하고
있다. 게다가 선묘를 화엄옹호의 여신으로 신격화한 '선묘신상(善妙神
像)'을 제작하여 善妙寺에 모시고 있다. 그것에 관해서『高山寺緣起』[14]
에는 다음과 같이 기록되어 있다.

一. 同寺(善妙寺) 진수(鎭守)의 사항

右의 젠묘묘진(善妙明神)은, 신라국(新羅國)의 여신(女神)이다. 여인의
몸으로 화엄옹호(華嚴擁護)의 맹세에 의해서 받들어 모셨다.
貞應3년 4월 25일, 善妙像과 사자(師子) 고마이누(狛犬) 불사(佛師) 단
케이(湛慶)의 작품을 안치하다. 法量 8寸, 師子 길이 9寸, 동 28일, 上
人(明惠)이 배전(拜殿)에서 처음으로 불사(佛事)를 행하였다. 사십화엄
경(四十華嚴經)의 경론을 독송하고, 이어서 강연(講莚)이 있었다.

이 善妙寺의 창건연월은 분명치가 않지만, 조큐의 난이 일어난 지
2년 후인 貞應 2년(1223) 7월에는 高山寺에서 옮겨 온 석가여래상이
본당에 안치되고, 貞應 3년에는 善妙寺에 선묘신상이 진수로서 모셔진
것이다. 즉 선묘가 신라국에 있어서 여신(女神)으로 신봉되고 여인의
몸이라고 하지만, 화엄옹호의 맹세에 의해 선묘신상을 새로 건립한 善
妙寺의 진수로서 맞이하였다는 것이다. 게다가 불사(佛師) 단케이(湛慶)
의 손에 의해 法量 8寸의 신상(神像)을 만들어 봉안했다고 한다. 善妙神
像의 작가인 단케이(湛慶)는 가마쿠라시대의 유명한 佛師로 교토 묘법
원(妙法院)의 연화왕원(蓮華王院)에 있는 본존 천수관음(千手觀音, 일본국
보)의 웅대한 거상(巨像)은 그의 손에 의한 걸작품으로 유명하다. 현재

---

14)『高山寺緣起』, 앞 책, 注12) p.657.

高山寺에 소장하는 작은 수상(手箱)을 껴안고 있는 색채가 무척 아름다운 선묘신상이 1구가 남아있지만, 이것은 『高山寺緣起』의 기재와는 별도의 것이라 생각된다. 그러나 현존하는 선묘신입상(善妙神立像)에 의해 이 기록에 있는 신상(神像)의 형태를 충분히 상상할 수가 있다.

이와 같이 묘에는 자신을 의상에 견주어서 에마키에 묘사된 선묘의 고사(故事)에 비유하여 善妙寺의 비구니 승들을 고무(鼓舞)시켜 화엄옹호의 여신으로 만들고 싶은 원망(願望)과 자부가 있었을 것이다. 그렇지만 묘에에 있어서 여인제도(女人濟度)의 願望은 반드시 善妙寺의 비구니들한테만 행해졌다고는 볼 수 없다. 예를 들면 후지와라노 테이카(藤原定家)의 일기 『明月記』 간기(寛喜) 원년(1229) 5월 15일 조15)에는 다음과 같은 기록이 보인다.

15일 壬午, 하늘 흐림. 밤이 되어도 날씨가 개지 않는다. 월식 戌時(오후 8시), 彈尼(定家의 차녀)·女子(딸) 등이 몰래 戶加之尾(栂尾＝高山寺)에 참배한다. 明惠가 이곳에 있어서 매월 15일과 그믐날(晦日)에 수계(授戒)를 행한다. 천하의 도속(道俗), 부처님 재세(在世)와 같이 그 장소에서 나란히 줄을 지어 선다.

이 일기의 기록에서 당시의 묘에의 인기가 하늘을 찌를 듯 절정에 도달했음을 알 수가 있다. 高山寺에서는 15일과 말일에 정기적으로 개최되는 수계회(授戒會)에 천하의 도속(道俗)이 석가의 재세와 같이 그 장소에 참석하여 수많은 사람들로 매우 혼잡했다는 것을 능히 짐작하고도 남는다.

15) 이마카와 후미오(今川文雄) 譯, 『明月記抄』, 河出書房新社, 1986, p.347.

4. 의상과 明惠와의 관계

의상은 당에 유학하여 중국 화엄종 제2조 지엄의 문하에서 法藏과 함께 화엄교학을 연구하고 귀국하여, 문무왕 16년(676) 왕명에 따라서 태백산에 화엄의 근본도량(根本道場) 부석사(浮石寺)를 창건하고 『華嚴經』을 강론하여 해동화엄종의 창시자가 되었다. 또 전국에 해인사(海印寺)·옥천사(玉泉寺)·범어사(梵魚寺)·화엄사(華嚴寺)·미리사(美理寺) 등의 화엄십찰(華嚴十刹)에 의해서 화엄의 가르침을 펴서 화엄종의 확립에 진력하였다.

『華嚴緣起』의 의상그림에는 선묘가 대룡으로 변신하는 이야기나 의상의 포교활동에 방해가 되는 잡승의 무리들을 선묘가 대반석이 되어 내쫓고 화엄교를 옹호했다는 이야기가 중심설화로 묘사되어 있다. 의상에게 연정을 품고 있었던 미모의 여인 선묘에 관한 이야기는 『宋高僧傳』, 『華嚴緣起』 등에 매우 자세하게 전하고 있지만, 한국 측의 자료를 보면 『圓宗文類』 권22의 '해동화엄시조부석존자찬'에는 의상과 선묘와의 관계가 표현되어 있지만, 『삼국유사』 등에는 전혀 언급이 되어 있지 않다. 게다가 『日本書紀』의 스슌천황(崇峻天皇) 3년(590)의 조16)에는 일본 최초의 비구니승인 젠신(善信)은 589년에 백제 유학을 마치고 나라(奈良)로 돌아와서 비구니계(比丘尼戒)를 수계한 11명의 비구니들 중에 '신라원선묘(新羅媛善妙)'의 이름이 보인다. 물론 이 비구니승은 연대로 봐서 의상에게 연정을 품은 선묘와는 관련이 없다고 생각되지만, 신라에는 선묘라는 여성이 실제로 존재하고 있었을지도 모른다.

묘에는 『宋高僧傳』에 나오는 의상과 선묘의 설화에 견주어 조큐의

---

16) 『日本書紀』 下, 新日本古典文學大系, 岩波書店, 1993, p.168.

난 때에 남편을 잃은 미망인들을 위하여 高山寺의 남쪽에 '善妙寺'라고
이름 지어 여인구제를 행하고 있다. 의상에 대한 연정을 종교적으로
승화한 미녀 선묘가 신라의 여신으로서 高山寺의 별원(別院) 善妙寺에
모셔진 것은 사실이고, 일본의 善妙寺와 영주 부석사의 창건 유래와의
관련성이 주목된다. 영주에 있는 부석사는 거석이 공중에 뜬 절이라는
의미이지만, 현재 이 절에는 선묘가 대반석(大盤石)이 되어 소승의 무
리들을 내쫓았다고 하는 거석과 선묘각·선묘상이 보존되어 있기 때문
에『華嚴緣起』가 전하는 설화가 단순히 설화가 아니고 사실에 가까운
실화라는 것을 증명하고 있다. 특히 선묘각의 안에 모셔진 선묘상은
일본의 高山寺에서 기증하여 보내진 것이라고 한다.

또 중국 화엄종 제3祖 法藏이 의상에게 보낸 서간『현수국사기해동
서(賢首國師寄海東書)』(현재 일본의 天理圖書館 소장)[17]은 의상과 법장과의
교류를 나타내는 아주 귀중한 자료로 그 전문은『圓宗文類』권22,『삼
국유사』권4에 수록되어 있다. 주목하고 싶은 것은『華嚴緣起』의 문장
의 작자라고 말하는 묘에가『圓宗文類』안에서 이 서간을 서사하고
있다는 사실이다. 묘에가 친필로 쓴 寫本은 현재는 그 소재가 불분명
하지만, 적어도 에도(江戸)시대 말기까지 존재하고 있었다는 것을 간다
기이치로(神田喜一郎)[18] 씨의 고증에 의해 분명하게 밝혀졌다. 이 서간
의 내용을 자세하게 검토하는 것은 묘에와 의상과의 관계를 알 수 있는
데 있어서 중요한 단서가 되고 묘에 사상의 규명에도 크게 기여할 것이
라 생각한다.

---

17) 이 책 제3부 제3장 法藏의『唐法藏致新羅義湘書』書簡 참조.

18) 히비노 다케오(日比野丈夫),「義湘에게 보낸 法藏의 편지」,『日本絵巻物全集』月報3,
　　1958·11, pp.54~56.

묘에(明惠)는 가마쿠라(鎌倉)시대 초기에 교토의 도가노오(栂尾)에 高山寺를 열어 화엄종 중흥에 이바지한 고승으로 존경을 받고 있다. 또한 일생 동안 계율을 엄격히 지킨 명승(名僧)으로 알려져 있는 묘에는 조안(承安) 3년(1173) 정월 8일 도조지(道成寺)에서 가까운 기슈아리타군(紀州有田郡)의 이시가키쇼 요시하라(石垣庄吉原)라는 곳에서 태어났다. 아버지는 다이라노 시게쿠니(平重國) 어머니는 유아사 무네시게(湯淺宗重)의 딸로 기슈에서는 상당히 힘이 있었던 호족 출신이고, 묘에의 몸속에는 무사의 피가 흐르고 있었다. 그는 8세 때 모친과 사별하고 부친인 시게쿠니(重國)는 가즈사노쿠니(上總國, 지금의 千葉縣)의 전투에서 전사했기 때문에 숙부인 진고지(神護寺) 몬가쿠(文覺)의 제자 조카쿠(上覺)에게 맡겨지게 된다.

그 이후 묘에는 上覺에게 『俱舍論』을 배우고 닌나지(仁和寺)의 게이가(景雅)로부터 『華嚴五敎章』을 배운다. 16세 때에 도다이지의 가이단인(戒壇院)에서 구족계(具足戒)를 받아서 정식으로 승려가 되어 손쇼인(尊勝院) 호겐쇼센(法眼聖詮)에게 구사(俱舍)를 배우는 등 화엄학의 연구에 온 힘을 기울인다. 18세가 되어 上覺에게 18종류의 印契·眞言으로 구성된 십팔도(十八道)를 수학하지만, 때때로 불길한 꿈에 시달리기 때문에 행법(行法)을 분명하게 터득하기 위하여 스승인 上覺에게 질문하지만 의문은 풀리지 않는다. 그래서 의궤(儀軌)·본경(本經)·성교(聖敎)를 스스로 깨우칠 수밖에 다른 방법이 없다는 것을 알고 일찍부터 은둔을 결심한다. 23세 때인 가을 무렵에 속세와 완전히 인연을 끊고 기슈아리타군(紀州有田郡)에 있는 시로가미미네(白上峰)에 은둔하여 여기서 약 3년간에 걸쳐서 험난한 수행을 거듭했다. 묘에의 白上峰에서의 암자생활에 대해서 『明惠上人行狀』[19)에는 다음과 같이 기록되어 있다.

이곳에서 행법·좌선·독경·학문 등에 정진하고 침식을 잊고 게을리 하지 않았다. 주야조모(晝夜朝暮)에 단지 불상 앞에 향하여 부처님 재세의 옛날을 연모하고 성교에 대해서 석가가 설법한 옛날을 부럽게만 생각한다.

이 白上峰에 있어서의 묘에의 수행은 우리들의 상상을 초월한 처절한 것이었다. 아침부터 밤까지 오로지 불상 앞에 향해서 석가가 계신 옛날 세상을 그리워하고 석가가 실제로 가르침을 설법한 옛날을 매우 부럽다고 생각하며 침식마저 잊어버리고, 행법·좌선·독경·학문에 힘썼다는 것이다. 게다가 석가의 유적이 있는 인도를 동경하여 부쓰겐여래상(佛眼如來像)의 앞에서 단검으로 오른쪽 귀를 자른 것도 이 白上峰에서 일어난 사건이다. 그 이후 자신을 '무이법사(無耳法師)' 혹은 '귀없는 법사'라고 부르게 된다.

묘에는 젊은 시절부터 의상과 같이 용모가 빼어난 미남자로 많은 여성 신도들이 연모하였다고 한다. 특히 조큐의 난(1221)에서 육친을 잃은 여성들이 高山寺에 몰려들었다는 것을 생각하면, 의상에 대한 선묘와 같은 경우처럼 묘에에게 연정을 품고 있는 비구니 승이나 여성 신도가 몇 사람인가는 있었다고 해도 전혀 틀린 말은 아닐 것이다. 말하자면 계율을 어기려고 한다면 몇 번이라도 기회가 있었을 것이다. 묘에는 음계(婬戒)를 지킨다고 하는 그 어려움을 자신의 제자들에게 말했다고 하는 것이 『明惠上人傳』[20]에 다음과 같이 쓰여 있다.

上人(明惠)이 항상 말씀하시길, 유년시절부터 존경받는 승려가 될 것이라고 항상 기원하고 있었고 일생 동안 계율을 엄격히 지켜서 깨끗하게

---

19) 『明惠上人行狀』, 앞 책, 注12) p.23.
20) 『栂尾明惠上人傳』, 앞 책, 注12) p.349.

살아갈 것이라 생각했다. 그런데 무슨 귀신이 씌었는지 순간적으로 나쁜 마음이 들어 몇 번이나 음탕한 짓을 하려고 하면 불가사의(不可思議)한 방해가 있어서 그 뜻을 이룰 수가 없었다.

이것을 보면 묘에도 몇 번이나 유혹에 넘어가려고 한 적이 있었지만, '불가사의(不可思議)한 방해'가 있어서 그것을 이룰 수가 없었다고 솔직하게 고백하고 있다. 그가 유혹에 넘어갈 것 같았던 것은 그의 의지력보다도 성욕의 힘이 더 강했다는 것을 의미한다. 또한 그 성욕에 대해서 '불가사의(不可思議)한 방해'가 있었다는 것은 자신의 의지의 힘이 강하게 작용했다고 볼 수 있다. 아마 묘에는 젊은 시절에 기슈(紀州)에 있는 시로가미(白上)라는 산에서 수행하는 도중에 자신의 귀를 자른 것도 그와 같은 유혹에서 벗어나기 위한 행위였을지도 모른다. 일생동안 계율을 엄격하게 지킨 묘에로서는 의상이 체험한 이야기가 자신의 경우처럼 공감하는 부분이 무척 컸으리라 생각된다.

그리고 26세가 되던 해에 다카오산(高雄山)의 몬가쿠(文覺)가 권장하여 도가노오(栂尾)에 살면서 화엄교학을 강론한 적도 있었지만, 그 해 가을 10여 명의 제자들과 함께 다시 시로가미(白上)로 거처를 옮기고 있다. 그 후 8년간은 이카다치(筏立) 등 기노쿠니(紀伊國)를 전전하면서 수행과 학문을 연구하는 데 시간을 보냈다. 이 사이에 32세 때인 겐큐(元久) 원년(1204)에 석가에의 사모의 정이 유달리 깊었던 묘에는『印度行程記』[21]를 작성하여 天竺(인도)에 건너가 석가의 유적지를 순례하려고 계획을 세웠지만 가스가묘진(春日明神)의 탁선(託宣)에 의해 단념하였다. 묘에는 이것보다 앞서서 겐닌(建仁) 2년(1202)에도 인도에 도항하

---

21)『印度行程記』(『大日本史料』第五編之7), pp.427~428.

려고 했지만 이때는 병으로 포기하고 있다. 은둔승(隱遁僧)이 된 묘에
는 겐에이(建永) 원년(1206) 고토바인(後鳥羽院)으로부터 도가노오(栂尾)
의 땅을 하사 받아서 高山寺를 열어 화엄교학의 연구 등 학문이나 좌선
수행에 전념하고, 계율을 중시하여 현밀제종(顯密諸宗)의 부흥에 진력
하였다. 특히 묘에는 실천적인 수행을 중시하여 화엄을 기초로 하여
밀교를 융합시켜 '엄밀(嚴密)의 시조(始祖)'[22]라고 칭하고 있다.

華嚴一乘法界圖

一	微	塵	中	含	十	初	發	心	時	便	正	覺	生	死
一	量	無	是	即	方	成	益	寶	雨	議	思	不	意	涅
即	劫	遠	劫	念	一	別	生	滿	仁	能	境	如	出	槃
多	九	量	無	一	切	隔	虛	海	三	昧	中	舍	飜	常
切	世	十	是	如	塵	亂	空	印	無	然	事	理	和	共
一	十	世	互	相	中	雜	不	別	分	衆	得	利	益	是
即	相	二	無	融	圓	仍	性	法	生	際	本	還	者	故
一	諸	智	所	知	非	佛	巨	息	盡	寶	莊	嚴	法	界
中	法	證	甚	性	真	爲	妄	無	隨	家	歸	意	如	實
多	不	切	深	極	微	名	想	尼	分	得	資	提	寶	寶
切	動	一	絶	相	無	不	必	羅	陀	以	糧	巧	捉	殿
一	本	來	寂	無	名	守	想	尼	得	無	緣	善	妙	窮
中	一	成	緣	隨	性	自	來	舊	床	道	中	際	實	坐

〈그림 30〉 의상의 華嚴一乘法界圖(『한국불교전서』)

한편 의상에게는 『華嚴一乘法界圖』라고 불려지는 한 권의 책이 있
다. 이것은 화엄사상의 요지를 간결한 시로 축약한 것으로 의상은 화

---

22) '嚴密의 始祖'에 관해서는 이시이 교도(石井敎道), 「嚴密의 始祖高弁」, 『明惠上人과
  高山寺』, 同朋出版, 1981, pp.20~41 참조.

엄의 법문을 '도인(圖印)'의 형식에 7언30구의 게송(偈誦)으로 종합하여 이 210자를 읊은 것이 좋다고 말한다. 이것은 첫 글자인 '법(法)'에서 끝 글자인 '불(佛)'에 이르기까지의 깨달음의 단계를 나타낸 것으로 현재도 한국의 승려들은 이것을 전부 암송하고 있다고 한다.

실은 이 '圖印'의 영향은 묘에의 『三時三寶禮釋』 안에 표현되어 있다. 묘에의 『三時三寶禮釋』[23]은 예배법(禮拜法)을 설명하고 있지만, 이 예배법의 맨 가운데에 '南無同相別相住持佛法僧三寶'라는 글씨가 적혀 있고, 좌우 2행에는 '보리심(菩提心)'의 법어(法語)가 있어 그 위에 梵字로 '三寶'가 적혀 있다. 이것을 '삼보보리심(三寶菩提心)'이라고 하지만 묘에는 이것을 매일 3회 3번 읊으면서 예배하는 것을 스스로 실천하고 다른 사람에게도 권장했다고 한다. 또 묘에는 오직 한 사람 '불광관(佛光觀)'을 행한 중국의 이통현(李通玄)의 화엄학을 수용하고 있고, 신라의 의상과 원효, 그리고 밀교의 영향을 크게 받아서 그 사상적 기반이 형성되었다고 말한다.

5. 맺음말

이상과 같이 신라의 고승 의상과 묘에와의 관련에 대해서 한일문화교류라는 측면에 주목하면서, 주로 『華嚴緣起』와 『삼국유사』 등을 중심으로 고찰해 보았다. 에마키(繪卷)의 문장 속에서 묘에는 의상의 종

---

23) 『三時三寶禮釋』(日本大藏經 제38권), p.195. 묘에의 '三寶菩提心'은 주로 미야케 모리쓰네(三宅守常), 「明惠의 三時三寶禮에 관해서」, 『印度學佛教學研究』 24·2, 1976, pp.650~651); 가마타 시게오(鎌田茂雄), 『華嚴의 思想』, 講談社, 1983, pp.269~273) 등을 참조.

교적 행위나 종교적 기적에 대해서 아낌없는 찬탄과 공감을 표현하고 있다. 게다가 묘에는 의상에 대한 연정을 종교적으로 승화하여 화엄의 옹호자가 된 선묘에 대해서 깊은 신앙과 관심을 가지고 高山寺의 별원 (別院)으로서 비구니 절을 건립하고, 이 절을 '善妙寺'라고 이름 지어 여인구제를 행하고 있다. 또 의상과 원효를 '화엄종의 조사'로서 존숭 (尊崇)하여『華嚴緣起』라고 하는 에마키(繪卷)까지 제작하여 두 사람의 행적에 관한 전기적 설화를 주제로 하고 있다는 점에서 묘에에 있어서 의상과 원효의 사상적 영향을 엿볼 수 있다.

묘에의 화엄학의 수용에 관해서 가마타 시게오(鎌田茂雄) 씨는 '화엄학이란 측면에서 말한다면 묘에의 고잔지하(高山寺派)는 방류(傍系)이고, 어디까지나 도다이지하(東大寺派)가 주류를 이루고 있다'[24]라고 지적하고 있다. 어느 쪽이 정통(正統)이고 어느 쪽이 이단(異端)인가, 라는 것은 간단하게 결정할 수는 없지만, 화엄학에서는 일단 東大寺派가 정통이고 고잔지하(高山寺派)가 이단으로 되어 있는 것 같다. 그것은 묘에에 있어서 화엄학의 섭취방법이 중국 화엄종의 법장(法藏)·징관(澄觀)의 정통화엄을 수용하지 않고, 신라의 의상과 원효, 이통현의 영향을 크게 받고 있기 때문에 고잔지하가 이단이라고 일컬어지고 있다.

어찌되었든『華嚴緣起』에마키의 권두에서 묘에는 '이것은 화엄종

---

24) 가마타 시게오(鎌田茂雄) 씨는「日本華嚴에 있어서 正統과 異端 – 鎌倉舊佛敎에 있어서 明惠와 凝然」,『思想』593, 1972, pp.62~77, 및「南都敎學의 思想史的意義」,『鎌倉舊佛敎』, 岩波書店, 1971에 있어서 法藏·澄觀의 敎學을 수용한 凝然에 대표되는 東大寺華嚴學과, 新羅의 義湘·元曉의 敎學과 李通玄을 받아들인 明惠를 중심으로 한 高山寺華嚴學을 대치하여 전자를「正統·本流」라고 위치를 부여하는 한편, 후자를「異端·傍流」라고 지적했다. 이점에 관해서 최근에는 후지마루 가나메(藤丸要) 씨에 의해 재검토가 이루어지고 있다(「鎌倉期에 있어서 東大寺華嚴」,『鎌倉期의 東大寺復興－重源上人과 그 주변』수록, 2007).

조사의 그림이다. 더러운 곳에 놓고 보아서는 절대로 안 된다'라고 분명하게 명기하고 있다는 점에서, 묘에가 화엄종의 조사인 의상과 원효의 그림을 얼마나 소중하게 보관하고 또 취급하는 데 세심한 주의를 기울였는지 알 수가 있다.

제 2장
義湘과 善妙의 설화

1. 머리말

신라의 화엄승 의상과 선묘의 설화는 북송의 찬녕(贊寧, 919~1002)
撰『宋高僧傳』권4 '新羅國義湘傳'에 보이는 이야기이다. 같은 화엄종
의 법통(法統)을 계승하는 교토 高山寺의 묘에(明惠)는 제자인 에시(繪
師) 조닌(成忍)에게『宋高僧傳』의 '의상전·원효전' 속에 묘사되어 있는
전기와 설화를 소제로 하여 전6권의『華嚴緣起』繪卷[1]을 그리게 하고
있지만, 그 문장의 원문은 묘에 자신에 의해서 쓰여진 것이라고 추정
되고 있다. 묘에는 가마쿠라(鎌倉)시대에 화엄종의 중흥을 위해서 진력
한 명승(名僧)이지만, 시간과 공간을 뛰어 넘어서 7세기경의 신라라고
하는 異國의 승려인 원효와 의상을 '화엄종의 조사'로서 항상 존경하는
마음을 가지고 있었기 때문에 이 에마키(繪卷)가 그의 주변에서 제작되
었다는 것은 결코 이상한 일은 아니라고 생각한다.

---

1)『華嚴緣起』에마키는 본래 '義湘大師繪 3권', '青丘大師繪 2권'으로 제작되었지만, 현
   재는 '義湘繪 3권', '元曉繪 3권' 합해서 총 6권으로 훼손의 염려가 있어 京都國立博物館
   에 위탁 보관하고 있다.

이 에마키는 별도의 이름이『華嚴宗祖師繪傳』이라고도 칭하며 卷頭
에는 묘에의 친필로 '華嚴宗의 祖師의 繪'라고 적혀 있어, 일본·중국
도 아닌 신라의 원효와 의상을 화엄종의 조사로서 두 사람의 행적을
뛰어난 필치(筆致)로 문학적으로 묘사하고 있다. 거기에는 신라의 고승
원효와 의상의 종교적 기적이나 찬탄이 상세하게 적혀 있지만, 그것은
신라의 두 고승을 모델로 하여 묘에 자신의 사상과 체험을 이야기하기
위하여 제작된 것이라고 추정하고 있다. 가마쿠라시대에 들어와 갈수
록 쇠퇴해 가는 화엄사상을 널리 포교하기 위하여 원효·의상의 전기
와 행적을 승려나 일반 신자들이 이해하기 쉬운 에마키(繪卷)로 제작하
여 알리는 것이 필요 불가결했을 것이다.

『華嚴緣起』의 원효그림에는 사상이나 신앙 면에 있어서 묘에의 원
효에의 깊은 경도(傾倒)를 엿볼 수 있다. 의상그림에서는 의상의 고덕
을 찬양하며『宋高僧傳』에 등장하는 善妙에 대해서 히라오카(平岡) 善
妙寺에 있어서 화엄옹호의 여신(女神)으로 모시고, 의상과 선묘의 설
화에 연관 지어서 묘에와 비구니 승들을 포함한 여성 신도와의 관계가
오버랩하여 있다고 말할 수 있다. 묘에의 선묘에 대한 관심이 깊었던
것은 조오(貞應) 2년(1223) 그가 朝廷과 가마쿠라 幕府 사이에 일어난
조큐(承久)의 난에 의해서 남편을 잃은 전쟁미망인들을 위하여 건립한
비구니 절을 善妙에 관련지어서 '善妙寺'라고 이름을 지은 사실에서도
알 수가 있다.

본장에서는『華嚴緣起』繪卷에 보이는 의상과 선묘의 설화를 중심
으로『宋高僧傳』과 한국 측 자료『三國遺事』·『圓宗文類』등에 적혀
있는 설화와의 상위점(相違点)을 검토하고, 일본에 있어서 불교설화의
수용의 형태에 대해서 고찰하고자 한다.

2. 의상의 입당시기와 경로

영주 부석사(浮石寺)를 창건한 의상에 대한 기록으로서 주된 문헌을
든다면 한국 측의 자료로는『삼국사기』의 '신라본기' 제7 '문무왕 17년
및 21년'의 조,『삼국유사』권3 '前後所將舍利', 권4 '義湘傳敎' '勝詮髑
髏', 최치원의『唐大薦福寺故寺主翻經大德法藏和尙傳』'第9科' 및 '해
동화엄초조기신원문(海東華嚴初祖忌晨願文)', 대각국사 義天撰『圓宗文
類』권22 수록의 '현수국사기해동서(賢首國師寄海東書)'와 박인량(朴寅
亮)의 '海東華嚴始祖浮石尊者讚幷序' 등이 있다.

의상의 전기에 관해서는『삼국유사』권3 '前後所將舍利'에 수록된
일연의 제자 무극(無極)이 간단하게 소개한 '부석본비'를 인용하여 언급
되는 경우가 많다.[2] 이 '부석본비'는 부석사(浮石寺)를 건립한 의상의
행적을 전하는 것으로 일연의 당시만 하더라도 의상과 관련된 설화가
다양하게 전해지고 있었음을 알려준다. 아마 이것은 영주 부석사의 경
내에 세워진 비석에 새겨진 碑文이라고 생각하지만, 당시 원효와 더불
어 신라 불교계를 이끌었던 의상의 비석은 아직 발견되고 있지 않다.
신라 말기의 대학자 최치원(崔致遠, 858~?)의『浮石尊者傳』도 이것에

[2] 의상의 전기를 다룬 주된 논문은 다음과 같은 것이 있다. 후루타 쇼킨(古田紹欽),「義湘
의 行業과 敎學」,『宗敎研究』14·2, 1937, pp.104~120; 야오타니 다카야스(八百谷孝
保),「新羅僧義湘傳考」,『支那佛敎史學』3·1, 1939, pp.79~94; 閔泳珪,「義湘」,『韓國
의 人間像』3, 1965, pp.80~95; 金雲學,「日本에 미친 義湘善妙說話」,『佛敎學報』13,
1976, pp.87~102; 李杜鉉,「義湘과 善妙說話」,『아시아 公論』7월호, 1980, pp.182
~192; 다니구치 요시스케(谷口義介),「義湘·善妙說話의 成立」,『中國芸文研究會』48,
1990, pp.19~39; 金知見,「義湘傳 再考」,『印度學佛敎學研究』40·2, 1992, pp.622
~630; 金煐泰,「說話를 통해 본 新羅義湘」,『義湘의 思想과 信仰研究』, 불교시대사,
2001, pp.101~128; 金相鉉,「三國遺事義湘關係記錄의 檢討」,『義湘의 思想과 信仰研究』
불교시대사, 2001, pp.11~43.

의거하고 있는 것 같기 때문에 늦어도 9세기 후반에는 성립되어 있었다
고 생각한다. 『宋高僧傳』은 이것보다 늦은 10세기 말 성립으로 찬녕(贊
寧)은 서문에 있어서 '명뢰(銘誄 : 죽은 사람을 애도)를 염려하여 志記(사료)
를 근거로' 하여 本書를 편찬했다고 말하고 있지만, '부석본비'를 인용
한 흔적은 눈에 띄지 않는다. 그러기 때문에 『宋高僧傳』의 의상전과
한국 측 자료 사이에는 상당한 상위점이 보여진다. 먼저 앞에서 언급한
한국 측 자료에 의해 의상의 전기를 정리해 보면 대체로 다음과 같다.

출생 : 唐의 무덕(武德) 8년(625). '부석본비(浮石本碑)'.

출가 : 정관(貞觀) 18년(644) 20세 때, 경주 皇福寺. '부석본비'.
  『삼국유사』 '의상전교'에는 29세 출가로 한다.

입당 : 제1회째는 영휘(永徽) 원년(650) 26세 때, 원효와 함께 육로로 유
  학의 길을 떠났지만 고구려에서 억류되어 실패로 끝난다. '부석본비',
  '해동화엄초조기신원문(海東華嚴初祖忌晨願文)'.

  제2회째는 용삭(龍朔) 원년(661) 37세 때, 혼자서 해로를 이용하여 양
  주에 상륙. '의상전교'.

在唐 : 용삭(龍朔) 2년(662) 종남산 지상사에서 지엄(智儼)에게 수학한다.
  '海東華嚴初祖忌晨願文', '의상전교', 『義湘本傳』.

  총장(總章) 2년(668) 지엄이 입적(入寂)한다. '부석본비', 『法藏和尙傳』.

귀국 : 함형(咸亨) 2년(671) '부석본비', '海東華嚴初祖忌晨願文'.

전교 : 의봉(儀鳳) 원년(676) 부석사를 창건. '의상전교'. 화엄십찰(華嚴十
  刹)의 미리사(美理寺)·화엄사(華嚴寺)·부석사(浮石寺)·해인사(海印寺)·
  보원사(普願寺)·갑사(甲寺)·범어사(梵魚寺)·옥천사(玉泉寺)·청담사
  (靑潭寺)·비마라사(毘摩羅寺)에서 화엄교학을 전교. 『法藏和尙傳』. 『삼
  국유사』 '의상전교'에는 부석사(浮石寺)·비마라사(毘摩羅寺)·해인사(海
  印寺)·옥천사(玉泉寺)·범어사(梵魚寺)·화엄사(華嚴寺)라고 하는 화엄

십찰(華嚴十刹) 중에 육찰(六刹)만 소개.

입적 : 사성(嗣聖) 19년(長安2년, 702), 78세. '부석본비'.

제자 : 오진(悟眞)·지통(智通)·표훈(表訓)·진정(眞定)·진장(眞藏)·도융
(道融)·양원(良圓)·상원(相源)·능인(能仁)·의적(義寂) 등. '의상전교'.

위의 항목들에 근거하여 한국 측 자료와 『宋高僧傳』 의상전과 비교
검토해 보겠다. 출가연령에 관해서 의상전에는 명기하고 있지 않지만
『삼국유사』 의상전교는 '年二十九' 즉 29세 때 황복사(皇福寺)에 있어서
'落髮'이라고 하지만, 여기서는 '부석본비'의 정관(貞觀) 18년(644) 20세
출가설3)에 따른다. 게다가 의상의 입당시기를 『宋高僧傳』 의상전은
'年弱冠' 즉 20세 무렵에 원효와 함께 당에 유학의 길을 떠났지만 신라
의 해문 '唐州界'에 이르러서 '巨艦'을 찾고 있는 도중에 심한 폭우를
만나 비를 피하기 위해서 두 사람은 어쩔 수 없이 고분에서 하룻밤을
묵게 되었는데, 이 때 선배 원효는 귀신의 꿈을 꾸고 불법의 근본원리
를 깨달아 입당을 포기하고 본국으로 돌아간다. 일연은 『삼국유사』에
서 이에 관해서는 전혀 언급이 없지만 '부석본비'는 의상의 입당에 관
해서 다음과 같이 기록한다.

의상은 영휘(永徽) 원년 庚戌(650)에 원효와 함께 서방으로 들어가려고
고구려까지 이르렀다가 어려운 일이 있어서 되돌아왔다. 용삭(龍朔) 원년
辛酉(661)에 당에 들어가 智儼의 문하에서 수학하였다. 총장(總章) 원년
(668)에 지엄법사가 죽자 함형(咸亨) 2년(671)에 의상은 신라로 돌아와
長安 2년 壬寅(702)에 죽으니 나이 78세였다.

---

3) 무라카미 요시오(村上四男) 撰, 『三國遺事考證』 권4 '義湘傳敎', 塙書房, 1995, pp.143
~145, 권3 '浮石本碑' p.245. 이하 『三國遺事』의 본문인용은 모두 이 책에 의한다.

이 기록에 의해 의상의 입당은 두 번에 걸쳐서 결행된 것임을 알 수 있다. 첫 번째는 영휘(永徽) 원년(650) 26세에 원효와 함께 입당의 뜻을 품고 출발하였지만 고구려에 이르러서 재난을 만나 고국으로 돌아갔다고 한다. 두 번째는 용삭(龍朔) 원년(661) 37세 때 육로를 이용해서 당으로 들어가는 것은 위험하다고 생각하여 이번에는 해로로 출발하여 종남산 지상사에 가서 중국 화엄종의 제2조 지엄(智儼)으로부터 가르침을 받았다고 한다. 이것과 관련해서 『宋高僧傳』 의상전에 의하면 '총장(總章) 2년 상선에 의지하여 등주의 해안에 도달하여 분위(分衛 : 탁발)하여 한 신자의 집에 이르렀다'[4]라고 보여, 의상이 원효와 헤어져서 總章 2년(669) 상선을 타고 등주에 도착하여 한 신자의 집에서 머물렀다고 전한다. 『宋高僧傳』의 總章 2년(669)은 '부석본비'에 의상의 스승인 지엄은 이미 총장(總章) 원년(668)에 입적한 것으로 기록되어 있으므로 총장 2년에 의상이 입당한 것은 분명히 잘못된 것이다.

또 『삼국유사』 '義湘傳敎'에는 원효와 함께 1차 입당에 실패한 이유에 관해서 상세하게 기록하고 있다.

> 서쪽 중국으로 가서 부처님의 교화를 보고자 하여 드디어 원효와 함께 요동변방으로 갔는데, 여기에서 변방의 순라군이 첩자(諜者)로 가둔지 수십일 만에 간신히 풀려나서 돌아왔다. 永徽初年에 마침 당나라 사신이 배를 타고 본국으로 돌아가는 자가 있으므로 그 배를 타고 중국에 들어갔다. 처음에 양주에서 머물렀는데 주장(州將) 유지인이 의상을 청해서 관아(官衙)에 머무르게 하고 공양이 매우 성대했다.

---

4) 贊寧撰, 『宋高僧傳』 권4 「新羅國義湘傳」(大正藏 권50) p.729.

한 번은 원효와 함께 遼東의 변경에 도착했지만 고구려의 수비병에게 붙잡혀 감금당해 수십일 후 석방되어 간신히 본국으로 돌아왔다. 그후 영휘(永徽) 원년(660)에 당나라 칙사의 귀국선을 타고 중국에 들어가 주장(州將)의 유지인이 관아에 머물도록 초청했는데 거기서 성대한 공양을 받았다고 한다. 여기에서는 의상의 입당연대가 永徽初로 되어 있는데, 이 기록의 注記에는 '이것은 최치원의 義湘本傳과 元曉行狀에 있다'라고 적혀 있다. 그런데 교넨(凝然)의 『梵網戒本疏日珠鈔』[5] 권1의 注記에 수록된 최치원의 '義湘本傳'에는 의상이 지상사에 도착한 것은 龍朔 2년(662)으로 되어 있어 약간 다르다. 게다가 '부석본비'의 龍朔 원년 辛酉(661)의 기록과도 다르다. 따라서 '부석본비'에 근거하여 의상이 1차로 입당을 시도하여 실패한 시기는 永徽 원년 26세 때이고, 2차로 당에 들어간 시기는 龍朔 원년 37세 때로 보아야 할 것이다.

의상과 원효가 1차로 입당을 시도했던 요동지역은 고구려의 영토로 당의 침략을 방어하는 군사적 요충지였다. 당시 신라와 고구려는 정치적·군사적으로 극도로 긴장관계에 있었으므로 의상과 원효가 국경부근에서 고구려 병사에게 발견되어 첩자용의로 감금당했다는 것은 입당실패의 원인으로 충분히 수긍할 수 있는 이야기이다. 이 '義湘傳敎'의 기사는 설화적 요소가 많은 『宋高僧傳』과는 달라서, 최치원의 『義湘本傳』이나 『元曉行狀』에 의거한다고 밝히고 있는 점에서 신뢰해도 좋다고 생각한다. 즉 '부석본비'와 『삼국유사』의 기사에 따라서 첫 번째는 永徽 원년(650)에 원효와 함께 입당을 시도했지만 실패로 끝나고, 두 번째는 龍朔 원년(661)에 육로로 당에 가는 것은 위험하다고 판단하여 唐 칙사의 배를 타고 양주에 상륙하여 혼자서 당에 들어갔다고 보는

---

5) 凝然, 『梵網戒本疏日珠鈔』(大正藏 권62), p.4.

편이 자연스러울 것이다.

　다음에 문제가 되는 것은 의상의 입당경로에 관해서이다. 『삼국유사』의 의상전교에서는 당 칙사의 귀국선을 타고 중국에 들어가서 최초에 양주에 이르러서 주장(州將) 유지인(劉至仁)의 관아(官衙)에 머물도록 청해서 거기서 성대한 공양을 받았다고 기술되어 있지만 『宋高僧傳』에는 상선에 편승하여 산동등주의 해안에 도달하여 한 신도의 집에 머물렀다고 전한다. 이것에 대해서 야오타니 다카야스(八百谷孝保)[6] 씨는 『舊唐書』, 『新唐書』의 역사서를 인용하여 신라와 당과의 상선의 왕래가 빈번하게 왕래하기 시작한 시기는 신라의 삼국통일 이후부터라고 지적한다. 그렇다고 한다면 당시 신라와 고구려와의 관계가 긴장상태였다는 것을 상기하면 의상의 입당은 상선이 아니고, '의상전교'가 전하는 바와 같이 당 사신의 귀국선에 편승했다고 보는 것이 타당할 것이다. 예를 들면 김춘추가 당에서 돌아오는 길에 해상에서 고구려 순라병(巡邏兵)을 만나 위험한 상태에 처해 있었다는 것을 『삼국사기』 '신라본기'[7] 제5에서는 다음과 같은 기록이 보인다.

　　김춘추가 해상에 이르러 고구려 순라병을 만났다. 춘추의 從者 온군해 (溫君解)가 고관(高冠)과 대의(大衣)를 입고 배 위에 앉았더니 순라병이 보고 춘추로 여기어 잡아 죽이매, 춘추는 조그만 배를 타고 본국으로 돌아왔다. 왕이 듣고 슬퍼하여 君解를 追贈하여 대아찬(大阿湌)을 삼고 자손에게는 상을 두터이 주었다.

　의상이 입당에 실패한 영휘(永徽) 원년(650)의 2년 전에 해당하는 진

덕여왕 2년(648)에 신라의 김춘추는 당에 건너가 나당군사동맹을 체결
하고 돌아오는 길에 해상에서 고구려 순라병에게 발견되었지만, 부하
인 온군해(溫君解)가 김춘추를 대신해서 죽고 자신은 작은 배로 옮겨
타서 무사히 본국으로 돌아왔다는 것에서도 당시의 상황을 짐작할 수
있다. 즉 이 교통로는 무척 위험한 상태였다는 것을 알 수 있다. 그러
므로 의상이 상선을 타고 입당했다고 하는 『宋高僧傳』의 기사는 시기
적으로 봐서 무리가 있고 당 사신의 귀국선에 동승해서 양주에 이르러
거기에서 장안으로 들어갔다고 생각해야 할 것이다.[8] 당시 양주에서
황하까지의 大運河는 이미 隨의 문제(文帝)에 의해서 610년에 완성되
어 唐의 시대에는 大運河를 통해서 장안으로 물자운반이 활발하게 행
해지고 있었던 것을 고려한다면, 의상은 아마 양주에서 배를 이용하여
낙양(洛陽)을 거쳐서 장안으로 들어간 것으로 추정된다.

　그런데 상륙지가 산동반도가 아니라고 한다면, 『宋高僧傳』이 전하
는 바와 같이 등주문등현에 있어서 의상과 선묘에 관계되는 설화를
어떻게 해석해야 할 것인가. 앞에서 언급한 대로 『宋高僧傳』의 撰者贊
寧은 사서(史書)나 금석문 등 여러 기록을 섭렵하는 한편 현지 노인한
테 들은 이야기도 이용하고 있다고 말하고 있다. 그 중에 '의상전'의
재료는 현지 노인들의 구전에 의한 것이라고 밝히고 있기 때문에 의상
전의 재료는 확실한 사료에 의해서 쓰여진 것이 아니고 신라와 관계가
있는 사람들의 전승(傳承)에 의해 기술된 것이라고 생각된다.

　당나라 시대 중기 이후, 즉 신라 말기 무렵의 산동등주에 있어서 신라
인들의 활약상은 실로 괄목한 만한 것이었다. 그들에 관해서는 이마니시
류(今西龍)·사에키 아리키요(佐伯有淸)[9] 씨 등의 상세한 연구가 있고 여

---

8) 민영규(閔泳珪), 「善妙와 義湘大師」, 『思想界』 6월호, 1953, p.214.

기서는 구체적으로 언급하지 않지만, 지카쿠대사(慈覺大師) 엔닌(圓仁, 794~864)의 일기 『入唐求法巡禮行記』 권2 開成 4년(839) 6월 7일의 조10)에 '적산(赤山)·적산법화원(赤山法華院)'에 대해서 다음과 같이 기술하고 있다.

> 이 赤山은 정말로 암석이 높고 웅장한 곳, 즉 문등현청녕향(文登縣淸寧鄕) 적산촌(赤山村)에 있다. 산 뒤에 절이 있다. 적산법화원(赤山法華院)이라고 불려진다. 원래 張寶高가 처음으로 건립한 곳이다. 張의 莊園이 있다. 이 절의 승려와 신자들의 죽과 밥에 충당한다. 이 장원은 일 년에 5백 석의 쌀을 얻는다. 겨울과 여름에 강설(講說)한다. 겨울에는 법화경을 강의하고 여름에는 8권의 금광명경(金光明經)을 강의한다. 오랫동안 이것을 강설했다. 남북에 巖岑(바위산)이 있다. 물은 법화원의 정원을 통해서 서쪽에서 동쪽으로 흘러간다. 동쪽 방면은 바다를 관망할 수 있고 멀리 서남으로 열려 있으며 북쪽 방면은 봉우리가 겹쳐서 암벽을 이룬다. 다만 서남쪽은 비스듬히 내려올 뿐이다. 지금은 신라통사(新羅通史)의 押衙(신라소의 관직) 장영(張泳), 및 임대사(林大使), 왕훈(王訓) 등이 오로지 그 사무를 담당하고 처리해 준다.

이것은 9세기 중엽 무렵의 등주(登州)문등현(文登縣)에 있어서 신라인들의 상황을 알려주는 아주 귀중한 기사라고 하겠다. 항구를 내려다 볼 수 있는 적산(赤山, 해발 344m)의 산 중턱에는 여러 채의 건물을 이루고 있는 적산법화원이 조영(造營)되어 이곳은 신라인들의 의지할 수 있는 신앙의 안식처였다. 이 사원은 인용문에서도 볼 수 있듯이 엔닌(圓

---

9) 이마니시 류(今西龍), 「慈覺大師入唐巡禮行記를 읽고」, 『新羅史研究』 수록, 風響社, 1992, pp.291~367, 사에키 아리키요(佐伯有淸), 『円仁』, 吉川弘文館, 2000, pp.106~121.
10) 円仁, 『入唐求法巡禮行記』, 平凡社, 1985, pp.200~201.

仁)이 입당할 무렵 신라·당·일본에 걸쳐서 강력한 해상세력을 갖춘 신라인 장보고(張保皐, 779?~846)의 寄付에 의해서 건립된 것으로 그 휘하의 신라인들이 관리와 운영을 담당하고 주거하는 승려나 신자도 거의 신라인이었다. 특히 이 사원을 관리하고 있는 세 명 중에 장영(張泳)은 이후 엔닌(圓仁)이 당에 체재하는 동안 물심양면으로 도와주는 등 깊은 관계를 맺은 인물이다.

사원의 이름대로 법화경을 중시하였지만, 엔닌(圓仁)도 참가한 동년 11월 16일부터의 '법화강(法華講)'에는 법화경의 독경을 40여 명 남짓의 승려들에 의해 신라풍으로 이루어지고, 법회에 참가한 수많은 '도속(道俗)·노소(老少)·존비(尊卑)'는 모두 신라인이었고, 더욱이 신라원은 불당(佛堂)·경장(經藏)까지 갖추고 있었다는 점에서 상당히 큰 규모를 가지고 있었던 것 같다. 말하자면 이 적산법화원(赤山法華院)은 신라사원의 모습이 강하게 남아 있고 재당(在唐) 신라인들의 신앙의 중심이자 아이덴티티의 기반이었다는 것을 짐작할 수 있다.

즉 문등현(文登縣) 적산포(赤山浦, 현재의 석도항)는 당에 거주하는 신라인 사회의 중심부에 해당하지만, 또 다른 하나의 중요한 거점이 당시 본국과 왕래가 잦으며 해상교통의 요충인 산둥반도 동북해안에 위치하는 등주였다. 당시 황해에 인접하고 있던 중국의 동해안에는 수많은 신라인의 거주지인 '新羅坊'11)이라는 것이 있어서 신라인의 해외진출의 거점이었고 상인이나 유학생이 많이 모이는 곳이었다. 그 대표적

---

11) '新羅坊'은 통일신라시대에 중국에 거주한 신라인들의 거류지이다. 삼국통일을 완성한 신라에서는 8세기부터 9세기에 걸쳐서 唐과의 해상무역이 빈번하게 이루어짐에 따라 당에 거주하는 자가 많았다. 그들이 집단으로 거주한 新羅坊은 唐의 해안지역의 登州·揚州·楚州 등이 있고 이 지역들은 중국대륙과 한반도를 연결하는 수로의 요충지에 해당한다.

인 지역이 산동반도의 동북 북단에 위치하고 있었던 등주였다고 볼 수 있다.

여기를 기점으로 하여 북으로 향해서 늘어서 있는 먀오다오군도(廟島群島)의 끝이 요동반도이기 때문에 등주는 발해·황해·한반도를 둘러싼 해상교통의 중요한 요충을 차지하고 있었다. 게다가 이 지역은 신라말기 무렵부터 배가 도착하는 선착장으로서 거주하는 신라인들이 많고 사원도 건립되어 상당한 재력을 갖추고 활약하고 있었다는 점을 감안할 때, 의상과 선묘의 설화는 여기에 살고 있는 신라인들에 의해서 입에서 입으로 전해져 나중에 이 설화가 등주를 배경으로 밀접한 관계를 가지게 되고, 찬녕(贊寧)이 이것을 선묘의 설화로서 『宋高僧傳』 의상전에 편집한 것이 아닐까 추정된다.

2. 『華嚴緣起』 있어서 의상과 선묘

의상은 용삭(龍朔) 원년(661) 37세 때에 입당하여 상륙한 곳은 등주가 아니고 『三國遺事』 의상전교가 전하는 바와 같이 양주의 주장(州將) 유지인(劉至仁)의 집에 묵으면서 극진한 공양을 받았다고 하는 것은 거의 사실로 인정해도 좋을 것이다. 그렇다면 선묘라고 하는 미모에 여인은 과연 양주의 '주장 유지인'의 딸이었을까? 고마쓰 시게미(小松茂美) 씨는 『華嚴緣起』 안에서 묘사되고 있는 선묘를 부잣집의 여주인의 시녀(侍女)[12] 중의 한 사람이라고 하지만, 선묘의 젊고 발랄한 모습이나 유

---

12) 고마쓰 시게미(小松茂美) 編, 『華嚴祖師繪傳』, 續日本의 繪卷8, 中央公論社, 1990. 의상그림 해설부분 12紙. 이하 인용하는 '의상그림' 문장의 본문은 모두 이 책에 의한다(pp.99~104).

복한 집안의 딸 같은 옷차림에서 이 집의 딸이라고 생각하는 편이 타당
할 것이다. 아무리 부잣집의 시녀라고 하여도 의상이 당에 유학하면서
장기간 머무는 동안 값비싼 의류나 생활용품을 보시(布施)할 정도로 재
력을 갖추고 있을 리가 없다. 또한 의상과 선묘의 만남이 등주의 적산
법화원과 같은 사원이라고 가정한다면 '한 신도의 집' 딸이었을지도
모른다. 그러나 민영규 씨에 의하면 唐·宋의 시대에 상업지로서 번영
한 양주 방면에는 다수의 신라인이 거주하고 있었고, 산동반도의 등주
를 경유하여 본국과의 교통도 빈번하게 이루어졌다고 지적한다.[13]

그렇다면 양주에도 당연히 적산법화원과 같은 신라계통의 불교사원
이 설치되어 포교와 설법을 행하는 도량(道場)이 반드시 존재하고 있었
을 것이다. 그래서 의상이 양주에 최초로 도착하여 유지인의 집에 머
물면서 그 집의 딸 선묘와 처음으로 만나서 함께 법회에 참가하여 청문
하는 도중에 선묘가 의상에 대한 존경의 마음이 서서히 연모의 정으로
변하여 깊어졌다고 생각한다면, 얼마든지 있을 수 있는 이야기이다.
따라서 선묘를 부잣집 여주인의 시녀로 보는 견해에는 따를 수 없고,
다만 한 가지 말할 수 있는 것은 그녀는 열렬한 심신(深信)을 가진 불교
신자였다는 것은 분명하다. 이러한 의상과 선묘에 관한 이야기는 일본
의『華嚴緣起』라는 에마키(繪卷)에 상세하게 묘사되어, 히라오카(平岡)
의 비구니 절인 善妙寺의 창건 유래와 영주 부석사의 건립 연기와도
깊은 관계가 있다.

가마쿠라시대에 성립한『華嚴緣起』는 원효그림 3권 의상그림 3권
합하여 총 6권으로 보존되어 있지만, 이 에마키(繪卷)는 상당히 착간(錯
簡)이 존재하고 있으며 결손과 파손 등으로 인하여 본래의 형태라고는

---

13) 민영규 씨, 앞의 논문, 注8) p.215.

말할 수 없다. 일찍이 야오타니 다카야스(八百谷孝保)14) 씨는 에마키에 착간이 존재한다는 것을 간파하고 원형의 형태로 수정·보완하는 작업에 노력했지만 아직도 불분명한 곳이 많이 남아 있다. 의상과 선묘의 만남은 의상그림 권3에 묘사되어 있지만 그것에 대응하는 문장은 권1, 2로 나누어져 있다. 의상그림의 문장에서 판단하여 주된 내용을 요약해 보면 다음과 같이 되어 있다.

① 당에 드디어 도착한 의상이 선묘와 만난다. (권2)
② 의상이 선묘의 연정을 도심(道心)으로 인도한다. (권2)
③ 선묘가 대룡으로 화신(化身)하여 의상이 탄 배를 수호하여 신라까지 도착시킨다. (권3)
④ 귀국 후 의상의 화엄종의 포교에 방해가 되는 소승의 무리들을 이번에는 선묘가 대반석이 되어 내쫓고 의상을 옹호한다. (권1)

의상그림 권1 제1단의 冒頭 부분에 있는 교도적(敎導的)인 긴 문장은 '판석문(判釋文)'이라고 말하고 훼손이 제일 현저하게 두드러져 현재는 권4 제5단의 뒤로 옮겨졌다. 그 내용은 여러 종류의 경전을 인용하면서 망집(妄執)을 바꾸어서 불교에 봉사한다는 대원을 일으켰다는 점, 스승의 덕을 받들고 추앙하며 생생세세(生生世世) 헤어지지 않고 불법 실현을 위하여 몸을 바친다는 점, 스승의 덕과 제자의 믿음이 있으면 대원의 힘에 의해서 선묘와 같은 불가사의한 기적도 실현할 수 있다는 점, 불법에 이익(利益)이 있으면 무엇으로든 변하는 것은 곤란하지 않다는 점 등, 크게 네 가지의 문답의 형식으로 의상의 고덕과 선묘의

---

14) 야오타니 다카야스(八百谷孝保), 「華嚴緣起繪詞와 그 錯簡에 관해서」, 『畵說』 16, 1938, pp.299~332.

기적을 찬탄하고 있다.

의상그림의 처음부분에서는 원효와 의상이 사람들에게 배웅을 받으며 숙소를 출발하는 장면부터 이야기가 전개된다. 계속해서 원효와 의상은 고분(무덤) 안에서 묵을 때 원효는 꿈속에서 귀신에게 시달리는 꿈을 꾸고 '삼계유식(三界唯識)'의 원리를 깨달아 입당을 단념하고 다음날 아침 두 사람이 헤어지는 장면은 원효그림과 중복된다. 의상그림 권1 제2단의 문장은 '이 때에 심심유식(甚心唯識)의 도리의 깨달음에 몰입한다'라고 있어, 원효는 유심의 깨달음을 얻어 신라에 머물고 의상은 혼자서 당으로 향했다고 기술한다. 원효와 헤어진 의상은 거기에서 배를 타기 위해 부두로 향한다.

그런데 의상의 입당시기와 상륙지에 관해서『宋高僧傳』의상전의 본문을 출전으로 하는 의상그림의 문장에는 눈에 띄지 않고 도착한 곳을 단지 '唐의 나루터'라고만 기술되어 있다. 이윽고 의상의 배가 唐의 나루터에 도착하고 의상이 타인의 문 앞에서 탁발(托鉢)을 하는 도중에 선묘라고 하는 미녀와 만난다. 의상그림 권2 제2단의 문장에는 의상과 선묘가 처음 만나는 장면부터 묘사되어 있다.

어느 한 마을에 이르러서 의상이 탁발(托鉢)하는 도중에 거기에 善妙라고 하는 여인이 있었다. 자태가 아름답기로 소문이 자자하였다. 의상 또한 빼어난 용모의 남자였다. 위기안상(威儀安詳, 위엄이 있고 차분함)하여 타인의 문 앞에서 구걸을 한다. 선묘가 이것을 보고 교태를 부리며 아양을 떠는 목소리로 의상에게 말하길, "법사님 깊은 욕경(欲境 : 욕망의 세계)에서 벗어나 이 넓은 세상을 이롭게 하십시오. 깨끗하고 고귀한 그 공덕을 떠받고 공경하지만, 저의 마음은 역시 색욕(色欲)의 집착을 억누를 수가 없습니다. 법사님의 용모를 뵙고 저의 마음이 순식간에 움직였습니다. 바

라옵건대 자비를 베푸셔서 저의 망정(妄情)을 이루게 해 주십시오."라고
말한다. 의상이 이 말을 들으며 그 자태를 보고, 굳은 마음이 돌과 같이
움직이지 않았다. 의상이 자비를 베풀어서 대답하여 이르길 "나는 불법의
계율을 지키기 위하여 신명을 받칠 각오입니다. 부처님의 가르침을 얻어서
중생을 구제하고 색욕부정(色欲不淨)의 세계는 오래 전에 벗어나서 이것을
버렸소. 당신은 나의 공덕을 믿고 오랫동안 나를 원망하지 마시오." 선묘
이 말을 듣고 순식간에 도심을 일으켜 발심(發心)하였다.

의상이 대문 밖에서 탁발하는 도중에 선묘가 나타나 처음으로 만나
다. 선묘는 거기서 의상의 뛰어난 용모를 보고 한 눈에 반하여 연정을
억제할 수가 없어서 사랑을 고백하지만 의상의 '굳은 마음은 돌과 같이'
그 유혹에 움직이지 않고, 의상은 선묘에게 자신은 승려로서 불법의
계율을 지키기 위하여 신명을 바칠 각오라고 대답한다. 이 말을 들은
선묘는 갑자기 발심(發心)을 일으켜 "이제부터 사심을 버리고 오랫동안
법사의 덕을 공경하며 생생세세[15] 다시 태어난다 하여도 법사와 함께
하며 헤어지지 않고 세상의 중생을 구제하겠다."라고 맹세를 하고, 의
상이 당에 체류하는 기간 동안 단월(檀越)이 되어 공양을 계속한다.

---

15) 현재 의상이 낙산사(洛山寺)를 창건할 때에 썼다고 하는 「白花道場發願文」이라고 하는
발원문이 남아 있다. 그 안에 「生生世世. 称觀世音. 以爲本師. 如彼菩薩. 頂戴弥陀.
我亦頂戴. 觀音大聖」이라고 있어, 이 生生世世은 觀音菩薩에의 귀명(歸命)한다는 것을
의미한다. 『宋高僧傳』 의상전에 있어서 선묘는 「生生世世. 歸命和尙」이라고 말하고 있
지만, 이것은 의상에의 歸命을 청원하는 뜻을 나타내고 있다.

〈그림 31〉 선묘가 의상에게 사랑을 고백하는 장면

그 후 의상은 장안으로 향해서 종남산 지상사 智儼의 문하에서 法藏
과 함께 화엄교학을 배우게 된다. 이 에마키에 있는 문장의 출전으로
되어 있는 『宋高僧傳』에는 '善妙 능숙하게 아양을 떨며 꾀지만 의상의
마음은 돌과 같이 움직이지 않았다.'고 끝마치고 있어 상세하게 묘사
되어 있지 않다. 그러나 문장에서는 선묘가 의상에게 진실한 마음을
토로(吐露)하고 있는 내용을 묘사하고 있다는 점에서 묘에는 선묘에 대
해서 관심을 가지고 있었음에 틀림이 없다. 묘에가 선묘에 대해서 항
상 마음속 깊이 생각하고 있었다는 것은 高山寺에 있는 운케이(運慶)
작품의 '선묘신(善妙神)'의 조각상(彫刻像)을 제작하여 여신으로 받들어
모시고, 조큐의 난에 의해서 남편을 잃은 미망인들을 위하여 건립한
비구니 절을 善妙寺라고 이름을 지은 것에서도 충분히 알 수 있다.

묘에와 비구니 승들과의 관계를 엿볼 수 있는 서간(書簡)16)은 현재 몇 통인가 남아 있지만, 그 서신들을 보면 묘에는 비구니 승들에게 언제나 상냥하게 배려하며 열의를 가지고 불도(佛道)에 인도하였다고 한다. 그와 같은 묘에에 대해서 불도의 스승 이상의 감정, 말하자면 의상에 대한 선묘와 같이 연정을 품고 있는 비구니 승이나 재가(在家)의 여성신자가 주위에 있었다고 해도 별로 이상한 일은 아닐 것이다.

묘에는 23세 때부터 기슈시로가미(紀州白上)라는 산에 은둔하면서 3년간 수행에 힘쓰고 있지만, 거기서 부쓰겐여래(佛眼如來, 불안존) 앞에서 오른쪽 귀를 자른 것도 하나의 이유로는 이와 같은 유혹에서 계율을 지키기 위한 행위였을지도 모른다. 이른바 묘에의 오른쪽 귀 절단 행위는 여래(如來)가 보살시절에 행했던 '사신행(捨身行)17)의 연장선에서 있다고 볼 수 있다. 어린 시절부터 타고난 용모로 인해 승려가 되는 길에 장애가 되기 때문에 얼굴에 상처를 내려고 한 적도 있어서, 묘에 또한 의상과 같이 미남자였다고 한다. 묘에는 계율과 수행18)을 매우 중요시하여 비구니 승들에게 法藏撰『梵網經菩薩戒本疏』를 자주 강의하기도 하고 수학하도록 강조하고 있고, 자신도 또한 계율을 지키기 위해 매일 명상(冥想)에 잠겨 수행하였다고 한다.

일본의 고승 중에서 일생 동안 엄격히 계율을 지킨 '청승(淸僧)'이라고 불려진 묘에도 음계(婬戒)를 지키는 것이 얼마나 어려운가를 제자들

---

16) 書簡은, 시라스 마사코(白洲正子), 「寫眞解說」, 『明惠上人』, 新潮社, 1974, pp.201~208; 히라노 다에(平野多惠), 「明惠와 비구니들」, 『日本文學女性에의 눈빛』, 2004, pp.77~98 참조.

17) 묘에의 '捨身行'에 관해서는 이 책 제2부 제1장, 원효와 明惠의 수행관 참조.

18) 묘에의 「戒律觀」에 관해서는 마에카와 겐이치(前川健一), 『明惠의 思想史的研究』, 法藏館, 2012, pp.169~187에 자세하다.

에게 말한 것이 『明惠上人傳』에 남아 있지만, 거기에서 '때때로 음계를 범할 찰나에 그때마다 불가사의한 일이 생겨서 정신을 차리고 결국은 뜻을 이루지 못했다.'[19]라고 자신의 체험을 솔직하게 고백하고 있다. 여인제도(女人濟度)에 힘을 기울인 묘에의 주위에는 많은 여성들이 모여들었다는 것을 상기하면, 의상과 같은 경우가 한두 번이 아니었을 것이다. 그러기에 의상과 같은 입장에는 공감과 마음이 통하는 부분이 무척 컸으리라 짐작된다.

그로부터 약 10년 정도 세월이 흘러서 문무왕 11년(671)[20] 의상은 화엄교학을 대성하고 마침내 귀국길에 오른다. 의상이 공부를 마치고 돌아가려고 할 때에 선묘는 아마 의상을 만나기 위해 기다리고 있었을

〈그림 32〉 선묘가 바다에 몸을 던지는 장면

것이다. 의상도 귀국하기 전에 그 동안 베풀어준 갖가지 편의에 대해서 감사를 표하기 위해 선묘한테 찾아갔는데 공교롭게 외출 중이라 만나지 못하고 떠나게 됐을 것이다. 의상이 귀국한다는 말을 전해들은 선묘는 법복(法服) 등 선물

---

19) 『栂尾明惠上人傳』(高山寺資料叢書, 『明惠上人傳資料第一』), 東京大學出版會, 1981, p.349.

20) 義湘의 귀국연대는 『삼국유사』 '의상전교'에는 金欽純 또는 金仁問 등이 당의 거병을 본국에 알리도록 부탁하여 咸亨 원년(670)에 환국하였다고 적혀 있지만, 이 기사는 설득력이 없고 의심이 가기 때문에, 여기서는 '浮石本碑'의 咸亨 2년(671)의 귀국설에 따른다.

을 갖추어서 부둣가로 달려갔지만 의상의 배는 이미 출항한 뒤였다. 슬픔과 한탄으로 가득 찬 선묘는 선물이 들어 있는 상자를 바다 속에 집어던지자, 상자는 파도를 가로 질러 공중을 날듯이 순식간에 의상이 탄 배에 도착한 곳이다. 이 기적을 확인한 선묘는 의상을 지킬 것을 맹세하고 바다로 뛰어들어 대룡으로 화신(化身)하여 의상이 탄 배를 등에 싣고서 무사히 신라까지 도착시킨다. 이러한 불가사의한 기적을 묘에는 불법의 기이한 인연에 의한 것이라고 말하며 의상의 고덕과 선묘의 기서(奇瑞)를 찬탄하면서 의상그림 권1 제1단의 문장에서 다음과 같이 설명하고 있다.

　　무릇 남녀가 執着의 길에 치성(熾盛)하고 탐욕에 이끌려서 큰 뱀이 되어서 남자를 쫓아가는 선례가 있다. 이것은 전혀 유사한 이야기가 아니다. 그는 번뇌의 힘에 이끌려서 실제 뱀이 된 것이다. 집착으로 인한 과오가 매우 크다. 이것은 대원에 의해서 부처님·보살의 가호(加護)를 받아서 임시로 대룡이 되었다. 깊이 스승(의상)의 덕을 존경하며 봉양하고 불법을 굳게 믿는 것에 의해서 이렇게 되었다. (중략) 비사문천왕(毘沙門天王)은 귀명(歸命, 불법을 따름)의 소리를 석가의 寶前에 올리고, 아난존자(阿難尊者)는 민절(悶絶)의 슬픔을 여래의 입멸(入滅)에서 나타냈다. 이 모두가 애심(愛心)이 있기 때문이다. 天王 역시 이와 같다. 하물며 사람은 어떠하겠는가. 聖者 역시 똑같다. 하물며 범부는 어떠하겠는가. 선묘의 귀법(歸法)의 증거는 그림으로 나타내기에 충분하다.

〈그림 33〉 執着에 의해 뱀이 되어 강을 건너는 장면(道成寺緣起)

　도조지(道成寺)의 설화는 의상과 선묘전의 원형21)이라고 지적되고 있
지만, 여기서 묘에는 '남녀가 執着의 길'에서 '큰 뱀이 되어서 남자를
쫓아가는 선례'라고 표현하고 있어서 '도조지(道成寺)의 설화'를 의식해
서 말하고 있는 것은 분명할 것이다. 기슈(紀州)의 아리타군(有田郡)에서
태어나서 자란 묘에로서는 귀에 익숙한 이야기였음에 틀림없다. 말하
자면 묘에는 뱀이 되어서 남자를 쫓는 '기노쿠니(紀伊國)의 여자'의 행위
와 심신(深信)을 가지고 종교적으로 승화하여 대룡으로 변한 선묘의 이
야기와는 본질적으로 서로 다르다는 것을 강조하고 있다. 또 집착이
강한 나머지 큰 뱀이 되는 것은 번뇌를 이루는 業(죄과)에 틀림없지만,
선묘의 경우는 '스승의 덕을 존중하고 불법을 굳게 믿어서' 대원의 힘에
의해 실현할 수가 있었다고 설명하고 있다. 확실히 선묘는 번뇌에 사로

---

21) 여자가 뱀이 된 이야기를 전하는『道成寺緣起繪卷』는『法華驗記』下권129「紀伊國牟漏
　　郡惡女」에 처음으로 기술되어『今昔物語』권14「紀伊國道成寺僧寫法花救蛇悟」와『元
　　亨釋書』권19의 설화에 의거하고 있다. 일찍이 다카노 다쓰유키(高野辰之) 씨는 도조지
　　(道成寺) 설화가 의상과 선묘전의 原型이라고 하는 견해에 대해서,「道成寺說話의 生成
　　에 參與한 것은 新羅의 華嚴祖師에 관한 설화이다」라고 명확히 지적하고 있는 견해에
　　주목해야 할 것이다(『日本演劇의 硏究』제2집, 改造社, 1928, pp.195~260 참조).

잡혀 있었던 것은 사실이지만 그것을 기연(機緣)으로 서원(誓願)을 세워
서 대룡으로 변해서[22] 화엄교학의 불법을 수호한 것이다. 묘에는 이와
같은 선묘의 행위를 같은 권1 제1단에서 다음과 같이 찬탄하고 있다.

> 만약 사랑하는 마음을 밑바탕으로 거기에서 청정(淸淨)한 행동이 생겨
> 난다면 그것을 진리의 길에 이루어진 사랑(愛)이라고 부른다. 그것은 항
> 상 불법에 관해서 생각하며 자신의 스승을 사랑하는 것과 같은 것이다.
> 저 菩薩의 묘한 육체를 사랑하는 까닭에 보리심(菩提心)도 생겨난다. 하
> 물며 털과 같이 가볍고 도움이 되지 않는 범부는 가령 덕이 있다고 할지
> 라도 사랑하는 마음이 없으면 결코 법기(法器)의 사람이라고 할 수 없다.

묘에는 불법을 사랑하는 마음이야말로 진실로 고귀한 것이지만 이 법
은 석가나 여러 보살의 몸에 구현(具現)하고 있기 때문에 그들에게 인간적

〈그림 34〉 기절한 阿難尊者(涅槃圖의 부분)

인 정애(情愛)를 품는 것
이 그대로 보리심(菩提心)
인 것이라고 한다. 그러
므로 덕이 높은 의상을
연모한 나머지 목숨이 끊
어진 선묘도 확실히 고귀
한 '법기(法器)'이고 선행
의 덕이 있는 사람이다.
선묘만이 아니고 석가 열

---

22) 선묘가 大龍이 되어 의상을 수호했다는 점에 대해서, 히라노 다에(平野多惠) 씨는 明惠
  의 강의록을 제자 高信이 편집한『解脫門義聽集記』와의 관련성을 지적하고 있다(『明惠
  -和歌와 佛敎의 相克-』, 笠間書院, 2011, pp.105~106).

반(涅槃) 때에 비사문천왕(毘沙門天王)이 불법을 수호하며 따르겠다고 맹
세한 것도, 아난(阿難)이 석가가 입멸(入滅)할 때에 너무 슬픈 나머지 민절
(悶絕 : 정신을 잃고 기절)한 것도 모두 애심(愛心)이 있었기 때문이라고 묘에
는 찬탄한다. 즉 불법의 믿음(信)을 지탱해 주는 것은 사랑(愛)이고 애정
이 없는 곳에 심신(深心)은 생겨나지 않는다는 것을 명확하게 제시하고
있는 것이다. 비사문천(毘沙門天)은 불교에 있어서 다문천(多聞天)으로 칭
하며 '지국천(持國天)·증장천(增長天)·광목천(廣目天)'과 함께 사천왕(四
天王)의 하나이며 불법의 수호신이다.

〈그림 35〉 석가여래 涅槃圖(駒澤禪文化歷史博物館藏)

특히 아난(阿難)은 석가 10대제자의 한 사람으로 석가의 설법을 듣는 것이 가장 많고 처음으로 여성 출가자인 '比丘尼'의 존재를 석가에게 인정시킨 인물로서 알려져 있다. 석가의 10대 제자 가운데 다문제일(多聞第一)의 아난존자(阿難尊者)의 이름은 아난다(Ananda)이고 한자로 번역하여 아난(阿難)이라 하는데 그 뜻은 환희(歡喜)와 경희(慶喜)를 의미한다. 아난은 실제로 단정한 용모와 강직한 성품 그리고 명석한 두뇌와 판단력을 가진 인물로 수많은 여성들로부터 연모의 대상이었기 때문에 본의 아니게 오해를 많이 받았으며 그로 인해 숱한 일화를 남기고 있다. 현장삼장(玄奘三藏)『大唐西域記』[23]에는 인도의 마투라 지역에 아난존자의 탑이 있었다고 하며 비구니 승들은 항상 아난을 예배·공양하였다고 적혀 있다. 일본에서도 나라(奈良)에 있는 비구니 절인 법화사(法華寺)에서 2월 8일과 8월 8일에 아난(阿難)을 본존으로 하는 '아난강(阿難講)'을 개최하였지만 지금은 매년 8월 8일에 1회만 열린다고 한다.

조오(貞應) 3년(1224)에 묘에는 高山寺에서 그리 멀지 않는 곳에 善妙寺라는 비구니 절을 건립하여 거기에 불사(佛師) 단케이(湛慶)의 손에 의한 선묘신상(善妙神像)과, 에시(繪師) 조닌(成忍)의 붓에 의한 아난존자상(阿難尊者像)을 각각 안치하고 있다. 실제로 히라오카(平岡) 善妙寺에는 宋에서 阿難의 화상(畵像)이 도래하여 현재는 아난탑(阿難塔)이라고 불리는 보협인탑(寶篋印塔)이 이인지(爲因寺)라는 절에 남아 있지만, 이것이 善妙寺의 아난탑이라고 하는 확실한 근거는 없다. 다만 이인지(爲因寺)의 주지승 오타 노부히로(太田信弘) 씨의 이야기에 의하면 에도(江戶)시대까지 이곳에 있었던 善妙寺의 사적(寺跡)을 계승하는 절이 爲因寺였다고 말한다. 善妙寺는 현재의 다카오(高雄) 중학교에 있었지만 폐

---

23) 玄奘, 『大唐西域記』 권7(大正藏 51), p.909.

〈그림 36〉寶篋印塔(京都·爲因寺)

사(廢寺)가 되어 학교를 건설할 때에 선묘사의 보협인탑(寶篋印塔)을 위인사로 옮겨왔다고 한다. 지금 위인사의 경내에 보존하는 寶篋印塔에는 분에이(文永) 2년(1265)의 연기와 阿難塔의 이름이 새겨져 있지만, 善妙寺의 창립시기(1223)와 관련지어서 생각하면 연대가 그렇게 많이 떨어져 있지 않기 때문에 이 阿難塔이 善妙寺에 있던 탑이라는 가능성은 충분히 있을 수 있다고 생각된다.

특히 주목하고 싶은 것은, 善妙寺가 있었던 다카오(高雄) 중학교에서 반대편 슈산가이도(周山街道)를 따라 비탈진 언덕길을 올라가면 산기슭에 善妙를 다이묘진(大明神)으로 모시는 작은 신사(神社)가 있었다. 이 젠묘다이묘진샤(善妙大明神社)는 이인지(京都市·右京區)에서 약 150m정도 떨어진 곳에 위치하고 있다. 『高山寺緣起』의 '善妙寺 진수의 조'에는 '젠묘묘진(善妙明神)은 신라국의 여신이다'라고 기록되어 있지만, 신사 입구의 양쪽에 있는 석등에는 '善妙大明神'이라고 새겨져 있어 여기가 바로 善妙를 大明神으로 모시고 있는 신사임에 틀림이 없었다. 위인사 주지승의 이야기로는 다카오산(高雄山) 진고지(神護寺)의 守護神으로 야마시로노쿠니(山城國·현재의 京都府)에서 가장 오래되고 역사가 깊은 히라오카하치만구(平

岡八幡宮)의 마쓰리(祭)가 매년 10월 첫째 주 토요일에 열리는데, 그때
에는 반드시 이 善妙大明神을 모시는 神社에서 제례(祭禮)를 올린다고
한다. 지금도 善妙大明神을 모시는 젠묘다이묘진샤는 그곳에 살고 있
는 주민들에 의해 수호신으로 깊이 신앙을 받고 있으며 매년 제사를
지내고 있다고 한다. 묘에쇼닌(明惠上人)에 의해 善妙寺에 진수(神)로
모셔진 선묘낭자가 그 지방 사람들에 의해 지금도 수호신으로 제사를
지내고 있다는 말에 가슴이 뭉클했다.

〈그림 37〉善妙大明神社(京都·右京区)　　　〈그림 38〉善妙大明神(京都·右京区)

이윽고 의상은 신라로 돌아와서 절을 창건하려고 승지(勝地)를 찾았지
만 거기에는 이미 소승잡학을 하는 승려가 오백 명이나 주거하고 있었기
때문에 곤란해 하고 있었다. 그때 선묘는 '사방 1리의 대반석'으로 변해서
공중을 맴돌며 창건에 방해가 되는 무리들을 내쫓았다. 그래서 의상은
화엄의 근본도량인 부석사를 세워서 화엄종을 융성하게 된다.

이미 신라에 돌아와서 대사는 大敎(화엄교)를 넓히기 위해 勝地를 찾았
다. 하나의 山寺가 있었다. 오백여 명의 승들이 있었다. 소승 잡학을 하는
곳이다. 대사 이곳을 돌아보고 "이 산은 勝地이다. 이 잡학의 승들만 없으

면 화엄교학을 넓히는데 가장 좋은 곳이다"라고 말하고, 사유하는 기색이
역력히 보인다. 선묘 대원의 힘에 의해서 대 신통력을 갖추고 항상 대사
를 따라서 봉양하고 수호를 한다. (사유하는) 그 마음을 알고 이번에는
사방 1里가 되는 대반석으로 변했다. 절 위로 떠서 빙빙 맴돌며 내려갔다
올라갔다 하는데 많은 중들은 가지고 갈 물건도 제대로 챙기지 못하고
사방으로 뿔뿔이 흩어져 도망가니, 대사 이곳에 터를 잡고 화엄대교(華嚴
大敎)를 번영하게 하여 나라를 이롭게 하고 중생을 구제하였다. 이 절을
오랫동안 화엄법문(華嚴法門)의 도량(道場)으로 하였다. 이러한 인연에
의해서 의상을 부석대사라고 이름 지었다.

　이 부분은 원효그림 권2 제3단에 섞여 있고 산일(散逸)한 의상그림
4권의 일부라고 말하지만 현재는 수리를 하여 의상그림 권1 제5단에
복원되어 있다.[24] 이 의상그림은 당초부터 의상과 선묘의 이야기와
그 의미를 설법할 의도로 제작된 것은 분명하지만 선묘의 기적 이야기
를 묘사한다고 하는 에마키의 구성상에서 본다면, 이 단 앞에는 필경
대반석이 된 선묘가 잡학의 승려들을 내쫓는 극적인 장면이 그려져
있었을 것이라고 생각된다. 그러나 이 장면은 현재 에마키(繪卷)에 포
함되어 있지 않아 결손이나 파손 등은 성급하게 판단할 수 없지만, 아
마 그것은 선묘가 대룡으로 변신하는 장면과 같이 약동적이고 극적인
화면(畵面)이었을 것이라고 쉽게 상상할 수 있다.

---

24) 와카스기 준지(若杉準治), 『華嚴宗祖師繪傳』, 日本의 美術10, 至文堂, 2000, p.31.

〈그림 39〉 영주 부석사의 浮石

영주 부석사(浮石寺)는 문무왕 16년(676) 왕명에 의해서 의상이 창건
했지만 의상그림의 문장이나『宋高僧傳』에는 절의 이름이 기록되어
있지 않고, 단지 공중에 거석(巨石)이 떴기 때문에 부석(浮石)에 연관
지어서 의상을 '부석대사'라고 칭하게 되었다고 전한다.『삼국유사』의
상전교에서는 '의상은 태백산에 돌아와 조정의 의향을 받들어서 부석
사를 창건하고 대승교(大乘敎)를 넓혔다'라고 적혀 있고, 선묘에 관계되
는 언급은 없지만 부석사가 '大乘'의 가르침이 왕성한 장소였다는 것을
엿볼 수 있다. 아마 의상이 가져온 화엄종에 대해서 기존의 삼론(三論)·
구사(俱舍)·율(律) 등의 여러 종파가 반발하고 양자 간에 알력이 발생하
는 사건도 있었을 것이다. 그래서 의상의 신종화엄종(新種華嚴宗)의 포
교를 옹호하기 위하여 선묘룡(善妙龍)이 이번에는 거석이 되어 소승의
무리들을 내쫓았다는 설화가 생겨났을 것이다. 실은 부석사의 無量壽
殿의 좌측에는 길이 10미터 두께 1미터 정도의 거석이 가로로 놓여

있다. 이것이 설화에서 전하는 善妙龍이 소승의 무리들을 내쫓기 위하여 '사방 1里의 대반석'으로 변하여 공중에 떠서 보여준 거석이다. 이 거석의 표면에는 '부석(浮石)'이라는 글씨가 새겨져 있지만 위 아래의 암석 사이에는 약간의 틈이 있어 마치 거석이 떠 있는 것처럼 보인다. 이 부석에 연관 지어서 '부석사'라고 이름이 지어진 것이다.

4. 선묘는 화엄옹호의 女神

묘에는 본래 당의 여성이면서 화엄의 옹호자가 된 선묘에 대해서 깊은 신앙을 가지고 있었으며 조오(貞應) 2년(1223) 교토 高山寺에서 가까운 히라오카(平岡)에 高山寺의 별원(別院)으로서 善妙의 이름에 연관 지어 善妙寺를 창건하였다. 이 절의 본당(本堂)은 고토바인(後鳥羽院)의 총신(寵臣)으로 조큐(承久)의 난의 주모자의 한 사람으로서 幕府 측에 붙잡혀 가마쿠라(鎌倉)로 호송하는 도중 조큐 3년(1221) 7월 14일 스루가노쿠니(駿河國, 현재의 靜岡縣)에서 주살(誅殺)된 후지와라노 무네유키(藤原宗行)의 후실인 禪尼(戒光)가 남편의 극락왕생을 기원하기 위하여 사이온지 긴쓰네(西園寺公經)의 고당(古堂)을 이축하여 善妙寺의 本堂으로 한 것이 그 유래라고 한다. 이 미망인 젠니(禪尼)는 묘에의 문하에서 출가하여 법명(法名)을 가이코(戒光)라고 하였다.

善妙寺는 조큐의 난으로 남편을 잃은 미망인들을 위하여 여인구제를 목적으로 건립된 비구니 절이라고 말한다. 묘에는 에마키(繪卷)에 있어서 선묘가 용으로 화신(化身)하여 의상의 배를 등에 싣고 바다를 건너고, 또 거석이 되어 공중에 떠서 이종(異宗)의 승려들을 내쫓고 의

상의 화엄교를 옹호했다고 하는 종교적인 기적에 대해서 한없는 찬탄
과 감동을 전하고 있다. 그리고 선묘를 신격화한 '선묘신상(善妙神像)'
을 제작하여 善妙寺에 받들어 모시고 있는 것이다. 『高山寺緣起』[25]에
는 선묘에 대해서 다음과 같이 기록하고 있다.

一. 同寺(善妙寺) 진수(鎭守)의 사항

右의 젠묘묘진(善妙明神)은, 신라국의 여신이다. 여인의 몸으로 화엄
옹호(華嚴擁護)의 맹세에 의해서 받들어 모셨다.

貞應3년 4월 25일, 선묘상과 사자(師子) 고마이누(狛犬) 불사(佛師) 단
케이(湛慶)의 작품을 안치하다. 法量 8寸, 師子 길이 9寸, 동 28일, 上
人(明惠)이 배전(拜殿)에서 처음으로 불사(佛事)를 행하였다. 사십화엄
경(四十華嚴經)의 경론을 독송하고, 이어서 강연(講筵)이 있었다.

여기서는 善妙가 신라국에 있어서 여신으로 숭배되어 여자의 몸이
지만 화엄옹호의 맹세에 의해서 이것을 새로 건립한 善妙寺의 진수(鎭
守)로서 맞이한 것이라고 한다. 이 절의 창건연월은 정확하지가 않지만
조오(貞應) 2년(1223) 7월에 高山寺에서 옮겨온 석가여래상이 본당에
안치되고, 조오(貞應) 3년에 선묘사에 '선묘신상'이 진수로서 받들어 모
셨기 때문에 이 해에 건립되었다고 보면 크게 틀리지는 않을 것이다.
선묘사에 모셔진 단케이(湛慶)가 제작한 선묘신상은 『高山寺緣起』에
'法量 8寸'(24센티)으로 기록되어 高山寺 소장의 선묘신입상(善妙神立像)
을 아카마쓰 도시히데(赤松俊秀) 씨가 치수를 직접 측정해 보니 9寸(27센
티)이어서 약 3센티의 차이가 난다고 지적했지만,[26] 이 像이 조오(貞

應) 3년에 善妙寺에 봉납한 湛慶 작품의 선묘신상(善妙神像)이라고 단언할 수 없다. 현재의 高山寺 소장의 善妙神立像는 목조채색상(木造彩色像)으로 신라로 귀국하는 의상에게 보내는 선물상자를 손에 든(手箱) 미모의 여인 善妙를 여신의 모습으로 선명한 색상이 잘 조화되어 아름답게 표현되어 있다. 이 善妙神立像을 모델로 하여 그려진 것이 영주 부석사 '선묘각'에 걸려있는 선묘화상이다.

〈그림 40〉 부석사 경내의 선묘각(善妙閣)   〈그림 41〉 선묘각 안의 선묘화상(善妙畵像)

그리고 선묘사의 본존으로 안치된 석가여래상의 원주(願主)는 도쿠노산미쓰보네(督三位局)이며, 진수의 선묘신에 대한 祭物·燈油·人供

---

26) 아카마쓰 도시히데(赤松俊秀), 「高山寺의 善妙·白光兩神像에 관해서」, 『畫說』 54, 1941, pp.481~491 참조.

(從者)은 아스카이 마사쓰네(飛鳥井雅經)의 후처가 후카쿠사(深草)의 전답을 기부하여 이것에 충당하고 있다. 다음 해 조오(貞應)3년 4월에는 唐本 십육나한상(十六羅漢像) 및 아난존자(阿難尊者)의 화상(畫像)을 高山寺의 에시(繪師)인 조닌(成忍)이 그려서 선묘사의 본당에 걸고 바로 그 날 개안공양(開眼供養)을 마치고 있다. 이렇게 하여 선묘사는 점차 절다운 경관을 갖추어 갔다고 말할 수 있다.

이와 같이 묘에의 주변에는 여성 귀의자나 비구니 승들이 많이 있었다는 것은 그의 전기나 주변자료에 의해서 분명하지만, 묘에가 그들을 위하여 비구니 절의 건립을 계획한 흔적은 善妙寺 이전에는 없었다. 善妙寺의 규모를 알 수 있는 명확한 자료는 남아있지 않지만 조오(貞應) 원년(122) 11월 8일의『明惠上人夢記』에 있어서 묘에의 꿈속에 '히라오카(平岡)의 비구니절 30명 정도 보인다'[27]라고 적혀 있어, 이것이 현실의 반영이라고 본다면 善妙寺에는 30여 명의 비구니들이 주거하면서 수행을 하고 있었다고 짐작된다.

그런데 善妙寺에 선묘신상(善妙神像)이 모셔지고 나서 불과 1년 후에 해당하는 가로쿠(嘉祿) 원년(1224) 8월 高山寺에 있어서도 핫코(白光)·가스가(春日) 두 묘진(明神)과 함께 '선묘신(善妙神)'을 그 절의 수호신으로 권청(勸請)하고 있었다는 것이 다음과 같이『高山寺緣起』[28]에 보인다.

一. 神社, 왼편 북쪽에 善妙神.
신라국의 神이다. 화엄옹호의 맹세가 있는 연유로 이를 勸請하다.

---

27)『明惠上人夢記』(高山寺資料叢書,『明惠上人傳資料第二』 수록), 東京大學出版會, 1978, p.155.
28)『高山寺緣起』, 앞 책, 注25) p.657.

오른편에 三國의 묘진(明神)을 권청(勸請)하다. 이 절을 옹호한다.

세 神社의 보전 및 師子 고마이누(狛犬) 백광(白光), 선묘상의 법량(法
量)은 정정원(靜定院)의 행관화상(行寬和尙)이 정하다.

세 神社의 상하 순서는 上人이 사유(思惟)하여 결국은 上人의 꿈에 의
해서 이것을 정하다. 백광신(白光神)은 위에 가스가묘진(春日明神)은
중앙에 善妙神은 아래이다. 가로쿠(嘉祿) 원년 乙酉 8월 16일 甲辰 寅
時(3시에서 5시)에 白光, 선묘양신상(善妙兩神像)을 봉납(奉納)하다.

묘에는 중앙에 인도의 白光神, 왼쪽에는 신라의 善妙神, 오른쪽에는
일본의 春日明神을 절을 지키는 수호신으로 권청(勸請)하고 8월 16일
에는 기린보키카이(義林房喜海)를 代官으로 신상(神像)을 봉납한 것이
다. 이른바 인도·신라·일본 3국의 神들이 高山寺의 진수로서 모셔져
그 당시에는 보기 드문 국제적인 성격을 지닌 절이라고 볼 수 있다.
고토바인(後鳥羽院)으로부터 高山寺를 하사(下賜) 받아 화엄종 부흥을
위해 진력한 묘에가 善妙神을 고산사로 권청(勸請)한 것은 지극히 당연
한 결과라고 말할 수 있다. 이 緣起의 기사를 보면 善妙寺 이외에 高山
寺에 있어서도 善妙神이 화엄옹호의 진수로 신봉되어 왔다는 것을 시
사하고 있다. 당시의 高山寺는 조큐의 난에서 패한 조정 측의 은신처
와 같은 양상을 띠고 있고, 善妙寺는 조큐의 난에 의해서 남편을 잃은
미망인들을 구제하기 위해서 지어진 절로 볼 수 있다. 묘에의 주위에
는 조큐의 난이라고 하는 시대의 비극적인 사건으로 인해 끊을 수 없는
번뇌를 가진 여성들이 출가하고 있고, 그러한 여성들의 제도(濟度)는
묘에로서 가장 절실한 문제였을 것이다. 아마 묘에가 善妙寺에 善妙神
를 권청(勸請)한 동기는 선묘사의 비구니 승들을 화엄옹호를 맹세한 善妙神
에게 귀의(歸依)시켜 화엄옹호의 여신으로 하고 싶은 바람이 있었을 것

이라고 생각된다.

5. 맺음말

이상으로 일본에 있어서 의상과 선묘의 설화에 대해서『華嚴緣起』
에마키를 중심으로『宋高僧傳』과 한국 측 자료『삼국유사』등을 참조
하면서 고찰해 보았다. 의상은 중국 화엄종의 제2조 智儼의 문하에서
화엄교학을 깊이 연구하고 신라로 돌아온 후, 태백산에 화엄의 근본도
량인 부석사를 건립하여 화엄종을 선양하여 해동화엄의 창시자로 추
앙 받았다.

의상의 입당시기와 경로에 대해서는 龍朔 원년(661) 37세 때에 당 사신
의 귀국선을 타고 양주에 상륙한 뒤 양주에서 대운하를 이용하여 배를
타고 가서 어느 지점에서 낙양(洛陽)을 통해서 長安으로 들어갔다고 추정
된다. 또『宋高僧傳』,『華嚴緣起』등에 묘사되고 있는 善妙는 아마 등주
의 '한 신도의 집' 딸이 아니고 양주의 '주장(州將) 유지인(劉至仁)'의 딸일
것이라고 생각하고 있다. 의상은 양주의 유지인에게 성대한 공양을 받고
나서 장안의 지상사에서 수학하며 10여 년간에 걸친 在唐 기간 중에는
善妙로부터 경제적 원조를 받았다는 것은 사실로 보아도 좋을 것이다.

이러한 의상과 선묘의 설화는 바다를 건너서 일본에도 알려졌다. 高山
寺의 묘에(明惠)는 화엄의 옹호자가 된 선묘에 대해서 깊은 신앙을 가지
고 있었으며 히라오카(平岡)에 高山寺의 별원(別院)으로서 비구니 절을
건립하여 이 절을 '선묘사'라고 이름 짓고 여인구제를 행하였던 것이다.
게다가 묘에는 에마키의 문장에서 의상이 귀국할 때에 큰 용으로 변해서

배를 무사히 신라까지 도착시키
고, 또 부석사를 창건할 때는 巨
石이 되어 공중에서 맴돌며 잡승
들을 내쫓고 의상의 화엄종 포교
를 옹호했다고 하는 종교적인 기
적에 대해서 한없는 찬탄과 공감
을 느끼고, 선묘를 화엄옹호의 여
신으로서 善妙寺와 高山寺에 모
시고 제사를 지낸 것이다.

　현재 영주 부석사 무량수전의
오른쪽 배후에는 선묘를 모셔놓
은 '선묘각'이 있다. 중국에서 신
라로 건너오기 위해 바다에 몸을
던져 용이 된 善妙가 이 작은 당

〈그림 42〉 부석사 무량수전 지하의 석룡(진홍섭, 『묵제한화』)

(堂) 안에 모셔져 있다. 사람주나무의 백목으로 만들어진 堂 안의 선묘화
상은 일본의 高山寺 소장의 선묘신상을 모델로 하여 그려졌다고 한다.
또 사전(寺傳)에 의하면 본전인 무량수전 밑에는 석룡(石龍)이 있다고 한
다. 1917년에 무량수전의 해체수리와 그 동쪽에 있는 선묘정의 조사가
1967년 5월 7일 신라오악조사단(新羅五岳調査團)에 의해서 행해져 그 샘
물을 전부 퍼올려 보니 바닥에 커다란 암반이 있었다고 한다. 그것을
조사해 보니 본존 아미타여래의 대좌(台座) 밑을 머리 부분으로 하여
선묘정의 방향으로 약 12미터의 S자형으로 구부러진 석룡의 존재가 확
인되어, 이것은 선묘의 화룡설화(化龍説話)에 의해 파생된 것으로 밝혀졌
다.[29) 이 암반은 끝으로 내려갈수록 가늘어져 끝은 마치 용의 꼬리모양

의 형상으로 되어 있으며, 중간쯤에서 절단되어 사이가 약 10센티미터 가량 벌어져 있다고 한다.

이 석룡과 관련이 있는 부석사의 선묘정에 관한 전설은『東國輿地勝覽』권25 '榮州郡浮石寺'[30]의 항목에 다음과 같이 적혀 있다.

唐 高宗의 儀鳳 원년(676) 신라의 文武王이 의상에게 명하여 이 절을 창건시켜 부석사라고 이름 지었다. 동쪽에 선묘정이 있고 서쪽에 食沙龍井이 있다. 가뭄 때에는 비를 기원하면 효험이 있다.

이 부석사의 석룡과 선묘정의 이야기는 단순한 전설이 아닐지도 모른다. 지금도 영주 부석사에는 선묘가 대반석으로 화신(化身)한 巨石과 선묘각·석룡·선묘정이 소중하게 보존되어 의상과 선묘에 얽힌 설화가 의외로 사실에 가까운 이야기라는 것을 말해주고 있다.

---

29) 이두현(李杜鉉) 씨, 앞 논문, 注2) pp.187~188 참조. 이 암반(岩盤)은 무량수전의 뒷산에서 뻗어 나온 암벽의 일부로 보여지지만, 중간에 절단된 이유는 임진왜란 당시에 구원군을 이끌고 온 명나라 장수 이여송(李如松)이 조선의 산천을 두루 돌아다니면서 중요한 명산의 맥(脈)을 끊은 적이 있었는데, 태백산에서는 부석사 석룡의 허리를 끊었다는 전설이 있으나 확실치는 않다.

30)『新增東國輿地勝覽』권25 '榮州', 國書刊行會, 1986, p.168. '唐高宗儀鳳元年。新羅文武王。命僧義相刱是寺。名曰浮石。東有善妙井。西有食龍井。旱則禱雨有應.'

제3장
法藏의『唐法藏致新羅義湘書』書簡

1. 머리말

　의상은 한국 불교계에서 가장 뛰어난 업적을 남긴 사상가 중에 한 사람이며 험난한 시대를 계도(啓導)했던 위대한 실천가이다. 진평왕 47년(625)에 계림부에서 신라의 귀족 김한신(金韓信)의 아들로 태어나 20세에 황복사(皇福寺)에서 출가하였다.[1] 영휘(永徽) 원년(650) 의상은 원효와 함께 현장(玄奘)의 유식학(唯識學)을 동경하여 당으로 유학을 가는 도중에 고구려 병사에게 첩자로 오인 받아서 실패로 끝났다. 그 뒤 용삭(龍朔) 원년 즉 문무왕 1년(661)에 재차 당나라 유학길을 떠나 입당하여 이듬해 종남산 지상사(至相寺)의 지엄(智儼)의 문하에서 화엄교학을 배웠다.

　문무왕11년(671) 의상은 지엄의 문하에서 약 10여 년간 화엄교학을 연구하고 신라로 돌아온 뒤,[2] 문무왕 16년(676)에 왕명에 의해서 태백산

---

1)『삼국유사』'의상전교'에는 '年二十九, 依京師皇福寺落髮.'이라고 기록되어 의상의 출가를 29세 라고 하지만, 여기에서는 '浮石本碑'에 따라서 貞觀 18년(644) 20세경의 출가설에 따른다. 무라카미 요시오(村上四男) 撰,『三國遺事考證』권4 '義湘傳教', 塙書房, 1995, pp.143~144, 이하『三國遺事』의 본문인용은 모두 이 책에 의한다.

에 부석사(浮石寺)를 건립하여 화엄의 근본도량으로 하였다. 그리고 부
석사를 비롯하여 비마라사(毘摩羅寺)·해인사(海印寺)·옥천사(玉泉寺)·
범어사(梵魚寺)·화엄사(華嚴寺)3) 등의 10찰에 의해서 화엄종을 크게 넓
혀 결국은 해동화엄의 창시자로 추앙을 받았다. 게다가 의상은 유능한
많은 제자들을 배출하고 성덕왕 원년(702)에 78세로 입적(入寂)하였다.

　한편 지엄의 문하에는 동문이며 중국 화엄종을 대성한 법장(法藏)이
있었다. 법장(643~712)은 당나라 시대의 명승(名僧)으로 흔히 현수국사
(賢首國師)로 칭하며 중국 화엄종의 제3조(祖)이다. 조상은 원래 서역의
강거국(康居國·우즈베키스탄) 출신으로 조부 때 장안(長安)으로 왔다고 전
해진다. 법장은 두순(杜順)의 제자 지엄의 문하에서 수학하였으며, 함형
(咸亨) 원년(670) 28세 때에 사미계(沙彌戒)를 받아 측천무후(則天武后)의
勅命에 의해 태원사(太原寺, 나중에 숭복사로 개칭함)에서 출가하였다. 특히
법장은 측천무후의 두터운 신앙과 비호에 의해 화엄교학을 선양하여
화엄학을 집대성하였다. 법장의 저서로는『華嚴探玄記』,『華嚴五敎章』,
『華嚴料簡』등 30여 부(部)가 있으며 당의 현종 선천(先天) 원년(712) 11월
대천복사(大薦福寺)에서 70세로 입적하였다.

　신라하대의 문장가 최치원(崔致遠, 857~?)은 법장의 생애를 기록한
『法藏和尙傳』을 저술하였으며 현재 이 책은『大日本續藏經』과『大正
新脩大藏經』에 수록되어 있다. 이 두 사람은 동문이었지만 의상과는

---

2) 의상의 귀국연대는『삼국유사』'의상전교'에는 金欽純 등이 당의 거병을 본국에 알리도
　록 부탁하여 咸亨 원년(670)에 환국했다고 적혀 있지만, 이 기사는 의상의 귀국동기로서
　설득력이 없고 의심이 가기 때문에 여기서는 '浮石本碑'의 咸亨 2년(671)의 귀국설에
　따른다. 金知見,「義湘傳 再考」,『印度學佛敎學硏究』40·2, 1992, pp.627~630 참조.
3)『삼국유사』'의상전교'에는 부석사·비마라사·해인사·옥천사·범어사·화엄사라고 하
　는 華嚴十刹 중에 육찰(六刹)만 소개하고 있다.

18세의 연령차가 있고 학문의 조예로 말한다면, 법장은 의상을 형제자(兄弟子)로서 사모하였고 의상이 신라로 돌아가고 나서도 항상 선배로서 예의에 어긋나는 일이 없었다. 이국(異國)의 혈통을 가지고 있었던 의상과 법장과의 친분이 두터웠던 것은 법장의 서간(書簡)에서도 잘 엿볼 수가 있다. 게다가 의상에게 보낸 법장의 서간은 한국과 중국의 문화교류라는 관점에서도 이것은 매우 귀중한 자료이며 흥미 있는 사실로서 더없이 중요한 의미를 부여한다고 생각한다.

본장에서는 법장이 의상에게 보낸 서간의 내용에 대해서 한국과 중국의 불교교류사에 있어서 매우 주목할 만한 가치가 있는 이 서간이 세상에 알려지기까지의 역사적 경위와 배경을 중심으로 고찰하고자 한다.

2. 法藏書簡의 내용에 관해서

먼저 법장서간(현재 일본 天理圖書館 소장, 번호와 밑줄은 필자)의 본문을 원본의 줄 수 및 글자 수에 따라서 다음과 같이 소개하겠다.

> 唐西京崇福寺僧法藏致書於
> 海東新羅大華嚴法師侍者。一從分別二十
> 餘年。傾望之誠。豈離心首。加以煙雲萬里
> 海陸千重。限此一生。不復再面。抱恨懷戀。夫
> 何可言。蓋由宿世同因。今生同業。得於此報
> 俱沐大經。特蒙 先師授茲奧典。仰承上人
> 歸鄕之後。開闡華嚴。①宣揚法界無碍緣
> 起。②重重帝網。新新佛國。利益弘廣。喜躍

增深。是知如來滅後。光輝佛日。再轉

法輪。令法久住。其惟 法師矣。法藏進

趣無成。周旋寡況。仰念茲典。愧荷

先師。隨分受持。不能捨離。希憑此業。用

結來因。③但以和尙章疏。美豊文簡。致令後

人多難趣入。是以具錄和尙微言妙旨。勒成義

記。④謹因勝詮法師抄寫還鄕。博之彼土。請上人

詳檢藏否。幸示箴誨。伏願當當來世。捨身受

身。同於盧舍那曾。聽受如此無盡妙法。修行如此

無盡普賢願行。儻餘惡行。一朝顚墜。伏希上人

不遺宿世昔。在諸趣中。示以正道。人信之次。時訪

存沒。不具 法藏 和南

⑤正月廿八日

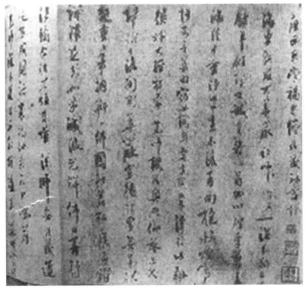

〈그림 43〉 법장이 의상에게 보낸 書簡(天理圖書館所藏)

위 〈그림 43〉, 〈그림 44〉는 필자가 2007년 5월 동경대학 문학부 연구원으로 근무시 덴리시(天理市)에 있는 덴리대학(天理大學) 부속도서관을 직접 방문하여 촬영한 사진으로 이 서간의 표지 형태를 살펴보면 색이 산뜻하고 선명한 화조문(花鳥文) 무늬의 비단으로 장식되어 있었다. 이 서간을 기록한 종이는 삼베용지이며 간시본(卷子本 : 두루마리)으로 되어 있고 높이는 약 33.3센티 길이는 약 66.6센티로 되어 있다. 본문은 행서체(行書體)로 쓰여져 있으며 문자의 판독이 어려울 정도의 상태는 아니다.

〈그림 44〉 법장 **書簡**의 일부

이 서간은 대각국사(大覺國師) 의천이 편찬한 『圓宗文類』 권22에 '현수국사(賢首國師, 법장) 海東에 보내는 書'라는 제목으로 되어 있고 이 서간의 전문뿐만 아니라 별폭(別幅)의 문장도 수록하고 있다. 또 법장서간의 전문은 『삼국유사』 권4 '의상전교'[4]에도 실려 있지만, 이 서간과 두 문헌을 대조해 보면 몇 군데 오자(誤字)나 탈자(脫字)가 눈에 띈다. 아마 그것은 전사(轉寫)할 때에 생기는 오류일 것이다. 그리고 『삼국유사』에 수록된 전문의 말미의 注에 '문재대문류(文載大文類)'라고 적혀 있어, 이것은 의천의 『圓宗文類』 권22에서 인용한 것을 가르치고 있다고 생각한다.

이 서간의 내용은 법장이 의상과 헤어지고 나서 20여 년이 지나가버린 것에 대한 아쉬움과 애틋함을 문장으로 잘 묘사하고 있다. "연운만

---

4) 『삼국유사』 권4, 의상전교, pp.143~144.

리(煙雲萬里) 떨어진 땅에서 다시 만나 뵙지 못하지만, 대사를 사모하는 마음을 어떻게 글로써 다 표현할 수가 있겠습니까.'라고 말한다. 그리고 의상이 신라로 돌아간 뒤 화엄의 깊은 뜻을 설법하고 법계무애(法界無碍)의 연기(緣起)를 선양하여 불국(佛國)을 새롭고 크게 넓히고 있다는 것에 대해서 찬탄한다. 게다가 선사(先師 : 지엄)의 장소(章疏)는 '뜻은 풍부하나 문장이 간결'하기 때문에 후세 사람들이 잘 이해하기가 무척 어려움으로 이를 염려하여 스승이 가르치신 요지를 엮어서 '의기(義記)'를 저술하였다고 한다.

이것을 승전법사(勝詮法師)가 서사(書寫)하여 신라에 전한다는 뜻을 밝히고, 의상에 대해서 "상세하게 검토하시여 잘못된 곳을 가르쳐 주십시오."라고 정중하게 부탁하고 있다. 법장은 18세 연장인 의상에 대해서 마치 스승과 같이 간곡하고 정중하게 자신이 저술한 서책에 대해서 지도편달을 바라고 있는 것이다. 여기서는 법장의 훌륭한 인격이 엿보여 두 사람 사이에 교류의 깊이를 느끼게 해 준다. 게다가 법장이 얼마나 의상에 대해서 존경하는 마음과 절실한 흠모의 정을 가지고 있었던가를 이 서간에서 충분히 알 수가 있다.

여기에서 이 서간의 내용에 대해서 상세히 검토해 보고자 한다. 먼저 ① '법계무애연기(法界無碍緣起)'[5]란, 화엄종에서는 진리 그 자체를 나타내고 있는 현실의 세계를 법계(法界)라고 한다. 즉 현실의 세계인 '사(事)'와 진리의 세계를 나타내는 '이(理)'와의 관계를 일컬어 화엄연기(華嚴緣起)의 궁극적인 목적으로 설명하고 있는 것이 '사종법계(四種

---

5) 화엄종의 핵심인 '法界緣起思想'에 관해서는, 주로 사카모토 사치오(坂本幸男), 「法界緣起의 歷史的 形成」, 『佛敎의 根本眞理』, 三省堂, 1956; 나카무라 하지메(中村元) 編, 『華嚴思想』, 法藏館, 1960; 가마타 시게오·우에야마 슌페이(鎌田茂雄·上山春平), 『無限의 世界觀〈華嚴〉』, 佛敎思想6, 角川書店, 1969 등을 참조하였음.

法界)'의 가르침이라고 한다. 먼저 '사법계(事法界)'는 현실의 세계이고 '이법계(理法界)'는 진리의 세계, 즉 공(空)의 세계이다. '이사무애법계(理事無碍法界)'는 진리와 현실이 상즉무애(相卽無碍)인 것을 나타낸 세계이고 '사사무애법계(事事無碍法界)'는 현실세계의 하나하나가 원융무애(圓融無碍)인 관계에 있는 것을 '사종법계(四種法界)'라고 칭하고 있다.

그리고 ②의 '중중제망(重重帝網)'[6]은 제석궁(帝釋宮)에 걸려 있는 인타라망(因陀羅網 : 보물망)의 주옥(珠玉)들이 서로 겹쳐서 빛을 발하고 있는 것으로 이것도 화엄의 교의(敎義)가 상즉상입(相卽相入)한다는 것을 의미하고 있다. 제망(帝網)은 帝釋天이 세상에 던진 망이란 뜻이며 인타라망(因陀羅網)도 같은 의미이다. 일본 진언종(眞言宗)의 개조(開祖)인 구카이(空海)의 『卽身成佛義』[7]에도 '重重帝網名卽身無碍'라고 있어 마치 제석천의 궁전에 있는 주옥같은 망(網)에 비유하여 '衆生卽佛, 佛卽衆生'이라고 설법되어 있다. ③의 '화상장소(和尙章疏)'란 의상과 법장의 스승이었던 지엄(智儼)이 저술한 『華嚴經搜玄記』 및 『華嚴孔目章』을 가리킨다. 말하자면 스승이 저술한 『華嚴經搜玄記』와 『華嚴孔目章』은 법어(法語)의 의미는 깊고 풍부하지만 문장은 간결하여 후세 사람들이 잘 이해하기 어렵기 때문에 제자 법장은 『華嚴探玄記』를 저술하여 방대한 주석을 첨가하여 알기 쉽게 저술했다는 것이다.

다음으로 ④의 '승전법사(勝詮法師)'는 『삼국유사』 권4 '勝詮髑髏'의 조에, 법장이 별도의 편지에서 승전법사에게 서사(書寫)시켜서 의상에게 증정할 서책의 목록을 적어 두었다고 쓰여 있다. 법장의 편지와 서책을 가지고 온 승전(勝詮)은 『삼국유사』에 적혀 있지만 출신지가 불분명

---

6) 나카무라 하지메 (中村元), 『佛敎語大辭典』 下, 東京書籍, 1975, p.128.
7) 구카이(空海), 『卽身成佛義』, 『弘法大師空海全集』 제2권, 筑摩書房, 1983, p.227.

하다. 그의 내력은 자세히 알려져 있지 않지만 일찍이 중국으로 건너가
법장의 문하에서 화엄학을 배우고 효소왕(孝昭王)[8] 초에 법장의 편지와
서책을 가지고 귀국하였다. 『삼국유사』가 전하는 바에 의하면 승전은
상주(尙州) 영내의 개령군(開寧郡) 경계에 절을 짓고 돌을 제자로 삼아
화엄경을 강의하였다. 승전의 학문을 계승한 가귀(可歸)가 저술한 『心源
章』에 의하면 승전이 80여 명을 돌로 만든 촉루(髑髏)을 대상으로 강의
한 곳이 지금의 경상북도 김천시 갈항사지(葛項寺址)라고 한다.

　『삼국유사』에는 법장이 별도의 편지에서 제자 승전이 귀국하는 편
에 의상에게 증정할 서책의 목록이 다음과 같이 기록되어 있다.

　　別幅云。探玄記二十卷、兩卷未成。教分記三卷。玄義章等雜義一卷。華
　　嚴梵語一卷。起信論疏兩卷。十二門疏一卷。法界無差別論疏一卷。並因勝
　　詮法師抄寫還鄉。頃新羅僧孝忠遺金九分。云是上人所寄。雖不得書。頂荷
　　無盡。今附西國軍特澡灌一口。用表微誠。幸願檢領。謹宣。師旣還。寄信
　　于義湘。湘乃自閱藏文。如耳聆儼訓。探討數旬。而授弟子。廣演斯文。語
　　在湘傳。

　이 기록에 의하면 『華嚴探玄記』20권(그 중에 2권은 미완성), 『一乘教分
記』3권, 『玄義章雜記』1권, 『別飜華嚴經中梵語』1권, 『起信論疏』2권,
『十二門論疏』1권, 『新飜法界無差別論疏』1권으로 총 7종 29권을 의상
에게 보냈다는 것을 알 수 있다. 『一乘教分記』즉 『華嚴五教章』은 법장
이 살아있는 동안에 신라에 전해 진 것이 분명하다. 일본에는 당의 도선

---

8)『三國遺事考證』권4 '勝詮髑髏'의 조에, 승전이 법장의 서책을 가지고 귀국한 시기를
　692년(孝昭王元年·唐則天의 長壽元年)이라고 적혀 있지만, 그 출처가 기록되어 있지
　않다(pp.220~223).

(道璿)에 의해서 전래되었지만(736년), 그것에 비교하면 무려 44년이나 더 빨리 신라에 전해진 셈이다.

또 의상은 신라승 효충(孝忠)에게 금 9푼을 주고 서책을 증정받은 데 대한 감사의 뜻을 당의 법장에게 전달한 것임을 알 수 있다. 이것에 대해서 김지견(金知見)9) 씨는 '아마 효충이 법장을 방문하면서 어떤 편의를 부탁하기 위해서든가 아니면 의상의 이름에 가탁(假托)하여 금을 전달한 것이 아닐까'라고 추측하고 있다. 어찌되었든 법장은 의상으로부터 편지는 없었지만 그 호의에 감사를 표하고 제자인 승전(勝詮) 편으로 서국(西國, 인도)의 군지조관(軍持澡灌) 한 개를 답례품으로 보내왔다는 것을 알 수 있다. 군지(軍持)는 범어(梵語) 쿤디카(kuṇḍkā)의 음역(音譯)으로 비구(比丘), 비구니(比丘尼) 등이 소지하는 물병(水瓶)을 뜻한다. 이것을 또한 조관(澡灌)이라고도 말하므로 군지조관은 한 개의 물병을 의미한다고 생각한다.

마지막으로 ⑤에서의 의문점은 이 서책의 증정년대에 대한 것이다. 앞에서 인용한 편지의 말미에는 단순히 '正月廿八日'만 적혀 있을 뿐 연대는 기록되어 있지 않다는 점이다. 그렇다고 한다면 이 편지를 가져 온 승전의 귀국시기가 문제가 된다. 이능화(李能和) 씨의 『朝鮮佛敎通史』10)에는 신라 신문왕(神文王) 12년 즉 효소왕(孝昭王) 원년(692)에 승전이 唐에서 돌아왔다고 기록되어 있지만 출처가 명시되어 있지 않는 점이 아쉽다. 이것과 관련지어서 편지의 모두(冒頭)에 서경숭복사(西京崇福寺)'라고 있어 숭복사(崇福寺)는 원래 장안(長安)의 태원사(太原寺)를 가리킨다. 왕부(王溥, 922~982)가 저술한 『唐會要』 권48 '崇福寺'의

---

9) 金知見 씨, 앞 논문, 注2) p.630.

10) 李能和, 『朝鮮佛敎通史』上卷, 京城 新文館, 1918, p.89.

항목에는[11] 다음과 같은 기록이 보인다.

> 崇福寺 休祥坊。本寺中楊恭仁宅。咸亨二年九月二日 以武后外氏託 立爲
> 太原寺。垂拱三年十二月 改爲魏國寺。載初元年五月六日 改爲崇福寺。

이 태원사(太原寺)는 수공(垂拱) 3년(687) 12월에 위국사(魏國寺)로 바꾸어졌다가 재초(載初) 원년(690) 5월 6일에 다시 숭복사(崇福寺)로 개명되어 그 후 숭복사의 명칭으로 계속 사용되고 있다. 따라서 승전(勝詮)이 귀국할 때 가져온 법장의 편지는 '西京崇福寺'에서 載初 원년(690) 5월 이후에 작성된 것이 아니면 안 된다. 그러한 이유로 필자는 편지의 말미에 '正月卄八日'이라고 적은 것은 적어도 그 이듬해인 691년 이후에 작성된 것이라고 추정하고 있다. 특히 이 연도는 의상이 귀국한 함형(咸亨) 2년(671)부터 계산하면 정확히 20년 후에 해당되고, 법장의 편지에서 의상과 헤어진 지 20여년이 지났다는 내용과 완전히 일치하고 있어 틀림이 없을 것이다.

3. 의상과 『華嚴探玄記』

앞에서 언급한 바와 같이 법장의 편지는 당나라 中宗의 사성(嗣聖) 8년(691) 이후, 즉 신라 신문왕 11년경에 승전(勝詮)이 당에서 신라로 돌아와서 전달해 주었다고 추측했다. 만약 이 편지가 嗣聖 8년에 쓰여

---

11) 오노 가쓰토시(小野勝年), 『中國隋唐長安·寺院史料集成』 史料篇, 法藏館, 1989, '崇福寺 항목', pp.260~262 참조. 사카모토 사치오(坂本幸男) 씨는 『書品』에 발표한 論文에서 法藏 書簡은 '691년부터 694년 사이의 정월 28일에 쓰여진 것'이라고 추측하고 있다(『書品』 62, 1955), pp.2~4 참조.

진 것이라면 법장은 49세 의상은 67세 이른다. 고희(古稀)에 가까운 노경(老境)에 접어든 의상은 생각지도 않았던 이 편지를 받고 얼마나 감격했을까, 상상하기에 어렵지 않다. 지난 20여 년 전에 입당(入唐)한 의상은 젊은 법장과 함께 스승 지엄(智儼)의 문하에서 동문수학했던 옛 시절을 회상하고 있었음에 틀림이 없다. 최치원(崔致遠)의 『法藏和尙傳』 '第九科'12)에는 이 편지의 일부를 인용하여 그때 의상의 모습을 다음과 같이 전하고 있다.

> 夙世同因。今生同業。得於此報。俱沐大經。特蒙先師授玆奧典。希傍此業。用結來因。但以和上章疏義豊文簡。致令後人多難趣入。是以具錄微言妙旨。勒成義記。傳之彼土。幸示箴誨。想乃自閱藏文。如耳聆儼訓。掩室探討。涉旬方出。召門弟子可器寫者四英。眞定相圓亮元表訓。俾分講探玄。人格五卷。之日博我者藏公。起子社爾輩。因楄出楄。執柯伐柯。各宜勉旃。無自欺也。

이 문장에서는 당시의 의상의 심경(心境)을 충분히 짐작할 수가 있다. 의상은 법장으로부터 편지와 함께 보내온 『華嚴探玄記』를 비롯한 서책들을 접하자 '법장의 글을 본 의상은 마치 지엄의 교훈을 듣는 것 같았다. 그리고는 두문불출하고 십일 동안을 꼼짝 않고 탐독하고 있었다'라고 있어 마치 스승 지엄의 교훈을 듣는 것 같은 생각이 들어서 방에서 꼼짝 않고 이 서책들만 읽었다는 것이다. 물론 법장이 쓴 책에 감동했음에 틀림이 없겠지만 편지에서 "상세하게 검토하시여 잘못된 곳이 있으면 가르쳐 주십시오."라고 하는 법장의 간곡한 부탁에 대해서 응답한 것이라고 생각한다. 그리고는 십 여일이 지난 후에 방에서

---

12) 崔致遠, 『法藏和尙傳』, 大日本續藏經 제3편 7套, p.266.

나온 의상은 문하의 제자 중에서 기량(器量)이 뛰어난 진정(眞定), 상원(相圓), 양원(亮元), 표훈(表訓)으로 하여금 각자에게 『華嚴探玄記』 다섯 권씩을 나누어주면서 분담시켜 연구하게 한 것이다. 그때 의상은 다음과 같이 제자들에게 당부한다.

> 나의 지식을 넓혀 주는 이는 장공(藏公)이고 나를 깨우쳐 주는 자는 너희들이다. 너희들은 나무에 박아둔 쐐기를 빼내기 위해서는 다른 쐐기를 준비하지 않으면 안 된다. 도끼자루를 들어서 나무를 베어 각자가 이것을 잘 연구하여 깨우쳐야 하니, 결코 자신을 속이는 일을 해서는 안 된다.

일언일구(一言一句)가 매우 의미가 깊고 중국의 고전에 근거를 두고 있어, 적절하게 고사성어(故事成語)를 사용하는 의상의 말이 깊은 감동을 준다. 먼저 '나의 지식을 넓혀 준다'란 『論語』의 '자한편(子罕篇)'에 '博我以文, 約我以禮.'[13]라고 있어, 이것에 근거를 두고 있다고 생각한다. 문(文)을 가지고 나의 지식을 넓혀 주는 것은 '장공' 즉 법장이라고 말한다. '나를 깨우친다.'라는 어구도 『論語』의 '팔일편(八佾篇)'에 '子曰, 起子者商也, 始可與言詩已矣.'[14]라고 있어 이 말은 공자가 상(商) 즉 제자 자하(子夏)를 칭찬한 말로서 '나를 깨우친다.'란 자신을 계발(啓發) 시켜주는 자(者)라는 뜻이다. 여기서는 『華嚴探玄記』의 깊은 뜻을 터득하기 위해서는 그 정도의 뛰어난 지식의 보유자이지 않으면 안 된다고 의상은 제자들에게 격려와 함께 당부를 하고 있는 것이다. 말하자면 진정(眞定)을 포함한 네 명의 제자들은 그러한 학식과 견식을 충분히 갖추고 있다는 것을 의미한다.

---

13) 기무라 에이치(木村英一) 編, 『論語』, 中國古典文學大系, 平凡社, 1970, pp.46~47.
14) 앞 책, 注13) 『論語』, pp.12~13.

다음으로 '집가벌가(執柯伐柯)'는 원래 『詩經』의 '빈풍벌가편(豳風伐柯篇)', '伐柯伐柯, 其則不遠'에 근거가 있지만, 『禮記』의 '中庸篇'[15]에서 이 詩에 대해서 자세하게 해석하여 '詩云, 伐柯伐柯, 其則不遠, 其則不遠, 執柯伐柯, 睨而視之, 猶以爲遠.'라고 언급하고 있는 곳에 의거하고 있는 것은 틀림이 없다고 생각한다. '가(柯)'는 나무의 줄기 혹은 도끼자루를 뜻한다. '도끼자루를 쥐고 그것을 표본으로 하여 다시 한 개의 도끼자루를 만든다는 것이다.'라는 의미이다. 말하자면 도끼자루가 될 만한 나무를 베기 위해서는 어느 정도의 크기로 베면 좋을까, 거기에는 '지금 자신이 쥐고 있는 도끼자루가 그대로 표본이 된다.'라고 하는 암시가 담겨 있다. 결국은 '『華嚴探玄記』의 깊은 뜻을 찾아내는 것은 역시 자신들이 가지고 있는 능력을 믿을 수밖에 없다'라고 하는 의미를 가리키고 있다.

의상은 이렇게 말하며 네 명의 제자들에게 더욱 분발하도록 격려를 하고 있는 것이다. 신라시대 최고의 문장가 최치원의 각색(脚色)이 조금은 첨가되었다고 보여지지만, 그렇다고 해도 의상의 학문과 견문이 넓음을 충분히 알 수가 있다. 이 의상으로 하여금 이렇게까지 감격을 준 법장의 편지는 당시 신라에서 유명하게 되었을 것은 말할 필요도 없고 그것과 함께 보내온 『華嚴探玄記』 등의 서책도 국내의 각 화엄사원에 널리 유포되어 해동불교의 발전에 커다란 영향을 끼쳤다고 한다.

---

15) 앞 책, 注13) 『禮記』, pp.486~487.

4. 書簡의 중국 전래와 경위

이 법장편지의 원폭(原幅)은 어떤 연유인지 잘 모르지만, 청의 가경
(嘉慶) 21년(1816)에 베이징의 리우리창(瑠璃廠)16)에 홀연히 그 모습을
나타냈다. 이것을 발견한 사람은 당시 서예의 감식(鑑識)으로 뛰어난
오영광(吳榮光)이란 사람이었다. 그는 이 사실을 이 편지에 첨부되어
있는 발문(跋文)에서 상세히 기록하고 있다. 어찌되었던 그것은 말할
필요도 없이 당나라 화엄종의 대성자인 법장이 신라 화엄종의 창시자
의상에게 보내온 편지였다. 이 편지는 청의 건륭제(乾隆帝)의 황자(皇
子) 성친왕(成親王)의 수중에 일단 들어갔지만, 그 뒤 많은 호사가(好事
家)들의 손을 거쳐 타이완으로 건너갔다가 1955년경에 일본 덴리쿄(天
理敎)의 전교주(前敎主)가 입수하여 현재는 덴리대학(天理大學) 부속 덴
리도서관(天理圖書館)에 소중히 보관되어 있다.

그런데 이 편지가 베이징의 리우리창(瑠璃廠)에 나타나기 전까지는
도대체 어디서 누가 보관하고 소유하고 있었을까. 그것은 元나라 말기
의 화엄승 별봉(別峰)이라는 사람의 수중에 있었다. 그 상세한 내용에
관해서는 이 편지의 말미에 원말(元末) 명초(明初)까지 유기(劉基), 고명
(高明), 황진(黃溍), 양핵(楊翮) 등의 12명과 청말(淸末) 오영광(吳榮光),
주창이(朱昌頤), 공광도(孔廣陶) 등 5명의 제발(題跋)이 첨부되어 있어 그
것에 의해 대체로 경위를 알 수가 있다. 별봉은 원말의 명승(名僧)으로
절강소흥(浙江紹興)의 보림사(寶林寺)에 주거하고 있었던 사람이지만,
이 별봉이 어떠한 경로로 이것을 어떻게 입수하였을까? 의문은 갈수록

---

16) 리우리창(瑠璃廠)은 중국의 北京市 宣武區新華街에 있는 거리이다. 평상시에도 많은
외국인들로 붐비고 있으며, 붓, 벼루, 머리도구, 인장, 서예, 골동품을 판매하는 가게가
줄지어 있으며 많은 문인들이 자주 방문하는 곳으로 알려져 있다.

깊어만 간다. 정말로 唐의 법장이 신라의 의상에게 편지를 보내 의상이 그것을 받았다고 한다면, 이 편지는 반드시 신라에 있어야 하고 중국에는 있을 리가 없다는 것이다. 원래라면 당연히 한국에 전래되어야 할 편지가 왜 중국에서 발견되었을까. 이것은 참으로 이상한 일이 아닐 수 없다. 여기서 이 편지의 중국 전래의 경위에 대해서 알 수 있는 유일한 단서가 되는 것이, 다음과 같이 기록하는 유기(劉基)의 발문(跋文)[17]이다.

　　右, 唐의 현수국사(賢首國師, 법장)가 의상법사에게 보낸 書簡 1폭. 國師는 서경(西京, 장안)의 숭복사(崇福寺)에 주거하였고, 법사는 해동의 신라국에 있었다. 이 서간은 해동에서 잘 보관되어 있어야만 한다. 그런데 왜 지금 越(浙江지방)의 보림사(寶林寺)에서 보관하고 있는 것은 무슨 연유일까. 신라의 최치원은 『法藏和尙傳』을 지어 尺牘(書簡)을 인용하여 이르길 '의상은 법장의 글을 보고 마치 스승(지엄)의 교훈을 듣는 것 같았고, 결국은 해동화엄종의 시조가 되었다.'라고 한다. 즉 이 서간은 원래 의상이 있는 곳으로 보내진 것이다. 그런데 지금 왜 여기에 있는 것일까? 그 필법을 보건데 매우 훌륭하여 후세 사람이 거기에 미치지 못한다. 옛 사람이 이르건대 "청량국사(澄觀)의 글씨는 二王(왕희지·왕헌지)의 묘한 필법을 갖추었다."고. 지금 그 묵적(墨蹟)은 율대사(律大使)의 碑(黃滑跋文에 「淸凉國師所書栖霞寺碑」)에 존재한다. 淸凉은 실제로 賢首를 스승으로 한다. 즉 어떤 연유로 인해서 여기에 와 있는가? 혹은 당시 그 스승의 필찰(筆札 : 書札)이 아까워서 이것을 바꾸어서 보관했든가, 지금까지 알 수가 없다. 지금 신라의 승려인 밀인(密印)이라고 하는 자가 묵고 있다. 외국(신라)에서 와서 보림사(寶林寺)에 머문다. 즉 신라의 승려가 寶

---

17) 유기(劉基), 「跋文」, 『書品』 62 수록, 1955, p.11.

林寺에 흔히 왕래한다는 것, 또 하나는 혹은 호사가(好事家)가 이것을 가지고 왔다거나, 아직까지 잘 모르겠다. 군자는 그 조부의 수택(手澤, 물건에 남아 있는 손때)을 보면 그 조부를 보는 것 같다고 한다. 화엄의 가르침은 賢首가 이것을 淸凉에게 전수하여, 淸凉의 후에는 별봉이 이것을 전한다. 즉 이 서간이 寶林으로 돌아오게 한 것은, 혹시 鬼神이 몰래 이를 도와준 것이 아닐까. 결코 우연이 아닐 것이다.

유기(劉基, 1311~1375)는 원말명초(元末明初)의 학자로, 절강성 청전(浙江省靑田) 출신이다. 字는 백온(伯溫)이며 유호(劉濠)의 증손이다. 처음에는 元나라의 지방관으로 치적(治績)을 쌓았지만 나중에 주원장(朱元璋, 明의 태조)에게 발탁되어 총신(寵臣)으로서 중국의 천하통일을 이루어 명나라 개국공신이 되었다. 명나라 건국 후 어사중승(御史中丞)과 태사령(太史令) 등의 관직을 맡아 역법(曆法) 제정과 군정체제 확립에 공헌하였으며 산문에도 뛰어나 저서로는『성의백문집(誠意伯文集)』,『욱리자(郁離子)』가 있다.

이 발문(跋文)에 의하면, 유기(劉基)는 당연히 신라에 있어야만 할 법장의 편지가 무슨 이유로 중국의 보림사(寶林寺)에 현존하고 있는가에 대해서 의문을 가지고 있었다. 특히 이 편지의 일부가 신라의 최치원이 저술한『法藏和尙傳』안에 인용되고 있는 이상, 신라의 의상에게 무사히 전달된 것은 분명하고 중국에 남아 있을 이유가 없다고 한다. 그래서 그는 이 이유에 관해서 두 가지 밖에는 생각할 수 없다고 스스로 해답을 구한다. 첫 번째는 법장이 이 편지를 썼지만 그 제자가 의상에게 보내는 것은 너무 아깝다고 생각하여 이것을 그대로 신라에 보내지 않고 몰래 부본(副本)을 만들어 그것과 바꾸어서 의상에게 보내고 법장이 쓴 원본은 자기 수중에 그대로 남겨둔 것이 오늘날 전해진 것이

아닐까, 라는 것이다. 두 번째로는 寶林寺에는 신라승 밀인(密印)이라
는 사람이 묵고 있던 관계로 신라승이 보림사에 와 있는 것은 옛날부터
흔히 있었던 것 같다고 생각하면 신라에 전달한 진짜 편지를 호사가(好
事家)가 어느 때인가 중국으로 가져온 것이 아닐까, 라고 나름대로 가
정해서 추측하고 있다.

　유기(劉基)가 제시한 첫 번째 이유는 단순한 상상에 불과하고 아무런
근거도 없는 이야기이다. 두 번째 이유는 신라승(新羅僧) 등의 유학승
이나 호사가에 의해서 신라에서 이 편지를 보림사로 가져왔다는 것이
다. 결국 이 편지의 전래경로에 대해서는 별봉(別峰)이 이것을 입수한
당시에도 유기뿐만 아니라 다른 사람들도 전혀 몰랐던 것 같다. 다
만 유기의 발문은 다른 것과 비교하여 그 연대가 가장 빠른 것이고
이 발문의 문장 말미에 연월이 '至正十四(1354) 夏四月'로 되어 있기
때문에 이 시기에 보림사의 별봉이 이 편지를 입수한 연대로 봐서 거의
틀림이 없다고 생각한다. 말하자면 이 편지가 중국에서 최초로 발견된
것은 아마 이 시기였을 것 같다.

　여기에서 보림사의 별봉(別峰)이 이 편지를 입수한 경위에 대해서 황
진(黃溍)의 발문(跋文)[18]을 중심으로 검토해 보기로 하겠다. 먼저 별봉
(別峰, 1289~1370)의 이름은 大同, 속성(俗性)은 왕(王) 씨고 자(字)는 一
雲이다. 元나라 말기의 명승(名僧)으로 회계(會稽)의 숭승사(崇勝寺)에서
출가하였다. 구족계(具足戒)를 받은 후 소흥보림사(紹興寶林寺)에서 춘
곡법사(春谷法師)에게서 청량교관(淸凉敎觀)을 배웠다. 그의 자세한 경
력은 당시의 저명한 문인 송렴(宋濂)이 저술한「佛心慈濟妙辨大師別峰
同公塔銘」(『宋學士文集』卷58)에 자세하게 소개되어 있다. 그리고 跋文

---

18) 황진(黃溍),「跋文」,『書品』62 수록, 1955, p.14.

을 쓴 황진(黃溍, 1277~1357)은 문인으로 자(字)는 진경(晉卿)이며 절강성 의오현(浙江省義烏縣) 출신이다. 벼슬은 시강학사(侍講學士) 등을 지냈고 元시대의 석학으로 유명하며 또한 서예의 대가로도 알려져 있다. 별봉과 황진이 절친한 사이였다는 것은 송렴이 쓴 「佛心慈濟妙辨大師別峰同公塔銘」에 의해서 별봉과 교류하고 있던 몇 사람을 들고 있다.

또한 황진에게는 『金華黃先生文集』卷21에 「跋淸涼國師所書栖霞寺碑」19)라는 일문(一文)이 있어 이것에 의하면 별봉은 청량국사(淸涼國師)의 글씨가 새겨진 서하사(栖霞寺)의 碑文의 탁본을 손에 넣어서 그것을 다시 새로운 돌에 새겨서 寶林寺의 경내에 세웠다고 한다. 게다가 별봉은 처음에 당의 배휴(裴休)가 쓴 '妙覺塔銘'을 읽고 淸涼國師의 글씨가 二王(왕희지 · 왕헌지)의 필법을 얻은 것이라는 것을 알고, 또 元의 조자앙(趙子昂)이 淸涼國師의 筆蹟이 뛰어나다고 칭찬하는 것에 의해서 어떻게든 淸涼國師의 필체를 얻고 싶어서 오랫동안 찾았다고 한다. 그러던 중에 우연히 소주(蘇州)의 보은만세사의 住上人(주지승)이 淸涼國師가 쓴 栖霞寺의 碑文의 탁본(拓本)을 보내와 곧 바로 돌에 새겨서 경내에 세웠다는 것이다.

화엄종의 법맥(法脈)을 정통으로 계승하는 별봉으로서는 간신이 얻은 淸涼國師가 쓴 서체를 보고 무척 감격했음에 틀림없다. 별봉이 이 정도로 화엄종의 조사들의 필체를 찾고 있었다는 것을 고려하면 현수국사(賢首國師, 법장)의 書簡을 얻은 것은 결코 우연히 아니고, 필경 그것을 얻기 위해 여기저기 백방으로 알아본 결과 하늘이 도와주었다고도 할 수 있는 행운이 그의 손에 들어오게 한 것이라고 생각한다. 그래서 평소 교류가 있는 유기(劉基) · 황진(黃溍)을 비롯하여 당대의 문인들에

---

19) 四部叢刊初編 『金華黃先生文集1』, 台灣商務印書館, 1965, p.207.

게 부탁하여 題跋을 써 주었다는 사정을 충분히 짐작할 수가 있다.

그렇다면 이 법장의 편지를 신라에서 중국으로 가져온 사람은 도대체 누구일까? 이것에 대해서 간다 기이치로(神田喜一郞)[20] 씨는 대담한 가설을 제시하여 편지를 가져온 사람은 다름 아닌 고려의 대각국사 의천이라고 한다. 그러나 의천(1055~1101)은 문종(文宗)의 네 번째 아들로 태어나 宋의 원풍(元豊)8년(1085)에 입송하였지만, 그것은 중국의 화엄학자 진수정원(晉水淨原)에게 가르침을 받기 위해서였다. 의천은 정원(淨原)을 방문하여 당시 중국내에서는 이미 산실(散失)해 버린 법장(法藏)의 『華嚴探玄記』, 『起信論別記』, 『法界無差別論疏』 등 많은 화엄종 관련 장소(章疏)를 전달했다고 전해지고 있다. 이 때 너무나도 귀중한 국보급의 법장의 편지를 선물로 지참하여 정원(淨原)에게 보냈다는 것은 결코 있을 수 없는 이야기일 것이다.

일찍이 이병도(李丙濤)[21] 씨는 이 편지의 중국 전래설에 대해서 '같은 편지 안에 왜 원폭(原幅)만이 본토(중국)로 건너가고 별폭(別幅)은 그것에 동반하지 않았을까'라고 의문점을 제시하고 있다. 확실히 지적한 대로라고 필자도 생각한다. 그 이유는 과연 이 편지가 유학승 아니면 호사가들에 의해서 신라에서 중국으로 가져갔다고 한다면 원말(元末) 이전에 명사(名士)들에 의한 제발(題跋)도 틀림없이 있을 법한데 지금까지 하나도 나타나지 않고, 별안간 660여 년이란 세월이 지난 뒤인 원말명초(元末明初)와 청말(清末)에 이르러 명사들의 제발(題跋)이 계속해서 17개나 쓰여졌다는 것이다. 게다가 법장의 묵적(墨蹟)을 그 정도로 중

---

20) 간다 기이치로(神田喜一朗), 「唐賢首國師眞蹟, 「寄新羅義湘法師書」 考」, 『南都佛教』 26, 1971, pp.1~15.
21) 이병도, 「『唐法藏致新羅義湘書』(墨簡)에 관해서」, 『비부리아』 48, 1971, pp.1~14.

요시하는 호사가라면, 당연히 원폭(原幅)과 거기에 딸린 별폭(別幅)도 갖추어서 취급했어야 함에도 불구하고 원폭(原幅)만이 세상에 전해지고 별폭(別幅)은 아직까지도 발견되고 있지 않다는 것이 이해할 수 없는 점이다.

5. 맺음말

이상과 같이 법장편지의 중국 전래와 관계가 깊은 유기(劉基)의 발문(跋文) 등을 중심으로 언급했지만, 역시 필자는 이 편지가 신라에서 중국으로 건너갔다고 보는 견해에는 따르기 어렵고, 이것을 규명하기 위해서는 이 편지와『法藏和尙傳』,『삼국유사』간의 문자의 이동(異同)이나 본문분석을 통해서 금후 자세하게 검토할 필요가 있다고 생각한다.

신라의 의상에게 보내 온 법장의 친필 편지는 '현수국사(賢首國師) 海東에 보내는 書'라는 제목으로 고려시대의 대각국사 의천(義天)의『圓宗文類』권22와,『三國遺事』권4 '義湘傳敎'에 그 전문과 별폭(別幅)이 수록되어 있다. 이 편지에 의하면 법장이 의상과 헤어지고 나서 이미 20여 년이 지나가 버린 것에 대한 아쉬움을 나타내고 있다. 게다가 의상이 신라로 돌아간 뒤 화엄의 깊은 뜻을 설법하고 화엄교학을 널리 펼치고 있는 것에 대해 찬탄한다. 그리고 법장은 스승인 지엄이 저술한 장소(章疏)는 법어(法語)의 뜻은 풍부하지만 문장이 간결하여 후세사람들이 잘 이해를 못하므로 스승의 가르침을 자세히 기록하여 '의기(義記)'로 만들어서 신라의 승려 승전(勝詮)에게 부탁하여 자신이 쓴 서적에 대해서 잘못 된 곳이 있으면 비판하고 지도해 주시길 간곡히 청하고 있는 것이다. 이 편지를 보면 법장이 의상에 대해서 얼마나 존경과 절실한 사모의 정을 가지고 있었던가를 충분히 알 수가 있다. 그것과 더불어 법장의 뛰어난 인격이 엿보여 두 사람의 교류가 무척 두터웠음을 느끼게 해준다. 최치원의『法藏和尙傳』에 의하면 의상은 법장으로부터 편지와 함께 보내온『華嚴探玄記』등의 서책을 접하자, 마치 스승의 교훈을 듣는 것 같은 생각이 들어서 방에 들어가 몇 일간을 탐독했다고 전하고 있다.

이와 같은 내용의 법장의 편지는 별폭(別幅)이 없는 채 갑자기 베이징의 리우리창에 나타나 많은 호사가들의 손을 거쳐 현재는 일본으로 건너가 덴리도서관(天理圖書館)에 소중하게 보관되어 있다. 유기(劉基)도 발문에서 의심하였듯이 원래라면 당연히 한국에 전해져 보존되고 있어야 함에도 불구하고 왜 중국에서 이 편지가 발견되었을까, 참으로 이상한 일이라고 밖에는 말할 수가 없다.

또 한 가지 주목하고 싶은 것은『華嚴緣起』에마키의 문장의 작자라고 하는 묘에가 의천의『圓宗文類』에서 인용하여 이 편지를 서사(書寫)하고 있다는 사실이다. 묘에의 수택본(手澤本)은 오늘 날까지 그 소재가 분명하지 않지만, 간다 기이치로(神田喜一郞) 씨의 고증에 의해 적어도 에도(江戸)시대까지는 존재했던 것 같다고 한다.22) 가마쿠라 시대의 화엄승으로서 의상을 무척 흠모하고 있었던 묘에로서는 당연한 일이지만 현재 이것을 볼 수 없는 것이 참으로 안타깝다.

---

22) 히비노 다케오(日比野丈夫),「義湘에게 보낸 法藏의 편지」,『日本繪卷物全集』月報3, 1958, pp.54~56.

・제4부・

基礎資料 解説編

제1장

元曉資料

1. 元曉眞影

〈그림 45〉 원효진영의 원본은
고잔지(高山寺) 소장으로, 이 진영
의 뒷면에는 高山寺의 僧正 유증
(宥證)이 1762년 11월 12일에 쓴 「補
修記」(≪동아일보≫ 1980. 12.3, 金知
見)가 기록되어 있다. 일찍이 高山
寺에는 원효와 의상의 진영이 전
래되고 있었는데, 묘에(明惠)는 원
효와 의상을 추앙하여 제자인 에
시 성인으로 하여금 『華嚴緣起』
繪卷까지 제작하였다. 따라서 이
진영은 묘에(1173~1232)가 생존 당
시, 즉 가마쿠라시대의 13세기 초
기에 제작되어 현존하는 원효진

〈그림 45〉 華嚴宗祖師 元曉眞影(日本 高山寺 소장)

영 중에서도 最古이고 실물에 가장 가까운 작품으로 추정된다. 특히 이 진영은 繪卷의 원효그림의 취향과 수법이 매우 흡사하여 조닌(成忍)의 작품이 아닐까 생각된다. 족좌에 신발을 벗어놓은 것이 고식(古式)이며 더부룩한 수염과 검은 피부가 원효의 파격적인 행적과 잘 조화되어 깊은 감동을 준다.

〈그림 46〉 입당유학 도중에 유심(唯心)의 도리를 깨닫고 신라로 돌아온 원효가 자유분방한 생활을 보낸 곳이 분황사(芬皇寺)이다. 원효는 이 절에서 『華嚴經疏』를 집필하였고 설총이 조성한 소상이 모셔져 있다. 『대각국사문집』 권18에는 고려시대 의천이 생존 당시 경주 분황사에는 원효의 진영이 있었다는 기록이 있다. 현재 분황사 보광전(普光殿)에 봉안되어 있는 원효영정은 서양화가 박봉수(1916~1991) 화백이 경주 남산 칠불암(七佛庵)에서 백일기도를 하는 도중에 영감이 떠올라 제작하였다고 하지만 확실치 않다. 이 진영은 제작시기가 그렇게 오래된 작품은 아니다.

〈그림 46〉 芬皇寺 元曉眞影(경주 분황사 소장)

2. 元曉傳文獻

1)『宋高僧傳』卷四「新羅國黃龍寺元曉傳」

釋元曉。姓薛氏。東海湘州人也。丱髦之年惠然入法。隨師稟業游處
無恒。勇擊義圍雄橫文陣。侂侂然桓桓然。進無前卻。蓋三學之淹通。
彼土謂爲萬人之敵。精義入神爲若此也。嘗與湘法師入唐。慕奘三藏慈
恩之門。厥緣旣差息心游往。無何發言狂悖示跡乖疏。同居士入酒肆倡
家。若志公持金刀鐵錫。或制疏以講雜華。或撫琴以樂祠宇。或閭閻寓
宿。或山水坐禪。任意隨機都無定檢。時國王置百座仁王經大會遍搜碩
德。本州以名望舉進之。諸德惡其爲人。譖王不納。居無何。王之夫人
腦嬰癰腫。醫工絕驗。王及王子臣屬禱請山川靈祠無所不至。有巫覡言
曰。苟遣人往他國求藥。是疾方瘳。王乃發使泛海入唐募其醫術。溟漲
之中忽見一翁。由波濤躍出登舟。邀使人入海睹宮殿嚴麗。見龍王王名
鈐海。謂使者曰。汝國夫人是靑帝第三女也。我宮中先有金剛三昧經。
乃二覺圓通示菩薩行也。今托仗夫人之病爲增上緣。欲附此經出彼國流
布耳。於是將三十來紙。重沓散經付授使人。復曰。此經渡海中恐罹魔
事。王令持刀裂使人膞腸而內於中。用蠟紙纏縢以藥傅之。其膞如故。
龍王言。可令大安聖者銓次綴縫請元曉法師造疏講釋之。夫人疾愈無疑。
假使雪山阿伽陀藥力亦不過是。龍王送出海面。遂登舟歸國。時王聞而
歡喜。乃先召大安聖者黏次焉。大安者不測之人也。形服特異恒在市廛。
擊銅鉢唱言大安大安之聲。故號之也。王命安。安云。但將經來不願入
王宮闕。安得經排來成八品。皆合佛意。安曰。速將付元曉講。餘人則
否。曉受斯經正在本生湘州也。謂使人曰。此經以本始二覺爲宗。爲我
備角乘將案几。在兩角之間。置其筆硯。始終於牛車造疏成五卷。王請

剋日於黃龍寺敷演。時有薄徒竊盜新疏。以事白王。延於三日。重錄成
三卷。號爲略疏。洎乎王臣道俗云擁法堂。曉乃宣吐有儀解紛可則。稱
揚彈指聲沸於空。曉復昌言曰。昔日采百椽時雖不預會。今朝橫一棟處
唯我獨能。時諸名德俯顔慚色伏膺懺悔焉。初曉示跡無恒化人不定。或
擲盤而救衆。或噀水而撲焚。或數處現形。或六方告滅。亦杯渡志公之
倫歟。其於解性覽無不明矣。疏有廣略二本。俱行本土。略本流入中華。
後有飜經三藏。改之爲論焉。

　系曰。海龍之宮自何而有經本耶。通曰。經云。龍王宮殿中有七寶塔。
諸佛所說。諸深義別有七寶篋滿中盛之。謂十二因緣總持三昧等。良以
此經合行世間。復顯大安曉公神異。乃使夫人之疾爲起敎之大端者也。

(『大正新脩大藏經』卷50，p.730 上)

【해설】『宋高僧傳』은，『梁高僧傳』『唐高僧傳』에 이어서 唐·五代·北
宋 초기의 고승들의 전기를 수집한 책으로 전30권. 宋의 찬녕(贊寧)이
太平興國 7년(982년)에 태종(太宗)의 칙명에 의해서 착수한 후 7년 동
안 집필하여 988년 10월에 완성. 唐의 개국부터 宋의 초기까지 약
350년 동안에 고승 533인의 전기를 비(碑)·사전(史傳)·견문(見聞) 등
을 참고로 하여 수록한 책으로 그들의 전기 속에는 130명의 승려들의
행적이 간략하게 언급하고 있다. 이 문헌은 귀중한 자료도 많이 포함
되어 있지만 신빙성이 빈약한 기재도 있어 인용에는 주의를 요하지
만, 그 속에는 한국의 고승전기도 많이 수록되어 있으며 중국 불교연
구사에 있어서 불가결한 자료이다. 高山寺의 묘에(明惠)는『宋高僧傳』
의 「원효전·의상전」을 근거로『華嚴緣起』繪卷(일본국보)을 제작하여
신라의 고승 원효와 의상을 '화엄종의 조사(祖師)'로서 항상 추앙하였

다. 원효그림 문장에서는 원효가 입당유학의 도중에 무덤에서 묵으면서 밤중에 귀신의 꿈을 꾸고 유심(唯心)의 도리를 깨닫고 신라로 돌아가는 장면이 상세하게 묘사되어 있다.

2) 『宗鏡錄』卷11

昔有東國元曉法師義湘法師。二人同來唐國尋師。遇夜宿荒止於塚內。其元曉法師因渴思漿。遂於坐側見。一泓水掬飮。甚美及至來日觀見。元是死屍之汁。當時心惡之吐。豁然大悟乃曰。我聞佛言。三界唯心。萬法唯識。故知美惡在我。實非水乎。遂却返故園。廣弘至敎。故無有不達。

(『高麗大藏經』卷44, p.62中・『大正新脩大藏經』卷48, p.4下)

【해설】北宋 초에 법안종(法眼宗)의 영명연수(永明延壽)가 지은 책으로 선교일치(禪敎一致)의 입장에서 불교교리를 체계화한 불교개론으로 전 100권. 송의 태조 建隆 2년(961)에 성립하여 구성은 표종장(標宗章)・문답장(問答章)・인증장(引證章)으로 이루어져 있다. 이 문헌에서는 원효가 밤중에 갈증이 나서 무덤 속에 있는 고인 물을 손으로 떠서 마셨는데 아침에 일어나 보니 해골이 들어있는 물이라는 것을 알고 '삼계유심(三界唯心), 만법유식(萬法唯識)'의 도리를 깨달았다고 쓰여 있다.

3) 『林間錄』卷上

唐僧元曉者。海東人。初航海而至。將訪道於名山。獨行荒波。夜宿塚間渴甚。引手掬于穴中。得泉甘凉。黎明視髑髏也。大惡之。盡欲嘔去。忽猛省。大歎曰。心生則種種法生。心滅則髑髏不二。如來大師曰。

三界唯心。豈我欺哉。遂不復求師。卽日還海東。疎華嚴經。大弘圓頓
之敎。予讀其傳至此追念。晉樂廣酒盃蛇影之事。作偈曰夜塚髑髏元是
水。客盃弓影竟非蛇。箇中無地容生滅。笑把潰編篆縷斜。

(『卍續藏』148册, p.590上・國譯禪學大成 第十卷, p.8)

【해설】『林間錄』은 北宋의 혜홍각범(慧洪覺範)이 찬술한 책으로 불법종
지와 총림(叢林)의 수행에 관한 300여 편을 상하 2권에 싣고 있다.
1107년에 성립. 권말의 신편후록(新編後錄) 1권은 부록 또는 속집(續集)
이라고도 하는데, 자신이 지은 찬(讚) 26수 및 시(詩) 6수를 싣고 있다.
원효에 관한 기록은 원효가 입당하여 무덤 사이에서 묵게 되었는데,
몹시 목이 말라서 굴속에 있는 웅덩이에 고인 물을 마시고 불법의
도리를 깨달았다고 쓰여 있어 『宗鏡錄』과 거의 같은 내용으로 수록되
어 있다.

3. 元曉關連目錄

1)「奈良朝現在一切經疏目錄」

이시다 모사쿠(石田茂作) 編인 이 목록은 그의 저서『寫經에서 본 奈良
朝佛敎의 硏究』의 附錄(pp.94~148)으로 1930년 東洋文庫論叢 第11로
간행된 것이다. 이 목록에 수록되어 있는 문헌은 奈良時代(710~784년)
에 寫經된 일체경소목록(一切經疏目錄)으로 여기에 수록된 書目은 주로
唐・신라에서 撰述한 것이며 그 중에서 元曉의 著書라고 판명되는 문헌
을 다음과 같이 소개한다.

〈支那撰述釋經〉

	古文書에 있는 題名	同譯述者	卷	古文書 記載年	大日本古文書 卷·頁	經目에 있는 題名	譯述者	卷	存否	旣成目錄과의 對照
1828	華嚴經疏		8	天平15	8-169	華嚴經疏	新羅元曉	8	存	寫 光明覺品 一卷見在
1888	兩卷無量壽經宗旨	元曉	1	天平20	3-85	無量壽經宗要	新羅元曉	1	存	續1-32
1889	兩卷无量壽經宗旨	元曉	1	勝寶4	12-380	同	新羅元曉			
1890	兩卷無量壽經宗要	元曉	1	勝寶5	13-35					
1908	勝鬘經疏	元曉	2	勝寶3	12-9	勝鬘經疏	新羅元曉	2	未詳	義天1
1909	註勝鬘經疏	元曉	2分爲4卷	寶龜4	20-419					
1925	般舟三昧經略記	元曉	1	天平20	3-86	般舟三昧經略疏	新羅元曉	1	未詳	諸宗 第2
1926	般舟三昧經略疏	元曉	1	勝寶5	12-362					
1927	般舟三昧經略疏	元曉	1	勝寶5	13-22	般舟三昧經疏	新羅元曉	1	未詳	義天 第1
1940	楞伽經要論		1	天平16	8-513	楞伽經要論	新羅元曉	1	未詳	東城卷上
1941	楞伽經宗要		1	天平20	3-85	楞伽宗要	新羅元曉	1	未詳	義天 第1
1942	入楞伽經疏	元曉	8	勝寶3	12-14	入楞伽經疏	新羅元曉	1	未詳	義天 第1
1943	楞伽經疏	元曉	13	勝寶4	12-380			7		
1968	維摩宗要	元曉	1	天平7	7-23	維摩宗要	新羅元曉	1	未詳	義天 第1
1969	維摩經疏	元曉	3	勝寶5	3-642	不明			未詳	
1982	深密經疏	元曉	3	勝寶3	12-10	解深密經疏	新羅元曉	3	未詳	義天 第1
1987	八卷金光明經疏	元曉	8	天平15	8-371	八卷金光明經疏	新羅元曉	8	未詳	義天 第1
1988	最勝王經疏	元曉	8	勝寶3	12-53					
1989	金鼓經疏	元曉	8	勝寶4	12-380					
2018	不增不滅經疏	元曉	1	天平20	3-86	不增不滅經疏	新羅元曉	1	未詳	諸宗 第1
2019	不增不滅經疏	元曉	1	勝寶3	11-565					
2023	大惠度經宗要	元曉	1	天平20	3-86	大惠度經宗要	新羅元曉	1	存	續第1-38
2024	般若宗要		1	勝寶元	11-70	同				

	古文書에 있는 題名	同譯述者	卷	古文書記載年	大日本古文書卷·頁	經目錄에 있는 題名	譯述者	卷	存否	旣成目錄과의 對照
2025	大慧度經槽要	元曉	2	不詳	12-295	同	新羅元曉	3	未詳	義天 第1
2054	金剛般若經疏	元曉	3	不詳	11-535	金剛般若經疏	新羅元曉	1	未詳	
2125	法華要略	元曉	1	天平20	3-85	法華要略	新羅元曉	1	未詳	
2126	法花略述	元曉	1	勝寶4	12-380	同				
2127	法花略述	元曉	1	天平20	3-85	法花略述	新羅元曉			
2128	法花略述	元曉	1	勝寶4	12-379	同				
2129	法華宗要	元曉	中下	天平16	2-356	法華宗要	新羅元曉	1	存	大正大藏1725
2152	金剛三昧經論	元曉	3	天平15	8-168	金剛三昧經論	新羅元曉	3	存	單刊行 大正大藏1730
2153	金剛三昧論	元曉	3	不詳	11-566	同				
2154	金剛三昧經疏	元曉師	3	寶字7	16-403	同?				
2155	金剛三昧經論記	元曉	1	天平15	8-392	同?				
2165	涅槃經宗要	元曉		勝寶4	12-379	涅槃經宗要	新羅元曉	2	未詳	大正大藏1769
2166	涅槃經疏	元曉	5	不詳	12-15	不明			未詳	

〈支那撰述釋律〉

	古文書에 있는 題名	同譯述者	卷	古文書記載年	大日本古文書卷·頁	經目錄에 있는 題名	譯述者	卷	存否	旣成目錄과의 對照
2228	梵網經疏	元曉	2	勝寶3	12-50	梵網經菩薩戒本私記	新羅元曉	上	存	續1-95
2229	梵網經私記		1	勝寶3	12-50	同				
2230	梵網經菩薩戒本私記	曉公造	上	不詳	12-536	同				
2231	梵網經菩薩戒本文義私記序		上	勝寶3	12-181	同?				
2232	梵網經上卷疏	曉公	1	寶字7	16-403	同				
2243	菩薩本持犯要記		1	天平20	3-87	菩薩戒本持犯要記				
2244	菩薩本持犯要記	元曉	1	勝寶4	12-362	同	新羅元曉	1	存	續1-61
2245	菩薩戒本持犯要記	元曉	1	勝寶5	12-542	同				

番號	書名	著者	卷	書寫年	典據	備考	著者	下卷欠上	存否	出典
2246	瓔珞經疏		2	天平20	3-86	瓔珞本業經疏	新羅元曉		存	續1-61
2293	瑜伽抄	元曉	5	勝寶3	12-9	不明	新羅元曉	5	未詳	東域卷下
2335	雜集論疏	元曉	5	景雲2	17-107	雜集論疏	新羅曉師	第3	未詳	續1-75
2343	中邊分別論疏		4	勝寶元	11-98	中邊分別論疏	新羅元曉		存	
2344	辨中邊論疏	元曉	4	勝寶3	12-55	同				
2345	攝大乘論疏	元曉	4	勝寶4	12-381	同?	新羅元曉	4	未詳	義天第3
2347	攝大乘論抄記		4	天平20	3-86	攝大乘論世親釋論略記				
2348	世親攝論抄	元曉	4	景雲2	17-118	同?				
2349	梁攝論疏抄	元曉	4	勝寶6	3-654	同	新羅元曉	4	未詳	諸宗第2
2350	起信論別記	元曉	4	勝寶5	3-618	攝論疏	新羅元曉	2	存	續1-75
2438	起信論記	元曉	1	天平15	8-169	起信論別記				
2439	起信論師	元曉師	1	寶字7	16-405	同?				
2440	起信論一道章		1	天平20	3-86	一道章	新羅元曉	1	未詳	諸宗第1
2441	一道義	元曉	1	勝寶5	12-362	同?				
2442	一道章		1	未詳	11-566	同				
2445	起信論二彰章	元曉	1	天平20	3-86	二障章	新羅元曉	1	未詳	諸宗第1
2446	二障章	元曉	1	勝寶3	11-566	同				
2447	起信論二障章		1	勝寶4	12-381	同				
2448	大乘二章義	元曉	1	天平19	2-709	同				
2449	大乘二章義		1	不詳	16-406	同				
2450	二障義章	元曉	1	不詳	8-538	同				
2452	起信論疏	元曉	2	天平15	8-169	起信論疏	新羅元曉	2	未詳	義天第3
2478	廣百論語要		1	天平20	3-88	廣百論宗要	新羅元曉	1	未詳	義天第3
2479	廣百論語要	元曉	1	勝寶5	12-333	同?				
2486	三論宗要		1	勝寶2	11-304	三論宗要	新羅元曉	1	未詳	義天第3
2487	三論宗要記		1	寶字7	16-404	同?				
2493	實性論宗要	元曉	1	勝寶3	11-566	不明			未詳	

古文書번호	古文書에 있는 題名	同譯述者	卷	古文書 記載年	大日本古文書 卷·頁	經目錄에 있는 題名	譯述者	卷	存否	旣成目錄과의 對照
2494	實性論料簡		1	寶字7	16-404	實性論簡	新羅 元曉	1	未詳	諸宗第2
2495	實性論料簡		3	勝寶4	12-363	同	新羅 元曉	1	未詳	諸宗第2
2503	肇珍論料簡		1	天平20	3-87	肇珍論料簡				
2504	肇珍論料簡	元曉	1	勝寶4	12-382	同				

〈支那撰述雜部〉

古文書에 있는 題名	同譯述者	卷	古文書 記載年	大日本古文書 卷·頁	經目錄에 있는 題名	譯述者	卷	存否	旣成目錄과의 對照
2638 大乘觀行門	元曉	3	天平20	3-38	大乘觀行門	新羅 元曉		未詳	
2639 大乘觀行門	元曉	3	勝寶4	12-382	同	新羅 元曉	1	未詳	
2651 判比量論		1	天平12	7-488	判比量論跋文	新羅 元曉	1	存	續1-95
2700 十門和諍論	元曉	2	勝寶3	11-566	十門和諍論	新羅 元曉	2	未詳	義天第3
2767 六現觀發菩提心義淨養合		1	天平20	3-88	六現觀發菩提心義淨養合	新羅 元曉	1	未詳	
2168 六現觀發菩提心義淨養合	元曉	1	勝寶3	12-363	同	新羅 元曉	1	未詳	

2) 「大安寺審詳師經錄」

신라의 화엄승 심상(審祥)은 당에 유학하여 법장(法藏)의 문하에서 수학한 뒤, 신라에 귀국하여 천평년간(天平年間, 729~749)에 일본에 건너와서 나라(奈良)의 대안사(大安寺)에서 주거했다. 天平 12년(740)에 金鐘寺(이후 東大寺라 칭함)의 이월당(二月堂)에서 처음으로 『화엄경』을 강의한 것은 다름 아닌 신라에서 건너온 審祥이었다. 신라에서 가져온 審祥의 藏書는, 호리이케 슌포(堀池春峰) 씨의 저서 『南都佛敎史의 硏究』上 (法藏館, 1980)에 「大安寺審詳師經錄」(pp.423~431)으로 정리되어, 총 170부(部) 645권에 이르는 방대한 문헌목록을 들 수 있다. 이 목록 안에서 최다를 점유하는 元曉의 著書 32부 80권을 다음과 같이 소개한다.

〈大安寺審詳師經錄〉

No.	經論抄傳等名	卷數	譯・書寫名	收載文書名	年月日	大日本古文書 卷・頁	그 외 對比 目錄名
4	華嚴經疏	10	无曉	造東大寺司牒案	景雲2·11·12	17-135	東城·円超錄
17	金剛三昧經論疏	3	无曉	造東大寺司請疏文案	景雲2·2·3	17-107	円超錄
24	勝鬘經疏	2	无曉	造東大寺司牒	景雲2·11·12	17-135	〃
31	起信論疏別記	1	无曉	律論疏集(伝写本收納·返送帖)	天平16·5·27	8-189	〃
33	起信論私記	1	无曉	僧智憬借書啓	勝宝5·1·29	12-387	〃
35	一道義	1	无曉	造東大寺司牒案	景雲2·11·12	17-137	〃
36	二障章	1	无曉	〃	景雲2·11·12	17-137	
37	宝性論科文(究竟一乘宝性論科文)	1	无曉力	僧智憬借書啓奉籍一切經司牒	勝宝5·1·29 / 景雲2·12·2	12-387 / 17-137	東城
38	宝性論疏(科簡)	2	无曉	造東大寺司請疏文案	景雲2·2·3	17-107	
39	和諍論(十門和諍論)	2	无曉	華籍一切經司牒案	景雲2·12·2	17-132	姚然集
41	楞伽經宗要	1	无曉	造東大寺司牒案	景雲2·11·12	17-136	円超·姚然集
42	本業瓔珞經疏	2	无曉	華籍一切經司牒案	景雲2·12·2	17-133	姚然錄
43	楞伽經疏	7	无曉	造東大寺司牒案	景雲2·11·12	17-136	
54	金剛般若論	3	无曉	華籍一切經所啓	景雲2·11·10	17-140	
60	中邊分別論疏	4	无曉	經疏出納帳	勝宝6·11·16	3-654	東城·平祚錄
62	大乘觀行門(花嚴觀行門)	2	无曉	造東大寺司請疏文案	景雲2·2·3	17-107	
66	雜集論疏(對法論疏)	5	无曉	華籍一切經司牒	勝宝5·8·12	12-22	藏俊錄
75	般若三昧經略記	1	无曉	僧智憬借書啓	〃	3-618	
76	梁攝論略抄	4	无曉	〃	勝宝5·3·6	3-654	
77	世親論疏	4	无曉	經疏出納狀	勝宝6·11·16	3-654	
78	不增不減經疏	1	无曉	造東大寺司請疏文案	景雲2·11·12	17-136	
86	三論玄義	1	无曉	造東大寺司請疏文案	景雲2·2·3	17-107	
88	廣百論撮要	1	无曉	造東大寺司牒案	景雲2·11·12	17-137	

No.	書名	員数	撰者	出典	年月日	番号	備考
98	涅槃經宗要	1	元曉	造東大寺司請司疏案	〃	17-136	東域『大悲度經宗要』ト同カ
101	法華經要略	1	元曉	造東大寺司牒案	〃	12-387	
107	法華略述	1	元曉	僧曇憬借書啓	勝宝5・1・29	17-133	
115	兩卷無量壽經宗旨	1	元曉	奉寫一切經司牒案	景雲2・12・2	〃	東域『大悲度經宗要』ト同カ
122	大般若經宗要	1	元曉	造東大寺司牒案	景雲2・11・12	〃	
127	菩薩本持犯要	1	元曉	奉寫一切經司牒	景雲2・12・2	17-132	
145	金鼓經論疏	8	元曉	奉寫一切經司牒		17-107	
155	佛性論疏	5	元曉	造東大寺司請疏文案	景雲2・2・3	17-107	
160	判比量論	1	元曉	造東大寺司牒案	景雲2・11・12	17-137	円超錄・凝然錄

3) 『高山寺聖敎目錄』(高山寺所藏)

『高山寺聖敎目錄』은 가마쿠라시대에 있어서 화엄교학을 중심으로 한 高山寺典籍의 상황을 알 수 있는 데 매우 귀중한 목록이다. 가마쿠라시대 建長 2년(1250)에 성립한 『高山寺聖敎目錄』은 묘에(明惠)가 중심이 되어 收集・書寫한 高山寺의 주요장서의 목록이다. 이 목록에 수록된 성교전적(聖敎典籍)은 869점에 이르지만 현존하는 것은 그 중에 180점 정도에 불과하다. 이 목록에 수록되어 있는 원효저서로 중복되는 書名을 포함해서 20부 35권을 다음과 같이 소개한다.

> 華嚴經疏 10卷 ………… 元曉造
> 起信論疏 2卷
> 起信論別記 1卷 ……… 已上元曉造
> 十門和諍論 2卷 ……… 元曉造
> 大乘六情懺悔 1卷 …… 元曉造
> 楞伽經宗要 1卷
> 法華經宗要 1卷
> 寶性論斷簡 1卷
> 上生經宗要 1卷 ……… 已上元曉造
> 起信論疏 2卷
> 起信論別記 1卷
> 金剛經疏 3卷 ………… 元曉造
> 持犯要記 1本 ………… 元曉造
> 判比量論 1卷 ………… 元曉造
> 三論宗要 1卷 ………… 元曉造
> 雙觀經宗要 1卷 ……… 曉造
> 阿弥陀經疏 1卷 ……… 曉造

遊心安樂道　1卷 ………　元曉造

起信論疏　2卷 …………　元曉

起信論別記　1卷 ………　元曉

(『高山寺經藏古目錄』 1985, pp.6～47)

4) 『華嚴經論章疏目錄』

교녠(凝然, 1240~1321)은 도다이지 가이단인(戒壇院)의 엔쇼(円照)의 문하에서 수학하였다. 가마쿠라시대의 뛰어난 학문승으로 125부에 이르는 저서를 남긴 대저술가이고, 그 속에는 물론 원효의 여러 저서가 인용되었다. 교녠(凝然)이 편찬한 『華嚴宗經論章疏目錄』에는 원효의 저서 28부 48권이 수록되어 있고, 그의 여러 저술에는 원효의 저서 15부가 실제로 인용된 점으로 보아 원효의 영향을 크게 받고 있었다는 것을 짐작할 수 있다.

花嚴經疏　10卷 …………　元曉大師述

梵網經疏　2卷 …………　上卷現行

持犯要記　1卷

勝鬘經疏　2卷

般舟三昧經記　1卷

遊心安樂道　1卷

上生經宗要　1卷

大般若經宗要　1卷

法花經宗要　1卷 ………　元曉大師述

不增不減經疏　1卷

起信論疏　2卷

寶性論料簡 1卷

和諍論 2卷

金剛三昧經論 3卷

金剛般若經疏 3卷

阿彌陀經疏 1卷

兩卷無量壽經宗要 1卷

同經疏 1卷

楞伽經宗要 1卷

涅槃經宗要 1卷

本業經疏 1卷

同論別記 1卷

中邊分別論疏 4卷

判比量論 1卷

二障義 1卷

六根懺悔法 1卷

一道義 1卷 ……………… 已上元曉大師述

華嚴雜問答 1卷 ……… 於元曉疏中鈔之

(『日本佛敎全書』第1, pp.134中~147下)

제2장

義湘資料

1. 義湘眞影

〈그림 47〉 의상진영의 뒷면에도 「補修記」가 적혀 있어 1762년 11월 12일 당시 高山寺의 僧正 유증(宥證)이 "이번에 양대명신(兩大明神)의 진영(眞影)을 유심(宥深) 등의 지원에 의해서 받들어 보수하고 함께 수복(修復)했다. 따라서 후대를 위해 이를 기록해둘 따름이니라."(《동아일보》, 1980. 12. 3, 金知見)라는 기록이 있어, 원효와 의상이 다이묘진(大明神)으로서 에도(江戸)시대 중기까지 숭배를 받고 있었음을 알 수 있다. 이 진영은 당시 高山寺의 繪師로 활약한 슌가호쿄(俊賀法橋) 혹은 가네야스(兼康)의 작품이 아닐까

〈그림 47〉 華嚴宗祖師 義湘眞影 (日本 高山寺 소장)

추정된다. 원효진영과 같이 족좌에 신발을 벗어놓은 것이 고식이며 원효의 호탕한 모습과는 대조적으로 고고한 귀인의 자태로 그려져 있다.

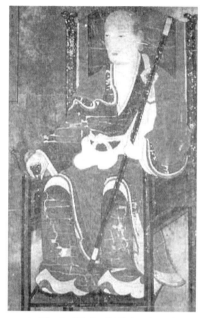

〈그림 48〉 의상은 해동화엄종의 초조(初祖)이다. 원효의 진영이 약 10여 점 이상 있는 반면에 의상의 진영은 비교적 적은 편이다. 호림박물관에 소장되어 있는 이 진영은 장식도 없는 의자상의 형식으로 고식(古式)이며 18세기 후반에서 19세기 초반에 제작된 것으로 추정되고 있다. 의상진영과 함께 소장되어 있는 원효진영도 같은 시기에 제작되었을 것으로 보여진다.

〈그림 48〉 義湘眞影(호림박물관 소장)

2. 義湘關連資料

1) 『宋高僧傳』 卷四 「新羅國義湘傳」

釋義湘。俗姓樸。雞林府人也。生且英奇。長而出離。逍遙入道性分天然。年臨弱冠聞唐土教宗鼎盛。與元曉法師同志西遊。行至本國海門

唐州界。計求巨艦。將越滄波。倏於中涂遭其苦雨。遂依道旁土龕間隱身。所以避飄濕焉。迨乎明旦相視。乃古墳骸骨旁也。天猶霡霖地且泥塗。尺寸難前逗留不進。又寄埏甓之中。夜之未央俄有鬼物爲怪。曉公歎曰。前之寓宿謂土龕而且安。此夜留宵托鬼鄉而多崇。則知心生故種種法生。心滅故龕墳不二。又三界唯心萬法唯識。心外無法胡用別求。我不入唐。卻攜囊返國。湘乃隻影孤徵誓死無退。以總章二年附商船達登州岸。分衛到一信士家。見湘容色挺拔留連門下旣久。有少女麗服靚妝。名曰善妙。巧媚誨之。湘之心石不可轉也。女調不見答。頓發道心。於前矢大願言。生生世世歸命和尙。習學大乘成就大事。弟子必爲檀越供給資緣。湘乃徑趨長安終南山智儼三藏所。綜習華嚴經。時康藏國師爲同學也。所謂知微知章有倫有要。德瓶云滿。藏海嬉游。乃議回程傳法開誘。復至文登舊檀越家。謝其數稔供施。便慕商船逡巡解纜。其女善妙。預爲湘辦集法服並諸什器可盈篋笥。運臨海岸湘船已遠。其女咒之曰。我本實心供養法師。願是衣篋跳入前船。言訖投篋於駭浪。有頃疾風吹之若鴻毛耳。遙望徑跳入船矣。其女復誓之。我願是身化爲大龍。扶翼舳艫到國傳法。於是攘袂投身於海。將知願力難屈至誠感神。果然伸形。夭矯或躍。蜿蜒其舟底。寧達於彼岸。湘入國之後遍歷山川。於駒塵百濟風馬牛不相及地。曰此中地靈山秀眞轉法輪之所。無何權宗異部聚徒可半千眾矣。湘默作是念。大華嚴敎非福善之地不可興焉。時善妙龍恒隨作護。潛知此念。乃現大神變於虛空中。化成巨石。縱廣一里蓋於伽藍之頂。作將墮不墮之狀。群僧驚駭罔知攸趣。四面奔散。湘遂入寺中敷闡斯經。冬陽夏陰。不召自至者多矣。國王欽重以田莊奴僕施之。湘言於王曰。我法平等高下共均貴賤同揆。涅槃經八不淨財。何莊田之有。何奴僕之爲。貧道以法界爲家。以盂耕待稔。法身慧命藉此而

生矣。湘講樹開花談叢結果。登堂睹奧者。則智通表訓梵體道身等數人。
皆啄巨轂飛出迦留羅鳥焉。湘貴如說行。講宣之外精勤修練。莊嚴剎海
靡憚暄涼。又常行義淨洗穢法。不用巾帨。立期乾燥而止。持三法衣瓶
鉢之餘。曾無他物。凡弟子請益不敢造次。伺其怡寂而後啟發。湘乃隨
疑解滯必無滓核。自是已來雲遊不定稱可我心卓錫而居。學侶蜂屯。或
執筆書紳懷鉛札葉。抄如結集錄似載言。如是義門隨弟子爲目。如云道
身章是也。或以處爲名如云錐穴問答等。數章疏皆明華嚴性海毗盧遮那
無邊契經義例也。湘終於本國。塔亦存焉。號海東華嚴初祖也。

(『大正新脩大藏經』 卷50, p.730上)

【해설】高山寺의 묘에(明惠)는 찬녕(贊寧)이 편찬한『宋高僧傳』의 '의상
전'을 근거로 하여『華嚴緣起』의상그림을 제작하였다. 繪卷의 의상
그림 문장에는 화엄종의 祖師인 의상의 고덕(高德)을 찬탄하고, 자신
의 몸을 던져서 큰 용으로 화신(化身)하여 선묘가 신라로 돌아가는 의
상의 배를 등에 짊어지고, 거친 파도의 바다를 건너서 무사히 신라까
지 도착하게 한다든가, 또 귀국 후에도 화엄교학을 널리 포교하는 데
방해가 되는 소승의 무리를 거석(巨石)이 되어서 쫓아내고, 의상을 수
호한다는 종교적 기적이 아무런 위화감(違和感)이 없이 이 그림의 중
심설화로서 묘사되어 있다.

2) 白花道場發願文

稽首歸依　觀彼本師　觀音大聖　大圓鏡智　亦觀弟子　性靜本覺　所有本師
水月莊嚴　無盡相好　亦有弟子　空化身相　有漏形骸　依正淨穢　苦樂不同
我今以此　觀音鏡中　弟子之身　歸命頂禮　弟子鏡中　觀音大聖　發誠願語

冀蒙加被 惟願弟子 生生世世 稱觀世音 以爲本師 如彼菩薩 頂戴彌陀
我亦頂戴 觀音大聖 十願六向 千手天眼 大慈大悲 悉皆同等 捨身受身
此界他方 隨所住處 如影隨形 恒聞說法 助揭眞化 普令法界 一切衆生
誦大悲呪 念菩薩名 同入圓通 三昧性海 又願弟子 此報盡時 親承大聖
放光接引 離諸怖畏 身心適悅 一刹那閒 即得往生 白華道場 與諸菩薩
同聞正法 入法流水 念念增明 現發如來 大無生忍 發願已了 歸命頂禮
觀自在菩薩摩訶薩　　　　　　　　　　　　　　　（『韓國佛敎全書』 권2, p.9）

【해설】 의상이 쓴 〈백화도량발원문(白花道場發願文)〉은 총 260자의 간
결한 명문으로 의상이 당에서 671년에 귀국한 뒤 관세음보살의 진신
(眞身)을 친견(親見)하기 위해 낙산사(洛山寺) 홍련암(紅蓮庵)에서 7일
동안의 기도한 끝에 의상은 관세음보살로부터 수기(授記)를 받고 낙산
사를 창건하였다고 한다. 『宋高僧傳』 '의상전'과 『華嚴緣起』에서도
善妙는 '생생세세(生生世世) 귀명화상(歸命和尙)'이라고 말하고 있지만,
이것은 의상에게 귀명(歸命)한다는 뜻을 나타내고 있다.

3) 義湘和尙一乘發願文

惟願世世生生處　三種世間爲三業
化作無量供養具　充滿十方諸世界
頂禮供養諸三寶　及施六道一切類
如一念塵作佛事　一切念塵亦如是
諸惡一斷一切斷　諸善一成一切成
値遇塵數善知識　聽受法門無厭足
如善知識發大心　我及衆生無不發

如善知識修大行　我及衆生無不修
具足廣大普賢行　往生華藏蓮花界
親見毘盧遮那佛　自他一時成佛道
(張忠植,《佛敎新聞》1982.2.14.)

【해설】〈일승발원문(一乘發願文)〉은 1350년(忠定王 2)에 필사(筆寫)된『紺
紙金泥華嚴寫經』끝부분에 7언 28구가 수록되어 전하고 있었는데,
1982년 2월 張忠植 씨가 〈의상화상일승발원문(義湘和尙一乘發願文)〉 7언
20구를 발견·소개하여 널리 알려지게 되었다. 장충식(張忠植) 씨에 의
해 새로 발견된 七言絶句 20구 140자로 되어 있는 이 발원문은 비교적
짧은 편이지만, 의상의 화엄사상을 토대로 한 발원문이라는 점에서 특
히 주목된다.

4) 崔致遠『法藏和尙傳』, 「義湘傳」

夙世同因。今生同業。得於此報。俱沐大經。特蒙先師授玆奧典。希傍
此業。用結來因。但以和上章疏義豊文簡。致令後人多難趣入。是以具
錄微言妙旨。勒成義記。傳之彼土。幸示箴誨。想乃自閱藏文。如耳聆儼
訓。掩室探討。涉旬方出。召門弟子可器寫者四英。眞定相圓亮元表訓。
俾分講探玄。人格五卷。之曰博我者藏公。起予社爾輩。因楄出楄。執柯
伐柯。各宜勉旃。無自欺也。

十山　海東華嚴大學之所有十山焉。中岳公山美理寺。南岳智異山華嚴
寺。北岳浮石寺。康州迦耶山海印寺·普光寺。熊州伽倻峽普願寺。鷄龍
山岬寺。括地誌所云鷄籃山。是朔州華山寺。良州金井山梵語(魚)寺。毘

瑟山玉泉寺。全州母山國神寺。更有漢州負兒山靑潭寺也。此十餘所。

（『韓國佛敎全書』 권3, p.769, 大日本續藏經 제3편 7套 p.266）

【해설】최치원이 쓴『法藏和尙傳』에는 의상은 법장(法藏)이 편지와 함께 보내온『華嚴探玄記』를 비롯한 서책을 접하자, 마치 스승 지엄(智儼)의 교훈을 듣는 것 같은 생각이 들어서 십일 동안 꼼짝 않고 이 서책들만 읽었다고 하여 당시의 의상의 심경을 짐작할 수가 있다. 편지에는 "상세하게 검토하시어 잘못된 곳이 있으면 가르쳐 주십시오." 라고 있어, 법장은 의상에 대해서 마치 스승과 같이 간곡하고 정중하게 지도편달을 청하고 있다.

3. 法藏書簡의 飜刻과 校合

A. 天理圖書館所藏 「賢首國師墨寶」

[原幅文]

(1) 唐西京崇福寺僧法藏致書於 (12字)

(2) 海東新羅大華嚴法師侍者。一從分別二十 (17字)

(3) 餘年。傾望之誠。豈離心首。加以煙雲萬里 (16字)

(4) 海陸千重。限此一生。不復再面。抱恨懷戀。夫 (17字)

(5) 何可言。蓋由宿世同因。今生同業。得於此報 (17字)

(6) 俱沐大經。特蒙 先師授玆奧典。仰承上人 (16字)

(7) 歸鄕之後。開闡華嚴。宣揚法界無碍緣 (15字)

(8) 起。重重帝網。新新佛國。利益弘廣。喜躍 (15字)

(9) 增深。是知如來滅後。光輝佛日。再轉 (14字)

(10) 法輪。令法久住。其惟 法師矣。法藏進 (14字)

(11) 趣無成。周旋寡況。仰念茲典。愧荷 (13字)

(12) 先師。隨分受持。不能捨離。希憑此業。用 (15字)

(13) 結來因。但以和尚章疏。義豊文簡。致令後 (16字)

(14) 人多難趣入。是以具錄和尚微言妙旨。勒成義 (18字)

(15) 記。謹因勝詮法師抄寫還鄉。博之彼土。請上人 (18字)

(16) 詳檢藏否。幸示箴誨。伏願當當來世。捨身受 (17字)

(17) 身。同於盧舍那曾。聽受如此無盡妙法。修行如此 (19字)

(18) 無盡普賢願行。儻餘惡行。一朝顚墜。伏希上人 (18字)

(19) 不遺宿世昔。在諸趣中。示以正道。人信之次。時訪 (19字)

(20) 存沒。不具 法藏 和南 (8字)

(21) 正月廿八日 (5字)

　　[別幅文] 無

B. 『圓宗文類』卷二十二所收 「賢首書簡」

　　[原幅文]

＊賢首國師寄海東書。

(4) 海陸千里

(5) ……蓋由宿世同因

(7) 無礙緣起

(9) 光暉佛日……

(10) 令法久住者……

(11) 周旋寡沉……

(19) 不遺宿昔……

　　［別幅文］

(1) 華嚴探玄記二十卷。兩卷未成。一乘敎分記三卷。（19字）

(2) 玄義章等雜義一卷。別飜華嚴經中梵語一卷。起（19字）

(3) 信疏兩卷。十二門論疏一卷。新飜法界無差別論（19字）

(4) 疏一卷。已上竝因勝詮法師。抄寫將歸。今月二十（19字）

(5) 三日。新羅僧孝忠師遺金九分。云是上人所寄。雖（19字）

(6) 不得書。頂荷無盡。今附西國君持澡罐一口。用表（19字）

(7) 微誠。幸請**檢**。謹宣（7字）

C. 『三國遺事』卷四 「義湘傳敎」 所收 「賢首書簡」

　　［原幅文］

(2) 新羅 [　] 華嚴法師……

(3) 加以**烟**雲萬里。

(4) **恨**此一**身**。……抱**懷戀**戀。

(5) **故**由**夙**世同因……

(6) 先師授茲**粤**典……

(7) 開**演**華嚴……

(10) 令法久住**者**……[　] 藏進趣無成。

(14) 具以[具]錄和尙微言妙旨。…

(15) **近**因勝詮法師……

(16) **相與**同於盧舍那 [　] ……

(18) 無**量**普賢願行……

(19) 不遺宿 [　] 昔

(20) 不具(以下省略)

(21) (月日省略)

　　[別幅文](『三國遺事』卷四「勝詮髑髏」所收)

(1) [　]探玄記……[　]敎分記三卷。

(2) [　]華嚴[　]梵語一卷。

(3) [　]無差別論

(4) [　]竝因勝詮法師。抄寫將鄕。[　]

(5) [**頃**]新羅僧孝忠[　]遺金九分。云是上人所寄。

(7) 幸**願**檢**領**。

본서 수록 논문 발표지

1. 「『華嚴緣起』의 성립에 대해서」, 『佛教文學』 29, 佛教文學會, 2005.

2. 「新羅僧 元曉와 義湘傳-『華嚴緣起』를 중심으로-」, 『文芸研究』 106, 明治大學文學部紀要, 2008.

3. 「新羅僧 義湘과 善妙의 설화-『華嚴緣起』를 중심으로-」, 『文芸研究』 108, 明治大學文學部紀要, 2012.

4. 「『唐法藏致新羅義湘書』에 대해서」, 『淵民學志』 19, 淵民學會, 2013.

5. 「義湘大師와 明惠上人-『三國遺事』와 『華嚴緣起』를 중심으로-」, 『『三國遺事』의 새로운 지평』, 勉誠出版, 2013.

6. 「원효의 『金剛三昧經論』 연기설화-『華嚴緣起』를 중심으로-」, 『淵民學志』 21, 淵民學會, 2014.

7. 「明惠에 있어서 光明眞言土砂加持의 信仰」, 『JOURNAL OF EAST ASIAN STUDIES』 5, 동아시아 문화연구소, 2014.

8. 「元曉大師와 明惠上人-高山寺資料를 중심으로-」, 『淵民學志』 22, 淵民學會, 2014.

찾아보기

ㄱ

저자약력 및 저서

김임중 金任仲

약력

1961년 광주에서 출생.

일본 메이지(明治) 대학 대학원 문학연구과 박사과정 수료.
　일본고전문학·불교문학 전공.

2003년 3월에 『西行에 있어서 佛教和歌의 연구』로
　메이지대학에서 문학박사학위 취득.

도쿄대학문학부·특별연구원을 거쳐, 현재 메이지대학연구
　전략기구·연구원 및 메이지대학 문학부 겸임강사.

2012년 3월부터 2013년 2월까지 중국 연태(烟台)대학
　외국어학원 초빙교수.

저서

『西行和歌와 佛教思想』, 笠間書院, 2007.

『日本文芸思潮史論叢』(공저), 페리칸社, 2001.

『『삼국유사』의 새로운 지평-한국고대문학의 현재』(공저), 勉誠出版, 2013.

『放浪, 遍歴, 乞食行脚-위대한 전달자들』(공저), 創英社, 2014.

논문

「新羅僧義湘과 善妙의 説話」, 『文芸研究』 118, 2012.

「『唐法蔵致新羅義湘書』의 書簡에 대해서」, 『淵民学志』 19, 淵民學會, 2013.

「원효의 『金剛三昧經論』 縁起説話」, 『淵民学志』 21, 淵民學會, 2014.

「元曉大師와 明惠上人-高山寺資料를 중심으로-」, 『淵民学志』 22, 淵民學會, 2014.

일본국보 화엄연기연구 華嚴緣起研究
- 원효와 의상의 행적

2015년 1월 20일 초판 1쇄 펴냄

지은이 김임중
펴낸이 김흥국
펴낸곳 도서출판 보고사

책임편집 이순민
표지디자인 이준기

등록 1990년 12월 13일 제6-0429호
주소 서울특별시 성북구 보문동7가 11번지 2층
전화 922-5120~1(편집), 922-2246(영업)
팩스 922-6990
메일 kanapub3@naver.com
http://www.bogosabooks.co.kr

ISBN 979-11-5516-323-8 93810
ⓒ 김임중, 2015

정가 20,000원

이 도서의 국립중앙도서관 출판예정도서목록(CIP)은 서지정보유통지원시스템 홈페이지
(http://seoji.nl.go.kr)와 국가자료공동목록시스템(http://www.nl.go.kr/kolisnet)에
서 이용하실 수 있습니다. (CIP제어번호 : CIP2014038162)